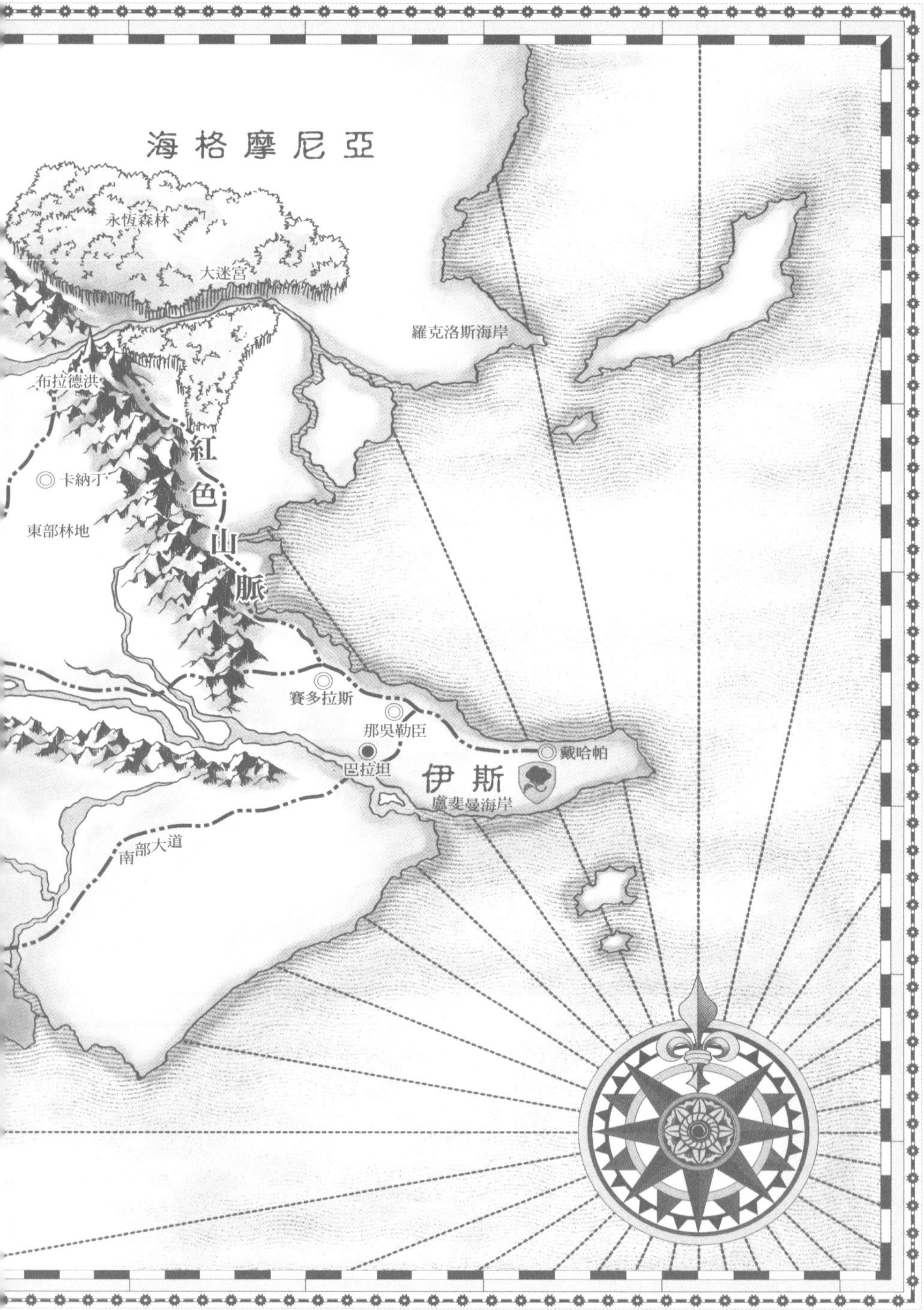
海格摩尼亞
永恆森林
大迷宮
羅克洛斯海岸
布拉德洪
紅色山脈
卡納丁
東部林地
賽多拉斯
那吳勒臣
巴拉坦
戴哈帕
伊斯
盧斐曼海岸
南部大道

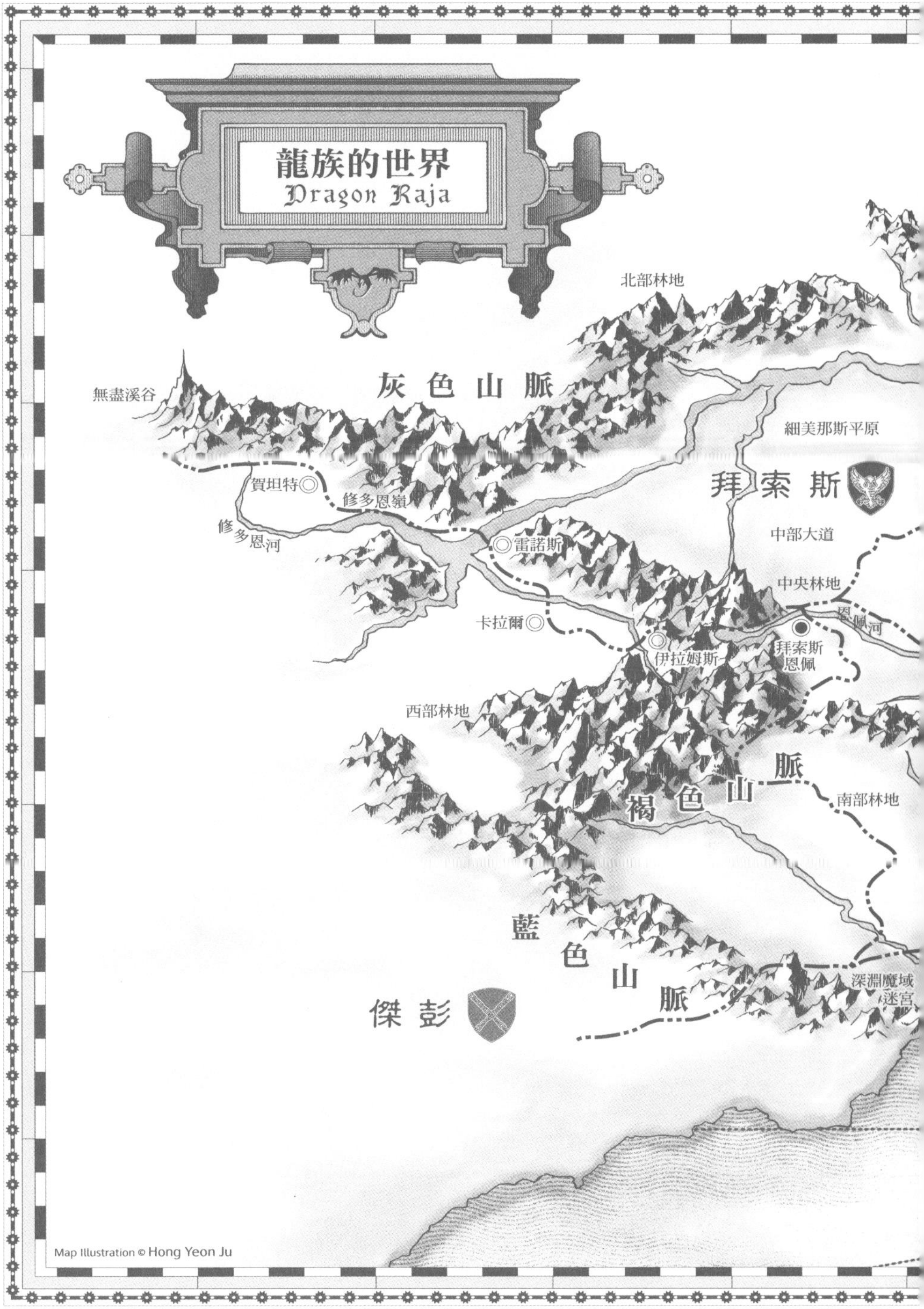
龍族的世界
Dragon Raja
北部林地
灰色山脈
無盡溪谷
細美那斯平原
賀坦特
修多恩嶺
拜索斯
修多恩河
雷諾斯
中部大道
中央林地
恩佩河
卡拉爾
伊拉姆斯
拜索斯
恩佩
西部林地
褐色山脈
南部林地
藍色山脈
深淵魔域
迷宮
傑彭
Map Illustration © Hong Yeon Ju

龍族

3

李榮道—著　王中寧、邱敏文—譯

龍族

3

復仇的黑手

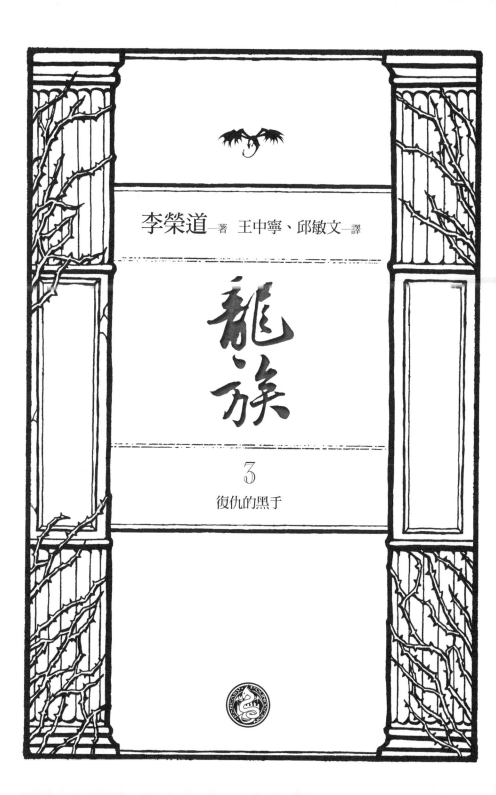

目錄

第5篇

復仇的黑手

……因此偉大的路坦尼歐大王說：「我的朋友一日的悲傷等於是我百日的悲傷，我的朋友一日的快樂等於是我百日的快樂」。賢明的亨德列克隨即回答說：「要不要我幫您治療？」

——摘自《在風雅高尚的肯頓市長馬雷斯・朱伯烈的資助下所出版，身為可信賴的拜索斯公民且任職肯頓史官之賢明的阿普西林克・多洛梅涅，告拜索斯國民既神祕又具價值的話語》一書，多洛梅涅著，七七〇年。第六冊二一一頁。

01

「啊啊啊，救命啊！」

我以前也是這樣嗎？嗯，不對，我那時候更嚴重吧。不管怎麼樣，總之妮莉亞從馬上摔了下來，骨碌碌地在地上滾著。從瘋狂亂蹦的馬匹上墜落的時候，即使身手再怎麼矯健，也不可能拿出什麼辦法的。也頂多只能將身體蜷曲起來，以減少落地的衝擊力。妮莉亞在地上翻了一個筋斗之後，就直接將手臂攤開，躺成一個大字形，在那裡吁吁地喘氣，杉森和我則跑去抓那匹瘋狂亂蹦的馬。

「在那邊，快把牠抓起來！」

「呃啊啊！」

馬要是會講人話，那牠應該早就已經把我罵得臭頭了。因為我抓馬的方法總是先衝上去死抱住馬的脖子之後，將馬脖子夾在我的腋下，然後把牠撂倒。砰咚！那匹馬摔在地上，氣喘吁吁地瞪著我。瀰漫在周圍的灰塵讓我打了個噴嚏。

「哈啾！這傢伙。呼，呼、連我也快被整死了。你以為要把你這種大塊頭撂倒是很簡單的嗎？呵、呵、哈、哈啾！不要再耍性子了啦！」

我們把那些刺客們的其中一匹馬留下來當作妮莉亞的馬，其餘的則是都放走了。我想牠們應該都會變成野馬。然而如果牠們是訓練有素的馬，就應該會自行回到牠們自己的馬廄才對。

但牠們好像真的是訓練有素的馬，會因為換了主人而激烈地耍性子。更何況妮莉亞所選的馬是那幾匹裡面最高大的馬。杉森和伊露莉那時都搖了搖頭，但是妮莉亞還是無條件堅持要最高大的馬。

「妳要考慮妳的體格。那麼高大的馬和妳的體型並不配。」

「杉森先生說得對。而且這匹馬的性格很凶猛哦。」

可是妮莉亞搖搖頭。

「不要！最大隻的馬在賣掉的時候可以賣得最多錢。我們要想想未來，未來！」

杉森火氣都上來了，也不再勸她了。

「乾脆妳去騎錢袋算了！」

「哇！真的有錢袋可以騎？那當然是更好啦！就可以不用花飼料錢了！」

結果妮莉亞就這樣開始同時折磨自己、自己的馬，還有我們。我小心翼翼地讓那匹烏黑而且塊頭很大的馬站起來。那匹馬一面桀驁不馴地叫著，一面起身，但是因為我左手緊抓著馬轡，右手作勢要打牠一拳似的威脅著牠，所以牠才沒有逃跑。然而牠卻想要咬我的左手。

「嗚哇啊啊！」

我驚慌地把手縮回來，才勉強沒被咬到。卡爾則是用木籤在地上劃了條線。

「第十七次嘗試失敗。」

被綁在旁邊樹幹上的溫柴咯咯地笑了出來。妮莉亞躺在地上，對著天空大喊：

「那麼，這是第十八次嘗試！」

妮莉亞把腳抬起，手在地上一撐，猛然站了起來。真是的，即使她每次都盡量減低落地的衝擊力，但是一個從馬匹上墜落十七次的女子居然還能如此元氣十足，真令人不敢相信！雖然那匹馬也很固執，但是妮莉亞更是不容小覷啊！

「呀啊啊啊啊！」

「那是哪一招啊……？」

杉森用糊裡糊塗的表情望著妮莉亞。妮莉亞向前一個空翻之後跑了過來，緊接著往天上高高地一躍，漂亮地做出一個迴旋一百八十度翻身，跳上了那匹馬。

「呀啊！」

「妳騎反了啦！」

「……呀啊！放開，修奇！」

「我看不下去了……」

我遮住眼睛，然後放開馬韁。咿嘻嘻嘻！啪噠，啪噠，咿嚕嘻嘻嘻！

「救命啊！」

經過了長達三十九次的嘗試，好不容易才終於讓那匹馬開始聽妮莉亞的話。妮莉亞撫摸著那匹馬的耳朵，微笑著說：

「好乖的馬啊！」

那匹馬聽了應該會啼笑皆非吧。而在這段期間，一直不斷和牠鬥著角力的杉森和我完完全全癱了，一下子躺到了地上，吁吁地喘氣著。我問她：

「呼、呼，妳要幫牠取什麼名字呢？」

「名字……因為牠是黑色的，就取這個怎麼樣：『沒有足跡的漆黑夜鷹之救援者』？」

「沒有足跡的漆黑夜鷹之救援者」……我為什麼就只會遇到這種把馬的名字取得很奇怪的人呢？

「好像有點太長了。」

「是嗎？那又不會怎樣。不管取什麼名字，反正牠也聽不懂。如果真的太長，那就切掉一些不就好了？」

「切掉？」

妮莉亞微微笑了笑，然後將手放上那匹馬頭上的馬鬃，她嚴肅地說：

「我妮莉亞身為實實在在的夜鷹，將你取名為『黑夜鷹』。你是我做所有事的伴侶，並且在我逃跑時，作為我的第一援助者。知道了嗎？」

這樣才稍微好一點。把牠叫做黑夜鷹，意思是漆黑的夜賊嗎？令人驚訝的是，那匹馬點了點頭，妮莉亞看到之後咯咯地笑著緊抱住牠的脖子，把頭埋在馬鬃裡。

「哈、哈啾！」

那匹馬已經倒在地上非常非常多次！當然馬鬃上也就沾滿了灰塵。

我覺得與其取名叫盜賊之馬，倒不如叫做勇士之馬，會比較適合這一匹有著凶猛性子和高大塊頭的黑馬，結果牠卻被取名為黑夜鷹。

為了馴服妮莉亞這匹暴躁的馬，那一天下午就這麼白白過去了。反正我們原本就打算第二天再越過梅德萊嶺，所以並沒有什麼關係。於是我們就在尼爾・德路卡峰下紮營過夜。

沿著尼爾・德路卡峰左邊山脈，越過梅德萊嶺的這一條山路，在中部大道上被稱是最為急促的山嶺。當然啦，山嶺是不會急促的，這句話的意思是指只要越過此處，拜索斯恩佩就會近在咫尺，所以翻越此座山嶺的旅行者們，步伐都會變得很急促。

而且從這裡開始，有首都維持治安的力量存在著，所以偶爾會看到用石頭建成的棚屋。從首都派遣來的騎警隊員會在棚屋裡值勤，並且幫助解決旅客們的不便之處。從食糧用盡或需要下榻處之類的小事情，一直到搭救遭逢災難或被怪物襲擊的旅客，都由他們負責的。所以這附近的路上很少有怪物出沒，可說是一段安全的路，這完全是因為有騎警隊員經常在附近巡邏的關係。然而，因為他們不能侵犯到妖精女王達蘭妮安的領土，所以不能出入更西邊的地方。因此，應該說他們只保護一半的區域而已。

我們在稍早之前曾和騎警隊員們互相擦肩而過，他們穿戴著非常適合山嶽地形的武裝。雖然全都留著濃密的鬍子，服裝也看起來不是很乾淨，但是他們很親切地和我們打招呼。他們並沒有詢問我們為什麼綁著溫柴，可能是旅客們常發生比這還更奇怪的事吧。

回頭看看已經走遠的騎警隊員之後，杉森說：

「嗯，如果要求他們護衛的話，不知道可不可以？」

「咦？為什麼呢，費西佛老弟？」

「因為……溫柴是敵軍俘虜，所以應該可以接受騎警隊員的護衛到首都去，不是嗎？」

「這個嘛，只由我們來押送溫柴，應該也不會出差錯吧？那些騎警隊員在這附近的警備任務已經夠忙的了，而且他們的任務是由國王陛下來決定的，不是我們任意要求就可以拿來利用的。」

「可是這是押送戰犯啊！」

「由我們這些人來押送他，會很辛苦嗎？」

杉森只是笑了笑說道：

「不是的。沒關係，我們走吧，反正都快到了。」

我回頭看看溫柴，他的臉色並不好。如今只剩不遠的路就可到達拜索斯恩佩，所以他現在做夢也別想逃跑了。杉森也察覺到他的臉色，說：

「喂，就算你成功逃走，在這一帶你立刻就會被逮捕。如果你乖乖地讓我們押送，反而說不定有機會參酌情狀減輕罪行。」

溫柴緊咬著牙齒說道：

「真是謝謝你啊，這麼為我設想。」

「哎呀，不客氣。」

雖然同樣是中部大道，但是之前走過的路實在是無法比得上現在這一段，它被整修得很好。接近首都確實有很多好處。我們也不用擔心怪物會出沒，就這樣經過一段平穩的旅程之後，我們越過了梅德萊嶺。

我們越過山嶺，下到平地，也沒有看到什麼東西，只看到綿延不斷的丘陵地和平原。而在那些景物中間，則是中部大道繼續悠長地延伸著。卡爾看著天空說：

「就快黃昏了。費西佛老弟，到拜索斯恩佩還有多長的距離呢？」

「嗯，如果全速奔馳的話，大概今天夜裡就可以到達了。」

「是嗎？那麼就不用再多浪費一天了。」

杉森也點點頭。

「好，那我們現在開始奔馳吧！今天夜裡抵達拜索斯恩佩，然後明天就可以開始我們的任務。」

「那麼今天是和各位一起走這最後一程了。」

一聽到伊露莉的話，杉森驚訝得嘴巴張得好大。

「嗯，修、修奇，你會不會很累？要不要走慢一點？」

如果我說不累的話，還能活命嗎？卡爾轉過頭去，笑了笑。但是伊露莉先開口回答說：

「今天應該算是很舒適的一趟旅行。我很想早一點梳洗，如果可以的話，最好今天就到旅館……」

「是！當然好。出發！」

「我……我都還沒回答耶。」

杉森根本聽都不聽我的話，就開始跑了起來，溫柴仍舊被那條像詛咒般的繩子拉扯，猶如一隻尾巴著了火的貓，立刻緊跟著杉森開始跑。伊露莉和卡爾也跟在後面跑了起來。妮莉亞則是先說出了一句宣言：

「來！黑夜鷹。這可是第一次疾走，好好跑吧！呀啊！」

黑夜鷹立刻以驚人的速度開始跑了起來。牠踏著和牠塊頭相稱的大大步伐，開始不斷向前行進。妮莉亞有如尖叫般地發出讚嘆聲。

「哇啊！你、真的真的、很會跑哦！」

我也不甘落後地騎著傑米妮出發了。

「呵啊！呵啊！」

「呀啊！」

夕陽開始落下。我們後方是西邊，所以影子在我們前方拉得長長的，我們在那片所有東西都被染紅的平原上追著六個影子跑。因為有光線的時間已經剩下不多了，所以在這段時間能多跑一點就該多跑一點。

過了一會兒，太陽下山了。我們開始慢慢地騎馬，一直到月亮升起時為止。四方完全是寬廣的平原，在從上方籠罩下來的巨大黑暗之中，我們無言地走著。過了好一段時間，我們前方的東邊地平線上同時升起了兩個月亮。

「哦！今天是雪琳娜和露米娜絲兩個月亮同時升起的日子。」

這真是一幅好漂亮的景象。在東邊地平線上同時有兩個一大一小的月亮升向天空。剛開始看起來像是什麼巨大的東西從地上伸出手指甲。等到最後完全一升上來，才發現原來那是兩個同樣大小的滿月。

我們朝著那兩個月亮策馬奔去。

在地平線之上，月光之下，開始浮現出燈光。杉森用感動的語氣說道：

「拜索斯恩佩啊，終於到了！」

拜索斯恩佩是一座不夜城，坐落在黑暗的地平線上方。這個都城位在褐色山脈向東邊綿延之後又稍微往南彎的部分，現在它正朝向夜空噴散出巨大的燈光。真是難得一見的景致！如果只是有非常多點燃的蠟燭，有可能將亮光放射到這麼遠的地方嗎？

「因為有很多巫師，所以才會如此。」

妮莉亞說了這句話。

「巫師？」

「那裡有一座被稱為『光之塔』的巫師公會建築物，而且在那座城市裡的道路上，每天晚上到處都會點亮魔法之火。所以即使在晚上，也不需攜帶任何燈火就能到處走動。」

「哇！」

我們到達環繞著拜索斯恩佩的恩佩河時，才得以觀賞到她所說的這種東西。

在恩佩河上有一座很巨大的拱形石橋。這座大到連十個人都能同時並肩走過去的大橋，兩端有著像是哨站的東西。在哨站建築物的上方，亮著某種我看不出是什麼的火光。那並不是火把的火光，而只是一團亮光飄浮著。伊露莉看看那個東西，說：

「是永久魔法光。連在哨站建築物上也使用了這種魔法，真是了不起。」

「是嗎？那麼在大白天也會發亮嗎？」

「應該是的。在白天裡可能會用某個東西罩住吧。」

哨站的警備士兵們全都穿著華麗的服裝。杉森看看他們的武器，接著低頭望著自己的皮甲和劍，嘆了一口氣。士兵們都穿著整套的半身鎧甲，而且胸前都刻著拜索斯的象徵，也就是紅色的禿鷹紋樣，頭上則是戴著有漂亮羽毛做裝飾的頭盔，腰上佩帶華麗的長劍。他們要我們停下來。

「各位是要進入拜索斯恩佩嗎？」

卡爾代表我們開口說：

「是的。」

「因為是深夜，需要調查身分。請問可以證明一下你們的身分嗎？」

卡爾從行李裡面拿出自己的一些文件。那位警備隊員很快地看過那些文件。隨即，那些警備隊員們的動作和語彙開始出現一點點的敬意。

「請問您是賀坦特領地的全權代理人嗎？」

「是的。我是要來謁見國王陛下的。」

那位警備隊員用眼睛掃過在卡爾後面的我們。

「您的隨行人員好像有點特殊？」

確實是如此。杉森雖然衣著有點破舊簡陋，但還是可以稱得上是隨行的武官，但是其餘的人卻是少年、精靈、被繩子捆綁住的男子，以及騎著高大馬匹的女子，所以如果說這些是領主的隨行人員，確實會令人覺得很奇怪。卡爾笑著說：

「這位精靈是和我們一起旅行的同伴，而其他的人則全是我們賀坦特領地優秀的居民。」

那位警備隊員微笑著，將文件遞還給卡爾。可能他是認為一個鄉下領主的隨行人員也沒有什麼值得看的樣子。哼，我們看起來的確是那副模樣，所以也沒辦法了。

「好的。玉璽確實無誤。您是國王的封臣，所以您以及您的隨行人員的通行權是受保障的。而這位精靈是我們國王陛下的朋友，因此可以在拜索斯的所有土地上隨意走動。請各位進去吧。」

他讓到一邊去，然後我們從他旁邊經過，走上橋去。精靈雖然不是拜索斯的公民，但是也沒有觸犯到拜索斯法律的問題，所以那位警備隊員並沒有問伊露莉叫什麼名字、目的何在之類的事情。

杉森有點沮喪地回頭看看後方，然後好像自言自語似的說：

「那才是真正的『警備隊員』啊……很雄壯威武。」

卡爾乾咳了幾聲，然後開玩笑地說：

「你是說盔甲，還是說裡頭的人啊？」

杉森笑著搖搖頭。

「卡爾，你可能不知道，他們穿那種盔甲還能那樣輕快地移動，可以說是擁有厲害實力的人才。作為一個戰士，他們是很令人尊敬的。」

隨即伊露莉微笑著說：

「他們並沒有什麼了不起的。杉森你比他們強多了。」

「妳這麼說……太過獎了。」

隨後妮莉亞也開口說：

「真是的，杉森啊，杉森！那些盔甲都附上了輕量化的魔法，所以可說是非常地輕。你是不是不會看盔甲才這樣說啊？」

「咦？妳怎麼知道有魔法？」

「因為我曾經認識一個穿那種盔甲的人。」

「是嗎？嗯……可是他們還是很了不起。我是說能夠穿著那麼貴重的盔甲。」

我並沒有像伊露莉或妮莉亞那樣親切地安慰杉森。我正忙著觀看四周呢！

真是雄偉壯觀。

橫跨恩佩河的拱形石橋的欄杆上面，不知是不是因為附有永久魔法光的關係，隱約地透出亮光，我們彷彿像是走在發光的橋上。因為是拱形的橋，所以也有一股像是踩著彩虹過河的感覺。特別是在這暗暗的深夜裡，這幅景象更是顯得美麗。晚上來到這裡，真是太幸運了！橋上欄杆的光讓黑暗的河水都在閃爍著。河面上猶如散布著寶石一樣。

接著，我們過了橋之後，立刻出現一道很高大的城牆。城牆的高度看起來至少有一百五十肘，橫擋在我們前方。到底是如何將石頭堆到那麼高的呢？以那種重量，地面不會塌陷下去嗎？那道高高的城牆上也有某種光在閃爍著，不過那好像是火把的火光。在黑暗的天空裡，這樣規則排列的火光好像引發了催眠作用似的。

而在正面，則是看到有一座二十肘左右的城門。可能因為現在是晚上，所以城門被關著，只開著它旁邊的小門。守著那個小門的警備隊員們好像覺得，在橋那邊通過檢查的人已沒問題，直接不說二話就讓我們走了過去。杉森則是看看他們的服裝之後，又再深深地嘆了一口氣。

通過小門進到裡面，我們的眼睛隨即感到很刺眼。

「哇啊……！」

一條寬敞的大路直直伸展而去。在大路的兩邊則是每三十肘就規則性地立著一根長長的柱子，在頂端點亮著永久魔法光，將大路照得好亮。那東西看起來真的很巧妙，以大小稍有差異的兩個鐵做的半球合起來，做成球的模樣之後，在兩個半球體接觸的部分用一根鐵棍插著，可以隨著中間軸轉開來。中間軸上面點亮著永久魔法光。所以只將半球體的一邊疊起的話，就會出現光，如果將半球體關起來的話就完全變成是一個球，並且遮住光線。

沿著那條大路，有許多人來來往往。在這樣的深夜裡竟也有那麼多人？好像大白天似的，人們來來往往，聊天講話，還有人在賣東西。聽到這麼熱鬧的聲音，真的很容易錯認現在是白天。人們的打扮全都是穿著輕盈而且顏色明亮的衣服。我突然覺得自己的硬皮甲看起來很灰暗。雖然也有許多男子穿著硬皮甲，但是他們的硬皮甲都是白色或紅色的，也有少數是藍色的。真是稀罕的皮甲！而且所有的人全都披著華麗的斗篷走著。

大致說來，那些男子的身旁幾乎都有穿著美麗服裝的少女一起走著。少女們好像都發著亮光似的，全都穿著白色和亮色系的衣服，和周圍的火光非常相配。在這麼好的照明之下確實沒有必要穿暗色系的衣服。但是那種明亮顏色的衣服，洗起來一定很費勁兒。

卡爾說：

「呵……哎呀，原來那不是真正的皮甲啊！」

「咦？」

「那麼搶眼的顏色不會是皮甲，再怎麼看都像是裝飾用的皮甲。今天是節慶的日子嗎？」

節慶？嗯，可能是也說不一定。要不然怎麼會有那麼多少女和年輕人在深夜裡出來約會。妮莉亞證實了卡爾的話。

「啊，今天兩個滿月都同時升起來，是吧？」

「是啊。」

「那麼，今天是雙月節啊！」

「啊！今天……」

這時候我插嘴問道：

「滿月不是每兩個月就一齊升起一次嗎？」

「啊，尼德法老弟，今天是拜索斯恩佩的第一任市長，也就是路坦尼歐大王的第三個王子謝魯德亨王子，將這裡定為首都的紀念日。根據傳說，謝魯德亨王子受父親命令尋找可以定為首都的地方，遊走各地之後，在兩個滿月同時在地平線上升起的時候，遇到了禿鷹與光榮之神亞色斯。他遵從亞色斯的命令，將此地定為首都。所以在拜索斯恩佩這裡會在這一天過節日。」

啊，是這樣嗎？所以這裡的人們才會如此華麗地裝扮。

路上來來往往的馬車多到數不清。幾乎看不到有騎著馬的人。這條大路很適合人們用走的，並不適合馬匹的馬蹄鐵噠噠地走。杉森和我怯怯地騎馬走在那些穿著明亮衣飾的人們之中。人們好像都用目光在打量著我們，令我覺得很不舒服。

然而仔細一看，原來他們全都是在看著伊露莉和妮莉亞。我聽到他們快停止呼吸般的讚嘆聲。

「哦，我的天啊……那是精靈嗎？」

「快看看那匹馬！那個女子，竟騎著那樣高大的馬！」

「這個……這個實在是……」

四周那些長柱子上的火光順著伊露莉的髮絲傾瀉下來。她那如黑色絲綢般的黑髮在肩膀上隨意地披散著。拜索斯恩佩的少女們全都是金髮或褐色頭髮，而且有的將它盤上去，有的則是蓬蓬的，然而都比不上伊露莉那一頭看起來很自然的黑髮。仔細看看，還真的都沒看到有迷人的黑髮小姐，所有女孩子頭上都只是發暗的金髮或褐色頭髮。而且伊露莉穿著那件舊皮衣配上皮褲。

皮革是越舊色澤會越深而且越漂亮。我並沒有想侮辱這些少女華麗且精細的打扮，只是，那些服裝在伊露莉的皮衣前面，看起來只像是洗衣場的衣物。那件皮褲才是最棒的啊！

至於在她旁邊的是妮莉亞，這位正騎著一匹巨大黑馬的苗條小姐，她騎的那匹馬可能連路上那些男子們都沒辦法駕馭呢！雖然她穿著硬皮甲，甚至還穿了斗篷，但是因為黑夜鷹原本就很高大，所以妮莉亞看起來更顯矮小。她任由那一頭很突兀的紅短髮胡亂披散著，昂首闊步地走著，不對，該不該說是很輕快地走著呢？在背上還背了一個巨大的三叉戟。黑夜鷹所散發出的巨大、如野獸般的魅力，以及妮莉亞那股朝氣蓬勃且清新的魅力，就這樣成了一個既稀罕又具魅力的和諧組合。

在我看來，四周圍的那些少女們看起來全都像在瞬息間痛苦地失去了自己身旁的少年。那些男子們個個都張大嘴巴，看著伊露莉和妮莉亞。真的，一點都不誇張，這條大路真的變得很安靜。

「嘻嘻嘻……」

從剛才就一直很沮喪，畏縮到看起來很可憐的杉森看著我。

「你幹嘛笑？」

「因為那些小姐們很可憐。」

「很可憐？裝扮得如此美麗的她們怎麼會可憐？」

「你仔細看看周圍。現在那些男人對她們美麗的模樣看也不看一眼。嘻嘻。」

杉森環顧四周，發覺到那些男子們全都垂涎三尺地看著伊露莉和妮莉亞。他聽懂我所說的話之後，微笑地說：

「真是奇怪，雖然伊露莉很漂亮，但是她並沒有穿華麗的服裝啊！而妮莉亞騎著大馬，一點都不像個女孩子……」

「哎喲，說你是食人魔，你還真是個食人魔！你看看周圍，全都只是一些穿著華麗服裝、長得像洋娃娃的小姐們。而伊露莉和妮莉亞讓人看到的，才是真正活生生的美麗！」

「是這樣嗎？呼，真難理解。」

這時候我決定要對杉森親切一點。

「可是，要不要我再告訴你一件事呢？」

「嗯？」

「我說首都這邊的小姐們啊，可能是第一次看到像你這種完全是食人魔型的戰士哦！她們看到的可不是穿著裝飾用皮甲的呆頭鵝們，而是看起來像是剛剛才砍了一隻巨魔脖子的狂暴男人啊！你知道我這些話是什麼意思吧？」

杉森的腰身當場撐直了起來，胸膛也像城牆般堅實地挺起。他開始用凶暴的眼神悄悄地狠狠盯著下方。哎呀，誰來勸止他吧！雖然我是在開玩笑，但是還真的有幾個女孩子做出像是快要無法呼吸的表情，望著這個在市中心散發粗獷野性的男人杉森。小姐們，醒一醒吧！他可不是人啊！

不論如何，我們就像在接受首都市民們閱兵的步伐之中（在杉森凶暴的怒視之下，甚至讓一輛馬車慌忙往路旁閃去），走到旅館林立的一條路上。

「卡爾，還是要問問這裡的市民嗎？」

「那當然好。」

我心裡突然浮現一個有趣的念頭。

「喂，杉森你來問看看吧！」

「我？好吧。」

杉森凶暴地盯著四周，隨即向一個路過的小姐，用眼神展開攻勢。恐怕就連吸血鬼或蛇髮女怪的眼神，都比不上現在杉森那雙眼睛所投射出的凶悍眼神。

「喂，小姐。」

杉森像在咆哮似的對她說話。我差點從馬匹摔下來。

那個可憐的小姐整個人畏縮地不停顫抖著，她抬頭看著杉森那黑而粗獷的巨大側面輪廓。杉森斜斜地歪著頭，看著昏暗的夜晚天空裡的星座，他用好像吟唱古老歌曲的水手的悲傷聲音，帶著些微哀傷的粗啞聲音說話。

「我是個旅行者，妳可以介紹一間不錯的旅館嗎？」

那個小姐愣愣地看了看杉森，然後回答說：

「我、我不知道！請隨便去任何一間旅館吧！」

然後她就急急忙忙地跑掉了。杉森張口結舌地望著她的背影，而我則是笑得太厲害了，笑到最後從馬上掉了下來。

「杉、杉森！嘻嘻嘻！你、你怎麼會以為那些小姐會對旅館，呵呵，很瞭解呢？嗚嘻嘻嘻嘻！那、那個小姐會拋下自己的家，有時到這個旅館，有時到那個旅館去睡嗎？嗚呵呵呵呵！」

「哎、哎呀！」

「你、你應該去問年紀較長的小、小姐才對啊，嗚呵呵呵！她、她們才會稍微認識一些旅館老闆嘛，嘻嘻嘻！」

結果是卡爾出馬，我們才得以找到一間叫做「獨角獸旅店」的旅館。我到那個時候仍是一直笑到無法正常呼吸，杉森則是意氣消沉得不想和任何人說話。

我以為在首都的消費一定會無條件比較貴，這其實是個錯誤的想法。由於這裡是首都，反而貨品充裕，導致物價不會太貴。旅館費用也是如此，不知是不是因為是首都，到旅館住的旅客比較多，所以即使是相當不錯的旅館，費用也還算是低廉。

伊露莉和妮莉亞一聽到旅館地下一樓有澡堂，就歡聲呼叫著跑到地下一樓去了。而且她們兩個佔據了澡堂，久久待在裡面，一點兒也沒有想走出來的跡象。我們大致洗了澡，就先去點晚餐來吃，然後來到大廳裡坐著。

不知道是不是這個都市的所有建築物都是如此，不過，獨角獸旅店裡真的很明亮。大廳天花板上有巨大的吊燈，而且每一面牆都立著兩根蠟燭，所以可以說是連坐在前面的人的毛孔都可以看得一清二楚。

「真的好亮啊！我看就算要畫畫也沒問題！」

卡爾點了咖啡作為飯後飲料，一邊喝著一邊讚嘆店內這麼亮。而我、杉森和溫柴則一直以一種很困惑的表情望著我們眼前的杯子。

「卡爾……」

「嗯？你們怎麼了？」
「那個，謝謝你點這個東西給我們吃，但是我們真的不敢吃。」
「啊，為什麼呢？」
「它太像史萊姆怪物了。用湯匙一刺就爛成一坨，而且……」
「嗯。看來依你們自己的意願，是不會喜歡果凍的。喂，老闆，來三杯啤酒！」
「就是要那個！太好了！」
我們動都沒動一下果凍的杯子，就叫人收走了，接著開始喝起啤酒。連溫柴也是一副得救了的表情。比起來啤酒真的好太多了，而且這樣對消化也會比較好。旁邊那一桌的客人看到我們這副樣子，都偷偷地笑了起來。好啦，不管你們要笑不笑，反正只要喝到我們喜歡的就好，人生苦短啊！
「嗯，啤酒的味道不錯哦！好香醇的味道。」
此時伊露莉和妮莉亞走進了大廳。
啊啊……也太突兀了吧！她們連頭髮都沒有擦乾，就緩緩地走了進來。妮莉亞甚至還披了一條布巾在頭上，才走進來。雖然伊露莉沒那麼誇張，但是她烏黑的頭髮上還閃著濕濕的亮光。而且伊露莉白淨的臉頰上還泛著些許紅色。我真的快看不下去了！
伊露莉將罩衫的袖子捲到手肘上方，鈕釦則是解開了好幾個，看起來像是穿著分不出是男是女的服裝。而妮莉亞也是半斤八兩，她的硬皮甲不知丟到哪去兒了，只穿著一件寬鬆的襯衫就走進來。那件襯衫和男人穿的沒有兩樣，所以露出她的領口部分，甚至還看得到肩膀。下襬延伸到多麼下面呢？都完全遮住大腿了！可能是因為這樣，所以妮莉亞圍著一條像是圍巾的布在腰上，然後在旁邊打了一個結之後，其餘的部分就自然地垂下來。嗯，這樣穿好像也不錯嘛！

「原來各位在這裡。」

「妳們吃過飯了嗎？」

「吃了。我們到餐廳之後，聽說你們已經先離開了，就在那裡吃過了飯，然後才來這裡。」

伊露莉和妮莉亞一坐到我們這一桌，馬上就讓周圍的視線都變成嫉妒羨慕的目光了。我一面感覺後腦杓像是被投過來的目光射穿，一面問妮莉亞：

「妳這件衣服是哪裡來的？」

「嗯？這件啊？是我的衣服啊。我喜歡這種輕便的衣服。」

「可是不太像是妳的衣服。太大了，簡直就像是男人的衣服。」

妮莉亞直盯著我看。

「你以為這是我偷來的？」

「我並沒有這樣想。我只是覺得很奇怪，妳為什麼要帶著這種不適合妳穿的衣服呢？」

妮莉亞噗哧笑了出來，然後移動椅子靠近我身旁，在我耳邊耳語著：

「這是我要拿來偽裝用的。」

「假扮成男人嗎？憑妳這種身材？」

「沒問題的。我可以很容易就假扮成一個矮個子的胖男人。雖然無法假扮得像杉森，但是要像你這樣卻沒什麼問題……而且現在我發現，原來你的身高和我差不多嘛！」

「什麼話！我比妳高多了！我是坐下來才和妳差不多吧。」

「是嗎？唷，我看是你腿短。我剛才在澡堂把伊露莉都看遍了。她的腿真的很長哦，真是羨慕。」

「……我早就知道伊露莉的腳很長，妳就不要再說了啦。」

「不是啊。嗚，我真的很難過。那些穿裙子的女人可能無法體會我的心境吧。我身為一個真正的夜鷹，是無法穿裙子的，所以我很難過。」

「呃哈哈、呃哈，不要再說了，都起雞皮疙瘩了！」

杉森看到我們兩個耳語個老半天，露出訝異的表情，然而他的眼神並沒有停留在我們身上很久。他不斷地瞄向伊露莉，然後臉紅地說：

「嗯，伊露莉。」

「咦？」

「人們老是往這裡看。」

「為什麼呢？啊，可能是因為我是精靈的緣故吧。」

「……可能是吧。」

杉森含糊地回答了之後，為了要遮住他漲紅的臉，舉起了啤酒杯，而妮莉亞一面看著杉森那個樣子，一面嗤嗤地笑。妮莉亞點了一杯啤酒，伊露莉點了一杯葡萄酒之後，我們就這麼坐在大廳，一面接受萬人的目光齊聚於一身，一面開始說著明天的計畫。

「謝蕾妮爾小姐呢？」

「我想要明天就出發前往戴哈帕。」

「真的嗎？那麼我們還有沒有可能再見面呢？」

「這個……請問各位打算要待在這裡多久？」

嗯，這件事我也想知道啊。卡爾搖搖頭說：

「至少要花兩週。也有可能會待到長達一個月的時間。」

「那麼……我要辦的事情大概不會花這麼久的時間。我大約兩週之後就會回到首都，所以各位可以等我嗎？我希望回程的時候也能和你們一起走。」

杉森死命地看著卡爾。卡爾則是笑著說：

「當然好。」

杉森的臉色一百八十度地大轉變，變成是一副「太好了，好得不得了」的表情。我也覺得這樣很好。伊露莉可說是一起旅行的好夥伴。她不但刀法俐落，又精通魔法，我們光用眼睛看就很舒服了。和她一起談話的時候，總能令人重新再思索一次那些我們認為理所當然的常識，這也是件很不錯的事。伊露莉一看到我們全都贊成了之後，就點點頭說：

「那麼……就請各位幫我看管『理選』了，好嗎？」

「妳要用走路的嗎？」

「我是精靈，步行穿越森林會比騎馬要快很多。」

「好的。那麼妮莉亞小姐呢？」

她從剛剛就一直在玩著那條原本蓋在她頭上的布巾，一會兒拿來蒙著臉，一會兒又圍在脖子上，然後一會兒又綁在手臂上揮弄著，這時她仔細想了想，然後說：

「請問各位打算怎麼做？」

「我們？我們會繼續住在這家旅館，並且需要到首都內各個地方去。大致上都會是由我前往，而費西佛老弟和尼德法老弟大概會有點兒無聊吧。」

我插嘴說道：

「我們不能都跟你一起去嗎？」

「這個嘛……我想要到許多官員和貴族家裡去。其實說起來是要去乞求人的，但是這其中會有一些沒有實質幫助的繁文縟節。你們可能不太知道這些禮節吧？所以如果硬要你們跟著我，你們應該會覺得很無趣的。而且跟著一個要去乞求的人，也多少會傷到你們的自尊心。」

「去乞求……什麼？」

「我們要準備贖金，不是嗎？」

杉森和我大大地嘆了一口氣。卡爾打算怎麼籌到十萬賽爾呢？我們要是能說出「我們也想出去幫忙」就好了，但是我們在首都有好友嗎？有親戚嗎？

「唉，我們只能動也不動地躺在旅館床上望著天花板嗎？」

「不要擔心。只要是對你們有幫助、值得帶你們去認識的人，我一定帶你們去。」

接著妮莉亞微笑著說：

「那麼，卡爾叔叔，一天付我一賽爾的錢，我幫你看小孩。怎麼樣？」

「咦？」

「我來照顧修奇和杉森，你安心地去那些地方吧！」

「好像是很不錯的建議嘛。呵呵呵。」

「開玩笑的啦！我目前並沒有特別要做的事，在這附近也沒有辦法收什麼過路費，而且我害怕那些首都的警備隊員，所以我也不能做些什麼其他的事。唉，我會繼續停留在這裡找些工作來做。」

妮莉亞將布巾掛在我的脖子上，一面拉扯一面說了這些話。咳！咳！

「萬一妳有什麼需要幫忙的，請跟我們說，可是如果是……」

「犯法的事？別提了。我不會做那種要求的。」

「是。那麼，費西佛老弟、尼德法老弟，你們明天上午早一點和我去買衣服吧！雖然沒有辦法準備禮服，但是要進宮殿，必須準備一套像樣的衣服。而且還要將溫柴移交出去，然後去謁見國王陛下。」

咦？卡爾說起來好像很簡單哦？在我的想法裡面，我以為需要先向下層官員報請之後，再去見上一層的官員，才能獲得許可。總之必須經過下面的層層官員，才能謁見到國王陛下吧？

「咦？只要說聲想謁見國王，就能隨意謁見嗎？」

「我們可不是一般要去陳情之類的人，所以用不著擔心。因為我們的任務是要去報告有關於國王的白龍一事。」

這時，從剛才一直勒我、在玩鬧著的妮莉亞靠到我的耳邊低聲說：

「不要動。」

接著，她從桌子底下開始摸索著我的腰。我雖然大吃一驚，但是妮莉亞向我眨了眨眼示意，隨即抽出我插在腰帶上的匕首。搞什麼呀？這女的為什麼突然間這麼做呢？

就在這時候——

「啊呀！妮莉亞！好久不見了？」

02

有一位男子坐在離我們有點遠的某一桌，向妮莉亞揮了揮手。他大約是三十多歲，看起來是很機靈的一個鬍鬚仔。妮莉亞把我的匕首直接塞在布巾裡，接著起身。其他人可能什麼都沒看到。

「哎呀！真是好久不見。你的母親過得好嗎？嗯，各位，我有個同鄉朋友坐在那邊，我去打個招呼就回來。」

於是，妮莉亞做出一個很高興的笑容，走向那個男子。其他人都以為事情真的跟她講的一樣，並沒有特別在意，但是我把靠在桌子旁邊的巨劍劍尾用腳一推，使它倒向我的膝蓋。我一面摸著劍柄，一面仔細看著那個男子和妮莉亞。妮莉亞說他是同鄉朋友？離開故鄉之後，已經很久不見的朋友，需要藏著一把匕首見面啊？還可真是溫馨的故鄉人情味哦？

我仔細地打量了一下，然而那個男子長得很平凡，而且也沒穿盔甲，所以我差一點兒就沒有察看到他的鞋子。乍看之下跟普通的鞋子一模一樣，但是仔細一看，我卻看到有毛皮附著在鞋底。

這是在模仿半身人的腳掌嗎？走路的時候一定不會發出聲音吧。

這真是令人不安！要讓妮莉亞自己單槍匹馬去解決這件事嗎？妮莉亞既然沒讓我們一行人知道就單獨行動，意思就是她自己會解決。

就在這時候——

一個左眼有道疤痕的男子經過妮莉亞和那個鬍鬚仔的身旁。那個刀疤男子很有技巧性地遮住了兩個人。可是我卻目睹了接下來發生的事情。那個鬍鬚仔趁著刀疤男子悄悄遮住的空檔，扭住妮莉亞的手腕，搶了匕首之後，用手狠狠戳了妮莉亞的腰一下。我看到妮莉亞的身體僵住了。

然後，妮莉亞慢慢地起身。那個鬍鬚仔搭著妮莉亞的肩膀。離他們有一段距離的刀疤男子則正看著牆壁。妮莉亞跟鬍鬚仔一起走向我們。

「各位，我、我和故鄉的朋友去找個地方聊一下天。」

卡爾點點頭回答：

「好的。會很晚才回來嗎？」

「我說不定會晚一點回來。請不要等我。」

然後妮莉亞就準備好要離開了。可惡，不能讓他們得逞！

「對了，妮莉亞！」

妮莉亞和那個鬍鬚仔都驚訝地看著我。我一面從座位上猛然站起，一面喊著：

「那、那個！我忘了那個東西了！真是，他媽的！不是妳拿去了嗎？妳快過來。啊，抱歉，等我們一下！」

我一邊說著，一邊拉妮莉亞的手，結果鬍鬚仔只好放開妮莉亞。我拉著妮莉亞的手腕急急忙忙走出大廳。我們一行的其他人都莫名其妙地看著我，可是我沒空解釋了。

走出大廳之後，我靠站在走廊的牆壁邊上。妮莉亞看到我這副模樣，微笑著說：

「謝謝。」

「什麼呀？那些傢伙是什麼人啊？」

妮莉亞表情不高興地說：

「他們是很令人頭痛的小鬼。那些傢伙並不是『夜鷹』，而是寡廉鮮恥的騙子。」

「很好，我們上去房間吧！」

妮莉亞和我上到了我們男人住的那一間房間。因為怕會被人看到，所以不能呆呆地站在走廊。我們進到房間之後，走向陽臺。這個旅館的二樓比一樓的面積小，其餘的部分都拿來做陽臺。陽臺和房間之間有拉門，睡覺的時候要關起那扇門。

我們怕有人從門外聽到我們的談話，所以在陽臺上說話。這裡是整個敞開的空間，應該沒有辦法監視我們。眼前拜索斯恩佩的夜景一覽無遺，然而我現在沒空觀賞如此美麗的風景。

「那些傢伙想要的是什麼？」

「他們說想要用我。」

「不要說一些複雜的故事，到底妳是喜歡這樣，還是討厭這樣？」

「我討厭這樣。雖然說他們會給我很多報酬，但如果事情一結束，他們鐵定會殺了我的。」

真是可怕呀！我並不是指這段話的內容很可怕，而是指泰然自若地講出這些話的妮莉亞很可怕。我暫時平息一下自己的呼吸之後說：

「我知道了。只有鬍鬚仔和刀疤男子兩個人嗎？」

妮莉亞驚訝地看了看我。

「你連那個刀疤男子都發現到了？真是厲害！嗯，就是他們兩個人了。但是可能在某個地方也有其他的同黨等著他們吧。」

「如果把他們請走的話，還會再來嗎？」

「如果把他們強行請走的話，應該還是會再來。可能他們真的有需要由女孩子來做的工作吧。」

「是公會的事嗎？」

「不是的。公會的人怎麼會想殺我呢？這些傢伙是那種連公會裡的人也在追擊的可惡傢伙啊！我怎麼會認識這種壞蛋呢……真是的！」

「很好。如果他們不屬於公會，那麼把他們收拾掉也沒有關係吧？」

妮莉亞抓著我的手說：

「修奇，他們是很可怕的傢伙呀！」

「我這樣問妳吧。妳想不想死？妳照著妳心裡想的直說。因為我們是朋友。」

「……請救救我。」

「很好。妳在這裡等吧。我把杉森帶到這裡。」

我將妮莉亞留在房裡，自己走了出來。我乒乒乓乓地走下樓梯之後，一進到大廳，那個男的就愣在那裡看著我。那個鬍鬚仔一看到妮莉亞不在我的身旁，就凶惡地瞪著我看。我佯裝若無其事地對杉森說：

「杉森！妮莉亞說她也不知道。他媽的！那個到底在哪裡？」

杉森表情呆愣地望著我。

「哎呀，你說的是什麼東西呀？你說明白一點，不要拐彎抹角的。」

我到底該怎麼做，才能在不讓鬍鬚仔察覺有異的情況下帶走這隻食人魔？我快心煩死了。這時候，我突然有個不錯的想法。

「就是那個啊！城外水車磨坊的推磨聲真大……」

「呃呃啊啊啊！」

杉森一聽到這句話立刻反射性地向我猛衝過來，結果和溫柴一起跌倒在地。因為他們的腳踝仍然互相綁在一起。

「呃啊！」

「嘎啊！」

但是杉森馬上又猛然起身，並且將溫柴整個人都舉起，扛在肩膀，追著我跑來。溫柴因為跌倒在地上之後，又馬上被抬到肩膀上，整個人都快神智不清了。這真可怕呀，真可怕。

到我們房裡之後，好不容易才讓杉森停了下來，我們跟他說明妮莉亞所面臨的危機。這可不是一件容易做到的事啊！杉森立即恢復鎮定，點點頭說：

「好，我明白了。妳是說那個鬍鬚仔和刀疤男子是騙子，是吧？」

「是的。他們要是發現我不聽話，就會殺了我。」

「我們應該下去斃了他們。」

哎喲，真是令人頭痛！我搖了搖頭。

「不行。她不是說還有其他同黨嗎？」

「如果他們找來，就全斃了他們。」

「如果他們是在睡覺的時候跑來，在你的心臟插上一刀，那怎麼辦？」

「……把樓下的那些傢伙抓起來，狠狠揍一頓之後，就可以抓到他們的同黨了。」

「……這還真是合我胃口哦！」

這是當然的啦。因為我是純正賀坦特土生土長的男人。妮莉亞表情擔憂地看著我和杉森，然後說：

「原來你們喜歡從事最危險的計畫！」

「不然妳有其他的計畫嗎？」

「現在馬上要我說的話，我說不出來。但是如果能再稍微想一想……」

「沒有時間了。走吧！溫柴，暫時對不起了。」

接著，杉森朝溫柴的下巴上揮了一拳。砰！一直在旁專注聽我們講話內容的溫柴就這樣昏倒了。

「妮莉亞，妳負責看守溫柴。」

杉森猛然站起來。妮莉亞搖搖頭，開始把溫柴綁在床鋪上。

杉森和我在樓梯上簡單地訂定計畫之後，乒乒乓乓地下了樓梯。一進到大廳，我就裝出一副非常鬱卒的臉孔說：

「他媽的，該死！竟然沒有一件事搞得好！」

杉森也做出一副按著額頭苦惱的表情。他一面搖頭，一面悄然地走向刀疤男子那邊，口中說著：

「哎呀，我也不知道啦！可是洗手間在哪裡呢？」

很好，就是現在。我走近那個鬍鬚仔。

「啊！等一下。」

那個鬍鬚仔驚訝地看看我。我趕緊說：

「你的肚子上有蒼蠅！」

砰！那個鬍鬚仔捧著肚子倒了下去。他可能感覺肚子被穿了個洞吧。我戴著的手套可不是普通的手套啊！杉森也抓著刀疤男子的肩膀，氣勢洶洶地喊著．

「咦？好久不見了！」

砰！刀疤男子的下巴整個都歪了。杉森緊抓著眼看就要倒下的此人肩膀，又往他腹部狠狠擊了一拳，說：

「喂！見到你真的是很高興耶。到現在為止，只要一想到你們在賭場搶走我的錢之後逃跑，我就恨得咬牙切齒！」

隨後，在大廳的那些客人們都一副已經瞭解這是怎麼一回事似的，點了點頭。嘿嘿。你們到底知道些什麼呀？還在那邊點頭？我連忙大喊：

「哎呀，這裡人這麼多，到房間去吧！」

然後我提起昏過去的鬍鬚仔的後頸。旅館老闆趕忙跑過來。

「這個、兩位客人！如果你們在房裡鬧起來……」

杉森很快地塞給他一枚十賽爾的銀幣，並且說：

「我們絕對會安安靜靜的。萬一我們吵鬧，那就請把我們轟出去。這樣可以了吧？」

旅館老闆看著手上的錢和杉森的體格，反覆想了想這番話，就點點頭往後退。

「不可以吵鬧！也不可以弄壞旅館的設備。」

「請你放心。」

卡爾和伊露莉非常驚訝地望著我們，然後莫名其妙地跟在我們後面。在等待杉森拖著那個刀疤男子過來的時候，我很快地對卡爾解釋：

「這兩個傢伙是騙子。雖然跟妮莉亞認識，但是他們脅迫妮莉亞，硬要拉她成為同黨。」

「啊，是這樣嗎？」

杉森也拖著刀疤男子走出來了。遭到突襲的這兩人幾乎是處在失神的狀態。我們拖著這兩人，往妮莉亞等著的那個房間走上去。妮莉亞一看到我們拖拉著兩個人走進去，鬆了一口氣說：

「我欠你們一份情……」

「欠什麼情。沒關係啦，不要放在心上。人活著本來就應該要互相幫忙。」

杉森簡單地說完之後，從背包裡面拿出繩子，綁住了這兩人，甚至還堵住他們的嘴巴。讓這兩個男的坐在地上之後，我們陷入了苦惱。妮莉亞說這兩個人還有其他的黨羽，但是要怎樣做才能不讓那些黨羽來攻擊我們呢？

妮莉亞站出來說：

「嗯……現在這件事就交給我吧。」

妮莉亞先叫醒其中的鬍鬚仔。他一睜開眼睛，立刻表情兇惡地瞪著我們。妮莉亞聳聳肩，然後鬆開鬍鬚仔的嘴巴。

「好了，月舞者，正如你所見到的，我的朋友們都這麼強，我不想和你們共事。」

月舞者？這鬍鬚仔的綽號可真是奇怪。他吐了一口口水之後說：

「……這幾個人好像不是那種沾夜露的傢伙？」

「他們幾位並不是那種人。」

「嗯哼，三叉戟的妮莉亞也想離開這一行了。妳是不是想去學著做一個冒險家？」

「我不會開鎖，也不會拆除陷阱之類的事。做那些事的夜鷹，只不過講起來好聽是會開鎖的人，並不是真正的夜鷹。而且這幾位並不是聽到有寶物就上山下海跑去找的那種人。我和他們只是朋友。」

月舞者以凶惡的眼神狠狠盯著我們。

「他們會變成已故朋友的。」

杉森勃然大怒了起來，但是妮莉亞嘆了一口氣說：

「你聽不懂我的話啊！那就沒辦法了。修奇？你可以去幫我拿一瓶酒嗎？」

酒？為什麼突然要酒？一聽到這句話，月舞者的眼神在瞬間潰散了。他咬牙切齒地說：

「我不是傻瓜。妳用那種把戲，我會有什麼下場？」

「那要試了才知道啊。修奇，幫我叫一瓶「龍之氣息」的酒就可以了。還有，要拿五個杯子。」

這是什麼意思啊？不管怎樣，我走出房間來到大廳，向老闆點一瓶「龍之氣息」，可是他卻以銳利的目光開始打量我。

「你要喝那個？」

「我只是幫人跑腿。那到底是什麼樣的酒啊？」

「……我看你們之中好像沒有人會喝那種酒。」

「老闆，難道那東西是禁貨？」

「沒這回事……在這裡，拿去吧。」

我接過酒和五個杯子，再次回到我們房間。進到房間一看，名叫月舞者的那個鬍鬚仔正坐在椅子上，背靠在牆上。妮莉亞接了我帶去的酒瓶和杯子，隨即先把五個杯子在桌上排成一列。然後她打開那瓶密封的酒。

我感覺一陣暈眩，這真的是一瓶光是聞味道就快昏過去的烈酒。杉森眨了眨眼睛，說道：

「哇，這酒，不就是在雷諾斯的時候，尤絲娜帶給我們的那種酒？」

啊，就是那個很烈很烈的酒？卡爾和伊露莉也都一副頭暈目眩的表情。妮莉亞把五個杯子都斟滿酒之後，將我們各自帶著的匕首都集中在一起。我、杉森和卡爾帶著匕首，伊露莉則是拿出綁在腿上的左手短劍。而且妮莉亞將自己帶著的匕首也拿了出來。妮莉亞將這五支匕首同樣排成一列，擺放在五個杯子的旁邊。看起來可真像是場匕首展示會！妮莉亞將兩手戴上手指套，然後舉到頭上，伸了個懶腰，說：

「喂，月舞者，我雖然不知道你說『需要一個女的』是怎麼回事，但是你去找其他女的，不就好了？你們今天第一個找到的女人就是我，只要回過頭去，然後把我忘記，不就沒事了？」

「其他女的不行。」

「是嗎？嗯，你這麼做好了，你回去跟他們說『不要用我比較好』。」

「我不幹。」

「那就沒辦法了。各位，我要給你們看個有趣的東西。」

她對我們行一個鞠躬禮，連腰都彎了下去。我們需要拍手嗎？不過，我們倒是照著她的指示，坐在床上。她說：

「不管發生什麼事，絕對不可以從床上起來，也請不要插手管我們的事。這是我們這圈子的事，如果你們插手，會讓我很為難。各位知道了嗎？」

我們莫名其妙地點點頭。妮莉亞又叮嚀了好幾次，才轉過身去。

她先舉起桌上的第一杯酒，像是在跟月舞者乾杯似的伸出去之後，一口氣喝乾了。哦！她竟然一次就喝光一杯那種烈酒？妮莉亞放下杯子，稍微眨了眨眼睛。

接著，她舉起匕首向上扔了一、兩次，掂掂看匕首的重量，突然咻地就射了出去。

「啊！」

伊露莉低沉地喊叫了一聲。匕首飛出去之後，插在月舞者的左耳旁邊。可能只差一、兩根手指頭的距離就會射中了吧！我們全都驚慌不已地看著妮莉亞。她說道：

「放棄吧！」

月舞者卻擺出全然不為所動的態度。

「我才不幹。」

妮莉亞點點頭，隨即舉起第二杯酒。應該要阻止她才對吧？妮莉亞還是一口氣就喝光，這次則是用兩手掩住整張臉。她從指縫間輕輕地吐了一口氣。

「呼！真的很烈……」

她舉起第二支匕首。同樣是先向空中扔上去之後接住，如此扔了一、兩次，檢視是否平衡，接著就直接射出去了。月舞者一動也不動，這次匕首是插在他的右耳旁邊，距離大約一指的牆上。

「放棄吧！」

「不幹！」

妮莉亞看起來並沒有特別在意的樣子。她一聽到月舞者的回答，又舉起第三杯酒，直接乾了。從她的嘴角流出了一些酒，流到下巴上。她放下酒杯後，頭搖晃了一、兩下。她抓著桌角，狠狠地喘了一口氣，用力搖搖頭之後，再度站直起來。卡爾真的忍不住了，他站起來。

「妮莉亞小姐！」

「後面的不要說話！否則殺了你！」

一聽到如此破口而出的狠話，卡爾整個人都僵住了。這簡直是咆哮。妮莉亞並沒有往後看，只是舉起第三支匕首。那是伊露莉的左手短劍。

妮莉亞向上扔了一、兩次。這一次，她沒抓好，那把左手短劍往下掉落，直直地插在妮莉亞的腳邊。她嘻嘻笑著說：

「真不錯的刀刃……」

她拔起它，因為那把左手短劍很容易就被拔出來，結果害她一屁股坐在地上。「呼呼！」她氣喘吁吁地抓著椅子站起來。接著，她做了個深呼吸，張開雙腿站定之後，手臂往後作勢要射。這時候月舞者說：

「我放棄。」

「我喜歡一絲不苟、乾淨俐落的男人。」

妮莉亞咧嘴笑了笑，搖搖晃晃地走向月舞者。妮莉亞在月舞者的臉頰上親了一下，但是月舞者一動也不動。我們全都以驚嚇的表情看看妮莉亞，又看看月舞者。月舞者則是表情不變，還是一副不高興的臉色；妮莉亞搖搖晃晃地走回來，癱坐在椅子上，把剛才她拿起的第三個杯子遞給卡爾。

「卡爾叔叔，對你大聲喊叫，真是對不起。」

卡爾幾乎是在無意識之中接過杯子，妮莉亞立刻將酒杯斟滿。卡爾看了一下月舞者，又看了一下妮莉亞，接著搖搖頭，然後把酒乾了。

「嗯，真不錯……」

結果卡爾就昏過去了。卡爾又不是妮莉亞，一次就把整杯酒喝光，當然是太勉強了。卡爾倒在床上之後，完完全全變成一個被我們遺忘的人物。

妮莉亞把放在桌上的第四杯酒遞給伊露莉，伊露莉並沒有接下酒杯，她直盯著妮莉亞。

「我並不知道妳是不是很會射匕首，但是喝酒這件事就是表示會失手的意思，是吧？」

「是的。」

「這意味著對方就算死了也沒關係嗎？」

「這要看這位朋友的判斷啊。他要是覺得自己死了也沒關係的話，就會繼續堅持下去。如果認為自己生命寶貴，他會放棄的。所以不是我在選擇，我只是製造情況而已。」

「硬要人從生命與意志之中選擇一個？而這是對方的自由？」

「完全正確。」

伊露莉接下了酒杯。靜靜地喝了一口之後，她開始用力眨著眼睛。

「呼、呵、呵、這酒太烈了……」

「很快就起作用了吧。」

伊露莉的上半身搖晃著，慢慢地說：

「……妳和修奇是在不同的意義之下，呼，結交朋友……呼，硬要別人去選、選擇。人類啊，真是難懂……」

妮莉亞看到伊露莉這個樣子，噗哧笑了出來，然後將第五個杯子遞給杉森。他二話不說地接過杯子。接著妮莉亞把兩個空杯斟滿之後，拿了其中一杯給我。

「剛才聽起來你好像有喝過這種酒？這是展開人生新局面的酒。」

我雖然接過酒杯，但是不怎麼想喝。妮莉亞拿著另一杯酒走向陽臺。

「我去吹吹風……讓我一個人靜一靜。」

然後妮莉亞走到陽臺那邊，將手肘靠在欄杆上。我以一種錯綜複雜的表情望著我手中的酒杯，接著看了看月舞者。他正瞪視著陽臺那個方向。我走過去對他說：

「你要不要喝一杯？」

「我只要你把我放開。」
「你真的放棄了，對吧？」
「那個女的都相信是這樣了，你還看不出來？」
「好。」
我放下酒杯，一隻手拔出巨劍，僅用另一隻手解開他的繩子。月舞者揉一揉他的手腕。我後退幾步距離之後說：
「那男的繩子由你去解開。」
月舞者解開了那個刀疤男子的繩子。兩人頭也不回地，把門砰的一聲關上之後就走了，只留下散落在地上的繩子，還有插在牆上的兩支匕首。間隔正好是一個人頭的距離。
我搖了搖頭，拔出匕首。
回頭一看，杉森已經把那杯酒喝光了，而伊露莉則是一面身體搖搖晃晃地，一面努力想讓卡爾躺好一點。但是她把卡爾的腳抬上床放好之後，為了將整個頭埋在床上的卡爾翻過來，正在艱苦奮戰著。我走過去把卡爾扶好躺正，隨即伊露莉微微笑了笑，並且拿起她放在桌上的那一杯酒。她一面舔舔嘴唇，一面說：
「嗯，真、真的是很烈。哈啊啊……」
「妳沒事吧？」
「不過，真的、很好喝哦哦……」
伊露莉拿著酒杯搖搖晃晃地站起身。我扶住她。她嘻嘻地笑著說：
「請送我哦回我房間去去去……」
即使她不說我也打算這麼做。她和妮莉亞的房間就在我們房間隔壁，我扶著她回房間去。在走過去的這段時間裡，她還一口一口地把杯子裡的酒喝光，結果一坐到床上，就整個人倒下去睡著了。

我回到我們房間一看，杉森又倒了一杯酒，我坐到他旁邊，拿起我的那一杯。

「這真的是很烈的酒。」

「我也來喝喝看吧。」

我把酒杯靠到鼻子，聞一聞那酒的味道之後，含了一口，慢慢地，一面享受它的香氣。妮莉亞不懂得喝酒。好酒要分三階段來喝。首先靠在鼻子前面享受香氣，含一口在嘴裡享受味覺，最後享受吞到喉嚨時的感覺……卡爾曾經這麼說過。他自己這麼說過，卻還猛然把酒喝下去，都癱在那裡了。我嘻嘻笑著。

「可還真烈。」

杉森看著放在桌上的匕首，說：

「小偷這種職業也有倫理觀念嗎？」

我歪著頭回答：

「這個嘛？有什麼職業會沒有規則呢？雖然或許在別人看來可能會很奇怪。」

一般的情況，這只是一般的情況。

「可能是吧。嗯，他只是說了一句『我放棄』，就真的算了。」

「月舞者或妮莉亞兩人看來都不是初出茅廬的人，都必須對自己的話負責任。」

普遍性，這是普遍性。真是無趣的話。但是，杉森點點頭。

「說得也是。」

我往陽臺方向一看，妮莉亞不見了。

「咦？妮莉亞去哪兒了？」

「嗯，她剛剛不久前一個空翻，跑到旁邊的陽臺去了。」

「嘿。喝了酒之後還能空翻？」

「她很乾淨俐落地越過去了呢！」

我聽到杉森的話，點點頭之後，才突然間領悟到一件事實。我驚訝地張大嘴巴看著杉森。

「啊！……這麼說來？」

杉森微笑地回答：

「剛才她醉了只是在演戲。那女的酒量真好！」

伊露莉和我們一一握了握手。

她昨晚喝了那個不知是「龍之氣息」還是「龍之飽嗝」的酒，到現在還處於疲倦的狀態。今天早上，妮莉亞以為她死了，還因此發生一陣驚嚇騷動。仔細一看，原來是她喝酒喝得完全醉了，已經毫無感覺，而呼吸也非常緩慢。妮莉亞把她背在背上（不過兩腿還是拖曳在地上），進去澡堂裡，過了一個小時之久，伊露莉才好不容易又回復到她平常的模樣。

伊露莉並沒有像人類那樣變得無精打采，或者胃痛苦地翻騰著，又或是頭痛得快爆裂似的，完全沒有這一類宿醉的症狀。然而，她倒是讓我們看到平常難得一見的疲倦模樣。即使在雷諾斯市的地下監獄裡辛苦的時候，她也是一副很端莊沉穩的樣子，現在卻因為一杯酒，把她弄成這副疲憊的模樣。嗯，這真的是很烈的烈酒。

「兩個星期以後見。」

「路上小心。我只有一件事要拜託妳，就是請妳路上小心。」

伊露莉聽到我開玩笑的話，輕輕笑了出來。然後她甚至還對溫柴伸出手來，但是溫柴卻故作視而不見的樣子。在一旁看著的妮莉亞豎起眉毛，做了個凶悍的表情，不過伊露莉反而點頭行禮表示歉意。

「啊，讓你不愉快，真是對不起。」

接下來……她對我們的馬，也開始一一道別。我們除了微笑，實在做不出其他適當的表情，所以都微笑著觀看這一幕。伊露莉一面撫摸那些馬的鼻脊，一面說：

「流星，廣闊荒野上的奴隸，這石頭都市會讓你覺得很鬱悶，不過還是要好好服侍主人喔。曳足，堅持走到底的耐心求道者，你要體諒主人的重要任務，誠心誠意地輔佐他。傑米妮，你很喜歡性格開朗的主人吧？你和主人在一起的話，走到哪裡都會很幸福的。移動監獄，你就要和愛你的主人分開了，我向優比涅祈禱，希望能讓你們再度見面。黑夜鷹，不會失敗的勇猛化身，這樣反倒讓美麗的淑女幸福的你啊，你真像一隻獨角獸。」

哦！我們的馬有這麼了不起嗎？那些馬不知是不是因為聽懂伊露莉的這番話，都靜靜地看著伊露莉。甚至那隻最凶悍粗暴的黑夜鷹也乖乖地站著讓伊露莉撫摸。最後，伊露莉撫摸她自己的馬「理選」的鼻脊。

「理選，我會再回來。如果和我在一起的時光很快樂，那就請記得我，等我回來。」

「噗嚕嚕，咿嘻、咿嘻嘻嘻！」

真令人驚訝。不知道是不是因為牠很像自己的主人，理選，我們的馬匹之中最為安靜溫和的牠，居然胡亂搖晃馬鬃，像是在回答伊露莉似的動著頭。理選可能真的聽得懂伊露莉的話喔？

伊露莉和那些馬都道別了之後，轉身對我們說：

「那麼，祝你們旅途愉快，耳畔常有陽光，直至夕陽西下。」

我們之中的卡爾代表我們回答說：

「祝妳一路平安，歸來時猶如出發，笑顏常在。」

然後伊露莉輕盈地轉身，開始沿著拜索斯恩佩的中央大路走去。輕盈地，好像乘著風而去的樣子。她走路的時候，腿直直地伸出。就這樣，她在受到拜索斯恩佩市民的灼熱目光之下漸行漸遠。

「好了，我們也走吧？」

我們聽卡爾的話，騎上馬。首先是理選，我們為了和伊露莉道別而把牠帶出來，於是我們先把牠帶回旅館的馬廄，然後往市中心前進。

我們在商店密集的地點找到了服飾店。卡爾對妮莉亞說：

「妮莉亞小姐，妳要不要買件衣服？因為妳還我們錢，我們才得以有一趟很舒適的旅行，如果買一套衣服給妳，應該不是件難事。」

「嘿，卡爾叔叔，你總愛讓我不好意思哦。我不需要衣服。嗯，各位現在就要去王宮了，是吧？」

「是的。」

「我到王宮會起疹子，所以我去逛一逛，順便找找工作。節慶期間說不定會很容易就找到工作。很久沒來首都了，我也會去找些朋友……晚上旅館見了。」

「啊，好。就照妳的方便行動吧。」

妮莉亞就這樣騎著黑夜鷹走了。嗯，妮莉亞也和伊露莉真的沒兩樣，也是四周異樣目光的焦點。妮莉亞騎在一匹巨大的黑馬上，背上搭著一支很少見的長槍三叉戟。但是今天她並沒有穿硬皮甲，只是很舒適地穿了一件襯衫，那是件男人的襯衫，所以更突顯出她纖細的身材。騎在黑夜鷹上面，她變得不但看起來不會很高大，反而還會看起來比較矮小。四周的市民們用讚嘆的眼睛看著妮莉亞。嘻嘻。她選擇黑夜鷹，真的是因為賣掉的時候會比較貴這個理由嗎？

我們進去到商店裡面。

「歡迎光臨！」

開朗又親切的老闆向我們打了一聲招呼。那個老闆從堆得像座山的衣服裡面，像是游泳游出來似的，來到我們面前。卡爾對我們說：

「選一件自己喜歡的吧。但是要記得，我們是要去一個需要注重禮節的地方。」

我稍微苦惱一會兒之後，選了黑色的襯衫、黑色的褲子，還有黑色的外套。因為黑色的衣服看不到上面的汙垢。呵呵。即使說這是為了進宮才買的衣服，但也不是只穿一次就不要的東西吧？卡爾原本穿的那一套就是比較正式的衣服，所以他只選了一個灰色的斗篷。但問題出在杉森身上。

「嗯，袖口穿不進去耶？」

「呃，領口太窄了。」

「呼、呼吸困難……這件不行！」

因為杉森的手臂上長著有點嚇人的二頭肌，所以他的手臂無法穿進一般衣服的袖子。再加上他的頭雖然不是很大，脖子卻因為結實的斜方肌而粗得沒有適合的領口。而且他的三角肌怎麼會這麼發達呢？恐怕很少有女人比得上他的胸圍。

「這位客人，請問你現在穿的衣服究竟是哪裡買的？」

「這件衣服？是我們領主大人給的啊！」

「那麼你們領主大人的塊頭一定很大吧？」

「啊，不是的。是我們警備隊員們全都塊頭很高大。」

說得也是。在我們故鄉，像海利那樣的警備兵就比杉森還高。所以，聽說警備兵的制服都是以將近普通人兩倍的衣料製成。理由很簡單，因為體格孱弱的警備兵無法存活很久。因此，他們乾脆從一開始就不太收那種體格的人。假設那種人進來並且存活下來了，也會因為殘忍的現實和猛烈的訓練，身體結出大塊的肌肉。

衣店老闆搖搖頭說：

「這位客人恐怕只能訂做一件衣服來穿了。你們說要找正式一點的衣服，是吧？正式一點的衣服並沒有那麼大件的。如果是冒險家穿的那種衣服或工作服之類的，才有那麼大的。」

卡爾苦惱地說：

「怎麼辦？」

「嗯，沒關係。卡爾，因為我是警備隊員，警備隊的制服就是正式服裝。」

「……能在國王陛下的面前穿盔甲的，只能是國王陛下的近身衛兵，要不然就是在戰場上。」

「是嗎？那麼只要脫了硬皮甲不就好了。」

可是如此一來就是只穿襯衫的打扮。卡爾很簡單地就解決了這個問題。

「請給我們一個大的斗篷。」

所以杉森在襯衫上面圍了一個斗篷，變成一副有點罕見的模樣。但是他的體格不錯，所以即使只是那樣披著，看起來也不會很難看。溫柴看著我們，咬牙切齒地說：

「你們穿得可真光鮮亮麗。現在已經準備好把我拿去進貢了嗎？」

杉森一面挺起下巴，一面說：

「你擅自進到我們國家，還做了那種低劣行為，現在我們已經準備好送你到你應該要去的地方。不要用這種委屈的語氣說話啦。」

哎呀！杉森幹嘛跟他說這麼長的一段話！溫柴發出了牙齒緊咬的聲音。

「……我並不想說什麼。」

「那麼走吧。」

我們朝著皇宮勇敢地、沒有一點心理準備地走去。勇敢的是杉森，而沒有一點心理準備的是我。卡爾並沒有提醒我們要注意什麼行為，要說什麼話。這個，還真是的。現在就要去到我們國家最尊貴的建築物裡，我到底該如何注意自己的舉止呢？

一直沿街道延伸下去的那些燈柱，全都呈圓形球狀關閉著。如果我們之前是白天抵達，可能搞不好會覺得很奇怪，心想「為什麼街道上會立著柱子，而且上面放著鐵球？」。現在大路上為什麼還是那麼多人呢？看得我眼花撩亂。不過，那些小姐們真的都好漂亮！

我看到皇宮了。

雖然已經有非常雄偉的外城包圍著這都市，但是皇宮還是建造成戰鬥用的城堡。所以，它和一般所稱的宮殿還有很大的差距。尖塔、護城河、可以拉起來的吊橋、高高的石牆，以及槍具映入眼簾。就算是把它們立在某個山頂或險惡的山嶺上，也毫無遜色之處。這座城堡的規模可說是相當地大。我問卡爾：

「真是奇怪耶。國王的宮殿應該是建得美輪美奐，為什麼會建造得好像是戰鬥用的城堡？比我們領主的城堡還更具戰鬥性質的樣子呢！」

卡爾微笑地回答：

「那是因為路坦尼歐大王是不折不扣的武人性格。聽說亨德列克還曾為此頭痛不已。」

「真的嗎？嗯，可是這還是很……」

很可笑的事。我很想這麼說。這都市的外圍不是已經有非常足夠的城池牆垣了？如果有敵人能攻破那些障礙，那麼這座城豈能阻擋得了什麼？卡爾說：

「這當然也有很好的含義。這城象徵國王是騎士道的第一守護者。路坦尼歐大王有句名言：『騎士們迎著寒冷北風站立城牆之上，國王身為騎士中的騎士，萬人的奴僕，若在宮殿的絲綢軟墊上打滾，乃是連狗都會恥笑之事。』」

杉森聽到這番話，眼神露出極大的感動，望著皇宮。但是我仍然覺得很好笑。

「不過這樣還是有體面和威嚴的問題吧？如果說國王以為全國的國民都和自己的想法一樣，那這個國王不就太笨了？有些人希望的是勇武的國王，也有些人希望的是有威嚴的國王，這些都要能包容，不是嗎？」

卡爾面帶滿意的臉色看著我，說：

「正是因為如此，才會讓亨德列克很是頭痛。路坦尼歐大王對於亨德列克的進言，即使是叫他脫光衣服在拜索斯恩佩裡奔跑，也會考慮三次左右才說反對。可是他對這件事卻很固執，沒有建造宮殿，而是建造了宮城。」

「嗯。」

「而且，事實上這沒什麼不好的，國王陛下住在那樣的城裡，所以他底下的臣子們哪有膽量建造華麗的房子和豪華的別墅？」

「說得也是。不錯嘛。」

總之，託路坦尼歐大王的福，我們進去皇宮的皇室領土裡，就如同去我們領主邸宅一樣，變成是件很平凡的事。我們沿著城門吊橋走了進去，立刻就有看來像是皇宮守備隊的人擋住我們。

「這裡是國王的皇宮。你們有什麼事嗎？」

卡爾臉色溫和地說：

「請向裡面通報一聲。請轉達我們是從賀坦特領地來的，來呈報有關國王的龍卡賽普萊的事。」

「好，請稍微等一下。」

我們在吊橋上面等待。

過了一會兒，有幾名武官隨行著一個男子走了出來。首都警備隊或者皇宮守備隊全都穿著華麗的鎧甲，但是現在走出來的這個男子只穿著簡單藍色花紋的白色武官制服，可以想見他是位階較高的人物。我們遲疑了一下，然後下了馬。

那男子有著一頭半白的頭髮，還留了和他很相配的半白鬍鬚，雖是個老先生，但是體格還是很硬朗。他環視我們一眼，點頭打招呼，並且說：

「我是皇宮守備隊長喬那丹・亞夫奈德。你們是？」

亞夫奈德？咦？杉森和我同時互望著。然而卡爾只是慢慢地從懷裡拿出文件遞給他。那位名叫喬那丹・亞夫奈德的皇宮守備隊長很快地看了一下。

「你是賀坦特領地的全權代理人。原來如此。就是那個因為黑龍阿姆塔特，而請求哈修泰爾家的卡賽普萊支援的那個領地？」
「是的。」
「請跟我來吧。你們需要直接先向國王陛下呈報才可以。」
哦，卡爾說得沒有錯。以國王陛下的龍為理由，真的就會直接處理耶？我們跟在喬那丹的後面進去。我們一面進去，喬那丹一面指示皇宮守備隊員把我們的馬匹帶到馬廄。
我們一進到皇宮的庭院，就立刻感受到確實有像國王房子的味道。
庭院裡，在人走的路上鋪有鋪路石，之外的地帶全都是草地和花園。灌木和庭園樹木構成一幅美麗協調的畫面，和從外面看起來，真的完全不一樣。而真正令人印象深刻的是那些眾多的樹木與花朵。爬上主城的建築物的地錦藤蔓，還有城牆邊到處林立的樹木和盛開的花朵，實在是十分美麗……
等等！怎麼會有花？在這秋天裡？
杉森和我又再度互望了一下。怎麼可能？怎麼會在這個季節裡開出花朵呢？這裡又不是很溫暖或者很特別的氣候？
我們雖然很想問清楚，但是卡爾和喬那丹都很嚴肅地走著，根本不是我們這些小卒能說話的時機。我決定一有機會就問，所以強忍著繼續走。卡爾在途中問喬那丹：
「皇宮裡有監獄嗎？只要是監禁的設施就可以了。」
「請問要做什麼呢？」
「我們押送來的人是傑彭的間諜。」
喬那丹的臉色突然轉變，他急忙轉頭看溫柴。
「這傢伙是……？」

「是的。」

「啊，那麼我先將這傢伙關起來。」

然後溫柴就被皇宮守備隊員帶走。嗯，總算跟他再見了。雖然這樣說有點冷漠。

溫柴被帶走的時候，他並沒有回頭看身後。

我們一到達主城建築物的入口，喬那丹就往後退去，改出另一個人出來接我們。他是皇宮內侍部長，名叫里菲・特瓦里森。所謂的皇宮內侍部長，好像是要負責一些像我們領主邸宅的哈梅爾執事所做的事。他帶我們到會客室坐下，要我們暫時等一下。

我們就開始在皇宮的會客室裡坐著等待。

四周都是白色的牆壁。牆壁上掛有一些拿來裝飾用的盾牌和劍，但是怎麼看也找不到任何一粒灰塵落在上面。他們一定常常在清掃整理吧。房間中央則是幾張沙發呈圓形擺放著，那些沙發讓我們屁股坐得非常惶恐不安。雖然不是什麼豪華的東西，但是對於我們這種經常在地上打滾的身子，沙發是有點軟趴趴不敢坐下去的東西。

過了一會兒，有一個我推測是女侍的人很嫺雅地出現，問我們要喝什麼。真頭痛耶。「一杯啤酒！」如果這樣說，會很可笑吧。不知道是不是杉森太過緊張了，他無意識地說：

「有啤酒嗎？」

……我真會發瘋哦。女侍睜大眼睛看著杉森。

「請問你們不是來謁見國王陛下的客人嗎？想要喝了酒去謁見嗎？」

「啊，哎喲！不對。請給我一杯水。」

女侍恭敬地點了點頭。我要的是一杯果汁，卡爾則仍是點了那種怪異的咖啡。竟然敢喝那種東西，卡爾真的是令人尊敬的偉大人物啊。

終於，我們把偉大的一杯水、一杯果汁及咖啡都喝光了，身體開始發癢扭動著。嗯，忍耐，學著忍耐吧。不管有多無聊，也不可以像杉森現在那樣，把杯子旋轉個不停，做出那種醜態。過了好一陣子，那個名叫里菲•特瓦里森的皇宮內侍部長又再出現。杉森慌慌張張地，結果差點把杯子摔到地上，臉色都紅了。

「請跟我來。」

順著走廊走著，我覺得很有威脅感。屋頂為什麼這麼高呢？地上鋪著的地毯又為什麼這麼鬆軟？牆壁上一長排的窗戶又為什麼這麼大？呼。不久之後，我們在一個房門前面停了下來。里菲，特瓦里森先敲了敲房門。

「進來。」

他一聽到從裡面傳來的聲音，就退到旁邊去。什麼意思呢？是要我們開門進去的意思嗎？不管怎樣，感覺起來就是這個意思，所以卡爾開了門。

我們進到房間裡面。

房間裡看不到牆壁。取而代之的，四周全都是個書櫃。怎麼看都好像是書房！在房間中央放著沙發和茶几，在另一頭則有書桌。雖然是沒有光線射進來的地方，但房裡仍然很明亮。我一看上面，發現原來是天花板正在發光。就像恩佩河上的那個東西和街道上的燈柱，同樣都被附上魔法，讓它們永久發出光芒。

在書桌的一角，有位男子正懸腿坐在上面。

棉質的襯衫配著一件棉質的褲子，這位穿著上下一整套衣服的年輕人，看起來大約二十幾歲三十出頭。灰黑色頭髮的他好像從剛才就一直在看書的樣子，我們進去之後，他就把書放在書桌上。他仍然坐在書桌的一角，一面搖著腿，一面看著我們。

卡爾先是慌了一下，茫然地看那男子。隨後那男子也同樣茫然地看卡爾。之後那男子首先點了自己的頭。

「啊，抱歉。各位請坐那裡。對不起。」

我們就先照他說的，坐了下來。那男子從書桌一下子跳了下來，現在已經坐在我們對面沙發的一角。他好像很喜歡角落！

「聽說你們有事來見我？」

這一瞬間，卡爾好像是坐到刺蝟似的，閃電般快速站了起來。

「陛、陛下。是，初次謁見，啊，不對！」

「咦？嗯，那麼就沒有意義了。」

「咦？」

「那麼，叫各位來書房就沒有意義了。原本我是想叫各位說話輕鬆一點的。」

哎喲，我的天啊！

這、這一位真的就是我們國王嗎？杉森和我好像彈起來似的，也都站起身子。我仔細一看，他和吉西恩長得很像。不對，如果把吉西恩關在圖書館之類的地方，大約三年左右，他大概也會變成那樣。國王陛下愣愣地看我們，隨即趕緊搖手要我們坐下。

「坐下，各位坐下。」

「陛、陛下，是、所以……」

我們實在應該跪下才對，但是前面的茶几礙事。那麼要不要走回沙發後面呢？我們慌張地不知所措，但國王陛下很簡單地就把我們的問題解決了。

「坐下。這是御令。」

「是！」

我們坐下的速度和剛才站起來的時候幾乎一樣。國王陛下一面搔著鼻梁，一面說道：

「我是國王尼西恩・拜索斯。你們是？」

「在下是卡爾・賀坦特，賀坦特領地的代理領主，亦即全權代理人。」

「在下是杉森・費西佛，賀坦特的警備隊長。」

「在下是修奇・尼德法，賀坦特的蠟燭匠候補人。」

「咦？」

「啊，不對，我是賀坦特的領民。」

「啊，哦，原來如此。」

尼西恩陛下歪著頭看了我一下。我開始懷疑皇宮是不是會有老鼠洞，如果有，我真恨不得能鑽進去。尼西恩陛下合起雙手，手指互相碰觸拍打，他說道：

「聽說你們帶來了有關卡賽普萊的消息？」

卡爾深呼吸一口氣之後，用一種坐著說話實在是非常惶恐不安的態度，開始慢慢地說道：

「是的，至極、至尊、至高、至仁、至愛的我們的國王尼西恩・拜索斯陛下，那愚昧的百姓，亦即每天反覆景仰我們的國王尼西恩・拜索斯陛下的賀坦特領地的居民們，被極惡、奸邪、暴虐、殘酷、無道的創造者的失敗作品，黑龍阿姆塔特，牠的不合理、無價值、無目的、野獸般的、令人悲嘆的暴力，將至極、至尊、至高、至仁、至愛的我們的國王尼西恩・拜索斯陛下的心愛的，每天嘆息著遠離開他的……」

尼西恩陛下打了一個高貴的哈欠之後，說道：

「今天可以說完嗎？」

「咦？」

「哦，如果你要繼續講到明天，那我可得要調整一下明天的行事日程。」

可憐的卡爾開始停止慌慌張張。尼西恩陛下雙手手指互义，靠在後腦杓，身體靠著沙發。

「請簡單地說。要不要連這個也下御令？」

「是。卡賽普萊被阿姆塔特打敗，修利哲伯爵被阿姆塔特俘虜了。」

「……我寧願你講長　點了，那樣可能比較好。他媽的。」

啊啊啊呀！他媽的？現在陛下說的是「他媽的」？

「真頭痛。我原本還想再把卡賽普萊用在別的地方。哼嗯，你們把事情辦成這樣，還像話嗎？」

「咦？」

「如果史官記錄成：我勃然大怒，你們請求原諒，於是仁慈的我原諒你們。這樣是不是就可以了？」

「是，咦？」

「如果沒別的事，就退下吧。」

然後尼西恩陛下從沙發的一角起身到另一角，也就是書桌的那一角。

這是什麼跟什麼呀？他這是瞧不起人嗎？啊，仔細一想，他沒有正式地在接見室裡傳喚我們，而是叫我們來這個書房，真的很可惡！媽的！難道我們只是為了被叫到書房受這種待遇，而去買新衣，心裡還緊張得怦怦跳？我甚至於還沒開始動身離開，就想把這一身彆扭的衣服都脫掉。他把我們當成什麼了？即使就算他是國王……不過，我再想了一下，在這世間，「即使就算」這字眼是絕對不可以加在國王前面的。我咬緊臼齒，極力忍住。

卡爾慌慌張張地說：

「啊，除此之外，還有一件事要報告……」

「什麼事？」

「我、我們在朝著這神聖聖都的福光之旅途中，在某一處發生了某種不明狀態，我們深陷於此狀態，在調查此事件的背後原因的時候，對國王陛下莫大的……」

「講短一點吧。這是御令。」

「我們抓到了間諜。」

尼西恩陛下的眼睛裡突然閃現亮光。

「你再說長一點。不過，要去掉宮廷史官們喜歡的那些修飾語。」

卡爾現在也開始漸漸地出現不好的臉色。

雖然我們並不是因為期待什麼宏偉的歡迎儀式，而從遙遠的地方跑來，但是這到底算什麼跟什麼呀？百姓來向國家最高地位的人訴說遭遇到的困難，結果他的態度竟是只聽他想聽的，這到底是什麼態度呀？至少應該要表現出關心，口頭上說說百姓遭遇困難讓他感覺很痛心，不是嗎？難道這很難做到嗎？「如此這般記錄下來，就可以了吧？那退下吧。」「那件事我應該多聽一些，你再講長一點。」他竟然這樣說？

我仔細想想，把我們叫到書房的這件事，真是越想越覺得卑鄙齷齪。卡爾是賀坦特領地的全權代理人。賀坦特領地雖有義務對國王忠誠，但國王應該因此對賀坦特領地的那份忠誠給予適當的光榮待遇。可是這算什麼嘛？

卡爾盡量以一種不顯露出自身情緒的態度，訴說著我們所遇到的事。

那些事變成是一點也不感傷的單純事實陳述，就連我這個一起經歷過那些事的人，也覺得聽起來很陌生。我們曾經那樣過嗎？哼嗯，我們為什麼會那樣子呢？我一直冒出這種想法。特別是講到把五十個小孩交給費雷爾照顧的事，聽起來變得好假，我甚至覺得那像是一些惡劣的貴族把孤兒收留在一起，自稱是監護人的那種故事。但是，但是那完全不是那樣子的事。不能用這種方式來說那件事啊！

這裡如果換作是其他的場合，我或者杉森應該早就插嘴說了很多次。但是卡爾是在跟國王陛下呈報，所以我們無法插嘴。雖然這裡是書房，而且國王陛下看起來好像並不想要「正式地」見我們，但是我們可不想成為跟他同樣的人。哼！

過了一會兒，卡爾將那個報告書遞給國王陛下。他很快地讀過一遍。

「真是厲害！不過，有沒有實驗大綱或者說明書？」

實驗大綱？說明書？我可以明顯感覺到坐在我旁邊的杉森蠕動了一下。卡爾露出非常厭惡的臉色。

「……可惜的是，我們沒有拿到。」

尼西恩陛下看到卡爾的臉色變得那麼僵硬，哈哈大笑了出來。

「啊，請不要以為我可能是想模仿造出一個神臨地。我們要證據很確鑿，才能大膽駁斥傑彭，不是嗎？俗話說：如果證據不確實，等於是胡說、黑色宣傳。」

轉得還真硬。現在卡爾的眼神幾乎可以和溫柴的那種殺氣騰騰的眼神相較量。尼西恩陛下被那眼神嚇得快蜷縮了起來　卡爾仍舊用他低聲的沉穩語氣說：

「……可不可以在想到要駁斥傑彭之前，先想到卡拉爾領地那些居民們的悲劇？」

尼西恩陛下的臉上浮現出眼裡帶著慌張的表情。卡爾以平靜的語氣斬釘截鐵地說：

「當然，我深信，您那股有如大海般聖寵的助力，能讓卡拉爾領地的悲劇轉變成只是歷史的一頁。」

真難耶。尼西恩陛下乾咳了幾聲之後說：

「對於那個領地，我會用我能謀求到的所有助力來傾注幫忙。」

「謝陛下隆恩。」

卡爾以溫和的語氣說，但卻不是那種讓對方心情好受的溫和。而是那種即使對方是狗，我還是會像人類一樣對待的語氣。總之，卡爾繼續講我們遇到的事，不久之後講到在褐色山脈遇到吉西恩，尼西恩陛下的眼神動搖了一下。

「吉西恩？那個冒險家……」

卡爾的臉上看不到任何表情，簡直可說像是戴著假面具，他說：

「他自稱自己為陛下的兄長。」

「……好像大家都知道的樣子。請繼續說。」

卡爾繼續用無感覺的語氣講話。

因為吉西恩被刺客追殺，我們也跟著差點死掉的那段經過，卡爾仍舊好像是無關緊要的一回事似的描述下去。卡爾並沒有用「刺客們」的字眼，而是使用「來歷不明的可疑傢伙們」的語句。卡爾講話的態度彷彿那是如同被某一群山賊襲擊，其背後全然不會讓人聯想到陰謀，說得像是一樁小事。但是尼西恩陛下可不是笨蛋。

「原來是刺客。」

「沒有任何證據。」

「你不是說他們說了『國王陛下萬歲』？」

「一個人將死的時候想要說什麼話，是照他自己的內心意志。或許那個人平常對於澤被萬人的陛下您的德惠暗地景仰著，所以在死前的那一瞬間祈望陛下您的萬歲，這也是有可能的。」

卡爾可說是用一種冷冰冰的語氣說話。尼西恩陛下像是再也忍受不住的樣子，最後終於噘起嘴唇。

「你們是不是心裡不滿意我對待你們的態度？」

真是單刀直入。哼嗯，可是卡爾當然不是那麼容易就情感起伏的人。

「我是一個在陛下您的浩恩之下釀酒、買麵包、念書的讀書人。我對此內心感謝萬分。嚴格地來說，那應該就是對這個拜索斯國家的愛吧。而陛下您是可以用個人來代表拜索斯這個國家的存在。」

尼西恩陛下用很深沉的語氣說你們，看你們說話的語氣，你們就像是從鄉下地方上來這裡，為著自己故鄉的事，要來麻煩我這個一國之君。你們應該都知道，吉西恩兄長是最有可能利用戰亂在這混亂的國家引發政變的人。要成為足以引發政變勢力的走狗，他是對外最有名分的人了。」

卡爾直直地正眼看著尼西恩陛下。

「陛下，就我所知，國王是一位即使在某個邊陲鄉下村落長大的公雞被狐狸抓走了，也應該對牠負責到底的人物。」

尼西恩陛下的眼神動搖了一下。卡爾用嚴肅的態度說：

「您是說『從鄉下地方上來這裡，為著自己故鄉的事，要來麻煩一國之君陛下您……』是嗎？您是不是因為很討厭這種麻煩事，所以要我們到這種地方來，心中想要簡簡單單的就做個了結，是嗎？我們來找陛下的目的，是對於卡賽普萊敗退消息以及讓我們領地因此遭遇到的一些困境，呈請商討。但是陛下您將這事置之度外，而只是談吉西恩廢太子的事。」

「啊，那個、你是說阿姆塔特要十萬賽爾？我知道了。我會籌這筆錢的。這件事就這樣……」

「這話令我們十分感激。有陛下您肯定的承諾，愚昧的村夫敝人我感到無比的安心。那麼，我們無限感謝陛下隆恩，為了不再妨礙陛下的寶貴時間，請容我們就此告退。」

「他媽的，請等一下！」

尼西恩陛下砰地打了一下桌子。我和杉森被嚇得一下子蜷縮起來，但是卡爾一點也不為所動地看著。

「你們想要我怎麼做？現在因為我們國家和傑彭的戰爭，我忙得不可開交！我腦袋裝的都是與那場戰爭有關的事。和戰爭無關的事，我根本連看都不會看一眼。所以不能因為你們的事，就讓時間白白被剝奪！我連現在都是暫時中斷御前會議，才抽出時間來的！」

卡爾默默無言地望著尼西恩陛下。尼西恩陛下甚至激動地揮著手臂說：

「無止境的御前會議，每天持續不停地進行。雖然對你們領地很抱歉，但現在已經到了無法對西部林地一個偏僻領地費心的地步了，很多有待處理的緊迫案子堆著。我的兄長吉西恩的事，也是其中的一件，但是這以外還有堆積如山的問題，無止無盡。譬如併吞這個地區在戰略上能得到哪些優勢，把那個將軍的兒子降階會對那個將軍造成什麼影響？還有我妹妹到底漂不漂亮！」

我們三個人聽到最後那一句，表情像是挨了一棍似的望著陛下。

「咦？」

尼西恩陛下深深地嘆了一口氣之後，說：

「很可笑嗎？我妹妹，擁有能讓這皇城綻放花朵的優秀才能又溫柔的她，如果被送去當海格摩尼亞國王的嬪妃，就能人大解決『是否能讓我國商人自由通行海格摩尼亞所掌握的北部大道上後以活躍的交易帶來鹽價的安定及抑制物價成長率回到戰爭以前的比率』這一長串的問題。」

我雖然想要好好仔細思考這番話，但是聽到後來已經不太記得前部分的話，怎麼想也想不起來。那麼長的一番話，他竟能用一句話就說完了！我還能想得起來的只有「這座城花朵盛開是因為陛下的妹妹才能優秀所造成的」這件事。

卡爾默默地聽完後，簡單地回答說：

「這是不行的。」

「咦？」

「這是不可能的事。」

「你是……什麼意思？」

卡爾嘆了一大口氣，然後用一種很不願意講出來，但因為是國王所以才講的那種表情，開始說道：

「利用北部大道運送食鹽的商人，有可能獨占這個事業。事實上，能組織那樣商隊的商會或者財團少之又少。北部大道是很險惡的地方，因為戰爭時期所以人力不足，即使再怎麼強化政府的規定，也不可能讓他們按規定繳納食鹽給軍隊。到最後，讓北部大道的通行權順暢，只不過會淪為新的一個獨佔點。可以預想的是，大規模商隊所提供出來的食鹽，會讓現存的小規模食鹽開採業者全都倒閉，現在那些繳納食鹽給軍隊而謀生的小本生意人也會跟著倒閉。」

尼西恩陛下驚訝地張大嘴巴看著卡爾，杉森和我仍舊只能做出感觸良深的表情。應該要多念點書才對……卡爾繼續如行雲流水般說著。看來真的快讓我們打瞌睡了！

「如果不是在戰爭時期，小規模生產業者們透過公正的競爭，才得以在北部大道上輸送食鹽。但是現在不行。況且食鹽會被那種大規模的商會囤積居奇，食鹽並不是像香料等的商品，而是民生必需品。因此絕對不可以引發這種狀況。」

「那麼應該怎麼做才對？難道放任物價繼續往上衝嗎？」

尼西恩陛下很快地問。卡爾將雙手十指交叉然後放在膝蓋上，背靠著沙發，說：

「請在御前會議上討論吧。」

我的瞌睡蟲一下子全跑光了。

我猜想杉森大概也是這樣。我的腦子裡開始浮現「絞刑臺的繩索纏繞在脖子的時候感覺會是如何呢？」之類的想法。哎呀，卡爾！你、你想害死我們啊？我連呼吸聲都不敢發出太大的聲音。剛買的新衣服那種不舒服的感覺更是讓我覺得痛苦。可能是我太過分緊張了，才會變成這個樣子吧？

尼西恩陛下用可怕的眼神看著卡爾。

「你知不知道侮辱國王是死罪？」

「您能感覺到侮辱嗎？陛下您的腦子裡應該只充斥著戰爭吧。」

卡爾乾脆就真的露出了嘲諷的表情。哦，我的天啊！我總以為卡爾尚未達到賀坦特領地男子的標準。但是現在我發現完全不是這樣啊！卡爾正展露出不折不扣的賀坦特式骨氣。也就是表現出「你不殺我是想幹嘛？不過我的性命是我的，要照我希望的方式做終結。所以不是你殺我，是我自己希望死，事實上你根本殺不死我。愛怎麼做隨便你！」這一類的膽量。

不知道尼西恩陛下是否清楚賀坦特式的骨氣，不過很清楚的是，他現在很努力在抑制住憤怒。他緊抓住沙發的邊緣說：

「你……」

尼西恩陛下舔了一下嘴唇，然後又再說道：

「你去御前會議看看就會知道，根本沒有比現在我聽到的還更清楚明白的意見。」

怎麼聽起來好像是投降宣言？

「如果你有高見，請說出來聽聽。我願意謙虛地接納高見。」

真的是投降宣言耶！絞刑臺的繩子，再見了！我感覺氣管再度呼吸暢通，看看杉森，他正做出了死裡逃生的表情。可是卡爾卻斜斜地看著尼西恩陛下，他說道：

「高見？這個嘛，依敝人我的想法，如果戰爭結束，對於物價好像就沒有必要再擔心了。」

尼西恩陛下分不清楚卡爾的話是在開玩笑還是真的，只是用很懷疑的眼神看著卡爾，不說其他的話。

卡爾繼續說：

「至於有關結束戰爭這件事，我想到在卡拉爾領地遇到那個名叫費雷爾的年輕巫師對我說過的話。剛才在呈報我們旅行過程的時候，我也提及到，那個巫師對地形、風土和氣候等特別感興趣。」

沒錯。費雷爾真的對地形很有研究。而且我想起來了，離開卡拉爾領地的時候，費雷爾不知道對卡爾說了什麼耳語。卡爾就是在說這個嗎？

「他告訴我，『佔據盧斐曼海岸直到十二月為止，即可結束戰爭。』」

「盧斐曼海岸？」

尼西恩陛下露出張口結舌的表情，於是杉森和我也都變得很擔心。卡爾慢條斯理地說：

「盧斐曼海岸是伊斯公國所屬的海岸。」

「啊，是、是嗎？」

看來連陛下也不知道這個地方。

「是的。位在伊斯公國的這個盧斐曼海岸是個不值一提的地方。太陽的日照量不足，也沒有沙灘可以作為鹽田，魚貝類收穫亦是不用指望，也不是一個能用作港口的場所。可能在軍事地圖上會寫著『無法期待具有戰略性功能』吧。但是費雷爾在周遊大陸時曾在盧斐曼海岸停留過，他似乎在那裡有了驚人的發現。」

「咦？」

「盧斐曼海岸是歐細紐斯灣流最接近大陸的地方啊。」

「嗯，灣流？」

卡爾露出一個非常柔和的微笑。不知為何，看起來卻像是個狡猾的微笑。

「有關歐細紐斯灣流，陛下您應該也可以大概猜到，這個灣流在能夠發揮影響力的情況下所產生的好處。費雷爾因此才沒有再多做說明。」

尼西恩陛下的臉變得很紅。幾乎是以同樣的速度，我和杉森的臉色再度開始變得蒼白。尼西恩陛下的表情像是受到屈辱似的，他說：

「嗯，什麼是灣流？」

卡爾張開嘴巴望著尼西恩陛下，他的表情像是在說「受到優比涅和賀加涅斯兩邊寵愛的人怎麼會如此無知？」。可能那個表情絕大部分是為了報復的快感而做出的。但是，灣流究竟是什麼呢？

「真是對不起，真是的，我沒有想到您為了打敗那凶惡的傑彭國，正絞盡腦汁地思考一些絕世優異的戰略，公私都十分忙碌，所以才會將那種細小的事拋諸腦後。請原諒我。」

卡爾以非常誠懇的態度道歉，所以我們臉上暴出的青筋全不見了。拜託，拜託別再嚇我們了，卡爾！這樣就夠了。重要的是我們要能活著！卡爾大概也是認為這樣已經夠了，所以沒有再諷刺下去。

「請原諒我們鄉下人的無禮。我國並不是一個海洋產業非常發達的國家，所以很少有人知道歐細紐斯灣流。」

尼西恩陛下乾咳了幾聲，像是忍住了屈辱。卡爾仍然用柔和的語氣說：

「陛下，傑彭現在和我們國家是在交戰狀態下，無法利用中部大道。那麼，那樣的國家要如何從事進出口貿易呢？」

「那個啊，傑彭不是有很強勢的海軍嗎？不過，很幸運地，我們是一個和海洋產業沒有很大關係的國家，所以他們強大的海軍勢力不會對我們國家造成危害。」

「是的。這一點確實是很幸運的事。總之在傑彭，就是因為他們的海軍勢力，才得以在與我國交戰之際還能不受影響，繼續做進出口貿易。但是如果在讓他們無法使用海軍勢力的情況下，情勢會變成什麼樣子？」

尼西恩陛下整個人跳了起來。我可不是在開玩笑。他真的從沙發往上跳了一肘之高。我和杉森也差一點緊跟著跳起來。尼西恩陛下可以說是臉色慘白地開口說話：

「這、這有可能嗎？」

「這是有可能的。至少到十二月為止，如果我們拜索斯能一直守住盧斐曼海岸，那就有可能。」

「十二月？那是什麼意思？」

「到了十二月，大陸的東方海岸上會受季風影響，船隻幾乎都無法往北航行。但是如果利用歐細紐斯灣流，想航行多快都沒問題。換句話說，到了十二月，船隻一定得經過盧斐曼海岸附近才行。」

「那，灣流到底是什麼東西啊？」

「那是世界上最強的海流。是環繞整個歐細紐斯海流動的巨大海流。而且它的速度幾乎達到六、七海里，是超高速的海流。」

我的地位一下子攀升得好高。

為什麼呢？因為我現在是和尼西恩陛下，也就是我們國王，站在完全一樣的立足點上。這話怎麼說呢？現在卡爾變成老師，對尼西恩陛下、杉森和我說明有關海流的知識，所以我們三個人同樣都是學生的地位了。嘿嘿嘿！

所謂的海流，依照卡爾的說明，那是指海水流動的路線。我實在是聽不懂。「同樣是水，卻能在其中以不同方向流動？」我一這麼發問，原本也同樣正在納悶的尼西恩陛下隨即露出「幸好有人問了」的臉色。我跟他真的是站在完全一樣的地位上，不是嗎？卡爾說明著：

「同樣是空氣，其中不也是有風在流動？」

真是簡單扼要的說明！不過卻很容易理解。卡爾是很不錯的老師，而尼西恩陛下則是很踏實的學生。皇宮內侍部長里菲‧特瓦里森靜靜地走進來，稟報御前會議的閣員們正在等候，尼西恩陛下隨即簡單地處理這件事。

「這是御令！告訴那些閣員，叫他們全都把頭給我埋到桌上！」

「咦？」

「他媽的！不、不是的。這樣告訴他們吧，御前會議結束了，全都回自己的家去禁足反省！」

「咦？」

「花了幾個月，每天召開御前會議的結果，竟然不如這一位所帶來的一半，根本沒有一個閣員說到重要的情報！最多也不過是建議將我妹妹送去海格摩尼亞，看看能不能降低食鹽價格，不是嗎？這算哪門子御前會議呀？你還不趕快去傳我的御令？」

里菲・特瓦里森趕緊低著頭退出去。

「謝陛下隆恩。」

尼西恩陛下……雖然看起來就像是吉西恩留置在圖書館二年後變成的那種人，但骨子裡，好像兩人的個性都很相似。吉西恩稍微外向一點，所以跑出皇宮，尼西恩陛下則是比較內向，所以當了國王，兩個人的差異好像只有這些而已。再怎麼說他們是兄弟，所以當然像啦！哎呀，應該是繼承了路坦尼歐大王血緣的王族共通個性吧？就拿我來說吧，我和我爸爸個性真的很像……哦，我的天啊！真的是這樣嗎？

不管怎樣，卡爾又繼續往下說明。

他說，如果很瞭解稱作海流的傢伙，即使風很小也能使船動起來。而且那些海流之中，最強大的海流就是環繞歐細紐斯海一圈的歐細紐斯灣流。然而到了十二月，大陸東部海岸會吹北風，所以船隻無法往北航行。如果想要逆風前進的話，雖然也可以，但是傑彭的軍艦或商船之類的那些大船幾乎無法在逆風中航行。呃？船隻即使在逆風中也能前進，我還是第一次聽說呢！

總之，在這段期間裡，如果不利用大陸東邊的這道北行的海流，歐細紐斯灣流，那麼傑彭就無法進行航海。這種航行是將船帆全部收起，乘著海流往北航去。而航行南下的時候，則是脫離灣流之後乘著北風往南航行。這很簡單。

不過，在這裡要說到盧斐曼海岸的重要性了。

在地圖上可以看到的是，盧斐曼海岸看起來像是大陸上向著歐細紐斯海而整個往外突出的角。而灣流在周行歐細紐斯海一圈之後，最靠近岸邊流動的地方就是盧斐曼海岸。所以這時候可以在盧斐曼海岸駐留很多巫師、弩炮及其他長距離攻擊部隊，摧毀經過那裡的傑彭船隻。船再怎麼快，終究還是船。因為沒有風，除了海流之外，沒有別的東西可利用，所以想逃也逃不掉，只能乖乖地束手就擒。我們也不用擔心傑彭船隻會上岸來攻擊海岸。因為盧斐曼海岸完全不是一個能作為港口的地方。

用這種方式將船隻一網打盡的話，傑彭那邊就會因海上貿易被斷絕而陷入很大的困境。當然啦，到了春天，會再起風，可以從灣流裡脫逃出來，但是一個冬天的時間就非常夠了。傑彭是沙漠很多的國家，民生必需品很快就會枯竭。

尼西恩陛下整個人處在興奮狀態下，高興得不得了。

「可、可是盧斐曼海岸明明是伊斯公國的土地……」

儘管是所謂的公國，但是國家就是國家。不，比起其他國家，公國更是不好惹。因為侵入沒有武力的公國會讓其他國家以這個理由指責我國。在那樣的公國裡要如何駐紮部隊呢？這是個大問題。我和杉森很納悶地看一看卡爾，他隨即很親切地說：

「這時候，那個名叫溫柴的間諜證詞就變得格外重要了。」

「咦？」

「伊斯公國分明一定會對我國與傑彭的戰爭保持中立。在伊斯公國有薔薇與正義之神歐倫的總院，連伊斯君主本身也是一位愛好正義的人，他的騎士團──伊斯騎士團甚至還取名為正義騎士團。雖然我沒有直接見過那位君主，不知道他是不是真的正義之士，但是那不重要，不是嗎？」

聽到卡爾的話，我和杉森都感到很不解，但是尼西恩陛下卻狡猾地笑了。

「這當然不重要。重要的是他讓世人知道他是正義之士。事實上，他現在應該是正在算計哪一邊比較有勝算。」

接著，卡爾也微笑著說：

「總而言之，在對外政策上，他認為對於我國和傑彭，若是傾向哪一邊就是不夠正義，所以才會保持中立。但是，如果把溫柴的證詞和那份實驗報告書交給那位伊斯君主，會變成什麼樣子？守護正義的伊斯君主必須要如何反應才對？」

「亞色斯神啊……」

尼西恩陛下像是嘆息似的，叫了守護拜索斯王族的禿鷹與光榮的亞色斯神的名字。卡爾露出微笑，並且下了結論。

「我雖然對於外交不太瞭解，但是在以上這兩種情況下，如果是對外交很在行的閣員，相信應該可以很容易就租借到無用之地盧斐曼海岸，以及請求能夠駐紮軍隊。」

杉森和我因為剛才死裡逃生好幾回，現在已到了快昏過去的疲憊狀態。然而尼西恩陛下則是因為持續一直在興奮，現在看起來一副很累的樣子。不知道是不是因為很累，陛下才會這樣問卡爾？總而言之，反正尼西恩陛下對卡爾這麼說：

「請問你是……到底是誰？請問你是大法師亨德列克的轉世嗎？」

卡爾搖搖頭說：

「我只是一個在陛下您的浩恩之下釀酒、買麵包、念書的讀書人。」

03

「卡爾，你應該事先告訴我們那些話才對呀！」

「哪些話？」

「就是那個，有關結束戰爭的計畫。如果你早一點告訴我們，不就比較不會那麼嚇人了？」

「哼嗯，可真是對不起你們。不過我也是不得已的。我覺得在謁見國王陛下直接跟他說之前，說話應該要小心一點。如果你們有什麼不愉快，請原諒我吧。」

「哎呀，沒有啦，我現在想一想，即使事先告訴我，也不能怎麼樣。你做得很好。」

我們走出國王的書房，一面走著一面說話。

卡爾說得沒錯。就算他事先告訴我那些話，我又能怎麼樣呢？需要這些話的是我們國王陛下，所以讓其他人聽到只是白白浪費這個祕密而已。更何況，尼西恩陛下還命令我們不可以把這些話告訴任何人。

「請各位謹記在心，這些話是最高機密。」

「我們非常瞭解其重要性，絕不會將這種攸關戰爭勝負的問題胡亂說出去。」

而且，尼西恩陛下還要我們無條件地務必一定要留在皇宮裡，並且以國王最重要的貴客身分來款待我們。不過，卡爾好像還是火氣未消的樣子。換作是我，我也會這樣。一開始，國王把我們當成是從鄉下來到首都、哭哭啼啼地來煩國王想上訴的人，而無禮地對待我們，結果卡爾說出可以結束戰爭的計畫之後，國王立刻殷勤和氣地對待我們，像他這種人，誰會喜歡呢？

但是卡爾很平靜地說：

「我們還有其他同行的人，而且我們沒有必要留在皇宮裡。需要呈報的我們都已經稟報，因此現在只要有賢明的陛下您發出指示就可以了。那個，不過，阿姆塔特所要求的人質贖金……」

「請不要擔心。牠要你們準備寶石，是嗎？雖然臨時突然要籌寶石是有點困難，不過我盡力準備好了之後會聯絡你們。」

「謝陛下隆恩。」

「別這麼說，這是我子民的事啊。」

國王還真是厚臉皮！我子民的事？那為什麼有時候又會覺得很煩？卡爾繼續堅持著不想談這一類的話，只是靜靜地退下去。

不過，卡爾內心其實好像很高興的樣子。他露出再也無法忍住不說的表情，對我們說：

「兩位老弟，雖然我不知道你們會怎麼想……我稟報有關能在戰爭之中獲得勝利機會的戰略，但是對我而言，比起這件事，我更高興的是能夠很容易就籌到給阿姆塔特的贖金啊！」

杉森搔搔後腦杓，笑了出來。我也一樣。這是要去救我爸爸的事耶！戰爭？真是對不起，那可不關我們的事。可惡，是尼西恩陛下先說「那是你們的事」。他說起來好像他自己並不是應該要對拜索斯所有百姓負責的國王。那麼說來，我也可以說拜索斯和傑彭的戰爭是「尼西恩陛下的事」！我根本毫無罪惡感，而是高興得不得了！只是這句話不能說出口。

我們再度來到皇宮那條最適合拿來讓人迷路的路，里菲・特瓦里森引導我們走出那條路。這位皇宮內侍部長看起來像是再也按捺不住心中洶湧著的好奇心似的，一直看著我們，但是他又好像認為隨便提問題出來問我們會有失風度。很想問就問嘛！

「請往這邊走。」

嗯？咦？這裡不是外面啊？

我們被引導進去的地方，雖然無法確知是用來做什麼用的空間，但是乍看之下，看起來像是辦公室之類的場所。佔滿整面牆的落地窗讓室內看起來很明亮。尼西恩陛下的書房雖也是非常明亮，但是這裡是自然光，所以比較起來更勝一籌。另一面牆邊則是有大大的書桌及書櫃，擺在中央位置的茶几上放有一個插著花的淺盤。牆上則有掛毯和幾樣裝飾品。我看到角落裡有幾件武器，以及一些不知道是什麼用途的東西。

就在落地窗前面，居然有個男子手放背後稍息站在那裡。他一等我們進來就轉過身。原來是那位名叫喬那丹・亞夫奈德的皇宮守備隊長。

「各位請進來。謁見過程一切都順利吧？」

卡爾兩眼茫然地看了看喬那丹・亞夫奈德，然後說：

「我們談論了有益國家的事……」

喬那丹・亞夫奈德點點頭說：

「我想也是如此。陛下剛才要我負責護衛各位，令我相當惶恐。」

我們國王陛下是不是性子太急躁了？喬那丹指著茶几旁邊的椅子，要我們坐下，我們就暫且先圍坐了下來。喬那丹將他自己的感受用「令我相當惶恐」一句話做了結之後，開始詢問他所需要知道的東西。

「請告訴我你們各自的名字、現在住宿的旅館、要停留的天數等等，啊，請不要擔心。這是為了加強那個旅館周邊的警戒。我會派遣皇宮守備隊員過去。」

「咦？有人說要殺了我們嗎？」

「不如說是為了要讓人知道，各位有國王陛下的加護在身。」

卡爾的眉毛上揚。

「我們能夠從賀坦特領地來到這光榮的都城，就已經是受國王陛下的加護所賜。陛下的加護總是與我們同在，因此沒有必要再去期待這種東西。」

沒有你們這些人的護衛，我們不也是平安到達這裡了？神氣個什麼勁？卡爾，你是這個意思吧？喬那丹微笑著說：

「不過，現在各位是訪問了皇宮的人物。皇宮，簡單地來看，只是一個場所而已，卻可以說是個不能單純看待成只是一個場所的場所。而且……請不要覺得很不愉快，但各位如果想去參觀拜索斯恩佩，或者即使是想去拜訪一些名士的宅邸，我們都能給各位方便。」

卡爾噗哧笑了出來。

「你的意思是，要我們把皇宮的守備隊員拿來當隨從？」

「各位要多少個隊員來當隨從都可以。」

聽到喬那丹的回答，卡爾反而嚇了一大跳。

事實上，拜索斯恩佩已經有很堅固的外城，因此，所謂的皇宮守備隊員，與其說是守備皇宮，倒不如說是國王護衛之類的人物，不是嗎？現在竟然要讓國王的護衛來當我們的隨從？卡爾本想再說些什麼，可是這時卻傳來了敲門聲。

「進來。」

門被打開來，一個穿著鐵鎧、裝備精良的士兵走了進來。杉森變得一副很消沉的表情。士兵向喬那丹・亞夫奈德敬禮。可是鐵鎧並沒有發出什麼聲音。會不會因為是輕量化的鐵鎧才如此？要不然就是特別訂做、不太會發出聲音的鐵鎧？

「第四部隊，出動準備完畢，現在待命中。」

「你們這些慢吞吞的混蛋！怎麼這麼久！」

……皇宮禮儀之中也有這種話嗎？那個士兵面無表情地說：

「我們會改正的。」

「嗯，都在外面了？」

「是，是的。」

喬那丹站起身，做出手勢要我們也站起來，然後走到窗邊。我現在才發現到，如果打開窗戶就可以看到一條走廊。我們朝走廊走出去，看到外面有士兵列隊排在那裡。

杉森整個人簡直都意氣消沉了下去。

排成四列橫隊的四十名士兵們，像是在地上劃線之後站著，十分整齊地站在那裡。他們全都穿著上面有紅色禿鷹紋樣的全身鐵鎧，每個人手中拿著閃閃發亮的戰戟，也是像在空中劃了線然後對齊似的拿著。我的眼睛被閃得很刺眼，簡直無法正眼去看這樣的壯觀場面。

喬那丹像是在問我們壯不壯觀似的望著我們，他溫和地說：

「這是要隨侍各位的皇宮守備隊員。」

我的天啊！

我不可思議地看著那些士兵，連卡爾也慌了，不知道該怎麼辦。要我們把那些閃閃發光的四十名皇宮守備隊員拿來當我們的隨從？倒不如叫我們三個當他們其中一個人的隨從，還比較適合呢！這真的是太令人惶恐的親切，我們連話都講不出來了。我看看卡爾。這意思是要卡爾使喚他們！酷斃了！要讓他們來擦我的鞋嗎？真是的，太可怕了，我才不敢！

可是，卡爾的表情漸漸變得很奇怪。

卡爾開始瞇起眼睛，嘴巴也緊緊閉著，嘴唇都發白了。喬那丹看到他的表情，嚇了一跳，以為那些皇宮守備隊員們有什麼地方不對，於是仔細察看他們。卡爾安靜地轉身，對喬那丹說：

「真對不起，我不會帶走他們的。」

「咦？」

「請你這樣轉告陛下，陛下賜給村夫如同河海般的聖寵隆恩，實在令人承受不起，請千萬一定要收回御賜聖寵。那麼，我們就先告退了。」

「啊，這……？」

卡爾就這樣低頭行禮之後，往門邊走去。我和杉森一時之間不知所措，就先跟著卡爾走出去。一走到外面，當場就不知道該往哪裡走，搞不清楚方向，但是卡爾不管三七二十一地開始拚命走。

卡爾的臉孔……用一句話來形容，就是：會讓我掉出舌頭的嚇人臉孔。卡爾如此生氣的臉孔，我還是頭一次看到呢！在卡拉爾領地踢溫柴的下巴的時候，他也是一副很沉著的表情，不是嗎？

然而，一個人不管多生氣，還是無法突然產生出以前沒有的能力。卡爾繼續走了一段路之後，不再像剛才那樣生氣了。

「到底哪裡才是出去的路？」

杉森小心謹慎地回答說：

「是這個方向。」

隨即，卡爾開始邁開大步走去。不知道是不是因為杉森的記憶很正確，我們一下子就找到往正門的路了。經過我們身旁的一些皇宮內侍和女侍們看到我們，都嚇了一跳，但是卡爾看也不看他們一眼，只管走他自己的。我和杉森為了要緊跟住卡爾，也沒有特別注意周圍情形。

卡爾的動作，應該說像是在掙脫什麼似的，就這樣往庭園走去。他一走到庭園，立刻望著天空深呼吸。到底是什麼讓他這麼生氣？我和杉森連問都不敢問。我們看起來很可憐，就好像是兩隻小雞想要避開一隻不知為何生氣的公雞一樣，小心翼翼地離卡爾遠遠的。卡爾想要抑制自己的怒火似的，呼呼地深呼吸好一會兒，低聲地說出一句話：

「該死的混蛋……」

我們一時慌張，差點就對他說出「對不起」。杉森問：

「你是指誰呢？」

「不是那個叫尼西恩的，那還有誰？」

他的說話聲並沒有很大聲。卡爾說出傳出去可能會殺頭的那種話的時候，不敢大聲喊出來。但是杉森和我卻起了雞皮疙瘩，連一句話都說不出來。杉森很快地環顧四周，我也慌張地環視了一下。雖然可以遠遠地看到剛才那四十名皇宮守備隊員，但是距離相當地遠。應該沒有其他人聽到。

杉森先安心了之後，以蒼白的害怕臉孔看著卡爾。

「卡、卡爾，那個，我不知道是什麼事讓你生這麼大的氣，但是請你稍微消消火氣……」

「稍微消消火氣？要不要我銜一把匕首去找尼西恩？」

我再也忍不住了。

「卡爾！拜託。你怎麼了？」

卡爾露出牙齒笑了出來。他好像吟唱似的說道：

「他媽的混蛋，如此愚蠢，終將落到他兄長的地步。那種劣根性，真是令人無可奈何啊！媽的，路坦尼歐大王的血統下，竟會出這種卑劣的子孫，實在是不可思議。」

「卡、卡爾！」

「沒有其他人聽到啦！」

這個人真的是卡爾嗎？卡爾好像不是那種會說「沒有其他人聽到」就如此誹謗他人的人啊？他到底是多生氣啊？居然會這個樣子！此時，有個人說：

「我聽到了哦！」

死定了！

我們回頭一看，從一棵庭園樹木後面出現了一個女孩子。

她大約二十五歲左右吧？這位長腳小姐看起來相當修長。身高像伊露莉那麼高，但是身材有點纖細。不對，應該說是：不像伊露莉那種曼妙身材，是很平凡的身材。伊露莉不但身高很高，而且凹凸有致，所以不會給人身高很高的感覺，而這位小姐長得一副和身高很配的身材，所以才會一看就覺得很修長。灰黑色的頭髮上蓋了一條頭巾，穿著一件及胸的工作服，手上拿著剪枝用的剪刀。工作服的大口袋裡塞滿了繩條、小剪刀和小刀等等東西。她是庭園的園丁嗎？

卡爾開始驚慌了。哼嗯，現在他知道「死定了」是什麼滋味了吧？

「請問妳是誰？」

「黛美・拜索斯。本來是黛美雷娜斯・拜索斯，不過叫我黛美就可以。叫黛美殿下會很奇怪吧？」

「原來您是公主殿下……」

卡爾的說話聲像是很沒勁的樣子。看起來也是一副「既然都要死了，就等死吧」的心情，連跪也不跪，模樣很平靜。吠，雖然我是很想馬上跪下去，但是卡爾都這樣了，如果只有我跪，好像有點丟臉，所以我並沒有跪下。杉森也是愣愣地站著。

黛美殿下用一種好像也不怎麼在意的神情，剪了一根庭園樹上的樹枝，然後朝我們走近。

「你是？」

「卡爾・賀坦特。我們剛才謁見了公主殿下的哥哥，現在正要離開。」

「你剛剛是不是在罵國王陛下？」

「該罵的人，我才會罵。」

現在要不要趕快跪下啊？

「為什麼呢？」

「公主殿下的哥哥想將自己弄得看起來像是路坦尼歐大王，而把我當成是亨德列克。他沒有對我說一言半語，想要連我也欺騙過去。」

這是什麼意思啊？我和杉森愣愣地看著卡爾，黛美殿下也神情訝異地看著他。

「什麼意思呢？」

卡爾轉過頭去，指著遠遠的那一頭，那些正在解散的皇宮守備隊員。

「您知道他們為什麼出來嗎？」

「他們說是為了要護衛某個貴客啊，所以，我才要躲在樹後面。我並沒有隨從同行，而且在修剪這些樹，如果遇到了貴客他們，恐怕會引來一陣譁然。」

「那個貴客正是我。我真的是惶恐到了極點。」

黛美殿下歪著頭，做出聽不懂的表情。

「什麼意思……」

「請看看我們。」

「咦？」

「我們看起來哪裡像是貴客呢？」

「沒有，一點也不像。」

「我們看起來像是要四十名之多的皇宮守備隊員來護衛的人物嗎？」

「看起來不像。」

「所以我們才更是惶恐。我們是從鄉下地方上來的。因為運氣好，得以向公主殿下的哥哥說出有關可以在我國與傑彭的戰爭之中大大得利的建言。公主殿下的哥哥因此顯得很高興。」

卡爾從頭到尾都不是稱國王陛下，而是稱公主殿下的哥哥。黛美殿下好像有察覺到，又好像沒有察覺到，她只是說：

「真是令人感激之事。可是又如何？」

「我們變成像是那些吟遊詩人們詩歌裡的情節了。我從沒有想過會這樣，但是公主殿下的哥哥好像想到了。我指的是，原本在荒野隱匿的隱士，有一天飄飄然地出現，幫助國王，征服整個大陸的這種故事。大法師亨德列克傳下了這類的故事。路坦尼歐大王是在遇到亨德列克之後，才得以建立拜索斯國，而亨德列克是因為遇到了路坦尼歐大王，才得以展露出他雄大的威力，不是嗎？」

「那麼，你的意思是，國王陛下想要將你塑造成隱士的形象？」

「事實上，那是因為我剛從鄉下地方上來。但是……可能會變成這個樣子吧。沒有任何人知道我原來的模樣，只有公主殿下的哥哥知道，並且賜予我過分的恩惠。雖然世人會很驚訝，但是如果照我的建言去做，而使戰爭勝利的時候，世人們就會這樣說：『啊！只有我們國王發掘出他的才能！這真的是路坦尼歐大王和亨德列克相遇故事的重現。』您瞭解我的意思嗎？」

卡爾的這番話，即使是不去聽這其中的內容，也能夠僅出他的語氣就讓人明白這是十分厭惡地在嘲諷。他媽的，我現在一直在想死的事情，想得我心好亂。我有可能會被關在監獄關到死。如果那樣，我寧願要求他們讓我死得乾淨俐落一點……呃呵，媽的！我又沒有做錯什麼！我才不要因為卡爾的關係，連我也被害死！……真是太過分了。

黛美殿下歪著頭想了一下，說：

「你不喜歡這個樣子嗎？」

「我很厭惡。這算什麼呀？是在演戲嗎？命令那些穿得閃閃發亮的士兵來護衛我，塑造出一個加工過的天才戰略家，到底是想怎麼樣？公主殿下的哥哥一開始看到我們的時候，並沒有好好地接見我們。公主殿下的哥哥原本只是打算暫時抽出一點時間，在書房接見我們，然後將我們趕走。雖然我受到如此無禮的待遇，但還是忍下來，稟報所有的事。可是我一稟報那個計畫，公主殿下的哥哥就派出閃光耀眼得令人無法直視的四十名皇宮守備隊員，要將我塑造成加工過的隱士，甚至用來提高自己的威嚴。這怎不令我覺得很卑鄙？」

黛美殿下並沒有說「把他給我拉下去砍頭」之類的話，反而微笑著說：

「這讓你覺得很卑鄙嘍！所以你無法照著去進行這種塑造和加工隱士的計畫，是嗎？」

「我並沒有意思要報復剛才沒有好好接見我們的那件事，而是因為這根本是造假之事，我無法照著做。」

「這樣做可以給百姓們希望，不是嗎？」

「啊？」

「如果在荒野之中隱居的智者忽然出現，來幫助國王，那麼百姓們不就能安心了？」

好像是耶？可是卡爾搖搖頭。

「不是這樣的。一來是因為我不是智者，二來我也不想再呈上其他的建言。雖然一方面也是因為我沒有這種能力。再加上我呈報給公主殿下的哥哥的戰略，並不是我的想法，而是我在這次旅途之中遇到某位充滿智慧而且善良的年輕人的想法。乾脆將這個角色讓那個年輕人來當，才是適合的。總之，造假是一定會被拆穿的事。百姓如果知道他們遭受欺瞞，會大大降低對王室的信賴的！」

這個嘛……費雷爾不是說過嗎？他說卡爾並不像是個跑腿傳話的人。費雷爾只用短短的一句話，卡爾就都能聽懂意思，所以在我看來，卡爾就算是扮演亨德列克的角色，也是綽綽有餘的樣子。

就在這時候，我聽到遠遠地有人在叫喚的聲音。

原來是那個名叫里菲・特瓦里森的皇宮內侍部長。他和幾位皇宮內侍一起用慌慌張張、但不至於有失體面的速度朝我們走來。

「啊，原來黛美雷娜斯殿下也在這裡。您和這幾位聊得還愉快嗎？」

「是的。我聽到非常有意思的事。」

有意思……有意思……有意思……

「他告訴我一些有關栽培劍蘭球根的注意事項。謝謝你，卡爾。」

卡爾微笑著說：

「不客氣，公主殿下。」

公主殿下接著點點頭說：

「祝福你在榮耀的天空中成為一道閃光。」

嗯？那是什麼意思呀？然而卡爾卻很流利地回答：

「祝福妳猶如那翅膀所灑落的陽光般正義。」

然後黛美殿下就往庭園樹木那裡走去。那是什麼祝福語呢？無論如何，真是謝謝公主殿下。願公主殿下長長久久接受亞色斯的祝福。

里菲・特瓦里森在那一瞬間好像看起來很為難的樣子，他不知道應該要尾隨沒有任何隨從陪伴而走在庭園裡的公主，還是應該要跟著我們這些沒有人引導而到處亂逛的皇宮客人。到底跟哪一邊才好呢？結果，好像向來都是如此，客人第一嘛！因為拜索斯的王室是拜索斯騎士道的總院。

「請問各位要回去了嗎？」

「是的。不知道我們的馬匹在哪裡？」

「請跟我來。」

里菲・特瓦里森叫來皇宮內侍，要他去牽馬過來。我們盡可能不讓人感覺急急忙忙，從容地走出皇宮之後，才開始飛快地走掉（不要問我們怎麼有辦法做到，我們真的是「飛快地用走的」，我應該是沒辦法再做出那種動作了）。

「呼呼，我的壽命鐵定已經短少十年了！」

「呼呼，我是短少二十年啦！」

「……我的壽命好像少說也有短少三十年哦？」

「……永別了，我好像就要死了。」

「……咳呵，哼嗯。害你們差點死掉，真是對不起，朋友們。」

我們沿著首都大路走回去。我們好幾次從死亡的關頭擦身而過，而現在最想要做的就是……吃飯。這是多甜美的事啊！可以用吃飯來確認我們還活著，不是嗎？所以，即使我們是走在因為節慶而熱鬧不已的拜索斯恩佩大路上，但還是什麼都不想，只想吃飯。

「我們去吃吃首都的料理吧，嗯？來比較看看是不是比修奇你的手藝好？」

「要比就比吧！我之前用粗劣的材料，幾乎可以說是掙扎著做出來的。」

「你不是說過給你的材料很夠了？」

「……我沒話說了。」

我真的無話可說。如果是在我會煮的材料範圍之內，我是很有自信的。不過，如果真的是高級料理所使用的材料，我可是連見都沒見過。特別是對海產料理，我可說是全然不懂啊。因為我看過的魚都只是淡水魚而已。

「我讓兩位老弟的胃腸來一些驚嘆好了。可是，我們剛才生死關頭、那樣緊張過，你們還會想吃飯嗎？」

「我們就是因為緊張，所以肚子餓啊。」

因此我們決定先不要急著去看節慶的景象，而要先去參觀此地的餐館。其實，是這兩件事同時都兼著做啦！

「杉森，地理書上寫到這裡的特產，有寫些什麼呢？」

「呃，有關拜索斯恩佩的描述又長又多，所以我還沒來得及全看完。」

「哼嗯，這一次要不要也來問問這裡的市民？」

「由你來問！」

「知道了。」

於是，我抓了一位經過我們身旁，看起來儀表堂堂的大叔，向他問看看。那個儀表堂堂的大叔露出迷人的笑容，看了看我們。

「對不起，請問要嚐嚐拜索斯恩佩最好吃的料理，該去哪一家餐館好呢？」

「哎呀，你們的運氣真的很好，我帶你們去我家！」

「……啊，雖然非常相信當然是大叔你家的女主人做菜手藝一流，但是……」

「啊，不是的。我家是開餐館的！我們大廚做得一手拜索斯最棒的酥皮濃湯，還有翻牛排的手藝更是一級棒！我還曾因為『心碎酒』而得到拜索斯恩佩市長優勝盃哦。」

「什麼是心碎酒？」

「你要不要先喝喝看再下個定義，怎麼樣啊？」

哼嗯，大叔挺會做生意的嘛。於是，我們就跟著那位名叫瑞迪的大叔，去到一個叫做「純天堂」的酒館。

純天堂是一個小小但很雅致的酒館。已經過了吃飯時間，而要來喝酒的人還沒有來，所以客人就只有我們三個而已。其實，現在是節慶期間，所以這種小酒館當然會沒客人。桌數總共是六張，因為是半地下的建築物，即使現在是白天也需要照明設備，因此每一桌都有燭臺，和調味罐放在同一處。不過，蠟燭的亮度卻亮得嚇人，根本不需要蠟燭以外的其他照明設備。我大大嘆了一口氣之後說：

「如果我去哪裡跟人家說我是蠟燭匠，肯定會被笑掉大牙。這蠟燭到底是用什麼做的呀？」

老闆瑞迪告訴我說：

「這是用鯨腦油做成的。」

「鯨腦油……？」

「是從抹香鯨的頭部萃取出來的油脂。這是戴哈帕的特產呢！」

我用手點了一下杉森的腋下，然後把嘴湊到他耳朵邊問著：

「抹香鯨是什麼怪物啊？」

「我也不知道……好像是種很稀有的怪物吧。」

哼嗯，下一次有機會，我一定要打聽看看，這種叫做「抹香鯨」的怪物是不是住在戴哈帕某處，是不是很容易就抓得到。這種蠟燭燃燒發出的亮光真是好看耶！我只聽人說過鯨類油脂，由鯨類油脂做出來的蠟燭原來是這個樣子的啊？但是杉森或卡爾都好像無法感覺出蠟燭的亮度差異，兩個人都是一副呆滯的表情。哎喲，你們還看不出來嗎？這種亮光如此地好看耶！

我仔細一看，原來杉森和卡爾正在看那位會做拜索斯最棒酥皮濃湯的大廚，看他翻牛排的手藝，兩個人完完全全被吸引住了。我看看。哦？動作還真的滿酷的耶！

那位廚師正巧妙地在使著平底鍋和鍋鏟。他的目光好像是很放心似的、又不經意，他的手像是很煩似的在操弄著，但是牛排卻都沒有因為噗地掉落下去而把油噴濺出來，至於鍋底焦掉這種事，是連想像都不必想了。他的動作真是輕柔！

確實是的，不管是哪種技能，只要成為那種技能的精通能手，其身手就會轉變成像是在隨便做的樣子。這是因為已經完完全全熟練的關係。像我爸爸，看他把蠟油倒入蠟燭模子裡的時候，看起來就像是不管蠟油有沒有灑出來，也不管有沒有溢出來，就隨隨便便地倒下去。但是卻絕對不會發生灑出或溢出的事。相反地，如果是我在倒蠟油進蠟燭模子時，看起來可以說是和求道的那種虔誠心態一模一樣。我一點也不亞於那些潛心在山林裡面修練的祭司們。但是，偶爾還是會發生灑出或溢出來的事。

總之，那巧妙的手藝就這樣做出了三塊牛排，放到盤子上，乾淨俐落地裝飾一下，端到我們面前。嗯，手藝真是巧！要我拿起叉子來把它吃掉，還真的有點惶恐。

但是杉森，噢，我的天，呃，食人魔啊……

杉森隨隨便便就把牛排吃光了……他好像也是精通某種技能的能手。

接下來，我們開始吃那個發酵發得很好的酥皮濃湯，還有試飲曾經得過拜索斯恩佩市長大人優勝盃的「心碎酒」。

心碎酒好像是一種雞尾酒，第一眼看到時，似乎有使用到白蘭地和琴酒這兩種酒的樣子。呵。我呀，雖然對雞尾酒並不是很懂，但是把這麼烈的兩種酒都加在一起，真的能做出雞尾酒嗎？不一會兒，瑞迪將心碎酒放到了我們桌上。

「來，這是心碎酒！」

「是用玻璃杯裝的！」

「……」

雖然這樣子對瑞迪先生實在是很抱歉，但是我們更為驚嘆的卻是裝酒的玻璃杯。

「哇，好透明哦！」

「呃啊，修奇！你脫下OPG再拿杯子！聽說玻璃杯很容易破！」

「啊，對哦，沒錯沒錯。」

我和杉森兩個這樣胡鬧著，卡爾則是一邊微笑，一邊拿起心碎酒。我和杉森看起來像是怕手指一用力就會弄破杯子，可是不用一點力氣又怕會滑掉，真的很是小心，所以第一口根本連味道都沒能好好感受。但是喝了第一口，把杯子放下來的那一瞬間，眼睛就開始冒出兩個燭火了。

哇，這酒烈到牙齒都快被抽掉了！

「真是火辣辣……」

「好冰涼啊……？」

「是火辣辣才對。」

「不對，真的好冰涼。」

我和杉森互相有點在咆哮爭吵，後來兩個人決定，都喝完第一杯之後再說一次自己的感覺。如果都喝完了第一杯，彼此還是不能統一感覺的話，就再點一杯算了。

杉森喝光了第一杯，緊抓著褲腰，躊躇地站了起來。

「喂，跟我來。」

「咦？去哪裡？」

杉森有點失神地看看我，隨即敲了一下自己的頭。

「真是的，因為一向都把溫柴的腳跟我的腳綁在一起……已經變成一種習慣。不對。我要去一下廁所。」

「嗯，好。」

溫柴現在應該是已經進到牢房了吧？哼嗯。唉，忘了吧！忘了吧！間諜在牢房，我們在酒館。溫柴，對看守牢房的人隨便露一手你那個殺氣吧。你知道嗎？他們被殺氣嚇到之後會好好待你的。

心碎酒的第一口味道，是那種不知道到底該用什麼來形容的強烈感，是舌根留下的氣味可以持續很久的雞尾酒，而且那是非常非常濃烈的氣味。像是心臟都快破碎的樣子？不論如何，雖然我和杉森的感覺並不統一，但是，再叫一杯看看的這個想法卻很一致。一直到那個時候，卡爾都還沒喝完第一杯。他幾乎是以每十分鐘喝一口的慢速度在喝著酒。

杉森砰砰地敲桌子，嘴裡還哼哼唧唧地說：

「伊露莉，伊露莉……」

「所以呢？」

「就此結束了。嗯……」

「是啊。沒辦法啦……」

杉森和我互相講一些不成話的句子，完全是醉了的模樣，兩人都靠坐在椅子上。我大概能猜出杉森心裡想說什麼。那些沒說完的話。卡爾呆呆地用手背支著下巴，一直看天花板，看起來彷彿陷入了沉思。

杉森又再哼哼唧唧地說：

「修奇，唱首歌來聽聽吧。不要唱那個什麼城外水車磨坊怎麼樣的……」

「……那麼要唱什麼？」

「〈愛亞・伊克利那的鞋匠米德比〉。我喜歡那首歌。」

我往牆壁移動了身體之後，靠在牆上坐著。我的背涼涼的，感覺好舒服！而且還把一隻手臂放在椅子的靠背上，另一隻手臂靠著桌子。我用那種歪歪斜斜的姿勢坐著，兩條腿都伸得直直的。因為〈鞋匠米德比〉是一首很長的歌，所以用這種舒服的姿勢當然是比較好啦！再加上那是一首很愉快的歌。我用腳後跟敲打地板，跟著拍子唱：

在愛亞・伊克利那，那座狂人村子裡，
是的，勇敢的皮鞋匠米德比！
右手拿鐵錘，左手拿小釘子。
勇敢又快活的皮鞋匠米德比！

做皮鞋匠，雖是很勇敢的小伙子，
小貝里姬，如果散步到他的窗外，
那天只能左腳兩個兩個地做，咿呀嘿咻！
小貝里姬，如果散步到他的窗外，
那天只能右腳兩個兩個地做，咿呀嘿咻！
所以善良的小貝里姬總是，
散步一定會來來回回走上兩次，
所以在愛亞・伊克利那，狂人村子裡，
不管是爺爺，是小孩，還是冷漠小姐，
當然也就全都各有兩雙皮鞋啦！

卡爾開始吃吃地笑了起來，杉森則是張嘴微笑想要跟著一起唱。可是這首歌太長了，所以中間有很多歌詞他不知道。於是杉森如果唱不下去了，就笑著聽我唱，如果唱到他會的地方，就再跟著一起快樂地哼唱。

結果我唱到，米德比為了要去尋找做皮鞋的最上等皮革，勇敢地跑去獵龍，在這場幾乎可說是在玩樂的冒險的最後（他賣了皮鞋給半身人而賺到旅費，對十二名巨人出了一個考題，問他們是先有雞還是先有蛋，結果那些巨人互相爭吵了起來，他才得以逃出來，等等的冒險事），他利用修補皮鞋用的小釘子，制伏住龍的冒險場面，以及在迎春節慶裡，害羞的小貝里姬穿上米德比所做的龍皮皮鞋出來跳舞的場面，都感人肺腑地被我唱了出來。

「咿呀嘿咻！」

老闆瑞迪和那位手藝巧妙的廚師也都圍到我們這一桌，一起喝酒，而且還紅著臉和我們一起唱歌，唱到鞋匠米德比的那一句獨特呼唱句「咿呀嘿咻！」的時候，他們也跟著一起高聲喊叫。

一些拜索斯恩佩的市民們聽到這大白天裡傳來的愉快歌唱聲，都開始往純天堂這裡探頭看，不久之後，六張桌子都坐滿了人，而且還不夠坐，有些人站著拿酒杯而且還唱歌，到處擠滿了客人。雖然是一間小小雅致的酒館，如果像這樣擠滿了一起高興地唱歌的客人，還會羨慕皇宮嗎？還會羨慕光之塔嗎？

我唱完歌，博得了許多掌聲，隨即，剛才新進來的客人就開始唱起歌來。這是我們這些人的節慶……不知為何，我覺得這樣形容是再恰當不過了。雖然拜索斯恩佩現在到處都在過雙月節，但是在這裡，這小小雅致的酒館裡，也正展開另一個節慶，人們像沙丁魚般擠在一起，只是唱歌喝酒，卻很令人興奮快樂的節慶。

好像不知不覺地已經是黃昏了，一位新來的客人打開門的時候，從地面高度的門那裡射進金黃色的霞光。我只能見到那位客人的輪廓，他在門那裡站了一下，然後叫喚老闆。

「老闆，在不在？」

「呃，請問老闆在不在？」

那位新進來的客人很斯文地叫了兩聲之後，第三聲則是用力地叫喚。

「老闆在不在呀！」

瑞迪紅著臉，頭也不回地大聲高喊：

「就如您所看到的，客人。要麼就到桌子底下去，或者吊到天花板上，要不然我可沒辦法再接待任何一位客人了。」

接著那位黑黑的客人影子嘟囔著：

「真是的。別指望能塗到心碎酒了……不是！如果喝不到的話，就少了一樣來首都的樂趣！」

瑞迪好像被雷劈到似的，轉過身去。

「哦，哎呀。吉西恩！」

老闆說那是誰？我將視線由唱歌的客人身上轉移至新進來的那個人。杉森和卡爾也驚訝地望著入口處。我看到那健壯的身材和灰黑色的頭髮。還有最重要的是，他的左手按著腰際劍柄的姿勢。

「真的是耶！吉西恩！」

「咦？修奇！哦，各位，你們已經先到了啊？」

04

「好久不見，瑞迪。最近是不是有去風流……不要插嘴啦！嗯，日子過得好嗎？」

瑞迪好像和吉西恩很熟，對於吉西恩說的那些怪異的話，一點兒也不生氣。他只是和吉西恩互相握手，大聲笑著說：

「真高興見到你！是啊，有多久沒見到你了？王子殿下您說要去抓里奇蒙而離開這裡。」

「我是抓到里奇蒙了　但是卻讓御雷者因思春期……他媽的！御雷者被詛咒了。混蛋！我叫你閉上嘴巴！不要笑！」

吉西恩好像一點兒都沒有變。他搖搖頭，和瑞迪又再講了幾句話之後，就往我們這一桌走來。我決定坐到桌子上，這樣才可以好不容易挪出了一個位子。我像尼西恩陛下一樣，坐在桌子的一角。

卡爾遮住一邊耳朵，大聲高喊（因為四周實在是太吵了）：

「您是什麼時候來拜索斯恩佩的？」

「我現在才到。我一到首都就想來塗一杯心碎酒……不是！嗯，我想喝心碎酒，就找到這裡來了。哼嗯，這裡真的好熱啊！純天堂這裡總是像地獄一樣地……不是！是一間暖和而且安靜的酒館，我看現在這幅光景，一定是各位的功勞吧？」
吉西恩說完了這些話之後呵呵大笑。卡爾也笑著說：
「看到您這麼健康，真是高興。」
接著，杉森也大聲高喊著說：
「對了，現在這裡這麼吵，應該可以放開劍柄了吧？」
「你認為可以嗎？」
吉西恩微笑地放開劍柄。嗡嗡嗡！嗡嗡嗡！嗡嗡嗡！
我以為玻璃杯要破了……周圍那些唱歌的人們全都嚇了一大跳。甚至還有人往門的方向跑出去察看外面的天氣。過了一會兒，總算原本的氣氛都回來了，客人們又開始在唱歌，一下子整間酒館又恢復到無比吵雜的狀態。
杉森表情驚愕地說：
「這真是一把性能超好的魔法劍。」
吉西恩嘻嘻地笑了笑，繼續按著劍柄，說：
「對了，你們已經謁見國王陛下了嗎？」
卡爾露出看起來有些悲傷的微笑，然後點了點頭。吉西恩看到卡爾的臉孔，歪著頭疑惑地問：
「呃，出了什麼問題嗎？」
「沒有，事情很順利。比我們希望的還更順利，而且也不必再為人質的贖金傷腦筋了。」
「可是你的表情像是……對不起。喂！你安靜一點！你想把你的主人弄得如此愚蠢啊？什麼呀！唉，嗯，總之，卡爾先生你的臉色很不好哦？」

卡爾只是一直微笑，坐在桌子一角的我問道：

「吉西恩，你對陛下的看法如何？」

吉西恩歪著頭問道：

「你是說國王陛下呀？怎麼了，發生什麼不愉快的事嗎？」

「這個嘛……」

如果要說有什麼是我不敢說的，那就是：作為百姓的我要是去侮辱國王的話，就等於是侮辱自己的父親；另外，在我面前聽我說話的人是他的兄長，我怎麼開得了口去罵人呢？吉西恩表情不安地說：

「你們好像有什麼不好的感受。就我所知，他是個好人。雖然有稍微優柔寡斷的一面，但是行事很平心靜氣啊！嗯，那樣反而是從很溫和的性格所顯露出來的一面，總之，他是一位很有人情味的人吧？」

「……你最後看到他是在什麼時候呢？」

「大約六年前。」

「我們大約是三小時前。六年之間如果有什麼轉變，那可能是變了很多的樣子。至少，溫和的性格所顯露出的優柔寡斷，這一項已經可以從他的性格裡刪除了。他現在很冷酷地追究利害得失……」

「尼德法老弟，小心說話。」

卡爾很低聲地插嘴說話。說得也是，剛才不久前我才感受到絞刑臺繩索的感覺，現在竟敢又再這樣妄言妄語。我可能醉了！

吉西恩聽到我所說的話，露出很是擔心的表情。他突然間緊緊按住端雅劍的劍柄，並且說：

「從現在開始給我安靜三十分鐘就好。如果不聽我的話，我馬上把你拿去給打鐵匠，然後在劍身刻上『嘮叨劍』的字樣。這裡是拜索斯恩佩，所以很容易就可以找到會刻文字在魔法劍的技工。知道了嗎？」

隨後，吉西恩放開劍柄。不知道是不是因為端雅劍被這番威脅給嚇到了，還是因為氣氛的關係而閉嘴，不過，它真的就沒有再嗡嗡作響或說話。

「到底是什麼意思，卡爾？是不是國王對你們做了什麼？」

「並沒有特別做什麼……也不是什麼大不了的事。」

接著，卡爾做出一個強烈顯示出絕對不講的意味的表情。吉西恩的臉上現出很擔心的臉色，說：

「我不逼你說了。不過，各位如今要回故鄉去了嗎？」

「還沒有。我們要等到國王陛下幫我們籌到給付阿姆塔特的人質贖金。不僅如此，我們還要等謝蕾妮爾小姐，所以計畫要待在首都兩個星期的時間。」

「你是指那位精靈小姐？她去哪裡了嗎？」

「她現在不在首都，她到戴哈帕港辦事去了。所以，我們等她去那裡來回一趟，跟她約好兩個星期之後回到這裡。」

「兩個星期？嗯……好。請問各位住宿的旅館在哪裡？」

「叫做獨角獸旅店，在旅館街那裡。」

「那裡住起來還可以嗎？」

「那個地方還不錯。」

「那麼我也想住到那裡。你們可以帶我去嗎？」

卡爾歪著頭想了一下。這真是奇怪耶？吉西恩在雷伯涅湖邊明明告訴過我們，如果和他在一起會有危險，因此不能在一起。吉西恩也突然瞭解到我們為何覺得訝異的樣子。

「啊，請不要擔心。我在首都是很安全的。如果我死在荒郊野外的話，可能會被弄成看起來像是個冒險家死掉的樣子。但是如果說我是在首都死掉，那麼會是誰的嫌疑最大呢？在這裡，只要稍微調查一下，馬上就可以知道我是誰。」

啊，是這樣嗎？卡爾點點頭。

「我們很樂意帶您過去。」

我牽著移動監獄，一面點點頭，一面走出去。

移動監獄不知道是不是能感覺到自己的主人不見了，這匹馬就只是照我牽拉的方向跟著走。我們應該要把牠賣掉。要不要直接給旅館老闆，當作是住宿費用？

太陽下山，燈柱又開始亮了起來。住在燈柱前面建築物的人們拿著附有一個環的長棍子，走了出來，把燈柱的球迴轉過來。燈柱的球轉為半球體之後，裡面的永久魔法光便開始發出光芒。

「嗯，那些人好像早晚都要做那樣的工作的樣子。」

「沒錯。」

這是吉西恩的回答。然而人類對於那些為了公共福利而自己得去做的勞動，是很吝於去做的。

「真的嗎？那麼，做打開和關閉燈柱的事，可以從市政府那邊拿到錢嗎？」

「燈柱？啊，你是說路燈？」

「那個東西是叫做路燈嗎？」

「嗯，不過那是拿不到錢的。在自己家門前設置路燈，對他們的家是有很大的好處的哦！首先是可以很明亮，而且對於宣傳或者家裡的氣氛也都很有助益。所以人們都爭相著要在自家門前設置，非常多人向市政府申請，並且很高興去做那樣的工作。」

「啊哈。」

我很感興趣地看著那些燈柱，不對，是路燈。同樣地，路上的人們也正以感興趣的目光不斷向我們投射過來。

我和杉森已經醉了，在馬上搖搖晃晃地，不過，這並不是我們受到首都市民們驚訝目光的原因。或許這是因為還在節慶期間，要在街上看到酒鬼並不是很稀奇的事。我們成為眾人注目的焦點，是因為那位在我們兩人前面騎著公牛走著的戰士。那戰士明明體格不錯，而且還佩著一把漂亮的劍，帶著盾，連鎧甲都很出色，但是，最引人注目的還是那頭公牛，讓首都市民們用看得發愣的眼神注目著。

我們在熱烈的目光之下回到了獨角獸旅店。有幾個小姐一面跟著我們跟到最後，一面還聊天，說的都是些「真的看起來好勇猛！」、「那男人，不就是妳喜歡的那一類型？」、「什麼呀，不要開我玩笑了啦！」之類的話。她們看來好像閒著沒事做的樣子。如果不是喜歡的那種類型，幹嘛一直跟著我們跟到最後，而且還看個不停？

獨角獸旅店的牽馬傭人突然看到一頭公牛，也是非常不知所措的樣子。

「那個，如果餵牠吃乾草，可以嗎？」

「只要按照一般餵馬的方法，餵牠燕麥或大麥就可以了。牠本來是一匹馬。」

「咦？」

「牠被下了詛咒，所以才變成這樣。」

吉西恩簡單地說明之後，將御雷者交給對方。那位牽馬傭人看到那一頭公牛併著腳走路，更是驚訝不已。「看來牠真的是一匹馬哦？」

我們一進到大廳，就看到妮莉亞早已經回來，並且在某一桌前面坐著。妮莉亞看到吉西恩，立刻露出很高興見到他的表情。

「啊，荒野的王子！」

「妳好，腳快的高貴仕女。」

「你來這裡了呀？真高興看到你。你打算要和我們住一起嗎？」

妮莉亞做出一個非常高興的表情。咦？她幹嘛這麼愉快呢？難道她到現在還沉浸在想要悄悄偷走端雅劍的妄念裡頭？杉森和我想要填滿一下肚子，叫了啤酒，然後坐在椅子上。吉西恩很親切地回答妮莉亞：

「是的。我是這麼打算。」

妮莉亞滿臉欣喜地說．

「好耶。對了，卡爾叔叔，你去辦的事都還順利嗎？」

卡爾笑了笑，只是用點點頭來回答她。妮莉亞原本期待的是一長串的說明，但是看到回答竟是如此地簡短，於是困惑地歪著頭。

「咦？去一趟皇宮回來的人，竟然給我的回答是這麼超級簡短？我還以為你們往後的人生都會一直以此炫耀自豪呢！用『喂，我進到皇宮的時候呀……』這一類的方式炫耀。」

妮莉亞很滑稽逗笑地模仿了卡爾的說話聲音。卡爾只是微微笑了笑，並沒有說些什麼其他的話。哎呀，如果真的要炫耀，是炫耀不完的。我們呀，國王也見到了，公主殿下也見到了，死亡關頭也來回經過了好幾次，心情也是一會兒上一會兒下地起伏不定……但是真的沒有可以向人炫耀的東西！妮莉亞好像在滿意什麼似的，點點頭說：

「哼嗯，你們真不愧是無法捉摸的特殊人物。在伊拉姆斯市的時候，我就親眼目睹過了。」

「真是言之過獎。」

晚餐結束後，我們回到卡爾、我和杉森三個人睡的那一間大房間。因為沒有溫柴了，所以還空出一個床鋪，因此吉西恩決定就住在我們這一間房間。旅館老闆看到新進來的客人說要和其他客人用同一個房間，一直嘀嘀咕咕個不停，不過，吉西恩幫我們把旅館費用付了，而且多付了許多給他，才讓他閉上了嘴巴。

「呵，我們欠你這份人情……」

「好了。因為我的緣故，不是還曾經讓各位差點死掉？因為我是守財奴……媽的！是，我想過我應該要報答你們。」

妮莉亞說她那一間曾和伊露莉兩個人住過，但是現在只有一個人住，很無聊，所以跑到我們房間，要和我們一起喝點酒之後再回房去睡。她圈住我的脖子，哼哼唧唧地說：

「哼哼，本來是兩個人在一起，現在要我一個人度過，這樣的夜真是寂寞呀。我可不可以也在這裡睡？」

我並沒有想要去甩開她的手臂。因為甩開了以後還是會再纏上來。呃！我的背好燙！

「這裡沒有多餘的床鋪。」

「我和你一起睡在你的床鋪上，不就得了？」

「嗚！」

這女的性格真的很怪異……怎麼這麼喜歡欺負小伙子？但如果我生氣了，不就順了妮莉亞的意？我雖然知道事情是這樣，然而還是無法不生氣。我氣到都臉紅脖子粗了。妮莉亞咯咯地笑著，樂得不得了。

另一邊上，吉西恩和卡爾正講到有關御雷者詛咒的事。

「對了，請問你想去哪一個神殿？」

「我想去大暴風神殿。這個神殿是大波斯菊與暴風之神艾德布洛伊的總院，而且代代都與王室有很深的關係。我小的時候也常常到那裡去。」

「哦……真的嗎？那麼，我們可以和你一起去嗎？這似乎是一個增廣見聞的好機會。」

「可以啊。」

杉森在一旁脫下皮甲之後說：

「大暴風神殿？就是艾德琳在那裡長大的那個神殿？」

吉西恩轉過頭去看了看杉森。

「咦？聽起來好像你們和『治癒之手』艾德琳很熟的樣了？」

事情就是這樣……那一夜變成了洋溢著美酒和我們旅行故事的夜晚。我因為白天已經喝很多了，所以很早就上床呼呼大睡。

爸爸正被阿姆塔特壓著。爸爸匆匆地告訴我：

「兒子啊，你說說看石蠟蠟燭的製造方法給我聽聽！」

阿姆塔特因為那一把長舌魔法劍的緣故，現在根本沒空注意到我。我為了盡量不被牠發現，小心翼翼地說：

「石蠟蠟燭是……從被下了詛咒的馬腦裡榨取出鯨腦油，而做出來的。這時候最重要的，是要摻一些心碎酒，將鯨腦油完全攪拌均勻。」

「你竟然說對了！真不愧是我的兒子。然後呢？」

「打開燈柱的蓋子之後，把蠟油倒進去，蓋上蓋子，一直放到晚上。到了晚上的時候打開蓋子就會發出燦爛的光芒。」

「不是燈柱啦，是路燈。」

「啊！你說得對。不管怎樣，接下來，拿到靠近灣流的地方去點著。」

「理由是？」

「這樣才能使那些傑彭人的駱駝看得到路。因為傑彭人的駱駝夜視能力很差。」

「對對。所以應該要把黛美公主嫁出去才對。」

「遵命。」

這時候，阿姆塔特放下了魔法劍的劍柄。嗡嗡嗡！阿姆塔特低頭看到我，大喊著說：

「哇哈哈！一百萬賽爾！一百萬賽爾，我就賣給你。」

隨即，一直圈著我的脖子的妮莉亞說：

「不需要！用偷的就可以。」

妮莉亞更加緊緊地拉著我的脖子。

「咯咯！放開我！」

嗡嗡嗡，嗡嗡嗡！

「嗚嗯……」

哎喲，我的頭啊！我看那個心碎酒應該要叫做頭碎酒才是。天花板看起來好奇怪。歪歪斜斜的樣子……我鐵定是躺得歪歪斜斜的。天花板因為早晨陽光的關係，有一半是亮的，一半是暗的，所以往上看著天花板，更覺得暈頭轉向。

我搖了搖疼痛的頭，想要起身，但是卻起不來。什麼呀，這個是？我察覺到在我的胸前有一隻手臂正在上面。順著那隻手臂一直看下去，就看到被單上面那一顆鮮紅色的頭的一部分。

「呃啊？」

我小心地往下看看被單。看到妮莉亞的臉孔，嘴角邊還都是流過口水的痕跡。我的天啊！我首先把手伸到被單下面，摸一摸我的褲子，說起來這也是沒辦法的習慣，不是嗎？

「呼……還好。」

我毀了！她真的在我的床上和我一起睡了！我小心地拿開妮莉亞的手臂，試著往外移動出來。妮莉亞翻身翻了好幾次，但是仍然還是呼呼大睡，睡著很熟。我幫妮莉亞蓋好被單，然後出到床鋪外面。

我感覺好像被早晨的陽光刺到了。呃！

我身體搖搖晃晃地，環顧了一下四周。卡爾在他自己的床上，看起來很安穩的樣子，正在睡覺。但是卻不見杉森和吉西恩的人影。

鏘！鏘鏘！噹！

什麼聲音啊？我往窗戶方向走去，低頭看看下面。哼嗯？杉森和吉西恩在旅館後院，兩個人正在比武。在他們周圍，雖然現在是早晨忙碌的時間，仍然還是有些漫不經心的傭人們在觀看著。他們有的拍手，有的加油，我仔細一看，在面對旅館後院的巷子裡，有一些穿著華麗外出服的青年男小姐和年輕人們正在觀看杉森和吉西恩的比武。媽呀！甚至還有一輛馬車停下來看呢！

我梳洗了一下，稍微振作精神之後，走到樓下去。

大廳裡一個人也沒有。好像全部的人都跑去後院了吧？這時候，旅館老闆一面伸伸懶腰，一面走進大廳。他一看到我，就好像跟我很熟似的說：

「哈啊……睡得好嗎？」

那個旅館老闆的名字叫什麼來著？

「啊，是。黎特德先生。嗯，請問去後院的路要怎麼走？」

「嗯？為什麼要去那裡？」

「現在傭人們都跑到那裡去了。」

「什麼？」

黎特德先生驚訝地往某個走道跑去，我慢慢地跟在他後面。我還沒走到外面，那些傭人們就已經從外面的另一頭蜂擁跑進來。嗯，而在他們後面，傳來了黎特德先生的高喊聲。

「你們這些懶鬼！如果十分鐘以內早餐還沒準備好，我們旅館就完蛋了，知不知道啊！」

然後黎特德也跑了進來。我噗哧笑了出來，往後院走出去。一走出後院，就聽到刀劍碰撞的聲音更加地大聲。

「呀啊！」

「咿啊！」

杉森和吉西恩好像都習慣輕輕地就結束喊聲。反正喊聲太長也沒什麼好處。不管怎樣，杉森正用雙手握著一把長劍，而吉西恩則是拿著端雅劍和盾牌。杉森因為是用雙手拿著，在速度上顯得比較有自信；吉西恩因為有盾牌，看起來沒有防衛上的顧慮。於是，這場比武主要是杉森在做攻擊，他看起來比較有勝算。但是吉西恩以沉穩的動作，格擋住杉森的攻擊。

我走到後院角落的樹小底下，靠坐著樹木，觀看他們比武。

確實，杉森的攻擊比較快。不管防衛做得再怎麼好，如果沒有攻擊就沒啥用了。攻擊是最好的防衛，不是嗎？況且拿著盾牌的手和拿著劍的手終究是連在同一個身體上的。用盾牌來擋，同時用劍來刺，這不是一件容易的事。盾牌的衝擊會傳到另一邊手臂上。再加上如果是被那個食人魔雙手上的長劍給打到的話，就會更加辛苦。吉西恩舉起手，要求暫時停一下。

「呼……你真的是那種我不能拿著盾牌打鬥的對手。」

「您要不要放下盾牌？」

吉西恩點點頭，立刻轉過身去。他發現我在那裡，於是同我打招呼，緊接著就給了我一個工作。

「替我保管一下盾牌。」

然後，我就好像是騎士的隨從，拿著吉西恩的盾牌，觀看兩個人的比武。

放下盾牌的吉西恩揮動了一下手臂，也用雙手握住端雅劍。吉西恩以慎重、瞄準中段的姿勢，將長劍豎直在腰際前方，杉森也採取了一模一樣的姿勢。兩個人都是相同的姿勢，皆是一副不露空隙的模樣。他們兩個都不敢隨便衝上去，劍鋒互相對峙的狀態下，只是專注地盯著對方。

「呵啊！」

杉森首先進攻。杉森用劍鋒打下了吉西恩的劍鋒之後，直接做出一個刺擊動作。不過，吉西恩往後退一步，將杉森的劍撩起來。隨即，杉森也很快地往後退，站穩姿勢。兩人再次進入了對峙狀態。吉西恩表情讚嘆地說：

「劍術不錯。」

「謝謝。」

吉西恩微笑了一下，便舉起右腳。

「呀！」

吉西恩在舉起右腳的同時，採取直接砍向頭部的姿勢。杉森舉起長劍，雖然想要抵擋頭上的那一擊，但是吉西恩用右腳踏了一下地面，同時劈向杉森的腰，然後經過了杉森身邊。啪！

吉西恩從杉森的背後大喊：

「中招！」

「呵，真是的。」

杉森搖了搖頭，然後轉過身。吉西恩好像是用劍的側面打中杉森的。四周響起了拍手聲。掌聲來自那些一直在注視旅館後院的人們。杉森微笑著說：

「放下盾牌，動作確實變快了哦！」

「咦？真是的，你以為我沒辦法再如法炮製一次嗎？」

吉西恩也露出了微笑，又再採取對峙的姿勢。杉森長劍劍鋒一直不斷旋轉著，向前進攻。

「呀啊！」

杉森向前一躍，很用力地從右上方沿對角線下劈。吉西恩拿劍起來格擋，但杉森那一招是騙術。杉森從對角線攻擊突然轉換了姿勢。他把被吉西恩的劍擋住的自己那把劍拉起，一邊邁出左腳，用左手肘打出去。嗚嗡！

杉森的手肘停在吉西恩的鼻子前面。吉西恩眨了眨眼睛，驚嘆了一口氣。

「好厲害的招數！」

「中招！這可是實戰出來的成果。」

又響起了一陣拍手聲。哼嗯，這兩個人真是幸福啊！對了，我要不要也拿著巨劍下去和他們比武？還是算了。我和杉森或吉西恩對打之後，可能比起拍手聲，我得到的大概更多是嘲弄或同情吧。

嗯，我發現那輛馬車還在那裡耶！那可真是奇怪了。乘著馬車出門的人通常都是忙著要去某地辦事的，對方為什麼還不走，而且還那樣觀看著？我偷偷地看了馬車裡面，看到一個大約二十五歲左右的年輕男子。

那個男子張著嘴巴，正在望著杉森和吉西恩的比武。他的口水都要掉下來了！看他的穿著，可能是貴族世家的青年。我可以很清楚地看到他那華麗的上衣。因為他往馬車窗外探頭，幾乎像是伸出身體似的觀看著，所以我才會看得很清楚。哼嗯，年輕人，這種像是在荒野之中剛抓了兩、三頭巨魔的男人們的打鬥，你可是第一次看到吧？

我又再轉頭回去看他們兩個人。

「哈啊！」

「呀啊！」

兩個人有好一會兒時間都在把自己的底掀開給人看。這確實讓我們見識到許多很棒的招數。特別是杉森，使出了許多各式各樣很值得一看的招式。杉森垂直下擊之後，轉身再做出一擊之時，連吉西恩也嚇了一大跳。杉森一面踏出左腳，一面垂直下擊之後，把右腳往左腳的左方送去，整個轉了起來，水平後轉做出一個橫劈的動作。往右邊轉著的吉西恩被那個突然間從旁邊飛來的劍刃給驚嚇到了。

「啊啊！」

從巷子路上爆出很大的尖叫聲。杉森用劍刃側面在吉西恩的肩上輕輕一拍，然後對著被驚嚇到的吉西恩笑了笑，杉森向他解釋著：

「你又中招了。與右手持劍者對打的時候往右邊方向轉，這是劍士的常識。但是這種常識如果死守不變的話，也是很危險的。」

「呵，我再怎麼樣也沒想到後轉身的橫劈會劈到我面前來。」

「是嗎？修奇那傢伙比我的技術還更高超。那傢伙可以做出垂直上擊，連續猛砍兩次之多。」

吉西恩用特別讚嘆的表情看了看我，令我尷尬不已。就在這時候——

「啊啊啊啊！」

一陣令人耳膜快要破掉的尖叫聲傳來。不久，傳來尖銳卻仍悅耳的喊叫聲。

「出去！你給我出去！看你長得很正經，卻做出這種事！」

「這不是妮莉亞嗎？」

我、杉森和吉西恩很快地跑了進去。我們一次跨兩、三階樓梯地跑上去，打開我們的房門。砰！什麼呀？呃。他被枕頭打中了！妮莉亞用被單包住全身，丟了一個枕頭過去，卡爾則是在房間角落揮著兩隻手。

「不，不是的。妮莉亞小姐，這是誤會……」

那一瞬間，吉西恩和杉森用不堪形容的淒慘表情看了看卡爾，隨即卡爾面如土色。妮莉亞繼續很悅耳地喊著：

「你真是陰險！你是想侵犯誰呀？」

卡爾像是再也忍不住了，他高聲喊叫著：

「我、我以為妳是尼德法老弟啊！所以想要叫妳起床，就翻開了被單……」

妮莉亞露出叫他不要再編造荒謬說詞的表情，氣喘吁吁地喊著：

「修奇？你不要說這種莫名其妙的謊言！修奇幹嘛到我的房間來？」

呃！哎喲我的天啊。杉森鬆了一口氣說：

「妮莉亞……這裡是我們的房間呀。」

妮莉亞眼睛睜得大大地，環顧一下四周。妮莉亞數一數床鋪數目，然後看看天花板花紋，慢慢地看看我們每個人的臉，終於鑽進被單裡面去了。妮莉亞把頭蓋在被單裡面，用蜷縮的姿勢喊著說：

「我丟了三個枕頭！只揍我三下就好！」

「咯嗯！嗯，哼嗯！」

不管怎樣，我們在這場騷動結束後，才得以下樓吃早餐。整件事好像是這樣，卡爾把躺在我床上的妮莉亞誤認作是我，靜靜地掀開被單，妮莉亞在被單被掀開的那一瞬間看到卡爾的臉孔，而嚇了一大跳。

「對不起。」

「唉，是我做錯了。」

卡爾很勉強地擠出笑容，原諒了妮莉亞。杉森對妮莉亞說「憑妳這種長相，有可能誘惑得了卡爾嗎？」等等的話，結果杉森被踩了腳背之後，一直在那裡跳了好多下。

吃早餐的時候，杉森和吉西恩開始談論剛才不久前比劃過的劍術。我在一旁偷偷地聽他們兩個人說，杉森比較在行的是變招和臨機應變，而吉西恩則是正統派的技術。我在想，只不過是揮刀劍，也有正統和變招之別嗎？吉西恩一邊撕開麵包一邊說話。端雅劍即使在這短暫的時間裡，只要吉西恩一放開劍柄，它就當場開始叫起來。嗡嗡嗡。

「揮劍的時候並沒有分什麼正統和變招。不管是哪一種武器，基本動作都是從使用拳頭衍生出來的，所以都是一樣的。」

「這個我以前聽杉森講過。可是……？」

「只不過如果要談論什麼時候使用什麼招數，就會出現正統和變招的差異。而且你不要問我有關它們的差異。如果要說明，得花上一個月。」

杉森一邊笑一邊舀湯起來喝。他突然環視周圍，然後說：

「吃飯時腳踝沒有被綁著，我竟然會很不習慣。」

「那段時間好像和他多少有些情分了吧？」

「好像是吧。因為不管怎樣，我們曾經同甘共苦過。」

「說得也是，真的是同甘共苦過。」

杉森和我嘻嘻地笑著，回想起溫柴。他是一個知道如何施展殺氣的可怕戰士，但是他從來也不曾對我們做過那種行為。不對，他好像對杉森做過？說得也是，那時候是因為一片煎餅的關係。

我們吃完飯之後，一面剔牙一面走向大廳。

「嗯？」

杉森轉頭看我。

「怎麼了？」

「那個人……」

在大廳的一角坐著一個年輕人。剛才在巷子路上坐在馬車內觀看杉森和吉西恩比武的，正是這個年輕人。

他姿勢端正地坐在大廳邊上底端的桌子前，在他旁邊，可以看得出來是跟他一行的馬夫。那個馬夫是個身材很健壯的中年男子，用彷彿像是保鑣的姿勢，坐在那個青年的旁邊。馬夫背上有一把長劍，這也讓他看起來像是保鑣。

那個青年一看到我們就從位子上站起來。馬夫也以迅速的動作跟隨青年。他們分明是正要走向我們，所以我們在原地不動，站在那裡看著那個青年。

「對不起。」

我有遇過這麼糟的情況嗎？我們一行共有五個人，但是他一次對五個人說話，到底該由誰來和他說話？在這一瞬間，我們都愣住了。卡爾看了看吉西恩（因為他是王子），但是吉西恩看了看卡爾（因為他是最年長的人）。所以差一點就沒有人回答這位青年打招呼的話。

「請問你是誰？」

這個打破沉默的聲音是妮莉亞問的。呼，幸好有她在。我們看著那個青年，個個的臉色看起來就是一副非常好奇妮莉亞的這個問題，對方到底會怎麼回答。仔細一看，這個青年雖然長著帶有王族氣質的那種俊秀臉孔，但是現在卻像在深深憂愁什麼似的，臉色並不好。

「我叫涅克斯・修利折。」

修利哲？他的姓是修利哲。卡爾首先回答說：
「請問，你是不是就是修利哲伯爵的……？」
「他是我的父親大人。」
騎士修利哲，第九次阿姆塔特征討軍的司令官。從首都護送卡賽普萊到我們村莊的那個伯爵。嗯，我呀，只有遠遠地看過那個人而已。涅克斯•修利哲說他正是那位修利哲伯爵的兒子。
「我聽說現在有人帶了我父親大人的消息前來皇城。我還很年輕，而且也沒有什麼勢力，所以還沒有辦法聽到更多相關的報告，好不容易打聽到帶來報告的人士住在這裡。」
「所以，您就來這裡，想直接得知消息，是嗎？」
「是的。我來到這個旅館，看到後院有人在比武，我就大致猜想到就是這幾位了。」
杉森和吉西恩同時露出尷尬的表情。但是卡爾以慎重的表情看了看涅克斯。
「你是因為年輕又沒勢力而無法聽到相關消息嗎？」
涅克斯稍微漲紅了臉，回答說：
「是的。但是請不要認為我是那種會利用勢力或地位，去任意碰那些不在我管轄內的政府重要文件或情報的人。我知道我應該要等到正式公布下來才對，但他是我的父親。我實在是無法再等下去了。」
「我能理解。」
卡爾點點頭。是啊，我也是曾經因為很關心我爸爸的消息，而硬要參加哈梅爾執事的會議，我站在這種立場，所以能理解涅克斯的心情。
卡爾露出不知該怎麼說的煩惱表情。但是涅克斯像是再也無法等待似的問：
「您不需要煩惱，也不需要想一些安慰的話。沒有士兵跑回來，可見一定沒有打勝仗。我可以猜想得到已經輸了。」

哇！真厲害。卡爾以沉重的目光看了看涅克斯。涅克斯則是用冷冰冰的臉孔說道：

「只要請您說出父親大人的生死。父親大人他光榮地戰死了嗎？」

什麼？光榮地戰死？

卡爾和杉森全都變成　副糊裡糊塗的表情。特別是卡爾覺得很荒唐。這人問他父親是不是光榮地「戰死」了，那麼該不該回答說他父親不光榮地「生存」著？真是莫名其妙。他的問題從一開始就問得亂七八糟的，不是嗎？不管怎麼講都會是令人不愉快的回答呀！不過，卡爾很純熟地說：

「令人高興的是，令尊的名譽和性命，全都保存完好。」

涅克斯臉色糊裡糊塗地說：

「咦？您的意思是贏了嗎？」

「不是的……灰色山脈的恐怖，阿姆塔特，牠率直地驚佩於令尊的威勇，因此決定如果收到人質贖金，就送回令尊。牠深覺到令尊不是牠可以管轄或殺死的勇猛人物。」

涅克斯的臉色變得很僵硬。

「請問父親大人他是不是成了俘虜？」

「令尊正受到阿姆塔特的保護。」

涅克斯皺著眉頭說：

「您使用外交用語在說話。請問您從事外交官的工作嗎？」

卡爾搖搖頭。涅克斯緊咬了一下嘴唇，說：

「人質贖金是多少呢？」

「請不要擔心。陛下已經承諾要將令尊的贖金準備齊全。」
「是尼西恩陛下嗎？」
「是的。」
涅克斯撇著嘴唇。那是什麼意思呀？涅克斯從位子上站起來。
「感謝您告訴我有關父親大人的消息。在首都，不管有什麼需要幫助的事，修利哲家族願誠心誠意幫忙。以風中飄散的大波斯菊之名祝福你們。」
「以平息暴風的花瓣之榮耀祝福你。你是艾德布洛伊的信徒？」
咦？這好像是在哪裡常聽到的一句祝福語？卡爾看了一下涅克斯然後說：
「我是在家修行祭司。」
涅克斯只說到這裡就轉身離去。那個馬夫立即也轉身跟著涅克斯走出去。我仔細一想，那個馬夫從頭到尾都沒有講任何一句話耶？
我向卡爾問道：
「什麼是在家修行祭司？」
「啊，那個，是指雖然說是祭司，但是沒有住在神殿，而是住在家裡的祭司，尼德法老弟。」
「住在家裡？在家裡做什麼？」
「那很像是一種名譽職稱。嗯，只要把它想成那是比平常信徒地位稍微高一點的信徒，就可以了。雖然他們也有可能像祭司那樣信仰深厚，甚至會使用神力，但是在教壇制裁上，他們是稍微自由一些的祭司。如果身為貴族，進到神殿就沒辦法傳續家族了，不是嗎？所以才會選擇當一個在家修行祭司啊。」

「嗯，你說他們會使用神力？像艾德琳那樣？」

「可能還不到那樣強的程度，但是至少比較不會有小病不斷的事吧。還有那些討厭的怪物們會很難接近他。」

一直在聽卡爾說話的吉西恩說：

「而且在搞派系鬥爭的時候，擁有許多在家修行祭司的教壇很有利……呃！不是，有較高的威勢。」

我心裡突然浮現昨天遇到的黛美公主。我真不愧是思緒很敏捷的人。

「那麼，王族應該是亞色斯的在家祭司嘍？」

吉西恩點點頭。

「那種人很多。」

我看了看卡爾。卡爾點點頭說：

「是的。可能黛美公主殿下就是亞色斯的在家修行祭司。你們還記得昨天的那句祝福語嗎？」

吉西恩微笑著說：

「你們有見到我妹妹啊？」

「是的。」

「她看起來怎麼樣？很健康嗎？」

「咦？啊，是的。在我看來，她看起來很健康。」

這時候，妮莉亞插嘴說道：

「可是啊，剛才那個人，我覺得很不順眼。我不僅不喜歡他態度死板板的樣子，而且最重要的是，他聽到他父親還活著的事，竟然一點也沒有高興的樣子。」

嗯，關於這件事，我的想法也是一樣。他為什麼不高興呢？難道他的意思是，被抓去當俘虜是一件羞恥的事嗎？真可笑！吉西恩說：

「這也是有可能的。」

我們用訝異的表情看著吉西恩。吉西恩說：

「他們家有無法洗刷的不名譽情事。所以他會說出那種話。」

「無法洗刷的不名譽情事？」

「有關這件事，我不想說。我的嘴巴像青蛙……不要說了！呃，我不想提起別人家族不名譽的事。」

「是這樣嗎？嗯。」

妮莉亞嘟著嘴巴。

「可是我還是不喜歡這個人。」

我們都噗哧地笑了出來。

之後我們往外走了出去。妮莉亞說今天仍然想去逛逛首都，說完就走掉了，而我們三個原本並沒有特別需要去做的事，所以跟著要去大暴風神殿的吉西恩一起走。我們仍舊是集眾人的目光於一身，接受首都市民們看著公牛的驚訝目光。

一走到都市周外圍，我不用問什麼路就能一下子看到那個大暴風神殿。

「哇……哇！」

杉森張大著嘴巴。

有一棟莊嚴的建築物，像是飛上山丘似的，高高地聳立在那裡。我們從下面沿著蜿蜒曲折的路走上去之後，立刻看到有一道建築物牆壁，像是峭壁似的正正橫立著。牆上到處都是一個個的窗戶。我繞到另一邊去看，就看到有好幾層，庭園和院子一覽無遺。第二層是庭園，第三層是內院，構造大致就是這種樣了。而且，有雅致的階梯和欄杆，優雅的圍牆和小橋，將建築物內的每一層到處互相連串起來。真的非常雄偉壯觀。

我們一到達正門，就立刻出來了一些小修煉士。那些小修煉士們向我們點頭行禮。

「以風中飄散的大波斯菊之名祝福你們。」

「以平息暴風的花瓣之榮耀祝福你們。」

吉西恩如此回答之後說：

「我來拜訪高階祭司。雖然沒有事先約好，但是請轉告他，吉西恩來拜訪他。」

那些修煉士的臉上浮現驚訝的神情。小修煉士們仔細端看吉西恩的臉之後，慌慌張張地帶我們進去裡面。

「什麼？您說什麼？」

吉西恩一下子跳了起來。放在桌上的茶杯在搖晃著，茶都快要灑出來了，幸好杉森趕緊抓住茶杯。吉西恩好像眼睛快要迸出似的望著高階祭司。

高階祭司露出耳朵痛的表情，掏了掏耳朵之後說：

「我說兩遍也不會因此改變什麼啊。」

「這樣是不行的！」

「……你朝向天空大聲喊一喊『太陽如果從東方升起是不行的』。我們看看明天太陽會不會從西方升起吧。」

高階祭司很是平淡地說。說得也是，說「這樣是不行的！」不是很可笑嗎？周圍那些路過的修煉士們正在偷偷瞄著我們。吉西恩的高喊聲真的太大聲了，整個大暴風神殿簡直鳴響了起來。

我們現在正在大暴風神殿的後院。

剛才進到這裡面一看，果然是一個很漂亮的建築物。迴廊和門框的柱子全都用美麗的大理石做成，甚至於連地板也鋪著石材。整個地基非常地廣大，有個巨大的院子和幾個噴水池，建築物裡面有許多處都立有分隔各區域的圍牆。我們走過了幾道那種圍牆之後，接著被引導來到高階祭司所在的這個後院。

高階祭司在後院一角的亭子裡，正在等我們。

這位大暴風神殿的高階祭司穿著一件白色、很簡單的毛織袍子，中老年人的模樣，他自我介紹他叫伯休瓦。從他的臉孔很難看出他的性格。他和我們稍微暢談之後，聽到我們一行人遇到艾德琳，以及解開卡拉爾領地詛咒的故事，他非常地高興。當然，我們並沒有說出那是傑彭的陰謀詭計，因為這件事到現在還是國家機密。王室那邊要我們一直保密到這件事能被利用在外交上為止。所以我們只說那是一個不可知的詛咒，我們和艾德琳一起合力救出病患。

「哦……這真是幸好。」

卡爾很鄭重地回答說：

「這全是艾德布洛伊的恩寵所賜，高階祭司。」

卡爾使用了尊敬的語詞。如果剛才是我或杉森先開口說話，不就糟了？嗯，如果是艾德琳，只要叫她的名字就可以，但是高階祭司，好像就必須使用敬稱的樣子哦？

吉西恩發揮了很大的耐心，靜靜地聽完我們的故事之後，小心地講起有關御雷者所發生的事。然後，高階祭司仔細察看御雷者之後，讓吉西恩一下子跳了起來。

吉西恩表情絕望地說：

「里、里奇蒙已經被我殺死了！」

「你這是在炫耀嗎？」

「不是的。我是要說，現在只有解除詛咒本身，才可以讓御雷者恢復成原來的模樣！此外沒有別的方法了。」

「那是到目前為止。」

「咦？您說到目前為止？那麼有什麼方法……」

高階祭司搔搔額頭，說：

「解除詛咒原則上就是除去詛咒的力量根源。一般來說，殺死詛咒的施展者，詛咒就會被解除。」

「那麼，御雷者呢……？」

「你聽我說完。可是如果是使用奇怪的手段或獨特的方法，問題就麻煩了。祭司之中就有一些墮落的人，使用的方法是以神的名義下詛咒。這時候，就算殺死那個祭司也沒有用，一定要破壞代表與神之間契約的證物。」

我和杉森同時互相對看了一下。

沒有錯。卡拉爾領地的神臨地，不就是回收那個基頓的聖徽才被解除的？費雷爾說那個聖徽是「儀式的象徵」。高階祭司說那是「代表與神之間契約的證物」。高階祭司繼續說：

「這樣你聽懂了嗎？那你看看御雷者，那是頭長得很好看的公牛哦！呵，一改我對牛的印象。不管怎樣，殺死了那個名叫里奇蒙的巫師，也還是無法解除詛咒，那是因為里奇蒙用了某個其他的東西來下詛咒。雖然以你的腦筋，不容易理解我所說的，但是，你到底理解了沒？」

高階祭司很自然地開了王子一個玩笑，所以我們有些驚訝。吉西恩用滿不在乎的臉孔，不對，是以很理屈的臉孔回答說：

「乾脆不要聽懂，那還會比較好。」

「你聽懂了呀！很好。但因為里奇蒙是巫師，所以應該不是以神的名義來下詛咒。我對巫師們所使用的方法雖然不是非常瞭解，但是從以我的神力無法解除這一點來看，應該不是用一般集中瑪那力量的那種方法。」

「那麼，是用什麼樣的方法呢？」

高階祭司用下巴指了指某個方向，說：

「你們到光之塔去看看。再怎麼說也是巫師他們比較清楚吧。或者說他們比較能看出其他人的手法吧。」

吉西恩張大了嘴巴。

「您要我去光之塔？您沒有聽到我剛才說的話嗎？我說我愛里奇蒙……哎呀！我殺死了里奇蒙。」

「你好像真的很喜歡炫耀的樣子哦？」

「不是。我殺死了巫師，你竟然還要我去光之塔。這樣像話嗎？」

「這個嘛，你不是說坐奇蒙是黑魔法師？」

「黑魔法師再怎麼樣也還是巫師。雖然不會對我說些什麼，但是會鄭重地要求性愛……對不起。拜託！你不知道我現在正在跟高階祭司說話嗎？給我閉上你的嘴巴！而且你說那種話，你還算是淑女啊？啊啊啊！不要笑，我叫你聽我的話！」

吉西恩拔出端雅劍，吐了一口口水在劍身，死勁地慘叫著。哼嗯，吉西恩曾說這個動作他做了六年之久？他還沒有瘋掉，真是萬幸。高階祭司好像看了很愉快似的，在一旁觀賞吉西恩好一陣子，接著用充滿好奇心的表情對吉西恩說：

「可不可以給我握看看那把劍？」

吉西恩的臉色變得很蒼白，他雖然很猶豫不決，但是想不出有什麼能拒絕的名義，他搖搖頭之後對端雅劍說：

「不要對高階祭司無禮。」

吉西恩一面說著，一面將端雅劍遞出去。高階祭司靜靜地握了一下之後，肩膀突然一震。過了一會兒，高階祭司開始嘻嘻地笑了起來。路過的修煉士們看到他們的高階祭司拿著一把長劍在嘻嘻笑，都嚇了一大跳。他們之中還有人趕緊拿出聖徽呼叫艾德布洛伊之名，並且開始祈禱。高階祭司說：

「對呀，嗯，你真的很可愛。嗯？這個嘛。你可以成為一個美麗的淑女。但是我這個不瞭解女人的老祭司所說的話，有多少可信度呢？嗯？真是的，竟然戲弄老人。」

不分男女，只要是容貌端正、心地善良的人喜歡的劍……現在看來，它似乎連老少都不分的樣子呢！高階祭司將端雅劍還給吉西恩，並且說：

「這把劍滿可愛的。你一定很高興吧？」

「就算要開玩笑，也請不要說這種話。簡直和地獄沒兩樣……呃啊！」

吉西恩把耳朵塞住，發出了慘叫聲。可能是端雅劍在發出大大的高喊聲。高階祭司一面咯咯地笑一面說：

「你們去光之塔那裡看看。他們最近好像錢不夠用的樣子。要他們做這種大差事，只要能拿到相當的錢，他們應該會非常地樂意。」

吉西恩歪著頭懷疑地問：

「你說他們錢不夠用？那些巫師們？有可能嗎？」

「有什麼不可能的？」

「平常都是在製造出魔法物品的人，怎麼會錢不夠用？」

「哎呀。你這個人啊。你以為那些東西很容易製造嗎？光是材料費就不知道要花多少啊。」

吉西恩的臉上稍微浮現出希望。

我們經過了幾道雄偉的圍牆和小門之後，好不容易走出了大暴風神殿。那裡真的是一個會讓人迷路的地方。

或許那些修煉士們偶爾會迷路吧。然後他們在不知所措之際，就會在原地跪下拿出聖徽，放開嗓門地大喊「艾德布洛伊啊，請指引我一條路！」。那麼在外面聽到的人們一定會這麼想：這裡真的聚集了很多信仰心深厚的修煉士。哼嗯。

修煉士們牽著我們的馬在等待著，我們各自騎上馬，走了出去。我因為正在胡思亂想，所以腳從馬鐙滑下來兩次。

首都萬里無雲的全景在我們眼前一覽無遺。

大暴風神殿位在首都外圍最高的山上，就在外城附近。所以，往下方延伸的廣闊且規則地排列成行的市街模樣，甚至還有另一邊遠遠的外城之外那片暗紅色的荒野，我們全都俯瞰到了。在那片荒野上，像銀絲般的河水正在朝著地平線奔流著。那似乎是恩佩河。我們以緩慢的腳步沿著山路的彎曲道路走下去。

「好的，現在怎麼辦？您要到光之塔去看看嗎？」

聽到卡爾的問話，一直陷入苦惱之中的吉西恩嘆了一口氣。

「事情會很棘手難辦。即使里奇蒙是黑魔法師，但是再怎麼說他也是個巫師，所以，像我這種殺死巫師的劊子手……閉嘴！像我這樣的戰士，我不覺得他們會善待我。他們是很稀少的一群，所以特別有團體的意識。」

「但是，你不是說過要去巫師公會尋求一個魔法劍鞘嗎？」

吉西恩吁地嘆了一口氣，說：

「那是因為我想喊一個非常好的價錢給他們啊。」

「呵，總之沒有辦法了，就去那個地方走一趟吧？」

「只好如此了。」

於是，我們下了山丘，開始朝光之塔走去。

我們連在首都也變得非常有名。正確地說，不是我們，而是吉西恩。因為他被稱是騎著公牛在首都行走的重武裝冒險家。

所以我們現在在那些誇示著自己嘴巴寬度的人群之中，以一個很奇怪的遊行隊伍行進著。或者也有一些人正在炫耀自己的眼睛大。吉西恩並沒有很在意他們。因為他的注意力全都集中在端雅劍上。可是，跟隨在他後面的我們確實是相當地在意。

吉西恩突然抬起頭來。

「啊，那裡……嗯？各位為什麼這麼慢？」

「啊，沒有啊。請繼續說下去。」

卡爾為了要回答他，需要稍微提高說話聲音。那是因為我們一行人正在和他保持著一個看起來簡直很可疑的距離，跟在他後面走著。吉西恩歪著頭，等待我們走近他。王子大人，您好親切哦！為了要和王子配合步調，是不是應該到某個地方去找一隻豬來騎呢？

「我們已經到達目的地了。這裡就是光之塔。」

吉西恩說。於是乎，杉森和我大惑不解地說：

「可是這裡既沒有光，也沒有塔啊？」

我們站著的地方可以說是一條普通建築物聚集的市街。即使是環顧四周，卻連個大一點的廣場或噴水池也沒有，只有商店一間間地排成一列，是很普通的一條市街而已。這裡有什麼東西是可以叫做光之塔的？不過，一看到吉西恩所指的地方，我和杉森都閉上了嘴巴。

在我們身旁的其中一間建築物的入口右邊，有兩個很是古風盎然（說好聽一點是這樣，如果說得直接一點的話，是土裡土氣）的招牌懸掛在那裡。其中一個大的寫著「柯韋恩代書所」，在它旁邊，則是懸掛著一個比較小的招牌。

「光之塔——２Ｆ」

哎喲我的天啊。杉森開始打嗝。真不愧是訓練有素的戰士。我連打嗝的力氣都沒有呢！

那個建築物比起我們住宿的獨角獸旅店，實在是好不到哪兒，是一間普通的兩層樓木造建築物。而且那個建築物好像已經很老舊了，人字蓋板形式的屋頂中，有一部分稍微有點塌了。看起來就像是如果颳一陣強風，屋頂上的板子就會直接傾倒下來。

比起在它兩旁的建築物，那棟建築物看起來像是更為年代久遠，但是這絕對不表示看起來更為莊嚴肅穆的意思。將年代久遠這四個字所代表好的含義都去掉之後，所剩下的就只是破舊不堪，它完完全全就是這樣的建築物。而且，光之塔是在二樓？那麼說來，就是只用二樓一層樓的意思嗎？卡爾表情愣愣地說：

「這是頗為……看起來史意深遠的……建築物。」

哼嗯，不愧是卡爾啊！還真會表達耶。我和杉森一半是好像被騙的感覺，一半是感覺很可笑地看著「光之塔」。吉西恩從公牛背上跳下來，把御雷者綁到立在入口旁的馬樁上。我們也暫且先這樣做了。

我因著啼笑皆非的心情，所以跟吉西恩說：

「那個，一次上去四個人也沒有關係嗎？」

「雖然樓梯有點窄……！」

「可是，不會倒塌嗎？」

吉西恩微微笑著，就走了進去。可是我再怎麼看還是覺得會倒塌的樣子。杉森如果在外面等，會不會比較好？卡爾搖搖頭，跟著吉西恩走了進去。所以沒辦法了，我和杉森也跟著進去。

我一進到裡面，就覺得更加納悶。不知道採光到底是怎麼搞的，我一進去便感覺如同進到棉被裡面。好不容易，我才看到左邊的門以及通到上面的樓梯。在左邊門上掛著的牌子，就像是外面掛著的那個東西的縮小版，寫著「柯韋恩代書所」，而樓梯……哎喲我的天啊！

如果那個東西稱得上是樓梯的話，我們領主大人乘坐的東西就是戰車沒錯。勇敢的吉西恩開始走上樓梯。嘎……吱，嘎……吱。

「一次上去一個人，好不好？」

卡爾聽到我簡潔的話，甚至還點了點頭。卡爾上去之後，我小心地邁出步伐。嘎……吱，嘎……吱，發出嘎吱作響的木板聲，樓梯在鳴叫著。

我好不容易上到了二樓。一到達二樓，也有一扇和樓下相同的門。門上也懸掛著一個牌子。

「光之塔──巫師公會」

然後在那下面，寫著一行雖然小但是更華麗的文字。眼睛不太好的卡爾把鼻子都靠上去了，才看得到那些字。他的眼睛視力那麼不好，怎麼能夠把箭射得那麼準呢？其實，說起來在這個連窗子也沒有的地方，整體非常地暗，就算是我也不太容易看得到字。

「如果說，是優比涅和賀加涅斯創造了秤子和秤錘，那麼我可以造假秤星上的刻度。」

哼嗯，好一句可以看出偉大自尊心的字句啊！我瞄了一眼卡爾，他摸一摸下巴然後說：

「原來這是摘自亨德列克所說的話啊。」

吉西恩等到我們充分地觀看完了之後，就敲敲那扇門。匡匡。從裡面傳來一個微弱但是清朗的聲音。

「請進來。」

我們一進到裡面，立刻出現一個空蕩蕩的空間。

整個二樓好像就只有一個房間的樣子，可是沒有看到任何家具或其他等等的東西，只有對面牆上有一扇門，門的旁邊放了一張書桌和一把椅子。真是奇怪耶！從這個房間的大小看來，二樓幾乎已經沒有其他多餘的空間了，對面的那扇門到底是什麼呀？門邊的書桌後面掛有一幅很大的肖像。

那幅肖像畫的是一名年輕男子的臉孔。他有點像是瘋了似的，把他的頭隨意地向天空另一邊某處傾斜，凝視著天空。普通的肖像一向都是這樣子的：即使吹著颱風，還是連一根頭髮也不會飛揚起來，就是那種硬邦邦的模樣，身體上面有著一個很不自然（當然那是很抬頭挺胸的姿勢，但是太抬頭挺胸到不自然）的頭，從頭部所發出的目光瞪視著前方……然而這一幅和那種肖像完全不一樣。這一幅可以說是很自然的肖像。年輕人的表情看起來像是才結束熬夜的工作，望著灰濛濛亮起來的早晨天空。疲倦的氣色有意無意地顯露出來，但是那眼神裡還是充滿著滿腔熱血的感情。

這是亨德列克的肖像嗎？因為是掛在巫師公會的肖像，所以我不得不這麼想。哼嗯。亨德列克的長相是這樣子嗎？

肖像下面的椅子上坐著一個老人，像是會說「已經有幾千年沒有人類找來這裡了……」那種古時候傳說中常會出現的老人。和上面那個充滿生氣的年輕人臉孔相較起來，這個坐著活像是死屍的老人居然開口說話，讓我嚇了一大跳。

「你們好像不是巫師，有什麼事嗎？」

吉西恩說：

「我們想來請教有關魔法的事。」

「知道規則吧？讓我看一下價碼。」

吉西恩點點頭，從懷中翻找出一個皮製的小袋子，然後從小袋子裡拿出一顆寶石，放到桌上。哇！房間好像亮了十倍。寶石雖然小，但是非常美麗。老人用他那瘦骨嶙峋的手指抓起寶石，開始仔細觀察，然後把寶石整個放下來。

「請拿走吧。」

吉西恩把那個寶石再度拿回去。這是什麼意思啊？這是在給他看有多少錢的意思嗎？

老人說：

「請進去吧。」

「是。」

叫我們進去？進到哪裡？吉西恩打開位在老人的書桌旁邊的門，走了進去。再怎麼看，那後面都像是頂多只有一個壁櫥的空間呀？卡爾走進去之後，杉森也想……進去。但是杉森把門砰的一聲關了起來。

「怎麼了？」

杉森只是用呆呆的臉孔看著我。我訝異地往前走一步，打開了那扇門。隨即我也是砰地把門關了起來。

「門會壞掉！」

那個老人高聲喊叫著。我們不得已，只好再開一次門走進去。但是一走進去，杉森和我就不得不趕緊跳出來。

「呃，這個，等一下。這裡是那個房間嗎？」

「……這有兩種可能性。杉森跟我看到的是同樣的東西，所以我並沒有瘋。要不然就是我和杉森同時都瘋了呀！」

那個老人很兇惡地瞪著我們。所以杉森和我不得不走進去。

可是這實在是不可能啊！

我們開門走進去的地方，有一道往下延伸的樓梯。既沒有牆，也沒有任何一個人，只有一個樓梯在那裡。樓梯一直延伸到下面的原野。

天空是朱黃色的色調。在原野上，離我們稍遠的距離之外，有一座塔聳立在那裡。而周圍則只是遼闊的空間。四方都可看到地平線，我們所站著的樓梯頂端是在空中，樓梯頂端只有我們進來的那個門立在那裡。

我們的腳步怎麼樣都走不下去，我和杉森盯著我們走進來的那個門。那是一個立在空中的門。我把身體往旁邊一轉，看看門的後方，就只有空蕩蕩的一片。然而我一開門就看到剛才那個昏暗的房間，以及瞪著我們看的老人。

「你們幹嘛一直把門開開關關的？」

我們被那個老人大聲喊叫了之後，急急忙忙地把門整個關上。杉森像是下定決心似的，用斷然的語氣說：

「我想是我們兩個都瘋了。」

「真是太令人尊敬了，杉森。你好像真的很聰明……我以前為什麼會認為你是食人魔呢？」

我們嘻嘻哈哈地笑著，開始走下那一條不可思議的樓梯。我們能做的就只有笑了。

我們下完樓梯，就站在那片美麗的原野當中。四周連一座山也沒有，完完全全是一片原野。田野裡到處開著的花朵上，長著金黃色的葉子，而頭上飛過天空的幾條毯子，並沒有什麼特別令人覺得怪異的地方。在我的左邊，有一隻龍正在呼嚕呼嚕打鼾沉睡著，還有一個老人，把那隻龍的尾巴當枕頭枕著睡覺，甚至還有一隻瞬間移動狗枕在那個老人的腿上睡覺。那隻狗一邊睡覺，還一閃一閃的，讓我看得頭都快暈了。

看過那隻龍之後，我覺得以後不太會再怕龍了。到底這是什麼跟什麼呀？為什麼龍會穿著上衣和褲子呢？到底那件褲子是怎麼做出來的？

「原來尾巴還留有一個洞。」

杉森點了點頭。

「幸好。」

我並沒有問他是什麼東西幸好。因為現在我不太想說話。

吉西恩和卡爾已經站在那座塔前面，正在等我們。吉西恩是一副平靜的模樣，但是卡爾則是以驚嘆得不知所措的表情，環顧著四周。吉西恩說：

「這裡才開始算是光之塔。」

光之塔？如果是我，我會稱它為紊亂塔。

塔上的窗戶都是隨意排列的，這還不太能吸引我的注意力。塔的每一層大小都不一樣。不對，好像不能稱之為層，中間隨便地凸出來凹進去的，有些更嚴重的是在塔的壁面上又加了幾個新的房間。我再怎麼看，都覺得好像是按照他們所想到的，把不同大小的房間三三兩兩地胡亂堆上去，而做成的塔。中間有一些隨便突出來的陽臺，有的在陽臺尾端掛著大鳥籠，沒有鳥兒在裡面，卻是放了魔法卷軸，這些都紊亂到令人不想覺得這是很驚奇的光景。

卡爾對於這個光之塔說出了他單純明快的感想。

「呵……呵……呵……呵……」

卡爾的評論有時真的有它一針見血之處啊！

我們從正門一走進去，就看到一個寬廣的大廳。大廳周圍正如我所預想的，在凹凸不平的壁面中間鑿了通道，還有，高度參差不齊的天花板可以看到有垂直鑿下來的通道等等。與其說是通道，倒不如說看起來像是在把房間隨便堆上去之後，房間與房間中間所產生的空隙。如果是正常走路的人，一定會以為這裡已經沒有任何通往塔的其他地方的方法了。不管怎麼樣，總之在這麼寬廣的一樓大廳裡，有著圓圓而且有點低的地板，在那中央可以看到有一個高兩肘左右的柱子，以及放在它上面的水晶球。

吉西恩把手放在水晶球上，說：

「我想來購買魔法物品，以及詢問有關魔法詛咒的事。」

接著，不知從哪兒傳來一個清朗、分不清是男是女的聲音。

「您想要購買的魔法商品是什麼種類的？」

哇呵哈呵哈……這聲音嗲嗲的，簡直快令人起雞皮疙瘩。吉西恩回答說：

「一個魔法劍鞘。我希望能幫我製造一個附有沉默術咒語的劍鞘。」

有好一段時間都沒有任何回答的聲音。然後才又傳來回答聲。

「菲力札尼渥思先生將會接待各位。之後還會再派一位來解答魔法詛咒的相關詢問。」

菲力札尼渥思？發音是不難啦，但是好像不是什麼有品味的名字。我們在那裡等待那位叫做菲力札尼渥思的人出現。

「呃啊啊啊啊！」

砰！從天花板上鑿出的其中一個空隙裡頭，竟有一個老人掉落下來，砰地趴倒在大廳地板上。他兩條腿和兩隻手臂完全攤開著，是充滿穩定感的姿勢。我們驚訝地跑去看那個老人。他受了嚴重的摔傷，昏了過去

「糟、糟糕了。醫生！這裡有沒有醫生啊？」

那個很嗲而且優雅的聲音又再回答：

「你們要增加一項醫療詢問嗎？」

「……有人掉下來了！」

這時候，好像是我們的高喊聲讓那老人清醒過來似的，他睜開了眼睛。他哼哼呻吟著，然後閉上眼睛，看來像是在唸著什麼咒語。隨後立刻拍拍身體，站了起來。

「真是他媽的。難道他們把我的房間移到垂直通道旁邊了？」

卡爾用愣愣的說話聲音問他：

「您、您還好吧？」

那個老人像是腰部痠痛似的，稍微往後傾了一下之後，回答說：

「我還好。哎喲。不過，要詢問有關武器的是你們一行人嗎？」

卡爾以慌忙的臉色看了看吉西恩，吉西恩因為剛才那聲撞擊，表情還是很呆滯，只是點點頭。隨後那個老人說：

「那麼，到我房間……」

他說話說到一半，看著被鑿得密密麻麻、滿是洞和空隙的天花板。他露出不悅的表情說道：

「我是從哪裡掉下來的？」

「……從那裡！」

「哎呀！要上去很麻煩。阿露！把我的房間移到一樓！」

接著，又聽到那個快讓耳膜溶掉的說話聲。

「菲力札尼渥思先生，您這個月已經移動房間四次了。依據公會會長大人的要求，您不可以再移動房間了。」

菲力札尼渥思張大嘴巴驚訝地喊著：

「亂說話！我才移動三次！」

「穆泰翁先生在做獨角獸與雙翼飛馬交配實驗的當時，您說妨礙到您睡覺，就移動了房間，那是第四次移動。」

……獨角獸與雙翼飛馬交配的話，那麼生出來的東西應該要叫做什麼？獨角飛馬？雙翼獸？

我在腦海裡先是想到頭上長角，背上長了翅膀的馬。好像還不賴？即使是和御雷者打鬥，也會看到值得一看的鬥角場面吧！

「哎呀！媽的。原來是在半夢半醒之中移動的。所以我的房間才會被移到垂直通道旁邊！媽的。知道了，我知道了！」

菲力札尼渥思發了脾氣。然後他把手指頭彎著放在嘴巴，吹了一聲口哨。噓！從垂直通道上立刻掉下來一個淡紅色的東西。那是一條捲起來的毯子。

菲力札尼渥思把毯子攤開來，一面走上去，一面對我們說：

「請上來。」

我們寒毛直豎地走上毯子。全都上去之後，他說：

「上去我的房間吧。」

那條毯子飄浮了起來。我感覺膝蓋在發抖。

毯子就這麼往上進了鑿在天花板的那個洞。洞旁的牆上可以看到好像有幾個房間堆上去的空隙。我可以看到凹凸不平而且又長的空隙，還有通道，以及門。

過了一會兒，感覺像是上升到普通建築物三樓左右的高度，這時候毯子停了下來，在我們旁邊有一扇門。菲力札尼渥思打開那扇門，往裡面忽地跳進去。

我很怕毯子會不穩地搖晃，但是它就像是個很堅固的地板，所以我們一行人全都很容易就進到房間裡。哼嗯，因為是這種構造，難怪門打開之後就直接往下面栽了下去。如果有很嚴重的健忘症，那個人說不定會死於非命呢！

房間裡面雖然有幾個窗戶，但是那些窗戶似乎沒有什麼作用。因為窗戶外面動不動就會有其他房間的牆壁阻擋住。幸好房間天花板上有著像是燈，又像是永久魔法光的東西，總之有一個發光的球附在天花板上，所以房間裡面很亮。

在某一面牆邊的書櫃上，有著看起來像是兒童玩具的一張桌子及五個椅子，菲力札尼渥思將它們拿出來，往背後一個一個丟擲過去。接著，桌子和椅子都變大了。我們現在連說話的心情也提不起來了。所以杉森和我默默無言地摸摸椅子之後，一屁股地坐了下來。菲力札尼渥思拿來酒瓶和杯子，放在桌上，說：

「這個是在這裡製造不出來的東西哦。」

卡爾表情訝異地說：

「咦？」

「在這裡雖然什麼都可以做得到，但是卻沒辦法做出真正的酒。呵呵。」

卡爾立刻表情認真地問：

「您的意思是，這些驚人的奇蹟只有在這個空間裡才有可能做到？」

「是啊。」

「說得也是……要是在外面的空間裡也可以做到的話，那麼拜索斯從以前開始早就是魔法王國了。」

菲力札尼渥思驚訝地看了看卡爾。

「你說得真是一針見血啊！沒錯，如果這些事在外面也能辦到，那麼以前我們巫師就能支配這個世界也說不一定。但是請不要擔心。這裡是最深遠的夢的根源，以及最善良的謊言破片所造出的空間。用一句話說，也就是這裡都是幻想。」

「不是真實的嗎？」

「在外面的人們看來，當然不是真實的。但是各位現在不是正坐在這裡嗎？」

「我瞭解您的意思了。」

聽到卡爾溫和的回答，菲力札尼渥思露出更加驚訝的表情。

「呵呵……我今天在犯了剛才那個錯之後，就被狗咬狗了。一隻老虎竟然跑進亨德列克的白日夢。」

「您這樣說並不恰當。」

結果吉西恩彷彿變成無處可去的持刀者，加上我和杉森，我們三人全都只能以聽到意味深長的對話那種表情，來看著兩個人對話。終於，菲力札尼渥思這才問起要來這裡辦的事，吉西恩沒有特別說明什麼，只是將端雅劍遞給菲力札尼渥思。

「嗚哇，嗚哇哇哇啊！」

菲力札尼渥思發出非常稀罕、難得聽到的大叫聲，把端雅劍丟到桌上。端雅劍開始嗡嗡作響，菲力札尼渥思好不容易才定了定神。他的眼睛閃爍著光芒，並且一直望著端雅劍。

「哦哦！這，這個！如此厲害的魔法劍……難道你是？」

「吉西恩・拜索斯。」

菲力札尼渥思睜大眼睛，立刻對吉西恩行了一個注目禮。

「真的是殿下！魯莽的巫師拜見殿下。那麼說來這個是贓物嘍？」

菲力札尼渥思以僵硬的表情看了看吉西恩，但是吉西恩淡淡地回答說：

「這不是贓物。我是王子，皇宮是我的家。雖然我已經離家出走了。不管怎麼樣，從我家倉庫拿出來的東西不算是贓物吧？」

「呵，我知道了。不過，您希望我做什麼，王子大人？這麼厲害的魔法劍，我還需要再加什麼東西在它上面？」

「不是劍的問題，而是劍鞘的問題。它總是對我喋喋不休，所以，可以在我的劍鞘上永久附上沉默術的咒語嗎？」

菲力札尼渥思歪著頭想了一下，所以吉西恩又再說明，說自己終日都需要按著劍柄，聽它說話，如果不聽它說，它還會不停地哭鬧。菲力札尼渥思露出很為難的笑容。

「這個……哦，對了。王子大人您聽過這句話嗎？如果在某一處非正常性地……」

「……集中魔力，自然力會將它抵制掉。」

所有的人都望向我，我聳聳肩。我對菲力札尼渥思說：

「啊，這是我從一個認識的巫師那邊聽到的。」

「真的嗎？很好。您聽過嗎，王子大人？魔力繼續在一個地方發揮它的威力的話，是違背自然力量的事，所以這是相當困難的事。」

「所以呢？」

「這就是為什麼永久發揮效果的魔法劍會很貴的原因。所以要在一個劍鞘上持續讓沉默術的咒語產生作用，也是不容易的事，我就是這個意思。」

「沒有辦法嗎？」

「乾脆做一個新的，會比較好。」

吉西恩一面點頭一面說：

「那麼就這麼做吧。模樣如何都沒關係，但是一定要做到確實能夠隔音。還有，其他的就是擁有普通好劍鞘所具備的條件就可以了。」

「是嗎？嗯……等一下。」

菲力札尼渥思做出在想什麼的表情，然後他摸了摸天花板，說：

「阿露，我的存貨裡頭還剩下多少『精金』？」

立刻地，不知從何處傳來了那個緊緊附著的聲音。

「已經沒有了。」

「什麼呀？沒有了？那麼『祕銀』呢？」

「剩下大約三磅。」

「啊？只有三磅？真是的……耐火石呢？」

「剩下大約兩磅。」

菲力札尼渥思圓睜著眼睛，抬頭看看天花板。

「這到底是怎麼一回事？那麼其他巫師們有沒有人剩下多餘的在倉庫？」

「沒有多餘剩下的貨單。」

菲力札尼渥思轉為驚訝的表情。他突然跑到書櫃，拿出了水晶球。然後他開始向著水晶球喊叫，就像這個樣子：

「呃，蓋滋。嗯，你有沒有剩下一些精金？……什麼，沒有？連祕銀也是，什麼都沒有？真是，可惡……席夢斯，真吵，不是你啦，把真正的席夢斯帶來！我不是要和克倫講話。是的，席夢斯，你有沒有精金或祕銀……沒有？啊，謝謝啦。阿漢……阿漢！起來一下！媽的，又進到精神凍結狀態了……基露西娜！哦，我的愛……什麼呀？沒有！真是的，我知道了。」

菲力札尼渥思有好一陣子都在無厘頭地講話，然後轉變為放棄了的表情。

「這個真的只能說，都是因為巫師這些人不知節省材料，只會把材料用光光。他們竟然把那些貴重的金屬當成泥土或沙子那樣去做實驗，唉，真是的。不行了。吉西恩王子大人，您可不可以明天再來這裡一次？我肯定得去聯絡灰色山脈或褐色山脈那邊的人了。」

吉西恩以無可奈何的臉色看著菲力札尼渥思。

「您是說都沒有材料了嗎？在光之塔？」

菲力札尼渥思一面撫摸下巴一面說：

「是的，沒錯。巫師這種生物啊，是死也不會承認自己的錯，只會認為是材料不純才造成實驗失敗。所以這些傢伙每做一次實驗，就把貴重金屬好幾十磅地用掉。請你不要擔心。明天我就會把材料充分準備好，而且也會報價給你。」

菲力札尼渥思好像自己不是巫師似的，痛罵誹謗起巫師。吉西恩一面皺著眉頭，一面做出在沉思什麼的表情。過了一會兒，他從椅子起身並且說：

「我知道了。請問明天可以什麼時候來？」

「大約現在這個時間就可以了。真是對不起。」

「沒關係，因為這也不是誰的錯。那麼明天我再來找您。」

我們向菲力札尼渥思行禮之後，又再乘著毯子下到一樓。在這段時間裡，吉西恩繼續一副在想著什麼事的臉孔。到達一樓大廳之後，吉西恩看看我們每個人之後說：

「我們走吧。」

「咦？御雷者的詛咒……」

「反正已經沒有材料了，所以應該也沒辦法解決御雷者的詛咒。我有幾件事要去確定。」

吉西恩並沒有再解釋什麼，就往光之塔外面走出去。我覺得很捨不得走，一直回頭看，並且跟在我們一行人最後面。

真是令人驚嘆的景觀。我們看到隨風四處飄散的數千瓣金黃色花瓣，還有遙遠的朱黃色天空之下變成白點在飛著的白鷺，還有邊打瞌睡邊一閃一閃的瞬間移動狗，以及把腳擱在狗脖子上之後，把腳後跟往後縮，一下子跳起來的老巫師。

我們走完了樓梯之後，打開門，來到剛才的那個空間。

真是令人窒息。

我簡直都看不到前面了。在這黑黑暗暗而且有種味道的都市建築物二樓，我竟然還覺得快流出眼淚了。我們打了一個寒噤，跟著吉西恩往下面走去。但是到了外面仍然還是骯骯髒髒的，有一股味道。因為是都市的關係。

而天空顏色，只有一種可看。那就是藍色。

吉西恩沉浸在思緒裡　就連端雅劍在嗡嗡作響，他也幾乎沒聽到。隨即，端雅劍發出很可怕的噪音，吉西恩趕忙按住了劍柄。

「喂，喂！我現在要去打鐵鋪了。你還要繼續這麼吵嗎？」

隨後，吉西恩放開劍柄，端雅劍開始變得很安靜。卡爾問道：

「您要去打鐵鋪嗎？」

「我必須去打鐵鋪或者……幾處寶石商那裡看看。我還得到幾處公會去看看。各位如果沒有辦法再繼續跟著我的話，可以先回去。」

「嗯，我們是沒有關係。」

「是嗎？那麼，我們走吧。」

我們跟隨吉西恩去做了一次打鐵鋪巡禮。

吉西恩不是進去那種小間的打鐵鋪，主要都是到大間的，可以稱作是武器工坊的地方。他只詢問負責人等級的人，問他們最近貴金屬的市況如何。得到的回答大都是：最近要買貴金屬就如登天摘星那般困難。吉西恩也跑到幾處的商人公會及商會那裡。每次去的地方，他們的接待方式都不一樣，我嚐到了各式各樣的茶，但是對方只要端出咖啡，我都不喝。

最後，吉西恩都看過那些寶石商之後，已經到了太陽邁出西下第一步的時間。杉森當然認為應該要開始做一天之中這個時間該做的大事，他一副焦躁不安的模樣，吉西恩也有這種想法的樣子。所以我們去到純天堂。

「喲！歡迎光臨！」

杉森高喊著說：

「牛排五人份！酥皮濃湯十人份！」

杉森把堆積如山的食物全吃完了，將手放在肚子上，露出無限幸福的表情，正在嚼著酥皮。而在他前面，卡爾和吉西恩並肩坐著，我則是態度很小心地喝著心碎酒。吉西恩喝了一口心碎酒之後說：

「我剛才想錯了。我以為是巫師公會他們要刁難我，跟我說沒有材料之類的話。所以我才會直接去探查市況。」

吉西恩說了這番話之後，露出很沉重的表情。

「可是拜索斯恩佩裡的貴金屬真的好像已經賣光了。這是我沒有料想到的事。」

卡爾以沉重的表情說：

「理由會是什麼呢？」

「這個嘛……如果是鐵還有可能，但是貴金屬會有短缺現象，我實在是想不透。如果是鐵，它是戰爭時必要的金屬。而貴金屬之中，像金或銀之類的東西發生短缺，我也可以理解。因為它們是可以用來作為通貨的物品。但是，竟然連精金或祕銀之類的瑪那金屬也發生短缺現象！那些是非常貴重的金屬，除了巫師，其他人是不會去用到的。而且那種物品沒有理由用到戰場上啊！」

我和杉森都很認真地聽卡爾和吉西恩的對話。就連端雅劍，不知它是不是也感覺很好奇，或者它還在害怕，不過它也很安靜地在聽著。

「是的。俗話說：戰爭是在鬥大量生產。」

「意思是說『有誰可以在過於消耗之後，仍然撐得下去？』，戰略戰術都還算是其次重要的問題。」

「是。這麼說來，如果和大量生產沒有關係的這種物品發生短缺……這個嘛，或者是因為開採這些礦物的人都上了戰場的緣故？」

吉西恩搖搖頭。

「應該不是這樣。那種貴金屬都只有矮人他們能去開採。」

「只有矮人？」

「是的。這與其說是開採的困難度問題，倒不如說是卡里斯・紐曼的許可問題。我們現在可以朝兩個情況來想。矮人們無法再開採了，或者有中間的商人不願搬運出來，有這兩種情況。至少，矮人他們不會囤積居奇，亂抬高自己礦物的價格，所以我們可以認為不是他們挖不出礦物。第二種情況的可能性就比較高。伺機利用戰爭的特殊景氣情況……」

吉西恩並沒有把話說完，而是更加緊皺眉頭。過了一會兒，他又再開口說話：

「我特別擔心的是各位。」

卡爾做出了驚訝的表情。吉西恩說：

「各位不是應該要給付寶石給阿姆塔特嗎？雖然國王陛下說要幫各位準備寶石，但是早上這樣看下來，你們應該很清楚了，拜索斯恩佩裡不只是貴金屬，就連寶石也如登天摘星般難以買到，不是嗎？」

啊！呃，啊？是這樣嗎？真的會變成這樣啊？卡爾張大著嘴巴，看了看吉西恩。吉西恩以低沉鬱悶的聲音說：

「我的意思是，建議各位不可以只是一味相信國王陛下一定可以做到這件事，只在那邊等待消息。各位要有對策才可以。」

「可是有什麼對策嗎？如果寶石真的不夠，我們這些人能強求對策嗎？」

吉西恩暫時苦惱了一會兒之後，堅定決心地說：

「我們一定要去查明原因，看看是不是有商人伺機利用戰爭的特殊景氣，想要囤積居奇，要不然，就是有什麼不可抗拒的理由。萬一要是有哪一個巨商在弄奸取巧的話，這是我所不能容許的事。」

吉西恩以壯烈的語調說完之後，我們也跟著變得很壯烈。

「只因我們不是身處前線，就認為戰爭不干我們的事，這是不對的！戰爭是我們兄弟的事、我們父親的事、我們兒子的事！用他們的血淚才換取到這個國家的和平，絕不能只是為了一個巨商的利益增長，而葬送了和平。」

嗯，商業往來的歪風是不該容許的！這是對於那些在南部炎熱沙漠的豔陽底下，冒著生命危險在打仗的士兵們的一大侮辱！他們不是為了增加少部分巨商的財富而戰的！而且，因為那些混蛋，將會無法籌到我爸爸的人質贖金，這是絕對不能容許的！

吉西恩以嚴肅的表情斷然地說：

「好！各位！」

我們全都用很認真的表情看著吉西恩。

「我們該怎麼做？」

「……」

這個王子大人有時可真是平淡無味啊！看他講得這麼嚴肅，我還以為有什麼方法呢！

苦惱了一會兒之後，卜爾提出他的意見。

「第一個方法，可以散布消息出去，說我們要高價購買那些東西。通常，如果說我們要以市價十倍或二十倍購買的話，要是囤積居奇的情況，他們不就會拿出來了？可是這個方法因為我們自己不是什麼巨商，會有可信度低落這個問題。」

「是啊！」

「第二個方法，去調查倉庫。如果真的有人把拜索斯恩佩的所有貴金屬全都收集起來，那麼體積應該很龐大。如果去調查經營倉庫的那些人，可能就能查出個大概來。但是這個方法的問題是，我們沒有權限去調查這些倉庫經營者的帳簿。或者，如果是私人倉庫的商會，那根本就無法去調查。」

「第三個方法呢？」

「……我並沒有說過有三個方法？」

吉西恩轉變為很尷尬的表情。

「啊，通常不都是提出三個方法嗎？而且通常第三個方法都是最了不起的方法。」

「這個嘛，現在我還想不到其他方法……啊！妮莉亞小姐！」

「咦？」

卡爾彈了一下手指頭，說：

「妮莉亞小姐正如我們都知道的，她從事某種職業。而且如果是貴金屬或寶石類的情報，哪一種人會最快得知？」

說得沒錯！俗話說，想要追查消失不見的貴重物品，就得交給騎警；想要追查還沒有消失不見的貴重物品，就得交給小偷！吉西恩點點頭說：

「真不愧是第三個方法，從以前就一向如此，第三個方法好像總是最適當的。」

所以我們走出純天堂，往我們的旅館走了回去。

05

我們回到了旅館，時候還算很早。這是因為我們剛吃完午餐就回來。太陽還高掛在天空，杉森和吉西恩藉口要去做一做飯後運動，就又跑去後院湊在一起了。獨角獸旅店的所有傭人們隨後全都一窩蜂跑到後院，觀看他們兩個人比武。卡爾則留在我們房間裡，他又在看書了，而我只是在大廳裡悶坐著。

真是無聊啊！大白天的，旅館大廳這種地方是個幾乎無事可做的場所。要不要去看杉森和吉西恩比武呢？唉，還是算了。要不要就我一個人出去逛逛首都？嗯，不行。我沒有自信可以正確找到回這裡的路。

從後院那裡，刀劍碰擊發出了熱鬧的響聲。鏘鏘！鏘！鏘！哼嗯。那兩個人一定打得很過癮。拍手聲、嘆息聲和讚佩聲夾雜在一起，非常喧鬧。可能後面的巷子已經又再度變成露天劇場之類的地方了。

「好無聊啊……」

我開始喀吱喀吱地刮著桌子。突然傳來嘎吱一聲開門聲。有客人進來了嗎？我看了看門口。有三個人站在門口那裡。走在前面的是兩個塊頭很大的男子，在他們後面的是一個打扮得不錯的少女。第一眼看上去，就像是高貴仕女和護衛她的兩名戰士。當然，誰也不會想成是兩個男子和護衛他們的少女啦！我胡思亂想了一會兒之後，差點就爆笑了出來。

那兩個男子都穿得很整齊，劍鞘上面都畫著一模一樣的家徽。少女好像比我小兩、三歲，但她穿著一套看起來非常華麗的外出服裝。真是奇怪！穿著如此華麗的少女，應該是不會跑來住旅館的。雖然不知道是誰讓她出來旅行的，但是正常的情況下，這類的人應該會寫封信給親戚家或朋友家，託他們照顧。

那個少女到處環視大廳裡面，那種態度，就好像生平第一次參觀旅館似的。她看著唯一一個坐在大廳裡的人。當然啦，那就是我。我也怔怔地望著那個少女。

她對她旁邊的其中一個大漢不知說了些什麼。那個大漢就朝我走過來，說道：

「小鬼，你是在這裡做事的嗎？」

「您真的很不會看人哦！我如果是在這裡做事的人，我早就跟你們說『歡迎光臨』了呀？」

大漢很慌張地看了看我。我從眼角瞥見到他後方，那個少女正在笑著的模樣。大漢又說：

「呃，是嗎？這是什麼旅館呀，客人來了，卻沒有任何人出來招呼一下？那麼，對不起，我想請問一下，我們聽說有從賀坦特領地來的使節團一行人在這裡住宿，是嗎？」

「使、使節團？噗哈哈。」

大漢一看到我如此爆笑出來，於是表情訝異地看我。我擦了擦眼淚然後說：

「是的。是住在這裡。嗯，請問你們有什麼事？」

「你幹嘛問這個？」

「因為我也是那個使節團的一員。」

他用兇巴巴的眼神狠狠地盯著我看。

「你這傢伙真是沒大沒小。我可不想和馬僮或傭人說話！你去請你主人出來。」

「我的主人？哼嗯，好啊。請你稍等一下吧。喂，修奇！有人找你哦？嗯，好，知道了。嗯，請問你有什麼事嗎？」

那個大漢用莫名其妙的表情看我。我解釋給他聽。

「因為我的主人就是我。」

他的臉孔一陣青一陣紅的。我掏掏耳朵，然後說：

「是這樣的，我們一行人現在雖然有點忙，但是還沒有忙到不能見客人的程度。但是怎麼說也應該要報一下客人的名字，恭敬地請求談話，那麼才能愉快地相見啊！」

他一面抖著拳頭一面說：

「混帳東西！你這個做下人的，一點都不知分寸，真是無恥！你在故鄉時候的禮節都被丟到哪裡去了？」

「真是的。我從頭到尾都沒有說過我是下人啊！你怎麼硬要認為我是下人？你後面的那個少女比我年紀還小呢！可是我並沒有認為那個少女是你們的女傭。你說是不是？」

啊啊！我的嘴巴啊！我應該要說話更慎重點才對。那個大漢聽到我這番振振有詞的話，露出一副快要說不出話來的模樣。我想做到這種地步已經夠了，所以親切地說：

「請你們在這裡坐著等一下。我去叫我們一行人出來。」

大漢用慌張的眼神看我，但是我並沒有很在意，就上去一樓了。接著我叫來卡爾，又到後院叫那兩個看起來像是結了深仇大恨在廝殺著的人，要他們進去。

「賀坦特領地的使節團一行人」集合好了之後，那兩個大漢和少女更是一副糊裡糊塗的表情。因為，所謂的使節團成員，竟是一個稍顯蒼老、呵呵笑著的中年人，一個像是食人魔穿著人類衣服的戰士，再加上一個頭髮蓬亂到應該要有鳥巢在頭上的少年。卡爾微笑著說：

「聽說你們有事找我們？我是卡爾・賀坦特，賀坦特領地的全權代理人。」

大漢趕忙介紹那個少女。

「啊，是。這位是哈修泰爾家族的艾波琳小姐。」

哈修泰爾？哎呀？

艾波琳靜靜地行了一個注目禮，在卡爾面前坐了下來，兩個大漢在艾波琳後面侍立著。哼嗯，我和杉森是不是也應該在卡爾後面侍立著？哎喲，還是算了。整個會談都交給卡爾好了，我們決定採取毫不相關的姿態。所以我、杉森和吉西恩退到稍微有點距離的一桌去，坐著一起喝啤酒，看他們會談。杉森和吉西恩好像很想討論剛才不久前領教到的招數，一副非常心不在焉的表情，但是兩個人仍然還是靜靜地閉嘴，不去妨礙到會談。

卡爾說道：

「妳說妳是哈修泰爾家族的人……」

艾波琳用很嫻雅的語氣說話，好像是一位很懂得禮儀規範的小姐。突然間我變得很想念傑米妮。

「我知道我們家族有一個人是以白龍卡賽普萊的龍魂使身分，被派遣到貴領地。」

「妳是指那個小公子？」

「他是我弟弟。」

卡爾驚訝地看著艾波琳。他帶著一副無法相信的臉孔，對她說：

「嗯，那個，對不起，我有一個疑問，那位小公子是哈修泰爾家的嫡子嗎？」

艾波琳的臉頰上突然泛起了紅暈。

「原來您知道這件事。是的，我和我弟弟被哈修泰爾家族收養。我雖然沒有龍魂使的資質，但是託我弟弟的福，才得以一起被收養到哈修泰爾家族。」

卡爾臉上浮現出同情的目光。

「是……」

艾波琳搖搖頭，然後說道：

「我早上去拜見了涅克斯・修利哲大人，聽他說卡賽普萊被阿姆塔特打敗了。」

「……是的，沒有錯。」

「迪特律希……他怎麼樣了？」

那個龍魂使小鬼的名字叫做迪特律希啊？

呃，等等。

我仔細一想，我們對於那個小孩的事，根本一點兒也不在意！他到底怎麼樣了？為什麼我們對於那個小孩的生死根本都沒有想到呢？怎麼好像把它當成是不需要去知道的一回事呢？真的是這樣耶！我，不對，是我們全部好像都這樣認為，把卡賽普萊和那個名叫迪特律希的小孩看作是一體。卡賽普萊被打敗了，就等於迪特律希死了，兩者根本就是同一件事。這兩個概念是分不開的。連卡爾也這樣說：

「相信艾波琳小姐您也知道，龍死掉的話，龍魂使活下來的可能性幾乎等於零。」

她緊握住拳頭說：

「這是確實的事嗎？」

「不是的。對不起，我並不確定哈修泰爾公子是生是死。」

艾波琳滿臉的憤怒，看著卡爾。

「您的意思是，您沒有做確認？」

「啊，這個……」

卡爾不知道該怎麼辦才好。艾波琳怒氣沖沖地說：

「原來您沒有做確認！」

「……是的。」

艾波琳一面顫抖著嘴唇，一面看著卡爾。突然間，她滔滔不絕地說話，就好像是瀑布般地流瀉出來。

「說得也是。重要的終究還是只有卡賽普萊而已。因為反正龍魂使是什麼事都不做的生命體。他就像是跟著龍的附屬品。只是為了和龍對話，才不得已一定要有這個麻煩的生命體存在其中。如果說卡賽普萊已經死了，那麼龍魂使就是沒有一點用處的東西，沒有任何值得在意的價值了！」

我聽到艾波琳的話，感覺連我都起雞皮疙瘩了。

確實是這樣，我們都一直忽略他了。只有龍才是重要的。龍魂使什麼事都沒做。龍魂使是龍與人類的中間媒介物。他們只是一種象徵，代表著龍聽從人命令的約定……這好像是我曾經告訴過傑米妮的話？因為這樣，我們才會對於那樣的象徵一點也不在意。

我們是如此地無情。我們把那個小小的孩子送到戰場去，然後就全然忘記他了。只有偉大的卡賽普萊萬歲而已。我甚至到現在都還未曾想過要去知道那個小孩子的名字！

艾波琳瞪大眼睛喊著說：

「所以……您們就連迪特律希是生是死，也沒有想過要去打聽……只是帶著卡賽普萊戰敗的消息，就急急忙忙地跑到首都來。是呀，卡賽普萊都戰敗了，龍魂使還有什麼價值可言啊！根本沒有一點用處！所以只要去向陛下呈報戰敗的消息就可以了！」

卡爾整個頭都垂了下來。

「我向妳道歉。我不否認這些。」

艾波琳從位子上猛然站起來。她不停地顫抖著嘴唇，說道：

「您不需要向我道歉。反而是我很抱歉。竟然跑來問我那個毫無價值的弟弟是生是死，浪費了各位的時間，真是抱歉！侯爵大人也對他的消息毫不關心，所以請各位安心吧！」

侯爵大人也對他的消息毫不關心？這是什麼意思？卡爾原本還想再說些什麼，但是艾波琳直接行了一個注目禮就走出去了。兩名大漢也很快地跟著她走出去。卡爾兩眼呆滯地望著旅館正門口。

我們幾個人移到卡爾那一桌。卡爾帶著沉痛的表情，一直低著頭。

「卡爾。」

「唉，尼德法老弟。我現在很厭惡我自己！我竟然對那個小少年的生死，一點兒也不在意。」

「我們全都這個樣子。我們以為『卡賽普萊戰敗了』就等於是『那個小孩死了』。這不是你一個人的錯。」

卡爾搖搖頭。他用一種滿是痛苦的聲音說：

「這是我的錯，這是我的錯呀！除了卡賽普萊之外，迪特律希應該還是迪特律希自己才對。為什麼沒有了卡賽普萊，就沒人去管那個少年的生死？所謂人類，並不是可以這樣隨便對待的生命……而且不管他被拿來當成什麼手段，有著什麼樣的價值，一個人不論有用或沒用，都應該被尊重才對。如果費雷爾現在看到我，不知道會怎麼罵我……」

我聽到最後那一句話，整個人都傻住了。費雷爾，如果費雷爾現在看到我！費雷爾。因為遙遠敵國的間諜們做出陰險惡毒的事，讓小孩子們失去了父母，而費雷爾這個善良的巫師為了那些小孩子，就此願意在那個地方住下。他不分敵國或祖國，只把那整件事看作是大人對小孩子們所犯下的罪。所以，他身為一個大人，應該要代為贖罪。然而我們用卡賽普萊已經戰敗的理由，只因為這個理由，就不再去管那個龍魂使小孩的生死。啊啊，我真是太羞愧了！

妮莉亞表情驚訝地看著我們。

「卡爾叔叔，你笑一下。這樣子。嘻咿……」

妮莉亞用手指把自己的嘴唇左右拉開，做出很怪異的笑容，但是卡爾還是一點也不為之所動。

卡爾今天好像打定主意了。在我們桌子旁邊，有一個啤酒桶被整個搬了過來，卡爾叫我把啤酒桶的蓋子打開之後，就直接把杯子放進去，舀出來喝。老闆看到啤酒桶被破壞，雖然皺起眉頭，但是他要求我們連啤酒桶的錢都一起算給他之後，也就不再妨礙我們了。

卡爾醉了，露出一副很怪異的醉態。

「人類是邪惡的。人類的身體拒絕了大地，而用兩隻腳站著。看啊，人類驕傲的臉孔正立在脖子上面看著天空。所有純真的動物都用頭看著大地，但是只有人類，脖子上面立著一顆頭注視天空，戲弄創造主。然而這滿是罪的身體卻一直在等待躺在大地裡的時候到來，人類卻沒有察覺到這一點。」

他絕對不是在大聲喊叫，反而比較像是在耳語。而且他是一直不斷喃喃自語地說著。如果有人跟他說話，他會立刻答話，接著就又恢復喃喃自語，所以我們決定不管卡爾，各自醉倒。

我的心情也很糟糕。我如果是那個小孩子，只因為擁有龍魂使的資質，就和父母生離死別，被帶到貴族家之後，被送去自己不熟悉的戰場上，然後沒有人在意我的生死……他媽的！

杉森是我們之中唯一曾經歷過那場戰鬥的人，他反而比較沉著冷靜一點。

「在戰爭之中誰管得了誰呢？連顧自己的性命都來不及。因為顧不了自己和別人，所以才會有人戰死，不是嗎？」

卡爾立刻應答說：

「你說得是很對啊，費西佛老弟……可是人類是邪惡的。人類以一個個體的身分來看這個世界，卻將這個世界當成是自己的附屬品，所有的東西都只是我的道具，價值基準全都在自己的內心。拿著那些牽強的價值基準，甚至根本不求別人理解，只希望他們無條件服從……」

杉森放棄勸他，喝了一杯啤酒。但是吉西恩卻很認真地在聽卡爾說話。他彷彿像是聽到了這世界上最有智慧、最寶貴的話，一副好像很高興的表情。

所以，一個是不斷地喃喃說話的男子，一個是認真聽他喃喃說話的男子，一個是放棄了的男子，還有一個是既生氣又羞愧的男子。就這樣，四個男子構成了一幕憂鬱的喝酒場面，酒正喝到一半，妮莉亞回來了。她搔搔後腦杓，說道：

「你們到底怎麼了？真是搞不懂。發生什麼事了？怎麼全都這副模樣？」

卡爾幾乎是把啤酒用倒的倒進嘴裡，喝下之後把空杯子放進啤酒桶裡，舀起來，又再倒進嘴裡。好像潑水到失火的房子裡似的，真是一副狼狽相。妮莉亞乾脆發起脾氣來。

她搶走了卡爾手中的啤酒杯。

「卡爾叔叔！不要喝了，請你聽我說！」

「啊，妮莉亞小姐。請妳說吧，我在聽。噗嚕噗嚕……」

最後的那個聲音是卡爾的杯子被搶走之後，索性把整個頭使勁埋在啤酒桶裡所發出來的聲音。杉森和吉西恩嚇得趕緊拉起卡爾的上半身。從啤酒桶裡被救出來的卡爾都濕透了，而且幾乎已經不省人事。妮莉亞嚇了一大跳，啪啪地打了卡爾幾下耳光。隨即，卡爾睜著無神的雙眼說：

「對我這個罪人所給的刑罰實在太小了。請再打重一點。」

「啊啊！我真的沒辦法救你了！」

妮莉亞把啤酒杯還給卡爾，就不管他了，然後轉向好像還維持正常精神狀態的人，也就是杉森。她問他：

「到底他為什麼會變成這樣？」

杉森露出像是先在腦子裡整理一下思緒的表情，然後對她說：

「簡單地說，就是有個小孩上了戰場。他根本沒想過要去打聽那個小孩的生死。他只在意其他更重要的事情而已。但是今天那個小孩的姊姊找來，向卡爾詢問小孩是生是死。因為他不知道，所以無言以對。因此他覺得既抱歉又羞愧。事情就是這樣了。」

「沒什麼複雜的嘛。於是他就變成這樣？」

「不要把事情講得那麼簡單！」

那好像是我的喊聲。因為妮莉亞、杉森和吉西恩全都盯著我一個人瞧。我繼續不知自己吵嚷些什麼地喊著說：

「混帳東西！不要把事情講得那麼簡單！那麼杉森又是什麼東西呀？他出生之後，活了一段時間，然後就死了？把你杉森的一生簡略成這樣，除此之外就什麼都沒有了，可以嗎？妮莉亞呢？她出生之後，活了一段時間，然後就死了？路坦尼歐大王呢？他出生之後，活了一段時間，死了！混帳東西，混帳東西！不要用這種方式來簡單說明別人的一生，不把人當一回事！迪特律希，哦，他媽的！那個小孩子擔心白龍，還在深夜裡跑去山上找薄荷。那個小孩騎在一匹過於巨大的白馬上面，顫抖著出現在我們面前。為什麼你不說這些？」

「這小子為什麼這個樣子？」

聽到妮莉亞的問話，杉森好像回答說：

「他和卡爾差不多。直到現在為止，都沒有想到過那個小孩，連一次也沒有想到，覺得很抱歉，所以才會變成這個樣子啊。」

「真可笑。誰有辦法對其他每個人都一一顧到？他們這種想法不是很愚蠢嗎？」

「這又不是什麼壞事　妳不要斥責他們。」

「是壞事啊。人不是這樣的動物。如果對人持有幻想，一生都會過得很辛苦。修奇好像真的被伊露莉傳染了！」

「這個嘛……」

「嗚呃！」

杉森和妮莉亞講話講到一半，卡爾咆哮起來，似乎又想再度潛水到啤酒桶裡。我看到濺出來的啤酒水珠灑滿了天空。金黃色的水珠一粒粒的。我好像摔倒了。天花板看起來是斜的。

我似乎失去了時間觀念。

實在很想定住腦中旋轉著的感覺，我試著睜開眼睛，但是眼皮卻就是提不起來。

我感覺有人撫摸我的臉頰。那是女人的手……好像是妮莉亞的樣子。她讓我睡在枕頭上，把被單拉到我胸前蓋好。

「修奇，你還好吧？」

我不知道我有沒有回答。可能有點點頭。妮莉亞說：

「整件事我都聽杉森說了，那並不是某個特定人物的悲劇。」

我的眼眶好像濕了。她的手指輕輕地撫過我的眼皮。

「當然……迪特律希會被送到戰場，和他自己的意願無關，全都是因為他有龍魂使的資質。我會心痛可能也是因為這個吧！因為我對於這個不幸的少年，竟沒有好好看過他一眼、好好關心過他一次！」

妮莉亞的手開始不斷輕拍我的胸口，讓我感覺很安穩。

「但是，我們是沒有辦法花心力去愛所有人的。」

她的手很溫暖。

「我們是人呀，並不是精靈。人類的小孩只要過個十年，就是個大人了。你也該像個大人才對。因為人無法不長大。」

不知道我是從妮莉亞的手上感覺到，還是我自己的，總之我感覺有脈搏在跳動著。

「雖然這是令人遺憾的事，但是你一定要像個大人。我們活著的這個世界，並不是所有的人都有機會幸福。一定會有人在不幸的那一邊。所以當你看到不幸，你要學著忍耐。」

此時，一直低聲跟我說話的妮莉亞，突然間語氣有些俏皮。

「可是我說呀……不知為何，有時候好像可以永遠做個小孩子。」

她嘻嘻地笑著說：

「哼嗯，這是有可能的。你看看卡爾叔叔，咯咯咯……我真沒想到，那麼嚴肅的臉孔，講話一向都那麼嚴謹的人，內心居然那麼地純真。我真的不敢相信。你似乎很像他。」

然後我媽媽說話了。

「修奇。乖巧的修奇啊。」

「媽、媽……」

「媽……」

「媽？媽！」

「不要走！不要走，媽！我沒有，我沒有！」

「沒有媽媽，沒有爸爸，我是孤兒。阿姆塔特把我爸爸帶走了。我是孤兒呀！就像是費雷爾照顧的那五十個小孩一樣。我跟他們沒有什麼不一樣。」

「必須要靠我自己走。必須要靠我自己的腳走。他們為什麼不看我？他們為什麼不聽我說？本來明明是一起走著的，為什麼要甩開我呢？必須要靠我自己一個人走，不對！我們是可以一起走的。應該要一起走才對。」

「不是的。」

是伊露莉說的。她笑著說：

「這是你伸出友善的手，也解決不了的那種悲傷。這個嘛……你到底是為了誰而伸出手的呢？」

「伊露莉，妳錯了。」

「妳錯了，不是這樣的！我沒有媽媽，所以我瞭解什麼是孤單。我想要伸出友善的手。我想要和別人一起走！我瞭解孤單。我就連其他人的孤單也能瞭解。我並不是因為不喜歡和別人打架，才伸出友善的手；也不是因為不喜歡聽到人家說我是沒規矩的小孩，所以我才伸出友善的手。我是因為瞭解別人的孤單，而伸出友善的手！我希望握到我的手就能夠甩掉孤單。是因為這樣子啊！」

「你並沒有對迪特律希伸出友善的手。」

「那、那個……是我忘記伸出手了……不是的……不是啊！」

「沒有人可以瞭解別人的孤單。」

真是個難過的夢……

「妮莉亞——」

「嗯？」

「我，我醒著嗎？」

「什麼呀？呃，好像是啊？」

「妳確定？」

「你很納悶嗎？」

「呃啊！」

我的鼻子被妮莉亞擰得好痛，我緊抓著鼻子，整個人跳了起來。哦，我的天啊！為什麼偏偏我是在床上呢？對呀。我一直在床上躺著。因為我搞不清楚自己身處的狀態，結果我踩了個空，失足一跌，整張臉都撞在床鋪旁邊的地板上。杉森用領悟了某些事的表情看著我。

「這是尼德法式的起床方法嗎？」

「我原本就有追求獨特事物的傾向啊。」

我一面隨便亂說一面站起身來，原來已經是大白天了。

周圍很明亮，而且從窗外射進來的陽光看來，現在已經是早晨快過去的時刻，時候不早了。哎呀，真是的，一整個晚上和一整個早上就好像被人裁切掉似的，從我的人生中消失了呀！卡爾正坐在自己的床上喝著咖啡。我環顧了一下四周。

「吉西恩呢？」

「他說要去一趟光之塔，然後就出去了。你身體的狀況還好吧？」

「還好，謝謝你。」

「還謝什麼謝，你這傢伙。」

杉森微微笑了笑，遞給我一杯冷水。我接過之後，一口氣喝了下去。嗚呃！我的肚子裡響起了可怕的聲音。因為肚子裡的震盪，我甚至整個身體都抖了起來。

「這、這個不是冷水吧？」

「我還摻了一點點的龍之氣息。應該會比冷水還更好喝。」

「嗯。原來如此。嘔呃！」

我跑到廁所去。從房裡傳來杉森說的話。

「卡爾，事實上，那杯咖啡也是……」

「真的嗎？嗯，難怪我覺得今天的咖啡香味有點……嗚呃！」

妮莉亞今天沒有出去。她正在照顧因為宿醉而累垮了的卡爾和我。一聽到我們對她說抱歉，她半是抱怨半是笑容地說：

「哎呀。就算跑出去，也沒有什麼事情可做。太無聊了。這個首都一點也不像首都。」

「什麼意思啊？」

「我都看不到一閃一閃發光的漂亮東西。哼！本來在首都只要逛一個小時，就可以看到一些大嬸們佩戴著一些閃閃發光的飾品，或是藏在帽子裡面，或是藏在裙子裡頭，看了令人心情多麼地好啊。而且……」

杉森一臉不悅地說：

「妳可以悄悄走近之後，偷偷地……」

「也是可以這樣做嘍。因為在打仗的國家裡，還想佩戴一大串那種東西出來炫耀，這種行為我根本看不下去。」

妮莉亞理直氣壯地說，於是杉森噗哧笑了出來。

「但是，請不要因此就以為這幾天我都是在想要幹這種事，才跑出去逛。我是想去看看是不是有短期僱用的工作，我到了很多地方去問，都沒有找到。唉！我看應該要離開首都才行了。」

這時，卡爾用沙啞的聲音說：

「看不到有人穿金戴銀的話……那真是……」

我們看了看卡爾。他因為頭痛，一面皺著眉頭一面說：

「妮莉亞小姐，那麼妳要表達的是什麼意思呢？是因為那些人怕被人看到會很奇怪，而不去穿金戴銀，還是因為有其他什麼理由，所以我們才看不到人穿金戴銀呢？」

妮莉亞圓睜著眼睛說：

「這個嘛……怎麼了？卡爾叔叔，你是想轉行和我同業嗎？」

卡爾微笑了一下，妮莉亞又說道：

「我認為事有蹊蹺……金、銀、藍寶石、紅寶石、貓眼石和鑽石，這些閃閃發亮，又漂亮又貴的東西全部都消失不見了。嗯，當然也可以認為事情就如同我剛才所說的：『是因為戰爭的緣故，全國人民為了實踐儉樸生活，沒有人大膽到連那種東西都敢戴著出來！』不過，依我看，也還不到那種程度。大嬸們不會因為這種原因就不戴寶石。我看是因為首都裡完全都沒有珠寶了吧……」

妮莉亞甚至還比著手勢，很開朗地說完之後，突然間露出心頭一驚的表情。

「等、等等。各位是要來首都籌珠寶的吧？也就是要來籌到付給那條龍的寶石？」

卡爾深深地嘆了一口氣。妮莉亞睜大她的眼睛。

「我的媽呀……那不就糟糕了？要有寶石才可以，不是嗎？」

「是這樣沒錯。不過，國王已經答應我們了。」

「答應歸答應，沒辦法就是沒辦法啊。糟糕了！我要出去打聽一下才可以。」

這時候傳來另一個聲音。

「沒有必要去打聽。我來說明好了。」

吉西恩一面開門進來一面說。他進來房裡，拉了一張椅子，邊坐下邊說：

「首先我要告訴各位的是，很令人頭痛的消息。」

果然開始頭痛了。嗯……好像不只是因為撞到地板的衝擊力。

吉西恩首先把端雅劍解下來放到桌子上，叫它把嘴巴給閉上，威脅過後才開始用低聲而清楚的語氣說明：

「我去了光之塔，那裡已經不是普通的混亂。昨天那個名叫菲力札尼渥思的巫師引起一陣騷動之後，巫師公會他們自己好像也開始在做調查。他們的調查方式確實很像巫師的所作所為。他們好像動員了數十名巫師和弟子，用偵測寶石魔法把整個首都搜查過一遍。聽說有很多巫師還因此而累倒了呢！」

雖然吉西恩露出微笑，但是卡爾卻轉變為憂鬱的表情。吉西恩繼續微笑著說：

「我覺得很可笑。像我們只是稍微去探聽就可以知道的事情，可是他們竟然還用魔法調查。先人們說的話一點也沒錯：『所謂的天才，比起普通人會有某一方面異常發達，但是卻會有另一方面糟糕透頂』。總之，他們這樣調查下來，和我們調查出來的結果完全一樣。首都現在已經到了沒有寶石類或貴金屬存貨的地步。」

「你也查探出原因了嗎？」

「如果要查出原因的話，應該去問商人比較好。於是我去問了幾個商人。我問他們是誰在收購寶石，可是事情完全不是這個樣子。」

吉西恩一面摸摸下巴一面說：

「昨天我們想到了兩種情況，第一，有人在收購寶石。雖然人很容易往這個方向去想，但是打聽下來才知道不是這樣。第二，寶石的供給已經斷絕了。這種情況雖然我們以為是不可能發生的事，但是這卻是事實。商人告訴我寶石的供給已經斷絕了。」

卡爾露出訝異的表情。

「供給出問題？寶石又不是消耗性資財，原本有多少，就還是會一直存在……」

吉西恩搖搖頭。

「寶石當然不是消耗性資財，但是這裡是拜索斯恩佩，有光之塔在這裡。對那些巫師們而言，寶石、珠寶和貴金屬就是消耗性資財。各位知道他們光一個實驗就要用掉多少錢嗎？大概一個家庭一年的生活費，他們可以在一瞬間就花掉。」

「啊啊。原來如此。」

「是的。所以我又問他們，是不是供應來源的某個環節被人堵住了。事實上，這是沒有必要問的事。因為會採集那種金屬的只有一種人而已。」

「矮人？」

「是的。一定是矮人他們沒有搬運出來。如果他們那裡不拿出來，當然也就會引起騷動。哎呀，一般人是不會有什麼問題，所以都靜靜地接受這個事實，但是需要寶石的那些巫師可就大大地騷動了起來。」

我們用失魂落魄的表情互相望了望。

如果換作是在其他時候，對於寶石之類的貴重東西，不管是不是短缺，也都和我們不相關。那種東西既不能吃，而且又非常沒用（我好像變成杉森了……）。但是！但是現在不行這樣。我們必須籌到人質的贖金才可以。為什麼偏偏現在要發生這種怪異的事呀！

吉西恩繼續說：

「有關這件事，昨天的那個巫師，菲力札尼渥思他告訴我一個情報。」

「什麼？」

「菲力札尼渥思好像有和灰色山脈和褐色山脈那邊聯絡過。他用魔法聯絡之後，好像完全筋疲力盡了，不過不管怎麼樣，他得知了一個非常重要的情報。」

他停頓了一下，然後說：

「矮人的Knocker好像開始移動了的樣子。」

Knocker？我問吉西恩。

「什麼，門上的門環竟然會移動？」

「不是那個意思，修奇。所謂矮人的Knocker就是敲打者的意思，指的是最先敲打神聖的卡里斯・紐曼鐵砧的人，很像是我們的國王。當然，矮人們不會跪拜或服侍這個敲打者，也並不會因為身為敲打者就可以強制其他矮人做一些事，因此和國王有點不一樣。但是不管怎麼樣，敲打者還是擁有最高的發言權，而且是唯一一個有權召開最重大會議的矮人。如果要一直說明下去就沒完沒了了，簡單地說，只要把他想成最為尊貴的矮人，就可以了。」

是嗎？哼嗯。吉西恩繼續說：

「我不知道矮人的敲打者為了什麼事而移動，不過可能是為了調查現在寶石停止運出的事。調查結束之後，他好像就會來首都一趟的樣子。他會來見國王陛下，對這個事件加以說明。」

卡爾說道：

「他是什麼時候出發的？」

「九月底。」

「咦？現在已經是十月中旬了，調查還沒有結束嗎？」

「這我就不太清楚了。不過，那個敲打者會這麼慢的原因，我大致可以猜得出來。」

「為什麼呢？」

吉西恩微笑著說：

「因為他是用兩隻腳走來的。」

呃，我的天啊！

就算是沒辦法騎馬，也不該如此啊，天啊！最尊貴的矮人竟然用走的走到首都？他甚至不騎短腿馬或者驢子？吉西恩看到我的表情，他說道：

「矮人常會堅持一些奇怪的事。或許他們會覺得我們是怪異的種族，看起來明明有兩條腿卻騎著馬。總而言之，那個矮人的敲打者艾賽韓德・愛因德夫……怎、怎麼了？」

吉西恩看到我整個人跳起來，嚇了一大跳。過了不久，又看到杉森整個人跳起來，更是驚訝。杉森和我互相對望之後，又都一屁股坐了下來。

「最尊貴的矮人是……」

「嗯，吉西恩是這麼說的……」

「那麼，我們做了一次最尊貴的逃獄行為嘍？」

「嗯，應該是的。」

卡爾看了看天空。不對，是天花板。

「呵……真沒想到。」

06

「你們的意思是途中有見到過他嗎？」

卡爾長長地嘆了一口氣說：

「而且還不只是見過而已。如果不是他，我們不要說是到達首都，恐怕差一點就不知是生是死了。可是我們居然這麼遲鈍。」

「我們哪有遲鈍？那個矮人，難道我們應該要叫他『敲打者大人』嗎？不管怎麼樣，他看起來那副模樣，誰會覺得他是最尊貴的矮人？」

杉森聽到我的話，點了點頭。

「對啊，修奇。吉西恩說矮人的敲打者和我們的國王有點不同，我真的能理解。」

妮莉亞很快地插嘴說道：

「他長得什麼模樣？」

杉森很辛辣地描述了艾賽韓德的模樣。杉森的描述有點誇張，聽起來艾賽韓德簡直就像是在某條窄巷裡喝了一星期的酒之後，剛剛要往大路匍匐前進的矮人。這樣說有點太過分了！於是我插嘴，卡爾也插嘴，好不容易才稍微提高一點艾賽韓德的形象。妮莉亞點點頭說：

「你們的意思是他的模樣很灑脫嘍？就像你們一樣？」

咦？這又是什麼反應呀？杉森、卡爾和我三個人互相對望了一下。我們會很灑脫嗎？說得也是，從那麼遠的西部林地賀坦特領地才剛上來首都，我們當然會看起來土裡土氣的，哼嗯。原來妮莉亞在用比較高尚的形容詞來說我們土啊！

吉西恩說：

「那麼，那個時候正確來說是幾月幾號？」

「十月初的時候……可能是四日或五日吧。」

吉西恩仔細地想了一下，點點頭。

「那麼他應該是已經到達褐色山脈了。這麼說來，不久後他就會到達首都。我想他一到達，我們就會知道寶石停止供給的原因。」

「難道我們只能一直等，等到他到達……不對。喂，費西佛老弟，你算一下我們要回去賀坦特領地的時間，不，包括到達阿姆塔特所在的無盡溪谷整個時間都在內，我們必須什麼時候從首都出發？」

「好的。」

杉森把地理書攤在桌上，拿出紙、墨水和筆等，開始計算。而妮莉亞和吉西恩也都一起幫忙，把自己知道的路說出來，然後互相討論。兩個人對中部林地都有很充分的知識，離開中部林地之後，到我們故鄉幾乎是一直線。重要的是，補給與睡覺的地方應該設定在哪裡。

我還在努力克服腦中旋轉的感覺，一面看他們三個在做行程表。過了一會兒，杉森搔搔頭說：

「嗯……我們到達首都總共是花了二十七天的時間。但是其中在雷諾斯市浪費了三天，在卡拉爾領地浪費了三天，所以二十一天應該是很夠了。可是回去的時候，我看可以比較快一點，如果變更幾條路線的話，好像可以縮減到大約十八天左右。還有，從賀坦特領地到無盡溪谷，用徒步的要花十天，而騎馬則是約四天。因此總共需要二十二天。因為必須在十二月三十一日之前到達，所以最晚要在十二月九日之前出發。」

「很好。今天是幾號呢？」

「十月二十六日。」

卡爾露出了微笑。

「那麼還剩下一個多月的時間。費西佛老弟你算得近乎準確。」

沒有錯。杉森之前說過有四十五天的彈性時間。真的是近乎準確！卡爾點點頭。

「那麼我們暫且先安下心來。因為愛因德夫先生應該會在幾天之內到達……」

「那這幾天我們都必須無所事事地等待嘍？」

「也算是這樣吧。」

「我們去買東西！」

聽到我的大喊聲，卡爾轉為驚訝的眼神，妮莉亞則是開始咯咯地笑。卡爾為了讓心情鎮定下來，嚴肅地說：

「你有什麼需要的東西嗎，尼德法老弟？」

「是。首先是我要讀的書。給我買一本書吧。在旅行的途中，我總是一直想：要是有書，要是能讀點書該有多好。在首都，要買本書一定更容易吧？」

卡爾表情高興地說：

「這真是值得稱讚的願望！」

「然後還有！首先是我要給傑米妮的紀念品、約好要還給伊露莉的手巾，還有約好要給卡拉爾領地的蘇的禮物、要送給梅莉安的禮物……」

卡爾的臉色漸漸僵硬，和他的臉色呈現對比的是，杉森和妮莉亞的臉色越來越高興。卡爾乾咳了幾聲之後說：

「呵哼。費西佛老弟，我們的旅費還很夠用嗎？」

「嗯，是很夠用啦……可是修奇你這傢伙，這些錢是公款哦！嚴格地說來，我帶出來的錢可說是我們的出差費。你想要送的那些禮物和我們的公務有啥關係？」

「嘻嘻嘻嘻！」

妮莉亞咯咯笑著說：

「我的媽呀！修奇有很多女人耶。原來他橫越大陸的期間好像只顧著談戀愛啊？」

「那是因為那些女人都不放過我。這就是希望達到公正與協調的優比涅之恩寵啊！」

「這是什麼意思啊？」

「居然連杉森這種食人魔都走桃花運了，像我這種美少年當然也要走桃花運，才能達成協調……」

砰！嗯……這感覺，好久沒有被這樣修理了！

一直唸個沒完的杉森跟著我走了出來。因為杉森就是這種性子。卡爾雖然對其他的購物不感興趣，但是對於我提到的「書」，他卻異常地關心。

「沒錯。我竟然沒有想到。都來到首都了，竟然沒有想到要去買書！呵呵，可能是我的精神被太多事情壓迫著。謝謝你提醒我，尼德法老弟。」

昨天我們都還因為罪惡感而要死不活地，現在面臨要籌措的寶石短缺所引起的大危機，竟然能夠完全拋諸腦後，嘻嘻哈哈地跑去購物。吉西恩看到我們這副模樣，露出一副真的很難理解的樣子。哼嗯，荒野的王子人人。這是賀坦特式膽量的另一種表現啊！吉西恩和妮莉亞也跟著我們出來逛。吉西恩和妮莉亞騎的兩匹「馬」會讓首都市民們太過驚嚇，所以我們決定全都用走的。

這一次，吉西恩和妮莉亞彷彿不是我們一行人似的，開始離我們遠遠地走著。我和杉森走路的時候心情都浮動起來了。這種心情和騎在馬上不斷留意他人視線是不同的。我們現在是和市民們同樣用走的，整個心情放輕鬆之後，我們就開始胡鬧起來，吉西恩和妮莉亞就是因為這樣，所以才離我們走得遠遠地。

「哇啊！杉森！你快看看那個小姐的套裝，在胸部的地方裁剪成低胸的！」

「呃！你先去看看你的眼睛！」

「嘻……我的眼睛又沒怎樣？」

「那不是小姐，是太太！」

「呃，是真的嗎？」

「哇啊！修奇！你快看看那個建築物！玻璃窗竟然也漆上了顏色！」

「不是啦！那是有色玻璃啊！」

「呃，是真的嗎？」

管他的……我們就是這副模樣這副德行。不管我們怎樣胡鬧——卡爾！您怎麼可以這樣！居然和我們拉開一段距離，故意表現出自己和吉西恩是同伴！不管怎麼樣，我們鬧著鬧著，就在吉西恩的引導之下，來到了書店街。

吉西恩用無限感慨的語氣說：

「這裡和六年前一模一樣！在我還是個小伙子的時候，夜裡從皇宮跑出來，像一隻瘋掉的山貓……閉嘴！嗯，就像一匹風流的母馬……我叫你閉嘴！反正就是和以前常來的那個時候一樣。哈哈。我到這條巷子裡，主要是來買Lewd Book。」

「什麼是Lewd Book？」

聽到我的問題，吉西恩微笑著說：

「就是色情書刊。」

「哇啊！可以買得到那種東西？哪裡有賣……呃，哼嗯，不要一直瞪我啦！」

杉森一直很認真地在聽我和吉西恩的對話，卡爾對他也做出很失望的表情。杉森尷尬地轉移目光。卡爾說：

「你們如果有時間讀那種書，就應該想到要去讀可以作為精神糧食的書。那種書只會引發錯誤的性意識，或對性的偏見及誤會。」

這時候妮莉亞說：

「可是讀那種書的時候很有趣……」

「妮莉亞小姐！」

聽到卡爾激昂的聲音，她嘻嘻地笑著跑向路旁的書店。書店前面的板臺上堆了好多書。她看到堆積如山的書籍，發出讚嘆聲。

她抽出一本書，說道：

「你們看這一本！書名很有意思！叫做《活在我們時代的知識份子都認定，擁有足以作為社會模範的高尚教養與學識的厄里德里諾思所考察與分類的相思病種類、症狀和治療法》。厄里德里諾思先生的學識朝著有點奇怪的方向發展哦！你們誰得了相思病？」

杉森咯咯地笑著，開始翻找那個書堆，過了一會兒，他又再開始咯咯笑了起來。

「哇哈哈。這一本也真的很不錯。書名叫做《祈望四海同胞因社會繁榮而充分安定與受到保障的人士們於會議中所彙集與分類，敬告活在同時代的所有女性同志們的，編頭髮方式的複雜美妙的技巧及變形完整版——附圖解》。妮莉亞，妳需不需要編頭髮呀？」

妮莉亞拍拍她的短髮，嘻嘻笑了笑。

我真搞不懂為什麼那些寫書的人要用奇怪的筆名或團體名稱。厄里德里諾思？呵，這名字真是奇怪。我們咯咯地笑著，各自分散開始翻找那些書，有時候如果看到讓人爆笑的書名，就拿起來給大家看一看笑一笑。

卡爾則是開始要書店老闆做吃力的勞動工作。他詢問從未有人問過的書，書店老闆只好跑到最深的角落，或者上到書櫃高處，為了把書拿出來而費了好人的勁。吉西恩好像又回到以前的習慣，主要都是翻找色情書刊，所以我大概都是在他周圍打轉。妮莉亞對那些書沒有什麼興趣，大多只是看看書名，以此為樂，有時笑得都快哽到了。

不知道過了多久，突然間杉森說：

「咦？你們快來看這一本！」

除了一直不斷煩著書店老闆的卡爾，其他的人全都聚攏了過去。杉森拿了一本非常老舊的書給我們看。這本書書皮是黑色的，非常厚，書名並沒有很長。

《魔法入門》。

「呵，這本書真是難得，書名竟然這麼短。這樣反而看起來不正常，這是件滿可笑的……」

「哎呀，不是要你們看書名，是看作者的名字啦。就在這下面啊！」

作者的名字？我看了看杉森所指著的地方。因為是黑色書皮，所以看不太清楚作者名字，但是仔細一看，還是可以看得見。上面寫著：泰班。

咦？泰班？這是泰班寫的書嗎？哇啊！泰班也出過書啊？杉森翻開書，做出閱讀的姿態，可是立刻露出了狼狽的表情。杉森看了看書，好像很躊躇地說：

「真是的……我一點也看不懂是在寫什麼！」

呃？難道是用符文寫的嗎？我很好奇，看了看杉森翻開的那一頁。裡面不是符文啊！可是為什麼會看不懂呢？我在杉森的旁邊開始唸了起來。

「大致而言，所謂的魔法即是依照瑪那的聚集與分散、變形與轉移而作用的，都只在於施展者的意志表現，對於以上的描述，最淺顯的例子是蓋那・卡敘涅的確實說明：『只要用施展者純粹意志以外所附屬的一些要件，也就是試藥的正確使用以及咒語的詠唱等的基本事項，用來作為在本質上有助於施展者意志表現的媒介物，即可找到瑪那的含義。』舉此例子可以更加鞏固對上面描述的理解，但是即使認定了蓋那・卡敘涅對瑪那意義的確實說明值得關注，他的確實說明其實主要是倡導要把握到非本質媒介（試藥和咒語），此為偏見性的縮小解釋，對於魔法入門者而言乃是無益處的先入為主觀念，因此已無再論的餘地……」

我要昏過去了！妮莉亞露出了頭暈的表情，杉森則是以昏頭轉向的表情說道：

「要不要買這本書？可是買這種看了也不懂的書……」

此時，一直和書店老闆較勁的卡爾走了過來。卡爾問我們為什麼聚在那裡，然後將那一本《魔法入門》從杉森手中接過去。

「你說這是泰班先生的著作？我看看。」

卡爾翻了幾頁之後，開始用很認真的表情讀那本書。他讀了一會兒之後微笑著說：

「呵呵，說不定是同名的不同人物啊！這本書好像是泰班用那種長輩的語氣在教魔法，很容易讓人理解！以一本魔法書而言，這算是寫得相當簡單的。」

我實在是太崇拜卡爾了！卡爾大致看了之後，說道：

「但是這本書並不算是通識書籍，比較像是專業書籍。應該是只有學魔法的人才用得上的書吧？我看看……咦？」

在翻看那本書的卡爾突然間露出疑惑不解的表情。我問他：

「怎麼了，卡爾？」

「這本書的發行年度是二四六年耶？」

咦？二四六年？那麼是多少年前呢？不就是七十年前嘍？

「可是泰班先生看起來大約八十歲……難道他十歲的時候就寫了魔法入門書？」

卡爾以不可置信的表情說。杉森搖搖頭說：

「這是不可能的事。應該是不同的人吧？啊！是造十二人之橋的那個泰班‧海希克！那個人……」

卡爾歪著頭懷疑地說：

「伊露莉不是說過那個人造那座橋是在兩百年前？費西佛老弟，這樣好像差太多了吧？」

那麼名叫泰班的人有三位嗎？而且全都是巫師？

「同名的人有三個，全都是同樣的職業……而且還都是很稀少、難得一見的巫師這種職業。這真是件神奇的事啊！」

這時候，原本靜靜地聽著我們對話的吉西恩插嘴說道：

「各位在說什麼呢？我實在聽不懂？」

「啊，是。在我們故鄉有一位名叫泰班的巫師。他是在我們離開故鄉前不久去到我們村裡的。而這本書是大約七十年前發刊的書，作者名字也是叫泰班。真是件神奇的事。可是我們在修多恩嶺看到的十二人之橋，造橋的人是泰班・海希克。聽說那座橋是在兩百年前造的啊！」

吉西恩圓睜著眼睛說：

「那麼你們的意思是，在現在、七十年前、兩百年前，共有三位名叫泰班的巫師曾經活躍過？」

「好像是這樣吧。呵呵。泰班這個名字好像很受巫師他們青睞哦？」

「這個嘛……如果是很有名的名字，那我應該也會知道。但是我好像沒聽說過泰班這個名字。我雖然聽說過造十二人之橋的巫師的故事……」

「您有聽過嗎？」

「是的。不過我只聽說是有個巫師造的，並不知道他的名字。那個造橋的巫師名叫泰班・海希克嗎？」

我和杉森用無法置信的表情看了看吉西恩。

那是因為吉西恩說了這麼長一段話，竟然一句話也沒說錯。也就是端雅劍都沒有妨礙他的意思。這是怎麼回事啊？吉西恩看到我和杉森的驚訝臉色，訝異了一下，隨即他自己好像也察覺到了。吉西恩轉為吃驚的臉孔，說道：

「啊，你終於懂事了！真沒想到會有這麼高興的……咦？」

吉西恩的臉都皺成一團了。

「你怎麼可能……安靜點！他媽的！這傢伙好像是因為聽到奇怪的話，暫時忘記妨礙我的樣子。」

哎喲，這把劍和人真是沒兩樣。

我興高采烈地撫摸著書。我買的這本書對於現在的我而言，可以讓我在專心修習這門知識的同時，又有機會間接體驗先賢所累積的經驗。你們知道書名有多棒嗎？

《能讓廚房洋溢溫暖和欣喜的一百種精選料理》。

哇哈哈。我用鼻子哼著歌，翻開那本書。

「走路的時候不要看書！」

突然飛來一句杉森的叮嚀。哼嗯。可是我很好奇內容嘛。我一面嘆息一面闔起書本。卡爾買的書比我買的要大上好幾倍，大概僅次於伊露莉那本像盾牌大小的魔法書。可是他為什麼要看那種書啊？

《書誌學的發展與傳承的相關考察》。

書誌學，是有關書籍的學問，這不是很可笑嗎？竟然有考察關於書籍學問的學問。到底是哪一個先？哪一個後？依我看，好像是種很沒用的學問嘛。

不過，這比起選了武俠小說的杉森，是不是還要來得有品味一點？杉森叫我不要邊走邊看書，結果自己還不是正在看書。

「嗚嘻嘻嘻！」

「呃……拜託！走路的時候不要看書！」

杉森聽到我的高喊聲，就用很歉然的表情把書闔上，但還是依然嘻嘻笑個不停。

「太好笑了。這本書。」哼嗯，我並沒有問他武俠小說有什麼好笑的。如果船員看到有關航海的小說，會多麼感興趣啊！這就跟現在杉森的情況很像。杉森繼續嘮嘮叨叨地，把他自己買的那本書裡出現的主角對壞蛋喊出的那些對話說給我們聽，那些對話很冗長，而且既莊嚴又肅穆，他邊唸著還邊笑個不停。如果真那麼愚蠢可笑，那幹嘛買呀？他居然還拔起刀，大喊著「我的性命只有一條！所以很珍貴！是獨一無二的！」。

妮莉亞對書本不感興趣，所以沒有買書，吉西恩也沒有買書，他說如果自己背包裡頭有放書的空間的話，他要再多放一瓶水，這是他的主張。因為吉西恩畢竟是個冒險家嘛。

卡爾用嚴肅的表情問我：

「尼德法老弟，你不是說要買一條手巾？」

「是的。但是卡爾你是要幫我選嗎？」

「我哪要選什麼手巾。我是想拜託妮莉亞小姐……」

隨即妮莉亞很得意洋洋地走到最前面。

「好的。跟我來吧。」

妮莉亞帶我們去的地方是販賣女用飾品的店。妮莉亞直接就走進那家店裡面，她身後的男人們則是有點猶豫不決地跟著妮莉亞走了進去。

有個看起來像是老闆娘的大嬸一開始看到妮莉亞時，一副很高興的表情，但是隨後四名看起來很暴躁的男人一走進來，她就露出訝異的表情。妮莉亞很活潑地對老闆娘說：

「大嬸，手巾。可以看一下手巾嗎？」

老闆娘表情親切地指著在角落的一個木櫃子。妮莉亞打開那個木櫃，裡面有各式各樣的手巾。妮莉亞拿出幾條手巾看一看，把其中一條圍在自己的脖子上，說道：

「好，各位評審委員！請各自給分吧。」

這是什麼呀？怎麼變成了什麼家畜評等會？要不然就是蔬菜展示場之類的，總之這讓我突然間想起節慶時舉辦的那一類活動。我笑著說：

「滿分是十分的話，我給九分！因為和頭髮顏色不配。」

「手巾九分，還有，手巾裡面包著的東西五分……不對，四分？」

聽到杉森說的話，妮莉亞把舌頭伸得好長，然後看看卡爾。卡爾笑著說：

「我給十分吧。」

吉西恩猶豫了一下，露出微笑說：

「這把劍應該比我還要有眼光。這傢伙說要給七分哦。」

「哼，真吝嗇。」

妮莉亞嘻嘻笑著，繼續換著手巾，要我們打分數。過了一會兒，雖然我們都打了分數，但是最後還是由妮莉亞決定，買了要給伊露莉的手巾。然後，我也買了要送給蘇的藍色緞帶，要給梅莉安的胸針，以及給傑米妮的手鐲。其實，我的內心是希望能選個香水或寶石戒指……嘿嘿。那些東西都選好了之後，我戳了一下杉森的腰。

「你不買嗎？」

「嗯？」

「呵！結婚戒指啊！」

杉森的臉都紅了。哎呀，說實在話，我是因為杉森才來這裡的。當然順便也能購置我的禮物是最好啦。卡爾聽到我的話，露出開朗的笑容，說道：

「哦，在城外水車磨坊裡……」

「卡——爾！」

杉森發出很淒慘的慘叫聲。原來卡爾也知道那首歌啊？看來我確實是擁有優異的音樂天分。

妮莉亞圓睜著眼睛問：

「結婚戒指？」

杉森臉上顯現出的顏色似乎已經超越了人類的極限。我用抖動著的流暢優美語氣解釋給他們聽。

「也就是說……杉森等於是從結婚典禮上被拉出來的新郎……留在他胸前的……那天早上的香味……無法忘懷的海誓山盟的證據……一定要實現的愛情的……」

「不，不要再說了！」

杉森開始扼住我的脖子，妮莉亞用呆愣的表情看了看我們之後，隨即彈了一下手指。

「啊哈？原來在故鄉山丘上，有某個小姐背對著夕陽，癡癡望著漸漸變暗的地平線？」

「哦，妳真會，喀喀！形容，再說，喀呃喀！一次吧。我已經忘了。」

結果妮莉亞甚至還幫忙挑了一個漂亮的戒指，杉森像是要頑強拒絕似的接受了那個戒指。

（他真值得作為研究的對象，能做到『像是要頑強拒絕似的接受』，真不愧是杉森啊！）

當我們買完，晚霞已經開始染紅天空。我們回獨角獸旅店的步伐既輕鬆又愉快。杉森偶爾會摸一摸口袋裡的某樣東西，張嘴做出笑臉，讓周圍的人看了就想笑。

妮莉亞在淡紅的天空底下蹦蹦跳跳地走著。四個男人一邊觀看這幅景象，一邊笑著跟上去。

妮莉亞張開兩隻手臂，用大動作旋轉著身子，說道：

「收到禮物心情會很棒，不過有人可以送禮物是更棒的事。」

我笑著說：

「我會高興接受的，送我禮物吧。」

「這個怎麼樣？」

妮莉亞送了一個飛吻。我害怕地躲到杉森背後。妮莉亞咯咯地笑著，又開始轉著圈圈，蹦蹦跳跳地走去。她一會兒往左跳，一會兒往右跳，輕快地左右跳一跳之後往後跳。每跳一次，妮莉亞的短髮就會因夕陽的光線而更加鮮紅地閃動。

這時候，我們看到一個奇怪的景象。

在路的前方有兩匹健壯的馬拉著一輛馬車。可真是華麗的馬車啊！馬車一跑過來，妮莉亞立刻往路旁跳去。但是那輛馬車在妮莉亞旁邊停住，坐在馬夫位子上的男子走了下來。

那個馬夫是一個體格很健壯的男子，穿著硬皮甲，手裡掌著馬鞭。他走向妮莉亞。

「喂，妳！」

妮莉亞停住了腳步。她皺起眉頭說：

「幹嘛？」

嗯。果然像妮莉亞作風。那男子轉變成凶惡的表情，說道：

「妳幾歲啊？」

我看到妮莉亞的肩膀在一動一動地在回話。

「什麼，竟然有這種人？」

那個男的轉變為驚訝的表情。看起來像是妮莉亞的回答很令人不知所措的表情，但是在我看來，那個男的態度才是不知所措呢！他想再說些什麼的前一秒鐘，我們趕緊站在妮莉亞的背後。

他原本以為只有妮莉亞一個人，突然間有四個男人站在她後面，他的表情看起來有些驚訝。特別是，這四個男人之中的三個佩帶著劍，所以他更是顯出一副畏縮的表情。然而妮莉亞看也不看我們這邊，就說：

「喂，你這傢伙，我的年齡跟你有什麼關係？而且還一副看過我的樣子，一見到我就對我這麼不禮貌？」

那個男的臉色更是慌張。

「這下賤的東西瘋了啊……」

就在這時候——

「胡特，不要亂說話。」

這是從馬車裡面傳出來的說話聲。名叫胡特的那個男人臉上浮現出驚嚇表情。

我瞄了一下馬車。那好像是貴族的馬車（要不是貴族，還有誰會搭馬車？），車身裝飾得很華麗，門上還畫有家徽，好眼熟哦？從門上的窗戶可以看到一個男子的側面。

那個男子的年齡好像和卡爾差不多的樣子。但是栗子色的髮際可以看到斑白的白髮。剛才一定是這個男的在說話。但是他面帶凌厲的表情，只是直視著前方。我雖然覺得很訝異，但是這時候胡特說：「他媽的，只要告訴我年齡，我就會讓妳走了。」

就在妮莉亞想要說些什麼之前，杉森先開口了：

「讓我這樣告訴你吧。你用恭敬的態度向這位仕女說聲對不起，我就讓你走。知道了沒？」

「仕、仕女？」

妮莉亞連忙捂住了自己的嘴巴，那樣子看來就像是快要爆笑出來似的。胡特也變成一副呆滯的表情。但是他立刻又睜大眼珠子，說道：「你這傢伙竟敢在我面前無禮！」

他一邊喃喃自語一邊舉起馬鞭。就在這一瞬間。咻！

胡特一動也不能動，僵在那裡。杉森以很快的動作拔出長劍，抵住了他的脖子。哼嗯，真是酷斃了的一幕！我雙手交叉放在胸前，觀賞著這光景。

胡特臉色發青，膽顫心驚地說：

「混、混蛋！你膽敢對我這樣，你，你知不知道這裡面坐的是哪一位？」

杉森嗤之以鼻，彷彿像是要讓馬車裡的人物聽到似的，說道：

「我是不知道是誰啦，但是看了下人，大概也可以知道主人的人品怎麼樣。」

胡特可以說是不知所措的表情。

「你、你這傢伙，看來你是真的不知道！所以才敢如此無禮……」

「胡特！」

從馬車裡爆出了很大聲的斥責聲音。然後馬車門被打開，裡頭的中年男子走了下來。

我看看走到外面來的這人，確實有著一張很凌厲的臉孔。杉森暫且先將長劍收起，但是那個男子不在意這個，直接走向胡特。他隨即打了胡特一耳光。啪！

胡特跪了下來。

「侯、侯爵大人。對不起。可是都是這傢伙太過無禮……」

「閉嘴！胡特。」

胡特的頭整個都垂了下來。那個男子皺著眉頭，瞪了胡特一眼之後，轉過身去對杉森說：

「對於下人的錯，我在此道歉，年輕人。」

「……您應該好好教　教他。」

杉森毫不掩飾地回答他。我的天啊！到底這個人知不知道頭的兩邊叫做耳朵的這個寶貴的器官呀？剛才不是聽到那個下人在喊侯爵了嗎？這個侯爵大人好像不怎麼介意杉森說話的語氣，說道：「我來說明造成失禮的理由。我正在找一個小姐。那個小姐是紅色頭髮，年紀大約十七、八歲左右。所以我們想看看這位小姐是不是……」

那個侯爵大人並沒有把話說完。那是因為妮莉亞開始抑制不住地笑了起來。

「嘻嘻嘻！哇，哇！修奇，你有沒有聽到他現在說的？」

「噗。當然有聽到啦！妳那樣蹦蹦跳跳地跑著，再加上夕陽光線的魔力，就算是六十歲的老婆婆，也會被看成是十幾歲的少女啊。」

「你說什麼？真是壞心眼的話！侯爵大人，請問一下，您沒有女兒吧？」

妮莉亞朝氣蓬勃地問他，但那個侯爵只是表情很生硬地看了看妮莉亞。她無趣地笑著說：

「我不是十幾歲。雖然看起來是很像十幾歲。」

杉森聽到妮莉亞說的話，噗哧笑了出來，於是妮莉亞瞪了一下杉森。侯爵仍舊沒有什麼表情變化，他點了點頭。

「對不起。請原諒我的失禮。那麼，再見了。」

侯爵簡單地說完之後，搭上了馬車。隨即胡特也慌慌張張地起身，上了馬夫的位子。他眼神凶悍地怒視著杉森，但是杉森只是面無表情地回視他的眼神。

「呀啊！」

胡特好像把氣都發洩在馬身上似的，用力鞭策著馬匹。馬車很快就出發離開了。

我又再看了一次坐在馬車裡面的那個侯爵。但是這時候那個中年男子也看了看我。不知怎地，那雙眼睛看起來就是讓人無法忘記的那種凌厲眼睛。馬車很快地跑掉，已經消失蹤影很久了，但是那眼神還強烈地留在我的腦海裡。

妮莉亞因為被人誤認為只有十幾歲，而高興萬分地咧嘴傻笑個不停，這件事真有這麼令人高興嗎？妮莉亞咯咯笑著說：

「嘿嘿。我和修奇走在一起的話，說不定會被看成是修奇的妹妹哦！」

「呃啊！我看起來應該沒有那麼老吧？」

「喂喂！剛剛不久前才出現確鑿的事實證據，你都看到了，還不承認？要不要我去抓一個路過的人問問看？借問一下，大叔！」

妮莉亞真的就叫住了一個路過的中年男子。真是受不了她！妮莉亞拉著我的手臂，問道：

「你覺得我是姊姊呢，還是這個人是哥哥呢？」

我開始努力讓自己盡量看起來可愛。我雖然比妮莉亞個子高，但還是有著一張尚未受歲月摧殘過的清秀臉孔！吉西恩、杉森和卡爾都雙手交叉在胸前，只是微笑著看這場好戲。

這個男子噗哧噗哧笑了出來，說道：「這個嘛……你不是她的爸爸嗎？」

呃呃呃！這男的會不會是瞎子啊？

妮莉亞一整個晚上都因為這件事在嘲弄我，我努力試著證明那個男子真的是在開玩笑。當然啦，我自然是沒有證據。那傢伙真該死。

我好不容易終於把她趕到她自己的房間，然後才得以看我買的那本書。杉森也躺到自己床上，隨即立刻開始在那裡咯咯笑個不停，卡爾乾咳了幾聲，才讓他閉嘴。雖然如此，杉森後來還是繼續笑，所以卡爾拿著椅子和燭臺，往陽臺走了出去。

過了十幾分鐘之後，卡爾臉色發紫，害怕地走了進來。嘿！夜景是很美沒有錯，但是在十月的冷風之中讀書，應該不是一件輕鬆的事！卡爾並沒有說些什麼，就窩到自己的床鋪裡，杉森則開始有些節制地笑著看他的書。我終於感受到和諧的讀書氣氛之後，開始認真看那本《能讓廚房洋溢溫暖和欣喜的一百種精選料理》。啊啊，真是幸福！

嗯，光是看說明就已經讓人垂涎三尺了。哎呀？這樣調配在一起，難道不會變得不好吃嗎？咦？需要使用石蟹？那種小小的石蟹剝殼之後，會有多少蟹肉呢？直接烤來吃不就好了。我問了卡爾之後，才知道海裡的石蟹比淡水的石蟹要大很多。

「嘻嘻嘻嘻嘻！」

呃啊！是傑米妮！不對，是杉森嗎？

「不要再笑了啦！」

「呃，對不起。我不知不覺就想笑。」

我打了個寒噤，往陽臺走出去。卡爾用「你一定會撐不住」的眼神看了看我，然而，不管再怎麼冷也不過就是那樣，我會撐不住嗎？比起卡爾，我可是年輕很多的喲啊啊哈……真冷！

「哼嗯！哼嗯！真是涼爽啊！」

「咦？」

突然從旁邊傳來很奇怪的聲音。我往旁邊一看，看到妮莉亞把腳抬到陽臺欄杆上，縮著腰站在那裡的模樣。雖然妮莉亞穿著一身黑色的衣服，看得不是很清楚，但是卻可以很清楚看到她背上背的那個大大的三叉戟。我嚇了一跳，正想說話的時候，她把手靠到她的嘴唇邊叫我安靜。我走近旁邊的陽臺。

「剛剛不久前卡爾叔叔才出來過，這回怎麼你又跑出來？」

妮莉亞低聲地問我，所以我也低聲地問她：

「妳穿那種衣服想要去哪裡？」

「嗯，哎呀，我要去問一件事情。」

「是不是很危險？所以連武器也帶了？」

「沒事的。不是什麼人不了的事。」

如此一來，我當然沒辦法說「啊，是這樣嗎？再見」。我無法再像之前那件事一樣，斷絕對人的關心。完全忘記要關心別人的經驗，光是迪特律希那一件就很夠了。我雙手交叉在胸前，說：

「這裡是首都。不是夜鷹可以任意作為的地方哦！」

「真是的……和你沒有關係。」

「還記得那個時候嗎？」

「嗯？」

「我問妳想不想死，妳跟我說了什麼？」

「……救救我。」

「雖然我不知道是什麼事，不過，一起去吧！」

妮莉亞緊咬著嘴唇，說：

「杉森、吉西恩或者卡爾叔叔不可以去，知道了嗎？那些人絕對不可以跟著去。你安靜地出來。我在下面等你。」

我都還來不及說些什麼，妮莉亞就已經往下咻地跳了下去。真是厲害。我往裡面走進去，然後說：

「我去外面散步，等一下就回來。」

「散步？」

「我在陽臺上，發現夜景實在很好看。我出去走走，一下子就回來。」

「你說要去散步，可是幹嘛帶劍？」
「我只是隨身帶著，為了要小心安全嘛。像我這樣容易被誤會是女扮男裝的美少年本來就應該小心安全……」
「那麼，小心一點。」
卡爾點點頭，杉森在看他的書，根本沒空理我。吉西恩他說要陪我一起去，但是我說我想靜靜地自己一個人出去走一下，就往外面走了出去。
我一走出旅館，妮莉亞正倚靠在旅館牆壁上，踢著小石頭。妮莉亞看到我就說：
「如果我就這麼走了，我怕你會以為我是要去做什麼夜盜行為，所以才帶你去的。可是，你絕對要安安靜靜跟著我，不可以隨便站到我前面來，知道了嗎？」
「原來是危險的事啊！」
「如果是危險的事，我會只帶你一個人去嗎？因為女人和小孩子去沒有關係，所以才帶你去。」
哇啊！竟然說我是小孩子！沒錯！我確實長得一副清秀可愛型的娃娃臉。妮莉亞講完之後，馬上勾起我的手臂，開始活潑地走去。這算什麼呀！真的變成是要去散步的樣子了耶？
我問妮莉亞：
「我們這樣走在一起的話，可能會有人說是女人誘拐未成年人哦！」
「不是可愛女兒跟著爸爸嗎？」
「不要再說了！可愛女兒跟著爸爸，會在背上背一支長槍嗎？」
「別人會想成是武林世家的。你不是也在背上背了一把巨劍？」
我們就這樣說著一些沒營養的話，好像真的是在散步似的，輕鬆愉快地走著。周圍的目光看起來，一點都不像是看到女人誘拐未成年人的樣子。啊啊……賀坦特的陽光是我的冤家。我仔細想想，在伊拉姆斯市，我也曾像南方的青年一樣黑。當然那是喬裝改扮的結果。

我們走了一會兒。

妮莉亞好像對路很熟的樣子，連看也不看，只是使勁走去，但是我覺得周圍漸漸變得很奇怪。我不管三七二十一地跟著妮莉亞一直走著，隨即來到都是酒店和私娼的地方。呃，真是的……怎麼會跑來這種糟糕的地方？

我們旁邊那些女人，與其說是她們穿了衣服，倒不如說是脫了衣服。她們一直在送著秋波。但是因為我是和妮莉亞一起走著，所以沒有成為那些秋波的對象，反之卻變成是謾罵與嘲諷的對象。

「嘿。翅膀都還沒長硬，就帶著男人到處跑？」

「公子爺的骨頭會融化哦！」

「看他的樣子還這麼生硬，我看啊，是還不能用，要不要讓我先來調教他看看？」

都是一些各式各樣罵人的話。有些話我根本就記不起來了。

我簡直被捉弄到頭昏眼花的地步。我並沒有因此生氣。她們為什麼要罵人呢？我沒有對她們做錯什麼事，她們對我也沒有怨恨。那麼那些罵人的話代表著什麼？她們只是、只是罵好玩的吧！因為如果不指指點點地罵個一句話，她們就會不甘心。而且那只是因為此時此刻我剛好在這裡，所以那就好像是閉著眼睛丟出去的小石頭一樣。其實不是針對我，不是在罵我。妮莉亞靜靜地說：

「想不想成為大人？」

「什麼意思？」

我一臉正經地問，卻看到妮莉亞在微笑著。

「你不要胡思亂想。從現在開始無條件閉上嘴巴，不管聽到什麼都不要回答。你務必站在我後面，而且小心你的背後。我雖然會留心注意，但是沒有辦法保證萬無一失。如果遇到緊急情況，就丟下我走人。我自己可以脫險，所以如果你在那裡笨手笨腳地，只會讓我很為難。知道了嗎？」

很不尋常的氣氛哦！我點了點頭。妮莉亞深深地吸了一大口氣，突然間緊緊拉住我的領口。她的眼睛炯炯有神。我不得不停止呼吸。她發出尖銳的聲音，雖然很小聲但是凶悍地說：

「我要你好好聽著。你已經讓我看過你愚蠢的模樣了。你為了和你沒有任何關係的小孩子而放聲痛哭，你這個傻瓜！萬一我有危險的話，我希望你只要顧到自己活命就好，趕快逃，知不知道！」

我不知道我有沒有回答她。因為她不等我回答就轉身走了。妮莉亞直接進到那條滿是酒店的街道其中一棟建築物裡面。那棟建築物夾在兩旁的建築物之間，像是好不容易硬塞進去的樣子。

嘎吱的開門聲傳來。

我們一進到裡面，就有一股刺鼻的菸味和令人窒息的惡臭撲鼻而來。

我以前不太覺得我很乾淨，但是此時此地如果說我是貴族的獨生子，別人也應該會相信。濃密的鬍鬚、刀疤、紋身、繃帶、眼罩和怪異的飾品。在那裡的男人全都看了我一眼之後，噗哧笑了出來。然後就結束了。我從此就變成一個不值得再看一眼的人。那些男人全都回到他們自己的憂鬱和孤獨當中，回到刺鼻的菸霧裡面，儼然是一群和我沒關係的人。

我感覺大約有七層左右的牆壁圍在四周。

妮莉亞對於周圍看也不看一眼，一直往前走去。我猶如在那些刺鼻的菸霧裡游泳，跟隨著妮莉亞。我有一種走在霧裡的心情。

在這黑黑的霧裡，忽隱忽現的是那些男人。那些像是銳利刀鋒的男人擠坐在一起。雖然很昏暗，冷冰冰的目光卻一直在閃閃發光。我感覺透不過氣來。也有男人喝了酒之後直接滾落在地上，但似乎誰也不在意。我看到在角落裡有個男的緊抓著一個女郎，不停戲弄她。我想我的整張臉一定開始發燙了。那個男的把手伸到桌子底下，正在做一些不雅的動作，那個女的正在發出沒精打采嬌滴滴的喘息聲。我轉過頭去。

「什麼呀？」

酒保因為啣著一根菸，所以說話聲音有些奇怪。我靜靜地站在妮莉亞後面，她一點也不在意我，就說道：

「我想見月舞者。」

那個男的拿著菸，在吧檯揮了一下，又再放到嘴裡，他說道：

「沒有那種酒。」

「你也夠格開玩笑嗎？你知道我什麼意思吧！」

「妳，是誰啊？」

「史洛德的棺蓋是我蓋上的。」

「我不認識史洛德。」

「不要拿『記憶力差』來炫耀。」

酒保吐了一口口水，就拿起抹布，開始靜靜地擦拭吧檯。妮莉亞坐在吧檯前面，手撐著下巴，開始呆呆地望著天花板。

現在到底是什麼情形呢？我只是靜靜地站在妮莉亞的背後。

那個酒保將吧檯整個擦過一遍之後，用下巴指了指大廳一邊的門。一直呆呆地望著天花板的妮莉亞站起來，開始往那個門的方向走去。我跟在她後面。刺鼻的菸霧差一點讓我咳嗽了起來。

妮莉亞直接就開了門。

房間裡面很暗。只有大廳的燈光照在地板上，映出一個明亮的四角形，裡面則是完全都看不到。妮莉亞說：

「門關上站在門那裡，修奇。」

我一關上門，房間裡面整個就都是暗的。妮莉亞把手往後一伸，抓了我的手。她緊緊地抓住我的手，這個動作就好像是給我無言的保證。然後她就用那種姿勢說：

「是我。」

「在妳後面的是誰？」

這是我聽過的聲音。是名叫月舞者的那個男子。

「不干你的事。」

「妳有什麼事找我？」

「開燈，混帳東西。」

過了一會兒，傳來劈啪響的打火石聲音，四周立刻朦朦朧朧地亮起來。我仔細一看，房間中央的桌子上放著一盞燈。

在那盞燈後面，有個男子坐在那裡。我依稀可以看到那張曾經看過的臉，那是月舞者的臉孔。他的目光稍微在我的臉上停留了一下。妮莉亞仍然在原地站著，她說道：

「你說說看你找我的理由。」

「妳改變心意了嗎？」

「可能會改變也說不一定。」

「妳對我射短劍，那是什麼時候的事呀？」

「就事論事。不要說一些無關緊要的事。」

「我需要一個紅髮女孩。」

妮莉亞點點頭說：

「有人在找紅髮、十七、八歲的女孩。」

「要不要跟我合作？」

「你先解釋清楚。」

從剛才到現在一直都沒有動一下的月舞者把身體靠在椅背上，開始慢慢動了幾下。他一將身體往後傾斜之後，就看不太清楚他的臉孔了。妮莉亞則是一動也不動地一直站在原地，所以我是夾在妮莉亞和門之間。

在月舞者的臉龐位置閃著紅色的光。他是不是在抽菸啊？他吐出了菸霧。因為燈散發暗紅色的光，所以看來好像一些紅色的蛇在蠕動的樣子。

「有一個貴族在找他失散的女兒。」

「是不是侯爵？」

「沒錯。」

「是不是已經失散很久了？」

「好像是嬰兒的時候就失散了。」

「只靠紅髮和年紀來找，真的有點困難。」

「我只知道這個。應該也有其他的線索，但是無法打聽到。」

「你們是為了財產？」
「是為了文件。」
「所以是可行的事嘍？」
「嗯。」
「我考慮之後給你答覆。」
「他媽的，別想耍花招！」
「你是在說誰？」
「……明天給我答覆！」
「我喜歡你做事乾脆的個性。」
接著，妮莉亞轉過身去。這就好像是「我們出去吧」的信號似的，我轉身去要開門，突然間妮莉亞把我伸出的手打掉。她凶悍地說：
「叫外面的那幫兄弟走開。」
「你們不會有事的。」
隨即妮莉亞把我推到一旁，開了門。在門外有兩名男子站在左右邊，用漠然的表情看了看妮莉亞，她面無表情地往外走出去。我也跟著她走了出去。
大廳裡面沒有人在看我們。
妮莉亞直接就往屋外走去。一走到外面，我好像才可以大口呼吸的樣子。
她沒有說任何一句話，直到走出那條小小的街道。所以我也呆呆地跟在她後面。兩旁仍然還是不斷傳來罵人的話，可是我並不怎麼在意。一走出那條小小的街道，妮莉亞就又再勾著我的手臂，開始笑盈盈的。

「不錯的夜晚吧？」

「剛才的那段對話，如果我問妳，妳會不會生氣？」

妮莉亞並沒有回答我，而是把臉頰貼到我的手臂。我只是呆呆地走著。新買的黑色外套被妮莉亞的臉頰摩擦，發出沙沙的響聲。

妮莉亞說：

「你不是頭腦很好？應該可以猜出是在講什麼吧？」

「……剛才傍晚時分看到的那個貴族，正在找紅髮的少女。」

「繼續說。」

「妳說過那個月舞者是個騙子。可能紅髮少女就是侯爵失散多年的女兒吧？不管怎麼樣，反正他是計畫把妳偽裝成是那個女兒，混進那個在找女兒的貴族家裡。」

「繼續說。」

「然後妳把那房子裡的某個文件偷出來，好像是這樣的一個計畫。」

「繼續。」

「我說完了。」

「哼嗯……你說話的時候，手臂會沙沙響，真好玩。繼續說話吧。」

因為妳把臉頰那樣貼著，當然會這樣啊。我乾咳了幾聲之後說：

「妳會去偽裝嗎？」

妮莉亞搖搖頭。

「要我怎麼偽裝？我都已經跟那個侯爵說我的年齡不是十幾歲了。」

「說得也是。」

「但是，他是哪一個侯爵呢？」

「是哈修泰爾侯爵。」

妮莉亞停下腳步看著我。我聳聳肩，接著妮莉亞又開始走路，又把臉頰貼到我的手臂，好像是要我繼續說下去的意思。所以我解釋給她聽。

「那輛馬車上的家徽……昨天早上來找我們的哈修泰爾家族的艾波琳小姐，護衛她的那兩個男的，劍鞘上面也有相同的家徽。」

「真的嗎？你確定？」

「我確定。艾波琳小姐也有提到侯爵大人這幾個字。」

妮莉亞用驚訝的說話聲音說道：

「哇。如果是哈修泰爾家族的話，不就是有龍魂使誕生的那個家族？」

「已經不會有龍魂使誕生了。」

妮莉亞仍然把臉頰貼著，只有眼睛往上睜開看著我。如此一來，要好好走路實在是很困難。

「從十五年前開始，哈修泰爾家族就已經不再誕生龍魂使了。因為會有龍魂使誕生的約定期限是到十五年前為止。」

妮莉亞露出驚訝的表情，於是我把三百多年前神龍王和哈修泰爾公爵的約定講給她聽。她輕輕地嘆了一口氣。

「你，懂得還滿多的嘛。那麼不管我有沒有遇到侯爵，我都沒辦法偽裝了。」

「咦？」

吹起了一陣風。妮莉亞閉了一下眼睛之後，小聲地說：

「呼。好冷。」

我將背上的巨劍拿下來，脫了短外套拿給妮莉亞。她咯咯地笑著接過外套，並且把三叉戟拿給我。哼嗯，我好像常被當成是騎士的隨從。我同時握住巨劍和三叉戟，而妮莉亞則是把我的短外套披在肩上。黑色的外套配上妮莉亞的一身黑衣，還滿相配的，但是大小有些不合。不像是短外套，倒像是一件長外套披在她身上。妮莉亞又再拉起我的手，說道：

「你說在十五年前就已經斷了龍魂使的血統？」

「是的。」

「我差一點就跑去偽裝。幸好沒去。那個家族失散女兒已經是很久的事了吧？」

「不是聽說是嬰兒的時候失散的？」

「那麼為什麼那個時候不找，過了這麼久的時間才來找女兒？理由很簡單。」

「很簡單？」

「因為需要龍魂使啊。」

「需要龍魂使……」

「那個超過十五歲的女孩，是在斷了血統之前出生的，不是嗎？一定很有可能留有龍魂使的血統。」

我吐了一口口水。

「他媽的。」

妮莉亞不斷地輕拍我的肩膀，說道：

「當然不是那種要尋找失散女兒的感人故事。嗯，可能所謂的『其他線索』就是指有沒有龍魂使的資質吧。所以是沒有辦法偽裝的。」

突然間，我想到艾波琳小姐說的一句話：「侯爵大人也對他的消息不關心」。

他的消息？就是迪特律希是生是死的消息。但是卡爾曾說過，哈修泰爾家族必須要有龍魂使。

因為受到約定會誕生龍魂使，三百年來享盡了榮華富貴的家族。在那樣的家族裡，寶貴的龍魂使生死不明，卻一點也不在意……

那代表的意思是，他們可以再去找新的龍魂使。只要尋找到紅髮少女就行了。

那個失散了的女兒，不是養子，確實是哈修泰爾家族的人，所以具有龍魂使資質的可能性更高。因此，一個養子迪特律希沒有了也沒關係。特別是迪特律希他的年紀還很小，還不到能夠製造血脈的年齡……可惡！那個失散了的女兒已經超過十五歲了，所以當然可以生育子女。

我的腦子裡浮現出侯爵那張有稜有角的臉孔。他媽的！

「該死的貴族混蛋……」

「你幹嘛突然這樣？」

「他根本就不是以人的方式在對待人，就像是在對待家畜啊！」

「什麼意思？」

我仔細地把我的想法告訴妮莉亞。她都聽完了之後，深深地嘆了一大口氣。

「是哦……？呼！真是令人聽了不高興。不過，這並不是確鑿的事實啊？這只是你的猜想而已。」

「如果有其他的推測，妳就說說看。我會認真聽妳說。」

「我，頭腦不好，想不出來。還有，我們不要再說這些了。」

我長長吁了一口氣，抬頭望一望夜晚的天空。

夜空不管是在賀坦特還是在這裡，都是一樣的。我真想回去，不想再待在這種地方。他媽的！我想回到我們善良領土所統治的賀坦特。

又吹起了一陣風。

時間已經很晚了，街道上沒有任何一個人，只有路燈憂鬱地在十月的夜晚天空放射出微微的亮光。映在地上的光圈很是美麗。

在這裡，就連隨著夜晚涼風飛散的落葉也沒有。

「對了，妮莉亞妳到底是幾歲？」

妮莉亞嘻嘻地笑著說：

「你終究不像是個紳士哦！」

「先告訴我妳的年齡，然後我才能做個紳士。」

「呵呵呵，事實上，我不知道。」

「咦？」

妮莉亞對著路燈照射出來的自己的影子，揮揮手，然後說：

「我是孤兒，所以我不知道我確實的年齡。」

「那麼……難道真的也有可能比我的年紀還小！」

妮莉亞突然間往前忽地跳了出去。接著在路燈下面轉了一圈，一面抬頭看我一面笑。

「很像嗎？」

我該怎麼回答？我從一開始看到她，就一直以為她年紀比我大。當然也就一直這麼覺得。而且所營造出來的氣氛也是這樣。但是現在在灑落下來的燈光之中，披著寬鬆的外套轉圈圈的她是……

「哎喲！妳是八十歲的老巫婆啦。趕快走吧。好冷哦！」

「什麼！你找死啊！你給我站住！」

我們在沒有人跡的拜索斯恩佩夜晚街道上，將一個個燈光照出的圓圈當作涉越小河的墊腳石，一路向前跑去。妮莉亞的聲音清脆地響起，而我的腳步聲也宏亮地響著。碰觸到我臉頰的風賜給我們無限的速度感。

獨角獸旅店一瞬間就出現在眼前。妮莉亞的臉都泛紅了，氣喘吁吁地，我也是很喘，一屁股坐在獨角獸旅店的正門前面。

「噗哈哈。」

「有什麼，嘿，好笑的？」

「沒有啦，只是心情好。」

「心情好？呃，那我不太想告訴你這件事了！」

「什麼事啊？」

「門鎖住了。」

「呃呃呃呃！」

我趕緊起身看看正門。我一看，大廳一片黑暗，於是推推看那扇門，確實被鎖上了。我只要再用力一推，可以簡簡單單就把門這種東西毀掉。雖然浮現了這個念頭，但是我勉強自己忍住這個誘惑。妮莉亞嘻嘻地笑了出來，把手伸向我。

「我的三叉戟。」

我把三叉戟遞給妮莉亞。隨即妮莉亞開始走向旅館的對面方向。走到對面去之後，她把三叉戟反過來拿著，開始跑過來。

啪！三叉戟拄在地上，妮莉亞往天空騰跳上去。她這樣子真像是隻夜鷹。她像一隻鳥飛了起來似的，輕輕地上到二樓的陽臺。

「哇！好酷哦！」

「是嗎？謝謝。那麼晚安！」

「呃？呃呃呃呃！妳不幫我開門啊？」

「這是說我是巫婆的處罰。嘿嘿嘿。連外套也沒有了，你可能會有那麼一點點冷吧。」

「呃！如果妳是在開玩笑的，我覺得不太有趣，如果妳是認真的，我很不甘願！」

「有所謂讓人心甘情願的處罰嗎？天一亮門就會打開的，再見！」

什麼？是真的？妮莉亞真的開了她自己的房門進去之後，就安靜無聲了。我仔細聽看看是不是有往下走的腳步聲，但是沒有聽到任何聲音。妮莉亞的身體很輕，所以有可能不會發出腳步聲。嗯，現在她應該是開了房門，走下樓梯，橫越大廳，握著門把，現在，開門！

怎麼門還沒開？

她不是在開玩笑的！真的要我睡在這裡？呃，稍微再撐一下，她就會來開門了吧？她是不是想讓我生氣？我兩手環抱身體，不停哆嗦顫抖著。剛才跑回來的時候，身體發熱，如今不那麼熱了，身體冷卻下來之後，感覺變得非常地冷。

好，現在她總該開門了吧？開玩笑到這種程度也沒關係。我笑一笑就算了。呃，她是在開玩笑的吧？嗯，她應該會來開門的！

「喂！妮莉亞！」

我差一點就大聲喊了出來。但是我勉強把嘴巴閉上。如果現在大聲喊叫的話，我一定會引起公憤。哇！這真的是體溫被掠奪一空的感覺啊！

嗯，妮莉亞做得到的事情，我也做得到！我一面哆嗦顫抖，一面環顧四周。竿子，沒有竿子嗎？但是現實只是讓我覺悟到，在這種大都市裡的街道裡，想找一支竿子是何等可笑的事。我要不要眼睛一閉把門撞壞之後，再裝作若無其事的樣子？

爸爸現在會有多麼冷？

我突然間有種淒涼的感覺。我背靠在獨角獸旅店的門口柱子，坐了下來。

爸爸應該是被關在地精們的洞穴裡吧。那些地精會使用火嗎？唉，如果牠們和半獸人一樣的話，就不會用火了。假設牠們擅長用火，有可能會給俘虜們取暖設施嗎？牠們會有溫暖的好心腸嗎？我不是伊露莉，所以沒辦法對牠們有好感。牠們鐵定是把爸爸關在寒冷的洞穴裡了。

這麼說來，爸爸應該是在灰色山脈某個寒冷洞穴的地上，極度顫抖著。

吃什麼呢？爸爸現在吃什麼呢？啊！該死！《能讓廚房洋溢溫暖和欣喜的一百種精選料理》？那本書我買得可真是時候啊！

「爸……爸……」

嘎吱。傳來開門的聲音。但是我的頭還是整個垂下來。耳邊傳來了說話聲音。

「天啊？修奇，你在哭啊？哎喲，哎喲。我是在開玩笑的。我這不是出來了嗎？」

好像是妮莉亞。她抓住我的肩膀搖晃著，還把我的臉直直地抬起來。可是我卻看不清楚妮莉亞的臉孔。看起來很模糊。

「你是真的在哭啊？我真不敢相信，你為了這種事哭？」

「我想念……」

「嗯？」

「我想念我爸爸。」

妮莉亞凝視著我。對不起，妮莉亞。我有好多次都讓妳失望了吧？我又讓妳看到我愚蠢的模樣了，是吧？但是我真的很想念我爸爸呀。妮莉亞會怎麼罵我呢？

她並沒有罵我，而是靜靜地把我抱住，輕輕地撫摸我的背。我因為寒冷和哭泣而不停顫抖的身體開始慢慢地鎮靜下來。

「不要再哭了，修奇。」

我吸了一大口氣，然後停止哭泣。妮莉亞低聲地說：

「進去吧，修奇。」

我站了起來。妮莉亞像是在扶我似的擁著我，一直帶我走到二樓我睡的那間房間。在房間前面，她拉起自己的袖子，擦了擦我的眼淚。

「現在好多了沒？」

「……好多了。」

「進去吧，做個有我的夢。就算是有點顏色的，我也原諒你。」

「……那一定很困難吧。如果是夢到妮莉亞。」

她嘻嘻笑了出來。我也像傻瓜一樣笑出聲來。也許我的臉現在大有看頭，眼淚流得亂七八糟的，又笑得像傻瓜一樣。但是妮莉亞看到我的臉，並沒有笑我。反而她做了一個要我趕快進去的手勢，我開了門。

「晚安，修奇。」

「晚安，妮莉亞。」

我一進到房間裡面，就聽到呼嚕呼嚕的打鼾聲。

突然間，我猛然浮現惡作劇的想法。真是的，這兩個大爺！我都還沒有回來，就這麼舒舒服服地睡著了？哼，這兩個無情的大爺！我很激動地跑去翻找我的背包，拿出了墨水。

然後我冷冷地偷看一下正在睡覺的卡爾、杉森和吉西恩的模樣。

「嘿嘿嘿！在寒冷的夜晚氣息之中，注視你們的復仇者的眼神，更是熊熊地燃燒著烈火。」

我把手指伸進墨水瓶裡之後拿出來，看著手指上面沾著的墨水，說道：

「這是復仇的黑手……嘿嘿嘿！」

真是期待明天早上。

第6篇

頂尖魔法師

……從深淵的最底層開採出最堅韌的鐵，經由最好的鐵匠將它加工做成刀，但是卻將這把刀拿來裁切信封。將斷了柄的鐮刀刀尖部分適當地磨過，再加上一個木塊作為手把，如此做成的刀卻甚至可以拿來救一個國家。一百頭龍聚在同一處攻擊，卻連一間草屋都無法掀倒。一名魔法學徒所唸出的簡單咒語，卻甚至可以讓一百座城寨崩潰。人們稱這種道理為什麼？稱它們為人生……

——摘自《在風雅高尚的肯頓市長馬雷斯・朱伯烈的資助下所出版，身為可信賴的拜索斯公民且任職肯頓史官之賢明的阿普西林克・多洛梅涅，告拜索斯國民既神祕又具價值的話語》一書，多洛梅涅著，七七〇年。第五冊一七二頁。

01

我們走上山路，沿著彎彎曲曲的路走著，不知道是不是因為這是第二次走這條路，所以我現在還能稍微有餘裕地慢慢看一看四周。可是，我往山丘上面一看，和上一次我們來的時候一樣，那種敬畏的心情仍然壓迫著我。

那棟建築物真是漂亮的作品啊！

大暴風神殿真的很雄偉壯觀。設計那棟建築物的人，一定也曾經站在我現在站著的地方，望著那座山丘。嗯，那人這樣望著山丘一定不只一次吧？應該少說也有數十次。如果不是這樣，豈能創造出堅實踏在地上，卻又凌駕著天空的那種傑作？

「呼嗚！」

杉森轉過頭來對我說：

「你這是怎麼了？」

「我這是感嘆的意思。真是棟美麗的建築物啊！」

不知道杉森是感動還是有別的意思，總之他點了點頭。吉西恩則是像往常一樣，好像騎在公牛上面打瞌睡的樣子，他的頭有點低低的，左手按著劍柄在喃喃自語。要是不知情的人看到了，一定會以為他是喝醉酒才騎著一頭公牛。

卡爾看起來像是有一句話非說不可的樣子。

「哼嗯，嗯。各位老弟們，雖然我們知道很多事實，但是沒有必要把所有的事情都說出來！」

妮莉亞嘻嘻哈哈笑著說：

「什麼，卡爾叔叔？你是不是不相信艾德布洛伊的高階祭司？」

「啊，妮莉亞小姐。是這樣的，我們知道一些只有國王陛下和最高層的閣員們才可以知道的重大國家機密。」

我好像聽到了妮莉亞的眼睛睜大開來的聲音。妮莉亞可以說是用閃閃發光的眼神看了看她周圍的人。她的眼睛固定在我的臉上。

「修——奇——？」

呃呃呃呃！是那種會讓人雞皮疙瘩掉滿地的嗲聲！

「別這樣！」

「我不會跟任何人說的，你告訴我好不好？我快好奇死了。」

卡爾嘆了一口氣說：

「妮莉亞小姐。」

「開玩笑的啦，卡爾叔叔。可是你為什麼要說這個？」

「艾德布洛伊的教壇勢力是很厲害的。而且那些祭司們理所當然沒有國境的限制，可以自由自在地來往。間諜如果有心想利用的話，祭司可以說是很好的偽裝手段。」

「啊哈！」

妮莉亞點了點頭，而杉森則是問道：

「上一次我們來這裡的時候，你沒有跟我們說這些，不是嗎？」

「那時候是我們去找高階祭司，而且是我們才剛到首都沒多久的時候。但是這一次不一樣。這次可是大暴風神殿的人請我們去的啊！」

杉森點點頭。

說得也是。今天早上，突然間有幾名從大暴風神殿來的修煉士前來找我們。那些修煉士看到我們一行人的臉上塗著墨水吵吵鬧鬧的，他們個個都呆住了。卡爾雖然臉都紅了，但是杉森仍然不在意周圍的目光，執意在我的臉上塗了墨水。他真是一位令人尊敬的戰士啊！等到我們都把墨水擦拭掉，對於我們的無禮表示道歉之後，那些修煉士才告訴我們來訪的原因。那些複雜的程序我省略不說了，他們的意思是，高階祭司想請我們下午去喝杯茶，請問我們是否可以去。

但高階祭司不是對吉西恩，而是對我們發出邀請。然而，這件事真是令人不得不起疑心。杉森卻是很耿直地說：

「可是這是高階祭司的邀請，不是嗎？」

卡爾露出微笑之後，用很認真的臉孔又再說道：

「我不會懷疑高階祭司。因為如果用這樣的觀點看世界，就太悲慘了。但是對於那個祕密，如果連我自己也說我有疑心，那麼算是回答了你的問題嗎？費西佛老弟？」

「是，我知道了。」

妮莉亞聽到卡爾說的話，像是很驚訝似的睜大了眼睛。

「修——奇——？」

「啊啊啊！不要再說了！」

在正門口已經有修煉士們和幾名祭司在等我們。呵，確實不像只是要「喝杯茶」的樣子啊！祭司們很鄭重地對我們打招呼，卡爾也很熟練地回答他們的招呼語，我們其他人則是……說了一些有關天氣的話。

那些修煉士們用同樣鄭重的態度把我們的馬和公牛帶走，還因此發生了一件小意外，三名修煉士被黑夜鷹拖著走，發出慘叫聲，大聲喊著艾德布洛伊的名字。真是一匹性格令人頭痛的馬！結果是我跳了起來把那傢伙推倒在地，才結束這場小意外。呃，要去喝茶的途中，我竟把衣著弄得亂七八糟了！

其中一名祭司撫著胸口說道：

「請、請跟我們走。高階祭司正在等候著。」

這次居然不是修煉士，而是祭司直接來幫我們帶路。我越走越覺得很奇怪！我們只不過是之前跟著吉西恩來過這裡一次，怎麼會變得像是這裡的什麼貴賓了呢？啊，如果硬要追究的話，也只想得到在卡拉爾領地，我們和艾德琳一起行動的那一件事。

這裡就如同皇宮般，不對，比那裡更誇張，沿著路走去甚至還會讓人頭暈（至少在皇宮裡是沒有雲橋或者在空中叉開來的階梯等等這類的東西）。

「嗯？」

杉森發出了奇怪的聲音。我一看前面，有兩名男子站在走道的一邊，正在和一名祭司講話。在神殿裡若是穿著一般的衣服，是很引人注目的。那兩名男子的其中一位是稍微年輕的男子，另一個則是背著一把長劍在背上。好像在哪裡看過他們？

「修利哲先生？」

卡爾先叫了他一聲。隨即，那個正在和祭司談笑的男子轉過頭來看我們。

「啊，是賀坦特領地的……」

那個男子是涅克斯・修利哲。而在他身後的，是那天早上也有看到的那個像馬夫的男子。涅克斯一面看著我們，一面問：

「各位來這裡有什麼事嗎？」

「啊，是高階祭司邀請我們來。」

「是嗎？」

涅克斯露出訝異的表情。他的眼神可能是在想：像我們這種剛來首都的人怎麼會受高階祭司邀請，真是奇怪。哼嗯，這個我也覺得很奇怪。但是涅克斯對此並沒有說什麼話，只是靜靜地說：

「啊，對了，哈修泰爾家族的艾波琳小姐問我有關各位的住所，我告訴她了。請問你們有見到她嗎？」

一聽到艾波琳的事，卡爾的目光立刻變得暗沉。他媽的。又害我想到那件事了！

「是的，我們有見到她。」

涅克斯一看到卡爾的日光變得這麼奇怪，露出訝異的表情。但是仍然還是沒問什麼話。

「希望各位有個愉快的下午時光。以風中飄散的大波斯菊之名祝福你們。」

「以平息暴風的花瓣之榮耀祝福你。」

卡爾一回答完，涅克斯就點頭行禮，也向剛才一起談話的那名祭司道別，便離開了。他身後的那名男子仍舊還是一句話也沒說，跟隨在涅克斯的背後走了。

卡爾看著他的背影一會兒之後，說：

「嗯，他是艾德布洛伊的在家修行祭司。」

「是啊，大概就是因為如此，所以他才會來到這裡。」

我們和涅克斯・修利哲道別之後，又在那些祭司們的引導之下走了一會兒，接著就看到上一次被引導到的那個後院。然後我們看到高階祭司用和上次一模一樣的姿勢坐在那裡，令人不禁懷疑是不是從上一次那個時候起，他就一直坐在那個地方。

高階祭司起身微笑著說道：

「以風中飄散的大波斯菊之名歡迎各位。」

吉西恩鄭重地行了一個注目禮，說道：

「以平息暴風的花瓣之榮耀祝福您。謝謝您邀請我們來。」

我們呢……則只是跟著行了注目禮。高階祭司的眼神移動著，然後停在妮莉亞那裡。高階祭司歪著頭問道：

「這位淑女，我之前沒有見過吧？」

妮莉亞一面點點頭，一面說：

「我是妮莉亞。與這幾位一道行動。」

高階祭司用不太一樣的目光看了一下妮莉亞，然後說：

「妮莉亞小姐，希望妳不介意，我想請問妳幾歲。」

我感覺妮莉亞的眼睛閃爍了一下。那有可能只是我自己的感覺而已。呵，高階祭司好像也知道那件事？妮莉亞簡單地說道：

「嗯，我只能說我已經過了十歲，還不到三十歲。」

高階祭司點點頭說：

「對不起。我認識一個和妳長得很像的人，所以才會如此無禮。好了！現在不僅只有貴客而已，甚至還接待到美麗的客人，真是令人高興。各位請坐吧。」

我們圍靠著一張桌子坐了下來。過了不久之後，修煉士們拿著托盤和茶具，而且還拿了小小的提燈和水壺。高階祭司親手把提燈點了火，把水壺放在上面煮水。

「對了，吉西恩。你那把可愛的魔法劍怎麼樣了？」

「……」

「吉西恩？」

「……哦？啊，您剛才說什麼？」

「沒事，算了。你算是已經回答我了。」

高階祭司靜靜地點點頭，把茶斟滿之後，開始把茶杯拿給每個人。卡爾像是很熟練似的稱讚茶的味道，高階祭司也適當地表達了謙虛。兩位長輩互相對答如流，實在是太絕妙了，聽得我連茶的味道也沒有好好品嚐

然後高階祭司連天氣的話題都不說，就直接進入正題了。

「卡爾先生和各位一行人到首都來，是為了要籌措寶石吧？」

卡爾真是令人尊敬耶。我和杉森都轉為驚訝的臉孔了，但是他和我們不同，他的臉上仍然保持著微笑，並且輕輕地回答：

「我是猜不出高階祭司您問這個的用意為何。」

「你的意思是，會因為我的用意而改變你的回答嗎？」

「我已經不需要回答了，不是嗎？」

高階祭司手指交叉著，放在膝蓋上，說道：

「我知道各位已經去過光之塔。而且我相信你們已經知道，首都裡都沒有寶石了。」

卡爾並沒有回答，只是露出深深的微笑。哇，如果是我，早就已經回答好幾句話了，卡爾卻只是溫和地微笑，等待高階祭司繼續把話說下去。所以高階祭司有點猶豫了一下，說道：

「各位如此詢問珠寶的下落，所以我才會又知道了一個消息。」

卡爾點點頭。高階祭司說：

「怎麼樣？說不定我可以幫助各位哦。」

「謝謝您，但是已經有位人士答應要幫我們籌到寶石。」

「國王嗎？這個嘛……尼西恩國王雖然這麼說，但是沒有的東西怎麼可能拿得出來？」

「您的意思是，大暴風神殿有可能拿得出沒有的東西？」

「呵呵。那是只有神才做得到的事，同時，也是神最討厭做的事啊！」

卡爾沉默地看著高階祭司。

「我是個無法察覺出言外之意的愚昧村夫。您的意思是……」

「我的意思是我可以說明理由。」

卡爾歪著頭問道：

「您是指沒有寶石的理由？」

「是的。但是當然不是由我來說明。」

高階祭司說完之後轉過頭去。我們也全都轉過頭去。在連接這個後院和主建築物（姑且稱它為主建築物？嗯，反正它是最大的建築物）三樓的雲橋之上，有兩個人正要走過來。卡爾皺著眉頭，但是眼力不錯的杉森先認出了他們。

「咦？」

因為背光的關係，我也看不太清楚。反正，大概是爸爸和兒子，一個高個子和一個矮個子……可是那個兒子的鬍鬚怎麼比較多？

「艾賽韓德？」

「咦？亞夫奈德？」

我和杉森輪流說出了他們的名字。

那個矮個子正是有著健壯身材和寬闊肩膀的那個矮人，艾賽韓德。而在他旁邊站著的是看起來很高瘦，簡直可以說是很纖弱的男子，亞夫奈德。艾賽韓德先揮了揮手。

「喲，好久不見啊！對了，最近還有跟馬一起騎修奇嗎？」

杉森的臉孔變得一陣青一陣紅的。亞夫奈德也笑著看了看我們每個人，接著表情訝異地說：

「真高興見到你們。那位精靈小姐到哪兒去了？」

卡爾一副驚訝的表情，看看兩個人之後，又看看高階祭司。高階祭司露出了微笑。

「我是吉西恩・拜索斯。和這幾位一起同行……」

「拜索斯！您是殿下？」

亞夫奈德很是驚愕，艾賽韓德也露出了驚訝的表情。艾賽韓德板著臉看了看吉西恩，然後說：

「你是那個浪蕩的王子了？」

呃呃。雖然矮人對於人類的王子沒有必要表示敬意，但是艾賽韓德做出這種反應，與其說是這個原因，不如說是艾賽韓德的性格原本就如此的關係。吉西恩點點頭，亞夫奈德則是表情慌張地看著吉西恩。不管怎麼樣，最後一個自我介紹的是吉西恩，然後我們相互間的寒暄就結束了。

我首先問艾賽韓德：

「請問您是什麼時候到的？」

「昨天。」

「哼嗯。我想到我們是在雷諾斯市分開的，那您很快就來到這裡了呢！」

我們之後還在卡拉爾領地停滯了三天，在首都也是過了差不多三天。而艾賽韓德是用走路走來的，所以算是以很快的速度到達的。但是艾賽韓德嘟囔著說：

「事實上，我幫你們逃獄的事被人發現了。那個手腳不俐落的半身人！在算錢以外的時間都睜著一雙模糊的眼睛！他媽的。所以我被市政府叫去接受各種盤問，所以才會慢了一些。如果不是這樣，我早就到這裡了。」

艾賽韓德把為什麼會慢一點到這裡的理由告訴我們。在我的想法中，我原本還以為那雙短腳堅強地走到首都，好像會比較慢一點才對。卡爾趕忙道歉。

「真是的，對不起。」

「對不起什麼？這是我照自己想做的去做而遭遇到的事。你們沒有必要在意呀！」

「可是，還是……」

「我說沒事！而且市政府那裡不是因為我，而是因為都坎那傢伙的關係才會纏住我。你們逃獄的時候做得很乾淨俐落耶！市政府那裡的人會抓我，是因為都坎的那些鑰匙。市政府可能會因此遭殃，不是嗎？」

「啊哈，原來如此。但是畢竟還是因為我們……」

「哎呀，沒事啦。託你們的福，我才得以欣賞到難得一見的景象。」

「難得一見的景象？」

艾賽韓德咯咯地笑著說。他用一副讚嘆的表情一邊拍打手掌一邊說：

「我越想越覺得啊，那真是狡猾的手法。你們不是把鬥技場移交給市政府嗎？」

卡爾露出了微笑。

「啊，是。」

「但是真不像話。嘖。姑且不論那個名叫希里坎的傢伙個性方面是怎麼樣的一個人，但是他的經營能力好像很不錯的樣子。那時候託你們的福，鬥技場成了市政府的財產，但後來雷諾斯市卻陷入了經營困境。」

「真的嗎？怎麼會這樣？鬥技場是和賭博的場沒什麼兩樣的地方，會陷入經營困境真是令人難以相信啊！」

「是這樣的，嘖。那裡竟然爆出了史上最懸殊的賭盤比率。我因為被滯留在那裡，所以才可以看得到那幅景象。那就是我所說的難得一見的景象。」

「史上最懸殊的賭盤比率？」

「不知道從什麼地方冒出了兩個異人，他們以史上最大的賭盤比率贏了賭局。真是令人不敢相信。那兩個異人一點也不怕，就指名巨魔為戰鬥對象。你們知道賭贏的比率是多少嗎？可真不少！三百比一！但是他們竟然贏了。市政府那邊差點把金庫搬光。總之，他們完完全全陷入了赤字。」

「呵，真令人驚訝！」

「所以市政府那邊請希里坎當顧問。雖然他不能像以前那樣想做什麼就做什麼，但是希里坎很努力經營鬥技場，充飽了市政府財庫，好不容易才挽回市政府的面子。希里坎的個性也變好了。我覺得這似乎是很好的收場。市政府那邊突然收到鬥技場這麼大一間看管不易的財產，過程中似乎有些辛苦，不過現在好像已經回到正常的經營狀況了。」

「那真是太好了。至於那兩個人呢……」

「嗯，他們撈到那麼大一筆錢，當然是很幸運啦。哎喲。我到現在都還記得，其中有一個還戴著狼爪項鍊，簡直就像個野蠻人……怎麼了？」

艾賽韓德很興奮地說到一半，看到我的表情，他變得很訝異。我無法相信地問他：

「狼、狼爪項鍊？他是不是還很怪異地使著一把半月刀？而且，臉上是不是有酒渦？」

「咦？」

「另一個人是不是拿著戰戟……」

「你是不是認識他們？」

「豈只是認識而已！」

杉森聽到我這句話，咯咯地笑了出來，卡爾也露出了微笑。

我們在雷諾斯市發生的事，吉西恩和妮莉亞他們並不知道，他們很認真聽艾賽韓德說著，而且很是讚嘆不已。之後我說了卡拉爾領地所發生的事，杉森和卡爾以外的所有人都忘神地聽著。中間有時候我看到卡爾使了眼色，於是在故事裡面沒有提到有關傑彭的事，只說村莊被下了詛咒，而我們並不知道那是什麼樣的詛咒，我把它轉成這樣的故事。

「那些男的甚至還敢去殺炎魔，膽量可真大。我聽說他們去抓炎魔，原來他們真的去了啊。嘖。」

「他們說他們有去殺炎魔？這兩個人瘋了呀！說得也是啦，瘋到那種程度，所以才敢指名和巨魔打鬥，還讓雷諾斯市政府到了破產的境地。噗哈哈！」

高階祭司露出仁慈的表情，其實是正在壓抑忍耐著。嗯，任誰也看得出來。雖然他一直插入我們的談話，讓我們覺得他是在找機會拉回正題。但是艾賽韓德非常喜歡大聲說話，特別是嘴巴大開然後笑得很大聲，他就是這種個性。高階祭司在旁邊看起來像是有些著急，但是艾賽韓德真的很不會看人臉色。最尊貴的矮人……大概因為他最尊貴，所以最不會看人臉色！因為沒有什麼事情需要看人臉色，才會變成這樣吧？

卡爾看不下去了，想要悄悄地把主導權轉移到高階祭司那裡。

「我們見到這兩位客人，真是太高興了。高階祭司您是想讓我們見到這兩位，所以叫我們來的嗎？真是令人感激之至。」

高階祭司露出微笑，正要回答的那一瞬間，

「噗哈哈！能夠謹記鐵砧與錘子間火花的精髓的人，不管在世界上任何地方，都有矮人的友情與你們同在。而且你們還和我一起對抗過半獸人，Cxakro，Dmeiin！那種醜惡的生物，所以我們怎麼可能會分離呢？這次見面是老早就註定好的呀。哈哈哈！」

高階祭司笑不出來了。而卡爾很困窘地笑了笑，又想再試一次。

「可是高階祭司，剛才這兩位來這裡之前，您是要說……」

高階祭司很快地說：

「艾賽韓德，矮人的敲打者。」

「哼嗯，您是怎麼了，大暴風神殿的閣樓鬼？」

閣、閣樓鬼？形容得也太實在了！這艾賽韓德的個性原本就是如此。高階祭司微笑著說：

「這真是很有新鮮感的稱呼啊。崇高的矮人敲打者用稍短的雙腳走到人類的首都，可否告訴我們理由是什麼？我已經說好，要讓在場這幾位知道首都寶石短缺的理由。」

艾賽韓德露出一副很不妥的表情，一面撫摸下巴的鬍鬚，一面說：

「你這個閣樓鬼活得越老就越讓人厭惡耶！哎喲，簡直像是隻百年老狸握住了神的權杖。喂！你如果想要邀請矮人來講故事，先拿一杯啤酒出來請我，怎麼樣啊？」

「真是對不起，大暴風神殿裡沒有啤酒。因為這是將穀物做無價值的使用，所以我們宗規裡禁止製造啤酒。」

「這個稀薄的茶水難道就不是無價值？」

「茶葉不是穀物吧？這是嗜好品。」

我用糊裡糊塗的表情，看著最高貴的矮人和最高貴的艾德布洛伊祭司他們兩人在互相挖苦攻防（嚴格說來，是只有艾賽韓德在挖苦祭司）。高階祭司對於對方講什麼都一副不怎麼在意的態度，所以艾賽韓德也一副不怎麼有趣的樣子。結果艾賽韓德乾咳了幾聲之後說：

「哼嗯，嗯。所以我要說了，你們聽好。」

我們看起來簡直就像是走到大陸任何地方都很難找到的聽眾，用很真摯的表情準備好要開始聽他說。

「這個世界上最貪愛寶石的是誰？」

真是令人意想不到啊！我們聽到艾賽韓德這句令人意想不到的問話時，都露出了訝異的表情。杉森小心地問：

「應該就是矮人最愛寶石了，不是嗎？」

「噗呵呵，謝謝你這麼有禮貌地說出來，不過在這個世界上，和矮人不相上下、同樣喜歡寶石的，還有一種傢伙。」

卡爾說：

「您是指龍嗎？」

「沒錯。」

「為什麼您要提到龍呢？」

「因為龍，所以首都的寶石和貴金屬會短缺。」

為什麼我突然覺得有股涼意呢？

「大約三個月前吧，我聽說褐色山脈的礦山突然開始傳出奇怪的傳聞。」

艾賽韓德開始用沉著的語氣解釋著。

「在坑道的某一處有聽到遠處隆隆作響的聲音。各位應該知道，我們矮人對於在地下移動的東西都能正確地猜出是什麼東西。我們在地底下一百肘以上的距離，即使只是聽到咳嗽聲也能辨認出是半獸人還是狗頭人　但是聽到那個聲音的矮人們全都不知道那是什麼聲音。」

艾賽韓德摸摸他的下巴鬍鬚。

「雖然那是從很遠的地方傳來的聲音，但是聲音還是很巨大。這個傳聞實在是越傳越大，各位應該知道，矮人們的個性本來是不接受傳聞這種東西的。可是傳聞還是傳得很大。所以我才出發前往褐色山脈，然後在途中遇到了你們。」

「啊，原來是有這麼一回事。」

「真是的，後來我運氣不好，被扣留在雷諾斯市。要不是因為有這一位，我恐怕到現在都還陷在那裡也說不一定。」

艾賽韓德一邊說還一邊指著亞夫奈德。亞夫奈德慌張地搖搖頭。

「不是，嗯，我是說我並沒有做什麼……」

「你這樣謙虛真是噁心。不要再謙虛了。」

「不是，這怎麼會是謙虛。這個，我來說給各位聽吧。」

他說完之後，瞄了一下我們。

「三位可能都認為我是個騙子。所以，嗯，三位可能不太相信我說的話。但是……如果能拋去你們的成見聽我說，我會很謝謝你們。而且現在我要開始說的，是艾賽韓德先生也一起經歷過的事……」

呵，這男的，他和以前比起來，態度變得好很多了耶！卡爾點點頭說：

「我們不是那種相信人類只有一面性格的笨蛋。請您說吧！」

亞夫奈德露出安心的表情之後開始說。

亞夫奈德那天晚上離開了希里坎男爵的宅邸。但是總不能就這樣漂泊去某個地方。所謂的旅行，並不是想去，馬上就能用一雙腳這麼出發了。所以他先留在雷諾斯市幾天，煩惱自己的去處。

最後他決定要聽從卡爾所說的話，因為他終究是個巫師。但是這時候，雷諾斯市政府那邊突然請他協助辦案。

「正當我在準備旅行事宜的時候，沒想到會在市政府見到遭逢困難的艾賽韓德。市政府那邊調查了各位的逃獄事件之後，結果沒抓到名叫都坎・巴特平格的那個半身人，但是卻逮捕了艾賽韓德先生。然而因為艾賽韓德先生對於那個半身人的事頑強拒絕說出證詞，所以被扣留了起來。市政府拜託我去問出那個半身人的下落。」

亞夫奈德停頓了一下，紅著臉說：

「因為一直到那個時候，雷諾斯市政府那邊都還……以為我是個大法師。」

卡爾露出微笑，做出手勢要他繼續講。

亞夫奈德下定了決心要講真話。也就是「他不是大法師，而且不會『可以找出藏在大陸任何一處之人』的魔法」這個事實。因為既然已經決心要重新出發，就不可以再犯以前那些錯誤。但是在他與艾賽韓德的面談之中，他聽了艾賽韓德對他所說的悄悄話，去找那個半身人。

艾賽韓德本來不想說出那個半身人都坎・巴特平格的下落，但是因為趕路的關係，不能一直被扣留在市政府。於是他決定要利用亞夫奈德，請亞夫奈德去和都坎・巴特平格見個面。

「艾賽韓德先生告訴我哪裡可以見得到那個半身人，我去找了他，向他拿了鑰匙之後交給市政府。市政府那邊原本要的就是那串鑰匙，有了鑰匙就心滿意足。如此一來，不但那個半身人都坎・巴特平格安全了，市政府那邊找到鑰匙之後也沒有問題了，而且艾賽韓德先生也可以被釋放出來。」

此時，艾賽韓德突然笑了起來。

「噗哈哈哈！我以卡里斯・紐曼的鬍鬚發誓，那傢伙鐵定已經複製了鑰匙！哈哈哈哈！」

高階祭司用無奈的表情看了看他，他才勉強停止笑聲。亞夫奈德說：

「我那時候已經決定好要去找我的老師，所以就和艾賽韓德先生同行。」

艾賽韓德好像是為了報答亞夫奈德幫他破除困難的處境，所以邀請亞夫奈德與他同行的樣子。亞夫奈德則是相信，以他自己的貧弱魔法要旅行到首都去是很困難的，正在苦惱的時候，這正好是個不錯的提議。所以兩人就一起出發了。

旅行途中有好幾次遇到怪物和山賊等的危險，但是艾賽韓德都能守衛住亞夫奈德，亞夫奈德也用他那貧弱的魔法努力幫助艾賽韓德。每當亞夫奈德說他自己的魔法沒什麼了不起的時候，艾賽韓德都會搖搖頭。

「哎喲，喂！你不要妄自菲薄你的能力。」

「不是的。艾賽韓德，那個……」

「好了！就算我對魔法有多麼無知，我也看得出來！你已經是個很優秀的巫師了。」

卡爾微笑了一下。艾賽韓德好像真的很滿意亞夫奈德的樣子。哼嗯。我們以前雖然對這個巫師只留有不好的印象，但是從艾賽韓德的態度看來，亞夫奈德在遇到艾賽韓德的時候，已經完完全全變了一個人的樣子。

不管怎麼樣，兩人互相幫忙，平安地到達了褐色山脈。亞夫奈德平靜地說：

「因為艾賽韓德先生，託他的福，讓我見識到褐色山脈的矮人礦山。那是一次非常珍貴的經驗，不過因為那個奇怪聲音的關係，看到矮人礦山時的感動都被一掃而空了。」

從那裡開始，艾賽韓德開始接著說：

「哼嗯。他雖然認為自己是個不值一提的巫師，但終究已經是個巫師了，不是嗎？我啊，雖然不瞭解魔法，但是我知道要當個巫師，必須要先具備高於普通常人的學識。」

亞夫奈德的臉都紅了。艾賽韓德說：

「所以我請他和我們一起調查那個聲音。到達褐色山脈之後，我和他，還有幾個老矮人一起進到有奇怪聲音傳出來的那條坑道。我們等了非常久的時間，越等越覺得這可能只是個謠言。就在我們這麼想的時候，傳來了那個聲音。」

他看了我們每個人一眼。

「那是龍的聲音。」

大家的臉色都變得很蒼白。

「不會錯的。那是從睡眠期甦醒過來的龍的聲音。要像我這種老礦工才能勉強認出那種稀罕的聲音啊。我雖然才聽過幾次而已，但是我可以用任何東西發誓！那個聲音確實是從睡眠期甦醒過來的龍的甦醒聲。這是牠在進到活動期之前，為了要讓全身的血液暢流起來，而進行的一種特殊動作所發出來的聲音啊　我，還有那些曾經聽過這種聲音的矮人們，當然都臉色蒼白了起來。呼……我還是生平頭一次看到矮人的臉那麼白呢！」

我聽到杉森很大聲的吞口水聲音。我在想像一個矮人如果有著白玉般的臉孔會是什麼樣子，結果差點把茶杯給打翻了。我看著艾賽韓德的沉重表情，竟然需要忍住不笑，這真的是我從未意想到的事。

亞夫奈德好像也是因為想到了那時候的情景，所以臉色變得很蒼白。哼嗯，站在黑暗而且密閉的地下坑道裡，聽到從遠處傳來龍的聲音？可能會很可怕吧！艾賽韓德繼續說道：

「我們封鎖了傳出聲音的那條坑道，而且它鄰近的坑道也全都封鎖了。我們立刻聚集褐色山脈的矮人們，舉行了應變會議，但是老實說，我們還能有什麼對策呢？唉，真是的！你們相信嗎？最多人的建議是去找出龍的巢穴，把還未進入活動期的龍殺死！」

果然很像矮人的作風。可是艾賽韓德不太滿意地說：

「最近的年輕矮人們連龍長得什麼模樣都沒實際看過呢！老一輩的全都反對這樣做，我就是最為反對的人。為什麼呢？因為我從那個甦醒聲來推斷，那頭龍不是一頭普通嚇人的龍。」

卡爾用快要停止呼吸的語氣說：

「如果不是普通嚇人的龍……？」

「我不知道是哪一種龍，不過一定是幾乎接近神祕或傳說，天外奇想級的？這樣形容有點奇怪。不管怎麼樣，反正就是那種一定要用這一類形容來附加說明的那一等級的大龍。」

02

那頭龍是天外奇想級的！哼嗯。吉西恩的臉色變得很蒼白，這就實在是很特別了。他從剛才一直在聽端雅劍嘮叨，沒有注意聽我們說話，但是他也因為聽到這句話，耳朵都豎了起來在注意聽。

卡爾帶著驚嚇的表情說：

「那麼愛因德夫先生的意思是，有一頭很大的龍要進入活動期了，是嗎？在不久之後……」

「不要問我這麼困難的東西，我只是一個老礦工而已啊！有位巫師在這裡，你們向他問看看吧！」

卡爾看了看亞夫奈德，亞夫奈德則是小心翼翼地說：

「我從書上看過，甦醒所需的時間是和龍的年齡成正比。嚴格地說來，甦醒時間是和龍的大小成正比，但是龍的年齡和大小幾乎是成固定的比例。龍是一輩子都在成長的生物，因此不管是看年齡或看大小都是一樣的。如果能夠知道那頭龍的年齡，就可以推測出正確的甦醒期所需的時間。艾賽韓德先生說那是一頭非比尋常的大龍，所以牠的年齡應該是很大。」

亞夫奈德稍微平整了一下呼吸，然後說道：

「年齡為壯年程度的龍大概會有三次的甦醒，但是如果說那不是普通的龍，那麼就至少會有四次的甦醒吧。所以大約會花費四個月的時間。」

卡爾驚慌失色地說：

「那、那麼從三個月前就開始聽到那個聲音，所以還剩下一個月？也就是說一個月之後，那頭大龍就會進入活動期？」

艾賽韓德沉重地說：

「所以我才會把礦山全部封鎖，並且趕緊前來拜索斯恩佩啊！」

是因為矮人把礦山全都封鎖了，所以首都才會寶石短缺的樣子。在這種令人頭昏腦脹的對話氣氛之中，我好不容易終於覺悟到了這一點。卡爾驚慌失措地說：

「那、那麼愛因德夫先生心中有沒有什麼腹案？」

「腹案？說到腹案，嗯，第一個腹案，我非常希望那頭龍是善良的龍。這個腹案會不會有點消極？」

「那頭龍是善良的龍的可能性很小。」

令人意外的是，說這句話的人竟是杉森。

大家都驚訝地看著杉森。哎呀，杉森瘋了嗎？他怎麼突然間說出這句話呀？就在我回想他今天早上吃了什麼東西的時候，卡爾首先問杉森說：

「什麼意思呢，費西佛老弟？」

杉森搔了搔後腦杓，然後說：

「啊，我帶著的那本王家地理院編輯的地理書裡面，有提到褐色山脈的深赤龍克拉德美索正處於睡眠期。嗯，我雖然對龍不太瞭解，但是深赤龍並不是善良的龍，不是嗎？可是，牠也不是什麼邪惡的龍。」

「什麼呀！」

這是艾賽韓德像尖叫般的高喊聲音。而高階祭司則是又再露出微笑地說：

「很正確。你們真的是很有智慧啊！如果是褐色山脈的龍，應該就是克拉德美索沒有錯。」

艾賽韓德拉一拉他的下巴鬍鬚，說道：

「太好了！這真是太好了！祝福那些喜歡記錄的人類。克拉德美索，是屬於深赤龍嗎？終於知道這傢伙的真面目了，真是太感謝了，杉森。呵！在前來人類首都的途中，我一直抓著鬍鬚苦惱著，哎呀！一聽到你說，我才知道是什麼龍！」

「那個是，嗯，書上寫的……」

卡爾問高階祭司：

「您知道克拉德美索嗎？」

高階祭司看了看吉西恩。

「吉西恩，你來說吧！你那時候不是在都城嗎？我那時候正在北部大道做巡禮，並沒有從一開始就參與到。」

吉西恩點點頭，然後做出了在他要講長篇大論之前，一定會做的一件事。

「你知道我們現在正在談很重要的事吧？不要插嘴，要像個文靜端雅的淑女！」

艾賽韓德和亞夫奈德看到吉西恩對著劍講了這幾句話，都用很怪異的眼神看了看吉西恩。吉西恩淡淡地解釋給我們聽。

「克拉德美索是頭有點獨特的龍。不對，應該說是很稀有的龍吧。深赤龍原本就是很稀有的一種龍。雖然和紅龍長得很相似，但是性格卻是天壤之別。紅龍都是只追求貪欲和暴力的價值觀，但是相較之下，深赤龍卻是認為協調是最重要的，乃是優比涅的追隨者。」

優比涅的追隨者？吉西恩搖搖頭說：

「可是牠和精靈不同，牠是用不同的型態來追求優比涅的法則。精靈是要求完美的協調，但是深赤龍並沒有辦法這樣做。牠把這個世界當成是善的力量與惡的力量鬥爭的場所。精靈則因為是活在完美的協調之中，所以他們沒有這種觀念。總而言之，深赤龍總是隨著這個世界的潮流在平衡善與惡的力量。如果惡的力量太過強大，牠就會徹底攻擊惡的根源。但是以同樣的道理，如果善的力量太過強大，牠就會變成惡的代言人而去作惡。」

「啊啊啊……？」

我嚇了一大跳，不知不覺往後退了一步。那麼，杉森說的是那個意思嗎？「深赤龍不是善良的龍，但也不是邪惡的龍」的意思就是這個嘍？吉西恩點點頭說：

「牠大部分時間是不會出來活動的。牠喜歡在深山中的巢穴裡觀照自己，安安靜靜地生活。所以乍看之下會誤以為牠是消極內向的龍。但是為了達到平衡，牠還是一定會起來活動的。這時候，深赤龍的力量會強大到就連暴力的紅龍或金龍都會感受到有生命的危險。牠會徹底地、無法挽救地破壞掉善的力量或者惡的力量。」

「哇啊啊……！」

這是妮莉亞發出來的讚嘆聲。除了杉森、我以及妮莉亞，其他所有人的臉孔看起來好像都非常瞭解的樣子。人啊！應該要多念書才對！吉西恩靜靜地說：

「克拉德美索，牠就是一條如此獨特的龍。而且又因為牠接受哈修泰爾家族以外的人來當牠的龍魂使，這一點牠也是很獨特的。」

「牠的龍魂使不是哈修泰爾家族的人？」

「是的。雖然哈修泰爾家族的龍魂使全都出來了，牠還是不接受。最後卻是某個令人意想不到的人物，被克拉德美索給接受了。那個龍魂使是卡穆・修利哲，乃是修利哲家族的人。」

「咦？修利哲？」

竟然是修利哲家族的人？吉西恩點點頭。

「修利哲家族是有名的武人世家。在那樣的家族裡面誕生了一個龍魂使，是很令人驚訝的事。眾所周知，龍魂使和武術的關係不大。但是卡穆・修利哲卻成了克拉德美索的龍魂使。對了，現在被阿姆塔特抓起來的羅內・修利哲是他的哥哥。」

「那麼，我們剛才看到的涅克斯・修利哲是？」

「他就是卡穆・修利哲的姪子。」

高階祭司插嘴說：

「你們已經見到他了？」

「啊，是。剛才進來的路上有見到他。」

「嗯，是嗎？」

卡爾和高階祭司兩個人在談涅克斯・修利哲，但是我對於吉西恩的話，還是有不瞭解的地方。

「我有個疑問。從武人世家裡誕生一位龍魂使，是無法洗刷的不名譽之事嗎？」

涅克斯・修利哲那時候曾問說，他自己父親是不是「很光榮地戰死了」。那時候，吉西恩說他們家族有無法洗刷的不名譽情事，可能就是因為這件事情，涅克斯・修利哲才會這樣說。但是家族出了一個龍魂使，是所謂無法洗刷的不名譽情事嗎？

吉西恩搖搖頭說道：

「不是的。修利哲家族的不名譽之事，是因為那個卡穆很羞恥地死了，讓克拉德美索因此而發狂，將中部林地變為廢墟。」

「卡穆很羞恥地死了？」

吉西恩搔了搔後腦杓。

「他和人通姦之後，被那個女人的丈夫殺死了。」

呃呃呃。優比涅啊。

大部分的人都露出了不可思議的表情。特別是艾賽韓德，更是做出很露骨的不高興表情。

「人類的性慾到底為什麼會那麼旺盛？我真搞不懂。雖然人類因為性慾而繁榮，但是同時也因為性慾而發生這一類的事件。我真不知道這種旺盛的性慾到底是該被祝福還是該被詛咒！」

雖然艾賽韓德說出如此露骨的話，萬綠叢中一點紅的妮莉亞卻沒有什麼特別的表情變化，這讓周圍的男性都嚇了一跳。吉西恩為了不要讓艾賽韓德再繼續這番惡言惡語，趕緊說道：

「不管怎麼樣，總之，卡穆・修利哲一死，失去龍魂使的克拉德美索就開始胡亂發狂了起來，破壞都市，造成十三座都市裡幾乎都沒有倖存者。」

「噢！」

這是妮莉亞所發出的感嘆聲。吉西恩繼續說道：

「而且聽說牠的行動週期完全亂掉了，牠不但破壞了北部林地的都市，而且當天也飛去東部林地的都市進行破壞。總歸一句話，就是遇到什麼就破壞什麼。但是克拉德美索主要還是攻擊中部林地的地方。我想可能是因為卡穆・修利哲是中部林地的人……不管怎麼樣，我們國家建立了史上最大的防線，但是怎麼可能抵擋得住瘋掉的深赤龍？每天傳來的消息都是都市被破壞的噩耗和軍隊潰敗的消息。父皇認為一定要做避難準備了。就在拜索斯恩佩三百年的歷史就要崩潰了的那一瞬間。」

吉西恩喘了一口氣。其他人也全都喘了一口氣。

「或許那時候是有亞色斯的庇護，不管怎麼樣，總之聽說克拉德美索進入了睡眠期。一些學者們認為是克拉德美索太過度活動了，才會進入睡眠期，雖然是這樣假設，但是沒有人知道正確的原因。我還記得那一天呢！父皇為了要去避難，已經上了馬車。那時候傳令兵跑來告訴我們，說克拉德美索突然間往褐色山脈方向飛去了。父皇在高興之餘，還發誓說要把下一個出生的小孩奉獻給亞色斯。所以我妹妹就變成了亞色斯的在家修行祭司。」

啊啊，是嗎？吉西恩說：

「看到克拉德美索飛向褐色山脈的人之中，也有人說看到牠流著眼淚在飛行，但這是不是真的我們也不知道。不管怎麼樣，這是大約二十多年前的事了。」

高階祭司點點頭。可是卡爾的臉色變得很蒼白。

「那麼真的有大事要發生了。」

艾賽韓德歪著頭問卡爾：

「大事？」

「以前克拉德美索沒有將拜索斯完全破壞掉，是因為牠進入了睡眠期。現在牠要再度進到活動期了，我們並不知道牠什麼時候會再進入睡眠期，但是這次牠可能就會有很充分的時間來破壞整個拜索斯。」

「真是的！」

艾賽韓德的臉色也變得很蒼白。卡爾說：

「愛因德夫先生剛才不是說這是第一個腹案。那第二個是？」

「什麼？第二個？啊，那個。第二個的可行性比較高。就是去找一個龍魂使，給那條龍繫上一條韁繩。」

卡爾的表情變得很失望。

「可以找得到龍魂使嗎？」

「為什麼會找不到？牠以前不是也有龍魂使？」

「可是現在很難找得到龍魂使，不是嗎？」

聽到卡爾的問話，吉西恩點了點頭。艾賽韓德則是搔了搔頭。這時候，從剛才就一直很安靜的亞夫奈德猶豫不決地說：

「嗯，就我所知，不管是什麼樣的龍，都一定會有龍魂使。」

我們看了看亞夫奈德。亞夫奈德用不好意思的表情說：

「嗯，那是優比涅的、優比涅的法則。秤臺兩邊一定要有同樣重量的秤錘才可以。這一點是高階祭司可以幫我確認。」

亞夫奈德看了看高階祭司。高階祭司則是點點頭說：

「世間萬物沒有十全十美，所以為了要補足那不完美的一面，會有另一個不完美的伴侶。即使是依從賀加涅斯的法則，而很難順利遇到那個伴侶，但是有伴侶這一點卻是不變的原則。」

亞夫奈德靜靜地聽完了高階祭司的話之後，說道：

「是。這就是關鍵所在了。賀加涅斯的法則。是的，您說得沒有錯，嗯，因為賀加涅斯的法則，所以龍魂使和龍有時候會沒有辦法互相遇到彼此。依從賀加涅斯的法則會產生時間與空間的障壁。障壁，是的。有些情況是因為距離太遙遠而無法遇到彼此，或者有些情況是時間不合而無法遇到。沒錯，像後者的情形，龍魂使已經死了，龍才進入活動期的就是其中一種情形。賀加涅斯用這種方式，像是沒有破壞優比涅的法則，但卻是破壞了法則。」

高階祭司說：

「這應該說是賀加涅斯的恩寵，才是正確的。這是為了防止十全十美的一致性把世界弄得僵化無比的恩寵啊！」

亞夫奈德聽到高階祭司的話，微微地笑了一下。艾德布洛伊是賀加涅斯其下的神，所以艾德布洛伊的高階祭司才會這樣說，如果加以反駁的話，會是一件很無禮的事吧。但是卡爾表情遺憾地說：

「這麼說來，那個伴侶即使存在，如果無法跟龍相遇也是沒有用的，不是嗎？」

亞夫奈德點點頭說：

「是的。這個，嗯，因為這是人類無法插手管的問題。事實上，我們之中的任何人，誰也不知道那個伴侶是誰。甚至於他們兩個，也就是龍和龍魂使當事者，他們也不確信對方是不是真的就是適合自己的伴侶。嗯，夫婦也是，他們彼此也不知道是不是就是理想的配偶，不是嗎？」

我用啼笑皆非的表情看了看亞夫奈德。

這麼說來，這算什麼法則啊？我們無法知道，而且無法確定是不是已經找到伴侶，這種形而上學的法則我也會編，要我編數十個這一類的法則也不是問題！修奇的法則一：所有的人原本生來都是善良的。好像是這樣吧？但是根本沒有方法可以驗證人原本是善良或者不是善良的。

艾賽韓德說道：

「謝謝了，亞夫奈德。不管怎麼樣，好！各位都瞭解了嗎？我說的第二個方法並不是完全沒有可能的事啊。」

到底這個最尊貴的矮人從剛剛到現在都有在聽嗎？卡爾用很吃力的表情說：

「那麼說來，必須把擁有龍魂使資質的人全都帶到龍那個地方去，是嗎？」

「這是很好的方法，不是嗎？」

此時，高階祭司說：

「現在我必須說明一下請各位來到這裡的理由了！」

我們全都望著高階祭司。

高階祭司先低聲祈禱。為什麼在說之前要先禱告呢？

高階祭司禱告完之後開始說：

「剛才不久前，我們有提到哈修泰爾家族。」

高階祭司稍微乾咳了幾聲之後說：

「嗯，各位應該都知道一些有關這個家族的事。哈修泰爾家族是與神龍王約定好會具有龍魂使血統的家族。但是那個約定在十五年前就結束了，所以那個家族已漸漸失去世人的信望了。可是享盡三百年以上榮華的家族，他們的勢力還是很強大。所以他們訂定了一個富有野心的計畫，並且想盡辦法去實現。那就是製造出龍魂使血統的計畫。」

吉西恩和杉森都嚇了一大跳。但是這件事，卡爾在遠方的賀坦特領地自己家裡面就已經知道了，而我則是已經從卡爾那裡聽過這番話，所以不怎麼驚訝。哼嗯，我仔細想了想，卡爾真的很令人欽佩。妮莉亞也聽我說過這件事，所以也沒有很吃驚。

但是吉西恩用無法掩飾驚愕的語氣說：

「製造龍魂使的血統？那、那是什麼意思？」

高階祭司做出沉重的表情，所以我先一步回答。

「什麼意思？意思就是說，他們把擁有龍魂使資質的小孩找來互相交配的醜陋行為啊！」

聽到我所說的話，吉西恩的臉都白了。高階祭司也是一副很驚訝的臉孔，他說道：

「咦？修奇？你怎麼知道這件事？」

「卡爾告訴我的。」

周圍的人都把驚訝的目光集中在卡爾身上，卡爾露出像是很不好意思的表情。卡爾大致把自己的推理說了一下。高階祭司搖搖頭說：

「呵！真是令人驚訝！你推理得很正確。哈修泰爾家族確實是把擁有龍魂使資質的小孩找來做養子和養女。看起來他們是在做救濟貧民小孩或孤兒院小孩等社會慈善事業，其實是閉著眼睛，用心地狹窄的手法利用那些小孩。」

「混帳東西！……對不起。」

吉西恩像是不耐煩似的說了這句話。高階祭司說：

「不，沒關係。可是啊，不是哈修泰爾家族的其他人家的小孩，他們的龍魂使資質當然是非常弱的。這不知道是因為血統的力量，還是因為和神龍王的約定的力量，總之，到現在為止，都還沒有發現有小孩子具有像哈修泰爾家族出身的龍魂使那樣的資質。剛剛不久前我們說到克拉德美索的故事時也有提到，哈修泰爾家族以外的人，具有優秀的龍魂使資質是很少見的事。即使是現在和基果雷德在一起的托爾曼，如果只追究他的龍魂使資質，恐怕可以說是受到歷史上最弱的評價。」

托爾曼是誰呀？然而卡爾用悲痛的臉孔問高階祭司：

「那位哈修泰爾公子呢……？」

高階祭司歪著頭想了一下。

「哪一位哈修泰爾公子？」

「我是說迪特律希・哈修泰爾。」

我的頭整個都垂了下來。只要一說到那個小孩，我就會因為罪惡感而羞愧得無地自容。高階祭司淡淡地說：

「啊，你是說迪特律希那個小孩。嗯，那個小孩由資質面來看，也是不怎麼樣。但很稀罕的是，那個小孩和卡賽普萊的關係很親密。很多人相信那個小孩和卡賽普萊是優比涅所指定的伴侶，可見那個小孩和卡賽普萊的關係有多麼深厚。他和卡賽普萊就好像是卡穆・修利哲和克拉德美索的關係的再現。和那個小孩的情形比起來，托爾曼和基果雷德看起來反而像是冤家關係。」

「原來如此。」

「總之，各位現在應該都瞭解了吧。如果不是哈修泰爾嫡系的小孩，龍魂使的資質就會很弱。但是從十五年前開始，哈修泰爾家族不再有龍魂使誕生了。各位瞭解了嗎？」

大家都點點頭。高階祭司又說：

「可是話又說回來，最近哈修泰爾家族在尋找一個紅髮的十七、八歲少女。」

這一次，除了妮莉亞和我，其他的人全都露出了訝異的表情。卡爾表情訝異地看了一下妮莉亞，說道：

「我們也有遇到這樣的人。他們向這一位妮莉亞小姐詢問年齡……而剛才您也問了妮莉亞小姐的年齡，是嗎？」

高階祭司點了點頭。

「根據我們的瞭解，應該是哈修泰爾家族以前曾經有一個小孩，但是因為一些不可思議的事件，使哈修泰爾家族失去了這個小孩。現在就只剩下紅髮和女孩子這兩條線索而已。」

大家都露出訝異的表情，但是我忍不住就說出來了。

「當然啦，那個少女是在神龍王約定的期限內誕生的孩子，所以應該非常有可能具有龍魂使的資質吧？而且照剛才您說的，那個孩子是嫡系的後代，所以很可能是現在全大陸具有最大的龍魂使資質的人。我說得對嗎？」

四周變得很安靜。而高階祭司再次用驚訝的表情看著我。

「真是令人驚訝的智慧！你說得很正確！」

杉森用不可思議的表情看著我。嗯，事實上，除了正在微笑的妮莉亞以外，其他所有的人都驚訝地看我。高階祭司說．

「你是很了不起的少年哦！那麼你要不要再推理一下，為什麼經過這麼久的時間才要找那個孩子呢？」

那個呀，很簡單啊！

「嗯，簡單地說，找來當養子或養女的小孩的龍魂使資質都太弱了，所以才要找那個孩子，不是嗎？而且那個孩子現在的年齡是十七、八歲，當然是已經可以生小孩的年齡了。哼！那個女孩子最大的用處，是在於可以照著那個哈修泰爾家族的意思製造血統吧。」

吉西恩的臉孔憤怒地顫抖著，但是這和杉森比起來，還不算什麼。杉森的脖子動脈整個都在怦怦跳動著。他看起來像是想要狠狠地開罵一頓，但是現在是何種場合呀！所以他一副沒辦法罵人的表情。卡爾的表情也差不了多少，亞夫奈德則是臉都變綠了。

高階祭司淡然地說：

「雖然你說的這番話令人心情不好，但說得很有道理。你是個很有智慧的少年。哼嗯，應該是有你說的那種含義吧。可是我的想法和你是有些不一樣。」

「您的想法是什麼呢？」

高階祭司喘了一口氣之後說：

「剛才不久前，我們不是聽到克拉德美索要進入活動期了？」

「難道！」

卡爾大喊了一聲，結果打翻了茶杯。

我們全都很訝異地看著卡爾。他為什麼要那麼驚訝呢？他看起來一副不可思議的表情，妮莉亞趕緊拿出手巾擦乾桌子。隨後，卡爾定一定神，說道：

「啊，對不起。可是……三百年，都已經三百年了，有可能嗎？」

高階祭司用閃閃發光的眼神一面看卡爾一面說：

「你真是厲害。哼嗯。我的回答是，因為有可能，所以才會有這種事，不是嗎？」

卡爾和高階祭司以外的人全都同時感到很彆扭。我們實在是很難跟得上這兩人談話的進行步調。所以我站出來說：

「謝謝你，卡爾。」

「咦？謝什麼？尼德法老弟？」

「你不是從現在開始要解釋給我們聽嗎？所以我先跟你說聲謝謝。」

卡爾做出一個很無力的微笑。高階祭司一面用手撐著下巴一面說：

「我也跟你說聲謝謝。你要不要就說看看？」

卡爾搖了搖頭，然後說道：

「哈修泰爾家族已經有三百年的時間和龍牽扯在一起。」

「起頭起得很好。請繼續說。」

「所以，他們對於龍，可以說比任何其他人都還要瞭解。俗話說，一個馬夫如果數十年間都在管馬，那他閉著眼睛聽馬蹄聲，就能猜出馬的顏色。更何況是三百年的時間都和龍一起同甘共苦的家族……那麼他們對於龍的週期一定比誰都還要瞭若指掌。」

「所以呢？」

「我要說的是，他們可能早就預料到，克拉德美索要甦醒了。」

「沒有錯。」

高階祭司像是很高興似的附和著卡爾的話，但是在其他人聽來卻不是什麼讓人高興的話。卡爾很平靜地說：

「但是……偏偏在史上最大的龍要甦醒的時候，他們家族斷了龍魂使的血統。所以他們當然會努力想要製造出龍魂使的血統。可是非嫡系後代的人的龍魂使資質都很弱。」

「很好，很好。請繼續說下去。」

「所以哈修泰爾家族才會開始去找當年失散的小孩。那個孩子就如同剛才不久前修奇所說的，她是嫡系的後代，而且很有可能擁有全大陸最強的龍魂使資質。」

「還有，找到那個小孩以後呢？」

「克拉德美索就會歸屬在哈修泰爾家族。至少是他們家族可以自由使用的一股力量。不過前提是克拉德美索願意像手下那樣聽他們使喚，這個很難說。這條龍對於慈善事業或社會服務會有幫助嗎？」

「這很難吧！呵呵。」

高階祭司的語氣聽起來像是非常滿意。

杉森他似乎正在炫耀自己的嘴巴大。艾賽韓德則是猛扯自己的下巴鬍鬚，扯到痛了的地步，可是卻又看起來一點也沒有感覺到痛的樣子。妮莉亞正在大大地深呼吸，亞夫奈德則是正在按著額頭。吉西恩不斷地重複「混帳東西，混帳東西！」這幾個字。

高階祭司很快地解釋說道：

「現在哈修泰爾家族帶頭的人是哈修泰爾侯爵，他一心一意就是為了要再現自己家族的光榮，光是看他找來具有龍魂使資質的小孩，就可以充分瞭解這一點了。三百年，畢竟不是一段很短的時間啊！在那段期間享盡榮華之後，突然間要失去那一切，會覺得好像很鬱卒，這是人之常情。」

艾賽韓德好像很鄙夷似的搖搖頭。會很鬱卒？哼嗯。既得的利益被奪走的話，會覺得鬱卒是人之常情？高階祭司的話聽起來有些淡然。我內心又浮現侯爵那張臉了。

高階祭司繼續說：

「我想的和卡爾所說的一樣。那麼這就不是什麼意想不到的事了。」

卡爾用很小心的語氣問高階祭司：

「請問您希望我們怎麼做？」

「以大暴風神殿之名，不對，以艾德布洛伊之名拜託你們。」

高階祭司很簡短地說：

「請幫忙找到那個女孩。」

突然傳來小鳥啾啾鳴叫的聲音。

不知道小鳥們是不是知道「大暴風神殿典雅的屋頂裝飾是對神的讚美」，竟然無禮地把牠們自己疲倦的翅膀停在那裡當作是休息的地方。可能小鳥們相信仁慈的艾德布洛伊會原諒牠們吧？

我看了看卡爾的臉。

卡爾正用僵住了的表情看著高階祭司。高階祭司淡淡地解釋說：

「我昨天聽到艾賽韓德說褐色山脈有龍甦醒，然後猜測了一陣子，還翻找了很多書籍和記錄，才猜到那條龍應該是克拉德美索。哼嗯，可是你們卻當場就猜到了啊！咯咯咯。」

接著，艾賽韓德馬上睜大他的眼睛。

「什麼？閣樓鬼你這個傢伙早就猜到是什麼龍了？」

「是啊，敲打者。」

「那麼你昨天為什麼不說？」

「敲打者啊，我不是說我是把所有書籍文件都翻遍了才猜到的？而且昨天你不是說你很累？因為你看起來一副旅途疲勞的樣子，所以我才沒有去把你叫醒。所以我想說今天請這幾位來這裡，一起講出來。如果讓你覺得不高興，那真是對不起了。」

艾賽韓德把他厚厚的嘴唇往上翹，用生氣的聲音說：

「哼嗯。知道了啦。繼續吧。」

高階祭司微笑了一下，然後說：

「謝了，敲打者。然後我在猜出那是什麼龍之後，又想到最近哈修泰爾家族正在找一位少女的事。我把這些事綜合起來，做出了一個簡單的結論：如果找到那個少女，就可以控制克拉德美索。剛才不久前修奇也很明白地說了，我相信各位應該都瞭解了。」

所有的人全都默默地點點頭。高階祭司說：

「我不是想要幫助哈修泰爾侯爵，因為我一點也不關心他們家族的榮華富貴。但是現在那位不知在何處的少女，是可以解救拜索斯危機的希望。克拉德美索曾經因為失去龍魂使而胡亂發狂，牠現在如果還是有那種狂暴性，會對拜索斯造成什麼樣的危害，那是不言而喻的。」

我們全都深深地嘆了氣。

「所以為了要鎮壓住那條龍，一定要找到那位少女。當然，這頭龍的龍魂使也有可能不是那位少女，而是其他的人，這是我們無法得知的事。所以最上策就是去找到那個少女。因為她可以說是最確實擁有強大龍魂使資質的人。」

卡爾說：

「我們知道您的意思。」

高階祭司露出了微笑。

「我昨天晚上一直在苦惱這件事，就是一定要找到那位少女。但是我是個祭司，對於追查某個人這種事，我是全然不會。而且拖著這把老骨頭到大陸各處去，是不可能找得到那位少女的。」

「老骨頭？呵呵。」

艾賽韓德噗哧笑了出來，高階祭司也微笑了一下。

「敲打者啊，在你看來我好像還很年輕，但是對人類來說，我是個老人了。」

「我知道，我知道。」

「你能理解就好。然而正當我在苦惱不已的時候，突然想到了各位。」

高階祭司正眼看著我們。

「我仔細一想，各位正是因為有這種情況而前來首都的。而且各位從那麼遙遠的西部林地來到這裡，能夠不費力地奔馳到達，不是簡單的人物啊！況且你們一到這裡，就讓尼西恩國王嚇了一大跳！」

卡爾做出驚訝的表情。高階祭司微笑著說：

「雖然我不知道你們對國王說了什麼話，但是，為了護衛你們而集合了四十多名的皇宮守備隊員，然後因為你們拒絕而又解散了那些守備隊員的消息，這是很容易就可以打聽得到的。從這件事來推斷，你們應該是對國王獻上了非常受用的提案或忠言，我的猜測正確嗎？」

卡爾的表情有些不自在，高階祭司隨即很快地說：

「啊，你們不一定要回答我，因為我不想侵犯到國王的權限。還有，你們一下子就看出首都貴金屬短缺的事了。」

高階祭司把兩隻手臂稍微打開，並且說：

「在剛才我們的談話之中，各位好幾次都讓我嚇了一跳，所以我更是堅定了決心。」

「您說的決心，是指要請我們去尋找那位少女的事嗎？」

「是的。」

「那麼倒不如直接去幫助那個家族，不是更好嗎？」

高階祭司看著卡爾的臉，說道：

「卡爾，我不想去直接幫助那個家族。那個家族的榮華富貴如今已經享受得很夠了，我相信那個代價的秤錘正準備要放到優比涅的秤臺上。但是必須要找到克拉德美索的龍魂使，要不然會危害到拜索斯。能破除這種困境的對策，就是讓各位去找到那位少女啊！」

「您的意思是？」

高階祭司微笑了一下。

「關鍵就是在這裡！哈修泰爾家族的人想要找到那位少女也是因為這個理由。也就是能夠自由控管深赤龍時所衍生出來的力量。」

高階祭司特別強調出「力量」兩個字的發音。大家全都用閃亮的眼睛看著高階祭司。他一一看了我們每個人，然後說：

「所以找到那位少女的人，可以成為擁有空前絕後的強大力量之人。至少到目前為止，很難再有更強大的龍魂使出現了。而且各位既不是大暴風神殿的一員，也不是哈修泰爾家族的一員。至少現在是不從屬於任何勢力的人吧。」

「這句話的意思我不太懂。」

卡爾有點像是木訥卻又強烈地問道。高階祭司則是回答說：

「我希望各位能找到那位少女。然後，我希望將這少女以龍魂使身分帶到克拉德美索那邊，這樣就夠了。」

「這樣就夠了？」

「是的。如此一來克拉德美索就可以和人類對話，也不會做出瘋狂的破壞行為。」

「大暴風神殿會有什麼利益呢？」

「不只是大暴風神殿，所有住在拜索斯的人都能得到和平和安定。」

聽到高階祭司侃侃而談的答話，妮莉亞眨了眨眼睛。杉森則是用感動的表情點點頭。但是卡爾仍然還是用懷疑的表情問道：

「如果不是我們，而是哈修泰爾家族的人找到她呢？」

「那也同樣會有和平和安定，而且他們會增大家族的榮華富貴。但是他們不會找到的，因為你們會找到那位少女。」

「您為什麼認為會找得到呢？我們對那位少女根本全然不知。」

高階祭司點點頭。

「沒錯。但是反正現在沒有任何人知道那位少女的行蹤。」

「如果您拜託巫師去找呢？」

卡爾講完之後看了一下亞夫奈德。亞夫奈德搖搖頭說：

「啊，嗯，我雖然是個沒什麼本事的巫師，嗯，但是，但是我還是知道瑪那是如何移動的。而且卡爾先生的問題，只要具備有魔法的基本知識就能回答得出來。用一句話來說，也就是不可能找得到。巫師使用瑪那，是使用它的力量，並不是使用它的意志。瑪那是非智性體。嗯，是非智性體，是力量隨時都和意志同在的東西，巫師如果無法堅定自己的意志的話，就無法使用瑪那。」

「這是……？」

「也就是說，嗯，是這個原理。不管是多麼快的馬，都無法移動沒有騎在牠身上的人。如果想利用馬到某個地方，一定要騎上這匹馬。是吧？」

「是的。」

「而且騎乘者一定要對馬下指示才可以。當然，他也需要知道騎馬的技術。也就是說，要利用力量，一定要有最基本的知識。」

亞夫奈德說完這番話之後稍微停頓了一下。他可能是說了很重要的話。杉森和我努力在認真的臉上做出感觸良深的表情。亞夫奈德吸了兩口氣之後說：

「同樣地，如果要用魔法找某個人的話，當然要對這個人有最基本的認識才可以。需要知道這個人可以與其他人區別的特質、外型特徵。一般來說知道臉孔就夠了，但是紅髮以及十五到二十歲，只用這兩個特徵，連在什麼地方也不知道，是無法找到這個人的。」

說得也是。如果是紅髮、十五到二十歲，那麼就連傑米妮也包括在裡面嘍？但是卡爾用頑固的表情問亞夫奈德：

「如果使用願望術呢？」

亞夫奈德搖搖頭說：

「那種法術……很難找到人。即使是願望術也不能打破基本原則。當然，我不會使用那種高級的魔法，但是請想一想我剛才說的那些話。如果願望術可以實現任何事物，那麼世界不是早就毀滅了？」

「什麼意思啊？」

「嗯，是有這樣的一個笑話：最有可能成為精神患者的職業是什麼？」

卡爾嘆了一口氣說：

「應該是高階巫師吧。」

「高階巫師會使用願望術，而且瘋掉的巫師也很多。那麼理論上，瘋掉的巫師應該可以用願望術把世界毀滅掉。但是因為實際上不可能做到，所以這個世界都還是沒有被毀滅，不是嗎？會取名為願望術，是因為它是一個很令人驚奇的魔法，但是並不能實現那種很荒唐的願望。」

高階祭司聽完亞夫奈德所說的話之後，點點頭說：

「所以即使是拜託巫師也無法找到那位少女。那麼，如果說每個人的機率都不高，同時也就代表著，每個人都有相同的機率可以找到那個少女，不是嗎？」

卡爾像是一定要堅持到最後似的說道：

「這個嘛，不是有句話說：想要追查消失不見的貴重物品，就得交給騎警；想要追查還沒有消失不見的貴重物品，就得交給小偷！」

妮莉亞聽到這句話瞇眼笑了出來，卡爾靜靜地接著說：

「如果說每個人都有相同的機率，那麼問題在於去找的人的能力吧！應把這個責任交給對尋人比較熟練的人，會不會比較好？」

「現在我是和會成為傳說人物，至少事蹟會被作成詩歌吟唱的人物們坐在同一桌。請這種厲害人物來找人還不夠嗎？」

「您說我們的事蹟會被作成詩歌？」

「從那麼遠的西方林地奔馳來到這裡的三位男子。他們在那次旅行途中所經歷的冒險，光是用聽的就已經夠讓人驚心動魄了。如果有人需要把不可能的事變成可能，我想我會介紹你們給他認識的。」

卡爾搖搖頭。

「我們並沒辦法把不可能的事變成可能。我們是因為總有厲害的人士在幫忙，才能來到這裡。」

高階祭司正眼看著卡爾。

「這事關係到大陸上人們的死活。請不要拒絕。」

我和杉森也看著卡爾。卡爾則是一副很困惑的表情。

「倒不如稟報給國王陛下，不是更好嗎？用國王的命令向各個領地或都市的市長們公告要找一個紅髮的少女，這樣就可以了，不是嗎？」

卡爾真是個意志堅決的人啊。很好，卡爾。撐到最後吧。但是高階祭司也是意志很堅決的模樣。他搖搖頭說：

「那是行不通的事。」

「咦？」

「理由很簡單。用國王的命令去找的話，就是正式去找的意思。那麼哈修泰爾家族會有異議的。他們會主張那位少女是他們自己家族的後代。」

杉森歪著頭慢慢地問：

「我有個疑問，不可以讓哈修泰爾家族的人認她嗎？幫忙找到那位少女的家庭不是很好嗎？這樣一來她也會很幸福，而且也能鎮定住克拉德美索啊！」

卡爾聽到杉森的話，點點頭。

「費西佛老弟說得沒有錯。就是這一點。請您先告訴我們，為什麼哈修泰爾家族不可以找到那位少女，要不然我們很難理解您的意思。」

高階祭司緊皺著眉頭。

03

我聽到卡爾這句話之後，才明白為何他們的談話會從剛才到現在都一直在同個地方打轉，因為高階祭司所講的話前後矛盾。

高階祭司說如果要讓克拉德美索鎮定下來，必須找出那個少女。但是他卻又說，不可以讓哈修泰爾家族的人找到那個少女，而且他一直不把理由說出來。卡爾問了好幾次，而現在連杉森也提出質疑了。

為什麼不能讓哈修泰爾家族找到那個少女？

不管怎麼樣，那個少女畢竟是哈修泰爾侯爵的女兒，不是嗎？雖然被哈修泰爾家族找到的話，會讓他們一家取得更強大的力量，但是怎麼可以因為看不得別人好就阻止哈修泰爾侯爵，不讓他找到自己的女兒啊？更何況身為一名祭司還使這種壞心眼，豈不是很可笑的事！

高階祭司深深地嘆了一口氣。

「看來我不得不講出來了。」

突然間，高階祭司的眼睛正視著卡爾的臉孔。過了一陣子，卡爾突然打了個哆嗦。

「咦？什麼！這是？啊，是的。您請說吧。」

卡爾表情緊張地看著高階祭司，高階祭司則是仍然一直正視著卡爾。他們現在到底是在做什麼呀？兩個人正互相默默無言地凝視著。艾賽韓德表情訝異地說：

「你們現在到底是在做什麼？喂！你們是在玩對眼互看的遊戲啊？」

亞夫奈德隨即連忙對艾賽韓德說：

「現在高階祭司因為不想讓其他人聽到說話的內容，正在使用傳訊術和卡爾先生說話。」

「什麼呀？那他真是個失禮的閣樓鬼！」

「因為他要說很重要的話，所以才會這樣做吧。」

其他人也是到了這時候才知道是怎麼一回事，全都點了點頭。高階祭司要說的話好像很長，卡爾臉上的表情不斷地在變換，看來那番話的內容一定非比尋常。

過了一會兒之後，卡爾說：

「原來如此。我瞭解了。我們不能讓哈修泰爾家族找到那個少女。」

卡爾這句話是什麼意思？

「你能理解我所說的，真是太感激了。」

等一下，這裡有一個人還沒理解啊！難道卡爾的意思是答應要去找那個少女？卡爾說：

「既然不能讓哈修泰爾家族找到那個少女，那麼終究要有其他的人去找她才行啊！要讓克拉德美索鎮定下來才可以……」

什麼呀？居然有這種事？我實在是再也忍不住了。他們怎麼能這個樣子！我漲紅著臉孔，問道：

「請原諒我的無禮，我也想說句話。」

大家都一致朝我這裡望來。哇啊，呵，這可不是開玩笑的！一位老祭司、一位老矮人、兩名戰士（都長得好像額頭上會寫著『保證是純種戰士』這幾個字），還有巫師和小偷各一人，再加上一個讀書人，他們全都在望著我。

那個讀書人看了看老祭司，老祭司則對我說：

「修奇，你說給我們聽聽看。」

「好。那麼我要告訴各位的是，我反對。」

「呃？喂，修奇……」

杉森驚訝地想要對我說些什麼。但是高階祭司舉起手來阻止他繼續說完。

「你要不要說說看你的理由？」

我緊咬了一下牙根，然後很快速地說：

「我們有我們必須要去做的事。至於尋找克拉德美索的龍魂使的事，即使是其他的人好像也可以去找辦。嗯，不是有很多人的專長是找人嗎？但是把人質贖金帶去給阿姆塔特，把我們領主大人和士兵們都贖回來，這是我們自己的事，沒有人可以代替我們去。即使各位要罵我是只為自己著想的傢伙，我也無話可說。但是找人這件事不可以就是不可以。」

搞不清我講這番話到底有多快，全部說完了之後，我竟然馬上就忘記自己剛才說了些什麼話了！高階祭司皺起了眉頭，而卡爾則是深深地嘆了一口氣，說道：「謝謝你的提醒，尼德法老弟。但是正是因為找人這件事就是我們的事，所以我才會苦惱不已啊！」

「這話是什麼意思？」

「我們來首都要辦的是什麼事？」

「就是去籌措人質贖金……啊！」

大暴風神殿裡有沒有大老鼠洞，大到我可以鑽得進去？仁慈的艾德布洛伊神應該會為我準備一個吧？杉森的表情變得有些糊裡糊塗的，卡爾則說道：

「首都已經沒有寶石，終究是因為克拉德美索要進入活動期的關係。一個月之後，如果在克拉德美索開始進入活動期之前，還找不到那位可以成為克拉德美索的龍魂使的女孩，那麼以後永遠都很難再看得到寶石了。」

啊啊啊！老鼠洞，哪裡有老鼠洞！妮莉亞嘴巴張得好大，但是她隨即又急忙捂住嘴巴。艾賽韓德嘻嘻笑著說：

「現在好像已經掌握住問題的重點了！」

高階祭司露出微笑。卡爾則是用大拇指緊緊按著左邊的太陽穴。然後杉森開始激動了起來。

「說、說得也是！如果無法讓克拉德美索鎮定下來，就沒有辦法籌措到寶石了！那麼我們應該要去找！我們應該要去找到那個少女才對！」

卡爾的表情看起來意志很堅定，他說道：

「費西佛老弟。我們最多可以在首都再待一個月，是嗎？」

「是！沒錯。」

卡爾正眼直視高階祭司的臉，並且說道：

「雖然不知道我們是不是可以找得到，而且以我們的能力可能很難完成這件迫切的事，但是我們願意試著去找那個少女。」

高階祭司露出了好大一個微笑。

「你們一定可以找得到的。」

卡爾搖搖頭，但是高階祭司以高興的表情說：

「優比涅造了秤，而賀加涅斯造了秤錘。優比涅為了幫助我們度過所面臨到的考驗，而引導各位從這裡開始出發，是賀加涅斯庇護了你們，讓你們能安全抵達首都。」

卡爾微微笑了笑。

「是的……我們的這趟旅行中，確實不斷伴隨著許多好運。」

高階祭司用力揮了一下手，用手勢強調著說道：

「正是如此！即使是那些騎警隊員，擁有如鷹般的銳利眼睛，以及一天越過三座山的腳力，也可能找不到那個少女。能找得到那個少女的人，就是賀加涅斯為優比涅的秤臺所準備的秤錘，那就是你們啊！」

高階祭司充滿信心地說完這些話。哼嗯，如果把它想成是神的旨意，當然是很簡單的事。但是，唉，正如同卡爾曾經說過的，我們怎麼知道是不是神的旨意？搞不好神早已經預備好可以找到那個女孩的騎警，然後我們就只能扮演找不到那個女孩的受挫角色，這也是說不定的事吧。哈、哈、哈。

哎呀？我仔細想想真的很有可能！我們又不是騎警！我們算什麼呀？怎麼可能只靠紅髮、十五到二十歲這兩個線索，就能在這個廣闊的大陸裡找到那個女孩？乾脆把它想成是神把尋找那個少女的任務交給我們了，會比較好吧！哎喲！頭好疼啊！我實在是無法太接近神學啊！

「我有件事情一定要先確認。」

卡爾對高階祭司說。高階祭司歪著頭疑惑地看著卡爾。

「正如同剛才您所說的，哈修泰爾侯爵會去找那個少女，是因為得到克拉德美索的龍魂使可以擁有非常強大的力量。」

高階祭司苦笑了一下，說道：

「是的。那麼也許你會以為，我是想要運用大暴風神殿的力量來得到龍魂使。」

艾賽韓德表情訝異地看了看高階祭司，但是卡爾點點頭說：

「我不得不那麼想。」

「你說得也對。」

可是艾賽韓德卻好像再也忍受不住似的對卡爾說：

「喂！你的意思是你不相信祭司嗎？」

卡爾露出很尷尬的表情。高階祭司趕緊搭救卡爾。

「敲打者啊，你是矮人，而卡爾是人類。人類會比矮人更瞭解人類，不是嗎？更何況像卡爾如此明智的人類，一定更加瞭解人類啊。」

「你在說什麼呀？閣樓鬼你不是一名祭司嗎？身為神的權杖的傢伙，怎麼可能召喚龍來毀滅大陸啊？」

「人類……原本就是受到優比涅和賀加涅斯兩者寵愛的生物啊。」

「我真的是無法理解。真是的。那麼人類到底是如何生活下去的？如果連祭司都無法信任，那還能信任誰呢？這樣說來，連父母與子女之間，或者丈夫與妻子之間都不能互相信任嘍，是嗎？」

卡爾的臉都紅了，高階祭司則是微微地露出微笑。高階祭司對卡爾說：

「卡爾，我對神發誓。你是很有智慧的人，應該知道祭司如果違背對神的誓言，會有什麼下場。」

卡爾用感動的眼神看了看高階祭司。高階祭司點點頭說：

「我身為神的權杖，所以要輔助神的腳步。但是權杖並不會引導握著權杖的人。我並不是想要藉由找到克拉德美索的龍魂使，來提高我們教壇的權力與聲望。我要的是和平。就如同剛才我所說的，你們去找那個少女，然後請你們自己將她帶到克拉德美索那裡。我希望做到這些就夠了。」

「我相信您所說的話。」

怎麼這麼簡單？呵，真是的。卡爾怎麼這麼容易就相信高階祭司的話？嗯，既然是卡爾決定的事，就應該是正確的判斷吧！高階祭司現在則是看著吉西恩。

「你打算怎麼做？」

「請問您的意思是？」

「冒險家反正都是過著不去計劃第二天的生活。你不想共同參與這件好事嗎？」

吉西恩笑嘻嘻地說：

「大暴風神殿想僱用我嗎？請問你們願意出多少？」

妮莉亞的眼睛為之一亮，這到底是什麼意思啊？高階祭司噗哧一聲笑了出來，說道：

「艾德布洛伊會永久提供免費治療和免費的治療藥水。」

「很好。嘻嘻！」

吉西恩嘻嘻地笑著，但是突然間卻傳來尖銳的高喊聲，將笑聲給掩蓋住了。

「請問您需不需要一隻夜鷹啊？」

哎喲，我的天啊！我和杉森同時都按了自己額頭一下。高階祭司看到我們兩人做出連優比涅也會佩服的默契動作，接著歪著頭想了一下之後，問妮莉亞：

「妳要推薦什麼人嗎？」

「是的。她的腦筋非常非常好，外貌美麗出色，身材玲瓏有致，敏銳的手指之間常會掀起一陣可怕的強風，一百年之後她就會成為傳說中的人物——有這麼一隻夜鷹正存在我們現在這個時代裡。」

「嗚嗚，修奇。你幫我捶一下背。」

「我比較嚴重，你先幫我……」

高階祭司好像是看到我們兩個人的反應，才明白那個傳奇人物夜鷹是誰的樣子。

「妳是做那一行的嗎？」

「對於這項可以說是令人感到有些陰沉灰暗的職業，我正盡量用我的魅力加注一些明亮的感覺。」

「杉森……我的遺言是……」

「不，不要對我說遺言……我也快掛了……」

妮莉亞輕輕地用拳頭亂打了我們兩個人一頓之後，高階祭司說應該是由卡爾來選擇同行的成員，所以妮莉亞努力裝出可愛的表情給卡爾看。結果卡爾帶著有些反胃的表情說：

「這可以說是希望渺茫的一件事。既然是大暴風神殿要我們去做，我想您應該還握有其他的線索。」

「你為什麼會這麼想呢？」

「因為有成功的可能性，所以您才會拜託我們，是吧？而且要有更多的線索，才能使這件事成功的可能性提高。」

高階祭司低頭想了一下，然後說道：

「是的，我有線索。但是除了哈修泰爾家族之外，就只有我知道這些線索。請你務必保守這個祕密。」

「是。我知道。」

「好，那麼這個就交給你了。」

高階祭司把手伸進他的長袍裡拿出了幾張紙，然後交給卡爾。

「你一個人看。但是如果你認為有必要的話，可以把這些線索告訴需要知道的人。」

「這就是可以幫助尋找到那個少女的線索嗎？」

「我認為這些線索是可以有些幫助。」

「是的。」

高階祭司轉過頭來對大家說：

「在場的各位現在已經知道這個大陸可能會面臨的災難。我希望各位盡可能不要將這件事說出去。拜索斯現在正與敵國交戰，這件事要是傳開了一定會使民心惶惶。各位都是有智慧的人，應該很清楚這一點。」

所有的人都答應要守口如瓶。高階祭司對亞夫奈德說：

「敲打者與卡爾一行人必須要找到那個龍魂使。其他人，像吉西恩、妮莉亞小姐還有亞夫奈德先生，你們打算怎麼辦？如果沒有別的計畫，可否幫忙卡爾一行人？大暴風神殿願意在物質和精神兩個層面上提供援助，而且也將會有令人滿意的報酬。」

接著，妮莉亞發出了很嗲的聲音，說道：

「卡……爾……叔……叔……？」

卡爾很為難地笑著回答說：

「如果妳能幫忙，當然是最好的了。因為妮莉亞小姐可以給我一些夜晚世界的情報。」

「要不要給您一個吻？」

「啊！那個就不用了！」

亞夫奈德有些猶豫不決地說：

「卡爾，我欠你們一些人情債。雖然你一定沒辦法高興地答應讓我同行，但是我希望能對各位有所幫助。還有……我有一些個人欲望想去達成。我雖然是要來找我的老師的，但是如果能夠跟隨像各位這樣優秀的冒險家，也可以多培養我的巫師資質。請您答應讓我也一起去吧！」

「我們並不是什麼優秀的冒險家。而且我也沒有想到要拒絕你啊！」

艾賽韓德很簡單地說：

「我，有天大的理由一定要找到那個龍魂使。所以，可以跟你們一起走吧？」

「您當然可以和我們一起走。」

卡爾無條件微笑地答應了。哎喲，不管誰加入，卡爾當然都很高興。在場所有的人，除了我以外，全都有一副好身手，當然沒關係。

但是，吉西恩一直到這時還是遲遲都沒開口。卡爾和高階祭司看了看吉西恩，吉西恩隨即用平靜的表情，說道：

「我是個冒險家，只要是有冒險和報酬的地方，我都會去。但是，我有同伴的問題。我真的很難和你們一起走。卡爾，您應該也知道吧？我沒有辦法與同伴一起行動。」

高階祭司、艾賽韓德還有亞夫奈德都露出了訝異的表情，但是我們一行人則是點點頭表示我們能夠理解。吉西恩曾被不知名的刺客所追殺，那些傢伙只是因為怕吉西恩對王權造成威脅，所以想將他除去。而吉西恩怕我們在和那些刺客衝突的過程之中會遭受到傷害，所以才無法和我們一起去找那個少女。

卡爾用溫和的聲音說：

「我們在首都的話，不是就沒關係了？」

「話雖如此，但是我們並不知道那個少女是不是在首都。」

「那我們在首都尋找那個少女的時候，請您幫忙一起找。」

吉西恩默默地看了看卡爾，卡爾則是用微笑回視吉西恩。吉西恩突然噗哧笑了出來。

「雖然我已經過了一段很長的冒險家生活，但是一直都沒有冒險的同伴，所以算是有點奇怪的冒險家。現在我似乎也該慢慢地去找冒險的同伴。雖然只能盡些微薄之力，但我還是願意盡量幫忙。」

卡爾臉上帶著高興的表情，說道：

「如果殿下也能一起去找，那真是令人無比欣喜的事。」

「我不是殿下！我是吉西恩，吉西恩！」

「啊，是……」

高階祭司最後叮嚀我們，說道：

「一個月之後，克拉德美索就要進入活動期了，所以我們定下一個月的尋人期限。這樣各位一定會更加辛苦。我們無法寄望這趟艱辛的旅程能一直都很好運，但是大暴風神殿已經把可以提供的情報都提供出來了，如果還有需要的東西，無論是什麼，我都會幫到底。你們一行人的指揮就由卡爾來擔任，請各位依卡爾的判斷來行動吧。」

卡爾長長地吁了一口氣之後說：

「是的。」

「願各位與艾德布洛伊的祝福同在。」

我望著高階祭司好一陣子。不過高階祭司並沒有發現到我的目光。

結果，我們就這樣在高階祭司的號召之下組成了一支隊伍，目的是去找尋某個少女。事實上，如果要找尋一個少女，交給旅行者或商人來找會比較好。高階祭司只因為克拉德美索即將要甦醒的消息和我們抵達首都是在同一時間發生的，於是讓我們組成這一支隊伍。

這可真是……艾德布洛伊的教導嗎？解決事情的方法往往就在事情的周遭不遠處？

到目前為止已經談了好一段時間了，我的頭實在是很疼耶！

我們全都聚集到大暴風神殿的一間大會議室裡。高階祭司要我們隨意使用這個會議室，此外，如果需要吃飯和睡覺，神殿也都會提供。哇啊！可以省下旅館費用了！但是卡爾卻鄭重地說只會在那裡開會，住宿還是要回旅館。唉！

這間會議室的天花板非常地高，在漂亮的陽臺上連著一個階梯，可連接到另一棟建築物的陽臺，美麗的窗戶是用有色玻璃做成的，連很平凡的陽光都能散發出對神的美麗頌讚，真是令人讚嘆不已。這是個不錯的地方，而我和杉森每次進到不錯的地方總會覺得有些格格不入，這一次也是一樣。艾賽韓德則是用很自豪的表情說道：

「這間神殿是矮人所建造出來的。」

「啊，是嗎？說得也是，要建造出這樣的建築物，就得由矮人來建造。」

亞夫奈德很恰當地回答，於是艾賽韓德嘻嘻地笑了出來。大家一坐到位子上，我就提出剛才不久前的疑問。

卡爾聽到我的問題，很驚訝地說：

「這你怎麼會知道的？沒有錯，解決事情的鑰匙總是在事情的周遭不遠處，這是賀加涅斯的其中一項法則啊！」

亞夫奈德補充說道：

「正確地來說，優比涅創造出解決事情的鑰匙，而賀加涅斯隱藏了這把鑰匙。而且隱藏的地點通常都是在事情的周遭不遠處。因為那種地方是最難找的地方。」

「那麼，與其說高階祭司是具有聰明才智的人，倒不如說是因為我們在此時剛好出現了，所以就相信我們可以完成這件事，是嗎？」

聽到我這麼說，卡爾點了點頭。

「高階祭司應該也是有這個想法。呵呵。如果我們讓他失望了，該怎麼辦才好？」

隨即艾賽韓德說：

「說什麼失望？你們都還沒有去做的事，實在沒有必要去擔心事情的結果啊！」

「您說得一點也沒有錯。那麼現在要不要先看一下剛才高階祭司給的文件？」

「那份文件？你看就好了。剛才那個閣樓鬼不是說過，只要你一個人看就好？」

卡爾的眼神像是考慮了一下，然後點點頭，開始看那份文件的內容。我們全都往後退一點，眼睛不往那份文件的方向看去，但是妮莉亞卻悄悄地靠近卡爾的肩膀上方，結果因為聽到杉森的斥責聲，才不高興地嘟著嘴巴往後退。

卡爾用沉重的表情看著那份文件，大約有十張左右。在他看文件的這段時間，我們走到陽臺，觀看神殿的建築。從上面往下俯瞰，更是讓人覺得頭暈目眩。那些修煉士們應該會喊出「艾德布洛伊啊，請指引我一條道路」吧？可是為什麼都沒有聽到有人這麼高喊呢？

大家都把手擱在欄杆上，只有艾賽韓德一個人把下巴墊在欄杆上（好可憐哦……）。

「對了，各位，龍魂使有沒有什麼和其他人特別不同的地方？」

在陽臺站著的人有我、吉西恩、亞夫奈德以及艾賽韓德共四個人。妮莉亞則是虎視眈眈地，努力試著要偷看卡爾在看的文件；而杉森為了阻擋妮莉亞，也沒有出到陽臺上。不管怎樣，我聽到艾賽韓德問的這句話之後，開始努力地思考這個問題。吉西恩會回答嗎？還是亞夫奈德會回答呢？

吉西恩張開了嘴巴。哦！

「我不太知道耶！」

……真是個無聊的王子大人。亞夫奈德回答說：

「據我所知，並沒有和其他人特別不同的地方。不對，有是有，但是只有龍或其他的龍魂使能夠分辨出來。人類是無法分辨出來的。」

「只有龍和龍魂使能分辨出來？要怎麼分辨呢？」

「這個我就不得而知了。但是古書裡面常有這種情節出現，不是嗎？」

「我不太喜歡看書，可是如果是歌本又另當別論。你說說看。」

「是。是這樣的，龍分辨出是龍魂使之後，會說：『閣下有龍魂使的命。你要選擇我嗎？』那麼龍魂使就會說：『我選擇你。你要選擇我嗎？』很多這一類的情節，不是嗎？龍魂使有一天看到某個少年，然後說：『你具有龍魂使的資質。我來照顧你。』反正就是這類的傳說情節啊！」

「是嗎？嗯，矮人確定看不出來，精靈呢？是不是也無法分辨出龍魂使？」

亞夫奈德歪著頭想了一下。

「你說精靈嗎？這個嘛……優比涅的幼小孩子，也就是精靈，是有可能會分辨的，但是我實在不太清楚。」

隨即艾賽韓德看了看我。

「那位伊露莉，聽說她去戴哈帕港口了？」

「是的。」

「她去那裡做什麼？」

「她並沒有說。」

「是嗎？哼嗯。如果有那位精靈小姐在的話，她應該會比較清楚。」

「兩個星期以後，她應該就會回來了。」

「哦？」

這時候，從裡面傳來卡爾的說話聲。

「各位請進來。內容我已經都看過了。」

我們一進到裡面，就看到卡爾匆匆忙忙地把文件收起來，妮莉亞則是兩頰氣鼓鼓的，杉森一副得意洋洋的表情。然後，我們全都圍坐到中央的桌子，卡爾說：

「高階祭司要我別公開這份文件的內容，是因為這裡頭有哈修泰爾家族他們私人的祕密。如果公開，會使哈修泰爾家族蒙受羞恥。」

「真的嗎？那麼，好了，我們不會說出去的。」

艾賽韓德簡單地回答了卡爾。哇啊啊啊！我也想聽！如果是別人家的祕密，那可就令人大感興趣了。卡爾搖搖頭說：

「但我還是必須告訴各位其中幾件事，這樣會比較好一點。如此一來你們才會有基本的瞭解。只是到了外面之後，請不要把內容說出去。因為貴族是非常重視名譽這種東西的。」

妮莉亞嘻嘻地笑了出來。大家全都點點頭，做出不會說出去的表情，隨即卡爾就慢慢地說道：

「我盡量簡單扼要地告訴各位。嗯，現在的哈修泰爾侯爵在他很年輕的時候，好像偶爾會把女侍帶上床。這雖然不是件好事，但是在貴族家庭裡並不算是什麼稀奇的事。」

艾賽韓德不屑地哼了一聲。卡爾繼續解釋說道：

「但是哈修泰爾侯爵好像並不只是玩玩而已。因為當時和神龍王的約定期限已經剩下不多的時間了，所以哈修泰爾侯爵似乎想要盡快有小孩。這是因為已經許多年以來都沒有誕生出龍魂使，所以哈修泰爾侯爵開始著急發慌了的樣子。於是他才會開始去碰家裡的女侍。」

妮莉亞皺起眉頭，說道：

「真的……很像禽獸。」

「也可以這麼說吧。」

我的天啊，聽得我的臉都紅起來了。真是混蛋！我的腦子裡又再浮現出那個侯爵的臉孔。哼嗯，那個大爺在年輕的時候竟然曾經這個樣子？卡爾說：

「可是那些女侍也沒有生出任何小孩。所以侯爵以為是自己出了什麼問題，幾乎已放棄希望。然後他就開始定了計畫，要把具有龍魂使資質的小孩找來。」

「哼嗯，然後呢？」

「可是最近有一個很奇怪的女人去找哈修泰爾家族。那個女人穿得很破舊，一副生病了的模樣。她倒在哈修泰爾家的宅邸前面，哈修泰爾家族的人以為她是個乞丐，根本不管她的死活。可是有一個傭人卻認出了這個女人。原來她是曾經在哈修泰爾宅邸待過的女侍。」

我們全都表情緊張地看著卡爾。

「侯爵家的人把她帶到裡面，問她為什麼又回來。那個女侍則是要求侯爵出來見她。但是這當然是根本不可能的事啊！只因為以前曾經在宅邸待過，就說想要見侯爵，傭人們都是一副不知所措的反應。可是這個女侍卻說出令人驚訝的話。她說她生了侯爵的小孩。」

「呼咦？」

杉森脫口說出了一個很奇怪的感嘆語。哼嗯，卡爾點點頭，繼續說道：

「哈修泰爾侯爵在吃驚之餘，趕緊跑去看那個女侍，看到她生病的模樣，努力地想把她治好。但是那個女人已經是回天乏術的樣子。不管怎麼樣，反正侯爵一直到她臨終前，還守在她身邊，據說可能是要問她為什麼不把事實告訴他，也可能是要問她小孩子是否還活著等等這一類的問話。但是無法確定他們講了些什麼。因為只有侯爵和那個女人兩個人單獨在一起，其他人都不知道談話的內容。但是那個女人死後，侯爵突然下令要找紅髮、十五歲到二十歲的孤兒少女。」

「那可能是她遺留下來的遺言啊！」

聽到亞夫奈德這句話，卡爾點點頭說：

「好像是吧。」

「可是，只是靠這兩個線索，並不能認出那個少女，不是嗎？如果只知道是一個紅髮、十五歲到二十歲的少女……」

「而且，這個少女具有龍魂使的資質。」

妮莉亞說了這句話。亞夫奈德看了看妮莉亞。

「可能是用這種方法在找人吧：先找到紅髮而且是十五歲到二十歲的少女，再看她是不是具有龍魂使的資質，是吧？」

啊，這番話，正是昨天妮莉亞和我所說過的話。艾賽韓德點點頭。

「沒錯，剛才不久前亞夫奈德你不是說過，龍魂使可以看出是不是龍魂使？」

「是的，應該就是用這種方法在找人吧。那麼，也就是說那個少女是在首都嘍？」

卡爾搖搖頭，說道：

「好像不是。侯爵好像在拜索斯各處都派了人在找這個少女。」

亞夫奈德帶著不可置信的表情，說道：

「那實在是像大海撈針一樣地渺茫。那個死去的女侍好像沒有正確地說出那個少女的所在位置？」

「似乎是這樣。侯爵好像拜託了和他交情不錯的商人，要他們在拜索斯各地找尋這個少女。雖然這看起來像是有些無厘頭的方法，但是仔細想一想，紅髮、十五到二十歲、孤兒，符合這三個條件的孩子，也不是很多。」

「可是少說也有一百個以上吧？」

「是嗎？」

卡爾露出了微笑。艾賽韓德皺著眉頭說：

「你快說吧。」

「我雖然不知道是誰寫這份文件的，但是他的數學好像挺不錯的樣子。這個部分讓我印象很深刻，我想唸給各位聽聽。」

卡爾翻了一下文件，找出其中一部分，乾咳了幾聲之後，說道：

「咳嗯，請各位聽這一段。『拜索斯的人口大約三十五萬名。在此，用消去法，找出符合條件的人，首先女性佔人口的一半，所以消去男性之後就是十七萬名的女性。然後十五歲到二十歲的少女，從全部人口中此年齡的比率來看，大約是百分之十五左右。』呵，我們應該再調查一下這個數值才對。看看這數值是否是正確的。總而言之，十七萬名的百分之十五，所以是兩萬五千五百名。」

「是。那麼紅髮呢？那要怎麼算出來呢？」

聽到亞夫奈德的問話，卡爾微笑了一下，說道：

「頭髮顏色這種東西，有的是很少見的顏色，也有常見的顏色，所以這個部分可能需要苦惱一下了。於是乎，寫這份文件的人一整天都站在大路上，數出他身旁經過的人數，以及其中紅髮的人數。」

我忍不住笑了出來。我再怎麼想都覺得這樣做很荒唐。

「哈哈！這樣不是太荒唐了？」

「嗯？怎麼說呢，尼德法老弟？」

「他那種方法不就是只有對走在路上的人做調查嗎？可是女人不太會走在路上。然而所需要的數字，是女人之中紅髮佔多少比率，不是嗎？」

大家全都露出了驚訝的表情。杉森說：

「不管是男人或女人，頭髮顏色的比率應該都一樣吧？」

「哎呀，這是不可能的。這樣男人和女人的身高或體重的比率也是一樣的嘍？而且照這種方式調查的話，白髮的老婆婆或老公公也是一樣的比率嗎？需要的比率應該是十五歲到二十歲的少女之中紅髮少女的比率啊。而且不同的地方，頭髮的顏色也會有不同程度的差異，不是嗎？」

卡爾點了點頭。

「沒有錯。可是我們先看下去吧。即使女人和男人的頭髮顏色比率不同，但是也不會差很多。而且寫這份文件的人當然是已經去掉了白髮的人。不同的地方會有不同程度的差別，你這句話是說得很有道理，但是拜索斯恩佩是在國家中央的首都，許多人口群聚的地方，所以可以看出是有某種程度可信賴的數值。」

「哼嗯……所以是多少呢？」

「依照寫這份文件的人所計算的，走在大路上的人之中，紅髮的比率是百分之四左右。」

妮莉亞搔了搔她的紅髮，說道：

「百分之四？只有這麼少嗎？」

「好像是的。用這種方式算出來，兩萬五千五百名之中按紅髮的比率計算，那麼就是一千零二十個人左右。」

艾賽韓德因為不斷聽到數字，看起來好像非常頭痛的樣子。

「真是的，那傢伙簡直是在玩數字遊戲。那麼結束了嗎？拜索斯國內符合這些條件的少女大約有一千名，是不是這個意思？」

「不，還有一個條件，就是孤兒這個條件。」

艾賽韓德狠狠地搔了搔頭皮，問道：

「孤兒的比率要怎麼算出來？」

「他好像是參考了王室學術院所調查的資料。他說最近因為戰爭的關係，孤兒發生的比率會比較高，但是還是只能引用最近的資料。要找的小孩是十五歲到二十歲……所以使用十年前的紀錄所推算出的結果，孤兒的比率是兩百個人之中有三個人是孤兒。」

艾賽韓德像是快要喘不過氣似的，猛拍自己的胸膛。

「亞夫奈德！」

亞夫奈德很快地回答說道：

「也就是說有百分之一點五的比率。」

「是嗎？那麼，剛才是說一千零二十個人，是嗎？所以其中有多少人是孤兒呀？」

「有十五、六個是孤兒。」

艾賽韓德他那粗大的眉毛大大地動了一下。

「只有這麼少？」

咦？真的只有這麼少嗎？在這個土地廣闊的國家裡，符合這些條件的人才僅僅只有那一些嗎？大家都露出訝異的表情，我則是看了看妮莉亞。

「嘿，那麼妮莉亞也是這僅僅十五、六個人之中的其中一個耶？雖然年齡還差一點點。」

「什麼話！帶點神祕的誘人臉孔、美麗到幾乎是罪過的窈窕身材，還有優雅的舉止動作、善良的一顆心，你還沒有將這些條件都一起算進去吧？如果連這些條件也一個個算進去，那比率搞不好會更低哦？」

「杉森、杉森！我的遺言是……」

「我已經死了。死因是聽到噁心的話氣結身亡。所以你不要對我交代遺言！」

就在我們被妮莉亞弄得快性命不保的緊急時刻，吉西恩說：

「那麼很簡單啊，把整個大陸翻找一遍，將這樣的少女找出十五、六個人就可以了，就是這樣嘍？」

卡爾聽了吉西恩這麼說之後，點了點頭。

「當然，計算出來的數字純粹只是紙上空談而已，和現實有很大的出入。不過，由此可知，我們要找的並不是數百名少女。所以可以說是大大地減輕了我們的壓力。」

亞夫奈德搖搖頭說道：

「雖然如此，我們也不可能在拜索斯裡到處繞來繞去，找符合那些條件的少女。這樣不知道會花多少日子，而且我們的時間已經所剩不多了。」

卡爾點點頭。好像只要有人講話，他就會點點頭的樣子。

「說得也是……我們從西部林地來到中部林地就花了大約一個月的時間，而且我們是騎馬趕過來的。萬一要在每個村落和都市尋找符合條件的少女的話……那實在是太難了。」

大家都各自按照自己的方式做出了很是傷腦筋的表情。艾賽韓德看起來最為動態，卡爾最為文雅沉靜，但是不管怎麼樣，每個人都是一副傷腦筋的表情。這時候，帶著有點神祕的誘人臉孔、美麗到幾乎是罪過的窈窕身材、優雅的舉止動作，以及善良的一顆心的人說話了。

「反過來想不就可以了？」

「什麼意思啊，妮莉亞小姐？」

妮莉亞彈了一下手指，說道：

「不要考慮這個少女過去的條件，而用現在的條件來找找看。十五歲到二十歲的少女，而且是孤兒，是吧？萬一她還活著的話，會是在做什麼事呢？在這個世上，孤兒少女能做的事實在是少之又少。就我的經驗而言是這樣子的。」

卡爾點點頭說：

「我知道妳的意思了。那麼妳有什麼妙方？如果有，請說出來給我們聽聽。」

「首先，先丟點鳥飼料出去。最好是到商會、合作社去問看看。」

「丟鳥飼料是什麼意思？」

04

「為什麼偏偏是我？」

「因為上次他們已經看過你了。這樣比較不會讓人起不必要的疑心。」

「妳照實說來聽聽。」

「照實？這是不得已的。任何人看到你都不會覺得你看起來很危險。光憑這一點，杉森、吉西恩、艾賽韓德就不合格了，然後就只剩下卡爾和亞夫奈德了，唉。他們兩個如果到那種地方去，豈不是很奇怪？就好像是被誤帶到馬市裡面的公牛一樣地不搭調吧？」

「我是很贊同妳所說的，不過這樣我就慘了。難道妳不能自己去啊？」

「什麼呀？你要叫一個女孩子單獨到那種地方去嗎？」

「嗚呃！」

然後呢，我就被妮莉亞半推半就地，又再跑去那個令人討厭的地方。我完蛋了。

很幸運的是，這一次是白天到那裡去，所以那些令人頭痛的女人都還沒出來，但是當時被夜晚的帳幕所遮掩住的骯髒汙穢，卻都原原本本地呈現在我眼前。建築物到處都積了一層灰濛濛的灰塵，破碎的屋頂尖角，四處散落著的垃圾，以及在偏僻的地方鐵定會堆積的嘔吐物和排泄物。

刺鼻的味道伴隨著灰塵衝到我的鼻子裡，把我的鼻子弄得直發癢。
我擦了一下鼻子，然後說道：
「白天去找他們也沒有關係嗎？」
「沒關係。在首都只有三種人是每天每小時都不休息的，消防隊員、首都警備隊員，還有小偷。」
「消防隊員？」
「消防隊，他們是幫忙滅火的。主要都是由一些巫師的學生所組成。」
「是嗎？那麼他們是用魔法來滅火的嘍？」
「嗯，在訓練期間，基於為民服務的層面，光之塔那裡會派遣學生出來執勤。嗯，這是光之塔和市政府所達成的一種協定啦。」
「哼嗯。」
我真想看看是如何滅火的！有沒有什麼地方起火了？嗯？我在胡說八道些什麼呀！
雖然之前有來過這裡一次，但是這次是白天來，所以顯得很陌生。我只能緊跟著妮莉亞。妮莉亞則是很容易就找到路了。什麼嘛，她還說不可以叫女孩子單獨來這種地方？
「嗯。事實上，自己一個人來這裡並不是件容易的事。」
「夜鷹會怕小偷嗎？」
「當然怕啦。我不得不怕他們。」
妮莉亞一邊說話，一邊輕快地走著，所以我不怎麼相信她所說的話。
好不容易，我又看到上次去的那間酒館了。它就好像是被硬塞在兩個建築物之間似的，這副模樣又再度浮現在我腦海了。門雖然鎖著，但是妮莉亞根本不在意，就敲起門來了。

「誰呀？我們現在還不到營業時間。」

「不要假了！我們進來巷子的時候，你們就開始在監視我們了。快開門！」

嗯？我們進來巷子的時候，就已經有人來這裡通風報信了嗎？在這裡真的該小心自身安全才是啊！門打開了。

可是只有門被打開，卻沒有看到任何人，只看到裡面黑漆漆的。妮莉亞做出嘴形示意，要我慢慢地跟著她走進去。我在心裡數了五聲之後，開始跟著她朝裡面走去。

我剛進去的時候，根本看不到任何東西。但是過了一會兒，等到漸漸熟悉黑暗之後，便看到擺設在大廳裡的一些桌子　以及放到桌子上的椅子。這讓我有種進到什麼森林裡面的感覺。大廳裡並沒有窗戶，因此只能靠開著的門縫所射進的微光來沖淡那股黑暗。

「門關起來，靠在門邊站好。」

我像上次一樣地把門關上，然後靠在門邊站著。這可能是為了確保有一條退路吧。我皺起眉頭一看，眼前那些桌子的其中一桌坐著兩名男子。他們只把那一桌的椅子放下來坐著。是那個酒保和月舞者。

妮莉亞從容不迫地走過去，放下旁邊的一張椅子，在那兩個男子的對面坐了下來。我因為站在門邊，所以幾乎看不到月舞者臉上的表情，但是可以看到他嘴邊啣著點上了的菸斗，以及旋繞在大廳裡的菸霧模樣。

月舞者說道：

「妳考慮得怎麼樣？」

「不行。」

「他媽的，妳在開什麼玩笑？」

「因為我已經見過那個侯爵了。」
「見過了？」
「嗯，那個哈修泰爾侯爵，已經見過我了。」
「真是的，我知道了。」
「我有件事要委託你。」
「錢呢？」
「我先賒欠一下。」
「妳這樣太可笑了吧？。」
「我蓋上史洛德棺蓋的錢，你都還沒有付呢！」
「我沒有拜託妳蓋。」
「看在史洛德的面子上，我只求你這一次。」
月舞者又再開始吸菸斗，更加濃密的菸霧瀰漫著大廳。過了一會兒，他說道：
「什麼事？」
「就是你拜託我的那件事。找一個紅髮、十幾歲的少女。你有沒有什麼進展？」
「沒有。媽的，要找像妳這樣的女孩子，並不是件簡單的事。」
「什麼，你真的沒有去尋找紅髮的少女？」
「當然有去找。可是沒有找到。」
「很好。那麼可不可以跟我說雇主是誰？然後我就跟你說侯爵家為什麼要找那個少女的理由。」
「理由？尋找女兒幹嘛要有理由？」

妮莉亞聽到這句話，用鼻子哼地笑了出來。

「哼哼哼，月舞者，我看你最好不要再幫那位雇主尋找了。」

月舞者摸了摸下巴鬍鬚，苦澀地說：

「別這樣。像我這樣的男人，很少人會主動找上門來給我情報。」

「好吧，我告訴你。哈修泰爾家族是為了對克拉德美索的甦醒做準備，所以要尋找那個少女。」

「克拉德美索是什麼東西？」

「這次輪到你說了。誰是雇主？」

「涅克斯・修利哲。修利哲家族的公子。」

我稍微驚訝了一下，差點就開口叫出聲音。竟然是涅克斯・修利哲？為什麼突然冒出那個青年的名字？我勉強閉上了嘴巴。妮莉亞用很平常的語調說道：

「他要的文件是什麼？」

「這回輪到妳說了。」

「克拉德美索是一頭深赤龍，牠曾經差點把中部林地夷為平地。」

那個酒保突然嚇得退縮了一下。月舞者看了他一眼，然後酒保就附在月舞者耳邊說了一些耳語。隨即月舞者深深地吸了一口菸斗。

「這件事可不是鬧著玩的。」

「到底是什麼文件？」

「我也不知道。只知道是一本藍色書皮的書。」

「好。那麼你欠我這一次。」

「媽的，妳可真是斤斤計較。」

「你要娶個像我這樣的老婆，這樣你才會輕鬆。」

月舞者噗哧笑了出來。

「妳要不要跟我攜手共創未來？」

「我討厭抽菸的男人。你先想想要怎麼還這一次欠我的債吧！」

「什麼意思？」

「如果有發現紅髮、十幾歲的少女，就通知我一聲。」

月舞者兩手交叉放在胸前，露出像是沉浸在思考中的眼神。過了一會兒，他說道：

「想必那個少女是龍魂使嘍？」

「因為她是哈修泰爾家族的人。」

「那麼，那個少女應該會成為深赤龍的龍魂使嘍？這是一件很不得了的事！」

「不得了的事？那當然啦。但是你不要動歪腦筋。」

「什麼意思？」

「我的意思是，如果找不到那個少女，中部林地會再度成為一片廢墟。或許整個拜索斯都將消失不見也說不定。」

月舞者的菸斗有點抖動了一下，而且我還聽到酒保大口喘氣的聲音。

「……所以一定要找到那個少女？」

「嗯。」

「為了要挽救拜索斯的危機？哼嗯。原來我們介入了無法撈一筆的事了。妮莉亞，妳最近真的變得很奇怪。」

「什麼話？居然說什麼不能撈一筆？這個世界和平了，我們夜鷹才能平安呀！」

「我知道了。我找到了就跟妳聯絡。」

「謝謝。叫外面的兄弟走開。」

妮莉亞說完這句話之後就站了起來。真是的，外面到底又有誰在啊？

原來真的有人守在外面。我們一走出外面，就看到上一次的那些男子同樣是用漫不經心的表情靠在建築物的牆上，像是打瞌睡似的坐著。他們並沒有抬頭看我們，而妮莉亞也是，沒看他們一眼就走掉了。這裡真的是一個不能放心久待的地方啊！我趕緊跟著妮莉亞後面走。

「妳會不會跟他講太多了？」

「別擔心，盜賊是可以信任的。嗯？嘻嘻嘻，這句話真的是很可笑耶！」

「是很可笑。」

「我擔心的是去找商人的吉西恩和亞夫奈德呀！哎喲。那位王子先生平常就已經沒辦法正常說話了，挖情報的這種事他做得來嗎？」

「亞夫奈德是巫師……所以我們姑且相信他們吧。哎呀，我比較擔心的是卡爾、杉森和艾賽韓德。」

「哼嗯。說得也是。我仔細想想，他們要想探聽消息還真的會有問題。卡爾叔叔，哼嗯，他對人太好了，所以有點危險，而杉森？因為他是杉森，所以很危險。艾賽韓德因為是矮人，他一定連話要怎麼說都不知道吧。」

我們一邊取笑其他人，一邊嘻嘻哈哈地往獨角獸旅店走回去。大家已經約好各自收集完情報之後在那裡相聚。

我們兩人一到達獨角獸旅店，就看到卡爾、杉森和艾賽韓德早已經坐在大廳裡了，而且每個人的面前都放著一杯啤酒。不知道是不是有什麼事。不過，卡爾和艾賽韓德都嘻嘻哈哈地在笑著，杉森則是低著頭。卡爾一看到我們走進來，就停止談笑，說道：

「你們快進來。事情辦得怎麼樣？」

「先說你們的情形吧。」

「我們在冒險家公會緊抓著那邊的人詢問。費西佛老弟他很行哦！他一邊說他在尋找自己的妹妹，還一邊對那些冒險家們哭訴了起來呢！」

「卡爾，這件事就不要再說了！」

我和妮莉亞表情驚訝地看著杉森。咦？杉森？杉森露出不好意思的表情。拜託，別裝出那副表情！

會不好意思的食人魔，即使是出現在惡夢之中，也仍然最讓人受不了。

艾賽韓德咯咯笑著說：

「我真想讓你們看看那副模樣！我那時候真的快看不下去了！他做出快流出眼淚的表情，緊抓著那些冒險家和公會成員們，探聽那個少女的那副模樣！『她是我在這世上唯一的親人啊！拜託，請問有哪一位認識紅髮的少女？拜託告訴我一下她的下落……』他是這麼說的。」

「艾賽韓德！」

杉森漲紅著臉，大喊了一聲。妮莉亞則是在一旁笑得快喘不過氣來。

「呵、呵，嗚嘿嘿嘿嘿！他們一定是害、害怕，不對，是看到你的模樣，然後很嫌惡地跟你說、說話吧。咯咯咯！」

杉森一副根本沒有那一回事的表情，理直氣壯地說：

「怎麼會？他們才沒有那樣！他們個個都很同情我，還很親切地對我說話！」我決定不要去想像那種場面了。人啊，應該在晚上做好夢才對。

雖然杉森演出了那種可憐的場面，探聽那個少女的消息，但是還是毫無所獲的樣子。艾賽韓德則是下了一個評論，說他以前從來沒想過，紅髮的十幾歲少女會是如此稀有少見。

「簡直是到了很詭異的程度啊！」

「是嗎？真奇怪。我們這一邊也是沒有什麼斬獲。」

「真是的，那麼我們現在也只能等亞夫奈德和吉西恩的消息了。」

聽到杉森這句話，妮莉亞一邊眨了眨眼睛，一邊說道：

「可是啊，哼嗯，不知道卡爾叔叔能不能察覺出什麼來？我得知了一個有趣的情報。」

「妳請說吧。」

「是這樣的，您還記不記得上次看到的那個月舞者？」

「怎麼了？」

妮莉亞把剛才從月舞者那邊聽到的事情，原原本本地說了出來。剛才還有人說盜賊是可以信任的，那是誰呀？不管怎麼樣，妮莉亞把月舞者要自己偽裝成那個少女，然後入侵哈修泰爾家族宅邸的計畫，還有入侵的目的是為了偷出一本書，以及要那本書的是涅克斯・修利哲的事，全都一一說了出來。

「涅克斯・修利哲？妳是說修利哲家族的那個年輕人嗎？」

「是的，好了，請您想想看吧。而在您思考的時候，我想喝杯啤酒。」

「嗯，我也要一杯啤酒！」

卡爾看到我這麼著急的模樣，噗哧地笑了出來，但隨即支著下巴，開始沉思了起來。啤酒一來，妮莉亞和我就開始一口一口地喝起啤酒。

卡爾馬上說道：

「光靠這些情報，是很難猜測出什麼東西的。不過，涅克斯・修利哲是卡穆・修利哲的姪子，不是嗎？而卡穆・修利哲則曾經是克拉德美索的龍魂使。」

「對啊。而且涅克斯・修利哲還曾經問我們，他父親是不是光榮地戰死了。」

我稍微不懷好意地說了這句話，卡爾聽了之後點點頭。他搔了搔頭。

「這似乎是需要再好好思考一下的問題。涅克斯・修利哲先生覬覦哈修泰爾家族的書，理由是什麼呢？那又是一本什麼樣的書？現在我實在是無法馬上推理出什麼結果。」

「要不要我拿那本書給您看看？」

聽到妮莉亞的這句話，卡爾露出了驚訝的表情，但隨即皺起眉頭。

「妳是想要去偷這本書？」

「我只是想讓事情更明朗化一些。」

「可是我不希望用這種不法的行為，而且我們並不確定那本書是不是真的很重要。」

「嗯，好吧。可是請您記得一點，現在怕的是這事有可能危急到整個拜索斯。我並不是隨便說說而已。」

妮莉亞有些犀利地說了這番話，卡爾聽了之後點點頭。

「我知道，而且我一直銘記著這個事實。」

亞夫奈德一面走進來一面搖著頭，吉西恩則是火冒三丈地走進來。我驚訝地問道：

「為什麼你的臉色這麼不好？」

吉西恩很暴戾地回答：

「媽的。我連說都不想說了！我真想當場毀了這把劍！」

吉西恩的表情看起來像是快要把端雅劍給吃下去的樣子。亞夫奈德一坐到椅子上，就立刻咯咯地笑了起來，隨即吉西恩也對亞夫奈德投射出同樣的目光。哦哦，不行。吉西恩竟然想把亞夫奈德給吃下去！亞夫奈德忍住不笑，很不好意思地說道：

「那把劍真的很令人頭痛。」

「夠了！我現在就去打鐵鋪。」

「不，請您忍一下。反正現在都沒有貴金屬了，您去了打鐵鋪大概也是沒辦法處理這把魔法劍吧。」

聽到亞夫奈德的這番話，吉西恩面帶憤怒的表情坐了下來。他坐到椅子上的動作實在是太猛烈了，所以老闆黎特德的表情看起來像是很擔心椅子的生死安危。

亞夫奈德為了盡可能不要惹吉西恩生氣，只是靜靜地解釋說道：

「我們去找商人探聽過了。我們問那些商家是不是曾經看過紅髮的少女。但是有一個商人問我們為什麼要找這樣的少女，結果吉西恩先生說那個少女是他的母親。」

「噗哈哈哈哈！」

雖然吉西恩生氣地磨著牙齒，但艾賽韓德還是不在意地大笑個不停。當然啦，妮莉亞和杉森也大聲笑了出來。

亞夫奈德則是一直努力要把嘴角往上揚的笑容給拉下去，並且靜靜地說道：

「於是，那個啼笑皆非的商人就問他這怎麼可能，吉西恩先生說最近的小孩子都比較早熟。那個商人用很奇怪的眼神看了看我們，然後就再也不跟我們說任何一句話了。」

「哇哈哈、嘻、嘻嘻、啊啊啊！快、快笑死、嘻嘻、我了、哇哈哈！我快喘、喘不過氣了……」

妮莉亞又是大笑，又是打嗝，又是慘叫的。吉西恩則是一直咬牙切齒，亞夫奈德一面看著吉西恩的眼神一面繼續說道：

「然後又被別的商人問到的時候，他說那個少女是自己的第一個女人，可是……」

砰！結果杉森還是往後倒了下去。杉森發狂地笑著，爬起來時有兩次手還沒撐住桌子，好不容易才又再起身坐好。亞夫奈德很沉著地繼續說道：

「於是那個商人表情怪異地看他，問他是什麼時候的事，他回答是十年前的事，然後那個商人就看著我們，彷彿像是遇到很怪異的人似的……」

「啊啊！亞夫奈德！請您繼續說吧！」

「咦？」

「不、不是！請您不要再說了呀！」

不管怎麼樣，可能是對吉西恩受到侮辱的一種回報吧，總之，亞夫奈德帶著一點收穫回來了。

「你是說你們有收穫了？」

卡爾表情高興地問著。亞夫奈德回答說道：

「是的。我們聽說，在遙遠西部林地的某個領地裡曾看過這樣的少女。他們說雖然無法正確記得那個領地的名字，但是那個少女的名字好像是傑米，又好像是傑美……您怎麼了？」

「這、好像不能算是什麼收穫。」

卡爾以無力的表情回答，我和杉森也都聳了聳肩。哎喲我的天呀！傑米妮真的這麼有名嗎？

世界可真的是小小小啊！卡爾說確實在我們領地有個名叫傑米妮的少女，而且是紅髮，可是他還不顧我的極力反對，說她是在座的修奇・尼德法騎士的高貴仕女，連這個他也全說了出來。

亞夫奈德嘻嘻地笑著問道：

「看來那個女孩並不是孤兒的樣子，是吧？」

「她的父母我都認識。」

「是。唉，真是的。我以前從不知道紅髮的少女竟然如此少見啊！」

亞夫奈德嘆了一口氣。確實如此。紅髮少女有這麼稀有嗎？卡爾摸了摸啤酒杯，然後說道：

「嗯，我們今天是第一天開始找人，所以好像也還不到需要期待有收穫的階段。而且也沒有證據顯示目前為止的方法是錯誤的，所以我們繼續去向經常旅行的人探聽吧。如果有探聽到曾看過紅髮少女的消息，我們就立刻出發去找人。」

所有的人都一致贊同卡爾的意見。

我們吃完晚餐之後，決定要早一點上床睡覺，以便明天再去做調查。因為艾賽韓德和亞夫奈德決定和我們一起行動，所以他們也在獨角獸旅店住了下來。老闆黎特德見到一個看起來像是巫師的青年要和一個矮人住在同一間房，就用非常怪異的眼神看了看他們，但是並沒有因為覺得怪異就拒絕讓他們住宿。

卡爾看了一下高階祭司給的文件，然後看到艾賽韓德和亞夫奈德上去他們房間的時候，說道：

「我覺得人類總是讓人難以捉摸。」

「請問這是什麼意思？」

「我的意思是『人類乃是受優比涅和賀加涅斯兩者寵愛的存在生命體』，這句話有時一點也沒錯。」

「您說得有點模稜兩可耶！」

「就拿尼西恩國王來說吧。他取代吉西恩殿下、登上王位的時候，他的性情溫和且具有學者風範，很多人都高興他能登上王位。而吉西恩殿下對他也是只存有當時這種好的記憶。可是，現在呢……唉，算了。但是，你們看看亞夫奈德，那個年輕人，他已經一改前非，完完全全變成一個全新的人了，不是嗎？」

「卡爾，我們和他共處才只一天而已。」

現在，大夥兒都上去房間了，只剩我和卡爾留在大廳。卡爾微笑著說：

「聽說沒有壞人可以騙得過矮人。」

「你是說艾賽韓德嗎？」

「是啊。」

「我不知道。不過，我有件事想問你。」

「什麼事，尼德法老弟？」

就是因為要問這件事，所以我才沒有上去房間，繼續在卡爾身旁晃來晃去。我單刀直入地問道：

「請告訴我一個合理的理由，為什麼不能讓一個父親找到他的女兒？」

卡爾先是露出了訝異的表情，隨即立刻點點頭，說道：

「你是指，不可以讓哈修泰爾侯爵找到他女兒的理由嗎？」

「是。」

卡爾微微笑了笑，然後點了一杯咖啡，一邊繼續看文件一邊說：

「難道你沒有看到高階祭司祕密對我說話的模樣嗎？」

「那請你說一下為什麼不能告訴我們的理由。」

卡爾抬起頭來看了看我。他的臉不論什麼時候看都是很平凡的一張臉。而現在，這張臉孔的後面到底有著什麼樣的想法正在活動著呢？我正眼直視著卡爾的臉孔，說道：

「沒有任何理由可以這樣做。父親尋找女兒這種事為什麼要阻止？儘管哈修泰爾侯爵可能不是因為對女兒的感情才去尋找她的，但是她的母親確實在臨終前拜託了哈修泰爾侯爵。嗯，這雖然是我猜測的，但是那個已經死了的女侍會去找哈修泰爾侯爵，應該是為了要把女兒託付給父親，不是嗎？」

「你猜得很有道理。」

他微笑了一下。我心裡很納悶，說道：

「請你不要就這樣不說了，稍微告訴我一下吧。」

「這個嘛……我實在是難以告訴你，我所知道的那個理由，嗯，高階祭司告訴我的理由。這連我自己也不相信啊！所以我無法很確切地告訴你什麼。當然，也不是說我不相信高階祭司的話。」

「那你說給我聽吧。我可以給你正確的判斷，幫你判斷它是可信還是不可信的話。」

卡爾微笑著說：

「不行，尼德法老弟。」

「絕對不行嗎？」

「是的。這件事實在是沒有很確實的根據。」

「咦？」

「這是和你我沒有關係的事情。我找到那個少女之後，會說出我所知道的那個理由，然後交由那個少女來決定。我希望由她來判斷那個理由有多麼正確，看她是不是能接受。說不定她會認為那種理由很荒謬。因為連我也不想相信。不過，我還是得這麼做啊！」

「是嗎？嗯，我知道了。」

卡爾好像怎麼樣也不肯說出來的樣子。沒辦法了，因為這是卡爾的判斷。我向卡爾道晚安之後，往二樓走上去。上到一半的時候，我在樓梯中間站了一下，低頭看看大廳。

卡爾正用一板一眼的表情看著那份文件。

我走上二樓之後，進到我們房間。杉森如往常一樣地，一下子就在床上呼呼大睡了。而吉西恩則是脫下了甲衣，在床鋪裡按著劍鞘，像是在做惡夢似的磨著牙齒。他可能正在夢裡受到端雅劍折磨的樣子。兩人似乎都已經睡著了，這時候不管是王子還是警備隊長，都沒什麼兩樣。

我搖了搖頭，往陽臺走去。

今天一整天發生了很奇怪的事。我們怎麼會被捲進這種事裡面呢？

「你出來了啊？」

我一看旁邊，妮莉亞在她房間外面的陽臺，正在看著我這個方向。

「你還不睡嗎？」

這一次是另一邊傳出了聲音。我一轉頭，原來是亞夫奈德也正在陽臺上。哼嗯，三個陽臺，就這樣站著女子、少年、青年。不一會兒工夫，變成是女子和少年、青年。因為妮莉亞一個空翻就翻越到我站著的陽臺上了。亞夫奈德輕輕地鼓掌。

「動作真是漂亮！」

我想起剛才不久前卡爾所說的話。

「亞夫奈德，你以後打算做什麼？」

亞夫奈德突然被我這麼一問，表情愣了一下，然後說：

「我？這個嘛……你是指找到那個少女以後，是吧？」

他雙手交叉在胸前，低聲地說：

「我還需要再多修練一些。我現在的願望是能夠學會所有高級的魔法。」

「這不是你以前就有的願望嗎？」

亞夫奈德微微地笑了一下。

「對不起，對於在雷諾斯市裡發生的那件事，我很抱歉。」

「沒關係。事情都已過去了。」

妮莉亞好像聽不太懂我們在說什麼，只是把背靠在陽臺欄杆，靜靜地聽我們對話。夜風吹拂，紊亂了四周圍的一切。亞夫奈德用手順了順被風吹亂的頭髮，說道：

「如果真要追究起來的話，那也是因為我的欲望才會發生的事。」

「你是指因為要成為大法師的欲望？」

「沒錯。因為要達成這個願望太難了，我才會想說當個假的也好。這實在是不能讓人接受的說詞吧？」

亞夫奈德轉過頭去，把手肘靠在陽臺上，眺望拜索斯恩佩的全景，只讓我看到他的側面。他就用這樣的姿勢說話。

「所以我就跑到鄉下去當一個假男爵的爪牙，讓那個假男爵的部下和村裡的人們都遭受到恐懼與害怕。」

「沒有必要把自己說得如此悲慘。」

「悲慘？不是的。我並沒有很悲慘。」

亞夫奈德兩眼望著遠方。又吹起一陣風，把他的頭髮往前吹，散亂在眼睛前面，但是他一點也不在意。

「讓自己繼續保持在不情願的狀態下，那才是悲慘。可是我已經覺悟到我所犯下的錯誤，現在正走向全然不同的路，所以我並不悲慘。這完全是拜你們一行人所賜。」

我看了一下站在我另一邊的妮莉亞。她仍然還是背靠著欄杆，撐著手肘的姿勢，抬起下巴仰望夜空。我又再看了看亞夫奈德。

「那麼，你現在要開始用功了……？」

「在這之前，我要先償還欠你們的人情債。」

「你可以不必這麼想。」

「不。正如同我對卡爾先生所說的，這也算是對我自己的一種磨練。坦白說，我希望尋找少女的過程能充滿逆境與困難。」

在一旁沉默的妮莉亞突然冒出了一句話。

「這句話令人覺得很可怕耶！」

「對不起。妮莉亞小姐。」

「沒關係。嗯，如果只是個人的欲望，有什麼不可以想的？」

妮莉亞輕輕地回答，又像剛才那樣仰望著夜空。我問亞夫奈德：

「可是亞夫奈德，這是你的名字，還是你的姓呢？」

「嗯，為什麼問這個呢？」

「我們在皇宮裡見到了一位名叫喬那丹・亞夫奈德的守備隊長。」

亞夫奈德仍舊還是一動也不動，用稍微駝著背的姿勢，一直看著前方。我實在看不清楚他是不是要開口說話。

「真令人想不到。我還以為我的名字很少見呢！」

「是和你沒有關係的人嗎？」

「嗯。」

「哦。啊！因為和你的名字一樣，我有些驚訝，才會問你。」

「嗯。」

亞夫奈德仍舊保持他那個姿勢看著拜索斯，而妮莉亞也仍舊保持她那個姿勢仰望天空。真是罕見的一幕啊！巫師駝著身體俯瞰大地，小偷則是挺著身體仰望天空！

至於半吊子戰士呢？

我則是直直站著看前方。有件事一直在我的腦海裡盤旋不去。

不能讓父親找到自己女兒的理由，是什麼呢？

隔天早上，我們仍然各自散開去探聽消息。亞夫奈德和古西恩去找商人，杉森、卡爾和艾賽韓德則是去找冒險家，然後我是被妮莉亞拉著耳朵跑去盜賊公會那個地方。哦，我完蛋了。

「我們要去盜賊公會啊？好可怕！」

「不會有事的，不會有事的啦！進去三個人才會死一個，可是我們才只有兩個人啊！」

「妳現在是要我安心的意思嗎？」

「好像是吧。」

妮莉亞就這樣硬拉著我到盜賊公會去。首都的街道如今對我而言好像已經很熟悉了，我才走過幾次就開始熟了。嘿嘿。

暮秋的天空沉甸甸地壓著大地，但還算是很晴朗的天氣。我看到有些人已經開始穿著秋裝，雖然如此，他們還是一副很有活力的模樣。再過些時候，所有的人應該都得遮著凍紅了的鼻子，嘴裡呵出白色的煙氣，如此行走在街道上吧。

不過，這個都市裡完全沒有落葉繽紛，真是煞風景的秋天景象。哼嗯，於是我只好觀看旁那些可以稍微稀釋掉暗沉氣氛的存在生命體。我把一個經過我身邊的女孩子仔細觀看了一下之後，對妮莉亞說：

「我們現在用的方法真的可以找到人嗎？」

「已經沒有其他的方法了，不是嗎？你要是有好方法，就說來聽聽。」

「如果拜託國王陛下，請他向各領地或都市尋找紅髮少女呢？」

「那時候不是就有提過這個計畫，但是高階祭司說不可以，不是嗎？」

「我還記得這件事。因為用國王命令去找，就等於是正式公開地找人，那樣會使那個少女進到哈修泰爾家族去。」

妮莉亞點點頭。

「沒錯。」

「妳不覺得很奇怪嗎？」

「嗯？」

「反正那個少女就是哈修泰爾侯爵的女兒，不是嗎？為什麼不能讓做父親的找到他女兒？」

「咦？哼嗯，是很奇怪啊！」

很好！倒過來，倒過來我這邊吧。妮莉亞像是覺得很煩，說道：

「唉，可是沒關係。在首都的貴族之間，總是有許多更加令人頭痛的事發生。高階祭司明明已經對卡爾叔叔說明過了，而卡爾叔叔也贊同了，不是嗎？你就不要再去想了。」

呃，原本要倒向我這一邊了，卻……那我再試一次。

「我們來打聽看看那個理由，妳覺得如何？」

「咦？什麼意思？」

「不能讓哈修泰爾侯爵找到他自己女兒的理由啊！妳不覺得很好奇嗎？」

「那個呀？我不怎麼好奇啊！」

這是什麼意思啊？到底是好奇的意思，還是不好奇的意思呢？妮莉亞摸摸下巴之後伸了一個懶腰，說道：「你很好奇那個嗎？」

「很好奇。」

妮莉亞嘻嘻地笑了笑，側視著我的臉孔。

「是不是因為你很想念你爸爸？」

「也不光只是因為這樣。」

「嗯，高階祭司告訴卡爾叔叔的時候，甚至還用了魔法祕密地說，不是嗎？我才不想在同伴之間探聽什麼祕密之類的事情。」

咦？難道妮莉亞沒有半點好奇心嗎？我點了點頭，說道：

「哼嗯，好吧，算了。」

我緊跟在妮莉亞身後，這一次是到了位於大路上的商店街。到處是各行各業的商店。妮莉亞經過了一間大間的布匹店和乾草商，就往小間的皮鞋店彎了進去。

皮鞋店？哼嗯，地點滿特別的！

妮莉亞開門走了進去。四面的牆壁都掛著一大堆剪刀、皮革還有未完成的皮鞋。在採光比較好的一處，有個彎著腰的老人坐在一張低矮椅子上，緩慢動著他粗厚的手，正在做針線活。他圍著一條皮圍裙，看起來像是全身都在動，又好像是只有手指在動的樣子。而且他手的動作並不怎麼快，是用很慢的動作在縫製皮鞋。他彷彿像是一座製鞋模樣的雕像。

妮莉亞一站到他面前就擋住了光線。隨即，那個像是雕像的老人抬起了頭。看起來是一個頭都禿了、牙齒也光了的老人，沒想到說話聲音還是很清朗。

「我們這裡沒有在做女鞋。」

妮莉亞不怎麼在意地摸著一隻掛在牆上的皮鞋。老人皺起眉頭看著她的背。妮莉亞轉過身來對他說：

「最近流行什麼呢？」

老人像在嘟囔著什麼似的，說道：

「當然是和十年前一樣。」

「十年前流行什麼呢？」

「當然是和二十年前一樣。」

「十年後會流行什麼呢？」

「當然是會和現在一樣。」

「可以進去嗎？」

「進去吧。」

「謝謝你，賈克。」

那個老爺爺的名字是叫做賈克嗎？妮莉亞把剛才一直在摸著的皮鞋往下拉了一下。什麼呀？那隻皮鞋上連著一條繩子。妮莉亞把繩子一拉，角落的地方就立刻傳出嘎吱的聲音。

妮莉亞對我做了手勢，然後走到角落牆邊去。妮莉亞一推那面牆，牆就如同一扇門，被往後推了開來。嘎吱的開門聲響起。呵，真是神奇！我很緊張地走進裡面。進到裡面之後，我看到有一條長長的垂直通道，是一條可以走下去的螺旋階梯。我小心邁開腳步，踩著螺旋階梯走下去。這也太神了！皮鞋店的牆後居然會有這種地下室！

「這裡是公會嗎？」

「沒錯。」

「那麼剛才那個老人是守門人嗎？」

「嗯。只要說錯一句，可能我的鞋子也會被掛在那裡的牆上呢！賈克事實上並不太會製作皮鞋。」

「咦？是嗎？剛才你們說的是暗語嗎？」

「是暗語沒有錯，但是你不要以為可以拿到其他地方去用。事實上內容不是很重要，語調高低與手勢才是更重要的。」

「原來如此。」

我們走完了螺旋階梯之後，四周變得很昏暗。這是因為是在地底下，而且沒有照明的關係。但是妮莉亞毫不猶豫地找到了門，敲了敲門。叩叩。從裡面傳來一個低沉的聲音。

「誰呀？」

妮莉亞抬起下巴，說道：

「你最疼愛的女人。你夜夜夢想的女人。」

「……進來吧，妮莉亞。」

真是肉麻的話。妮莉亞開了門。突然間出現亮光，使我不禁眨了眨眼睛。雖然不是很亮的光線，但畢竟一路順著昏暗的螺旋階梯走來，眼睛已經適應於黑暗的環境。

裡面可以說是一間又髒又亂的地下室。

一邊是雜七雜八的東西堆得滿滿的書櫃，而且還有另一扇門，門的對面有書桌和椅子。另一面牆邊放著長椅，在那上面的男子好像睡著了，側躺著，有幾個酒瓶滾落在地板上。那個男的身上甚至還裹著一條毛毯。

有一個健壯的男子坐在書桌上，正在等候我們。

他手拿一把匕首，往書桌一刺，之後又再拔起來，如此反覆這個動作，並且看著我們。在他那毫無表情臉上的目光，並沒有固定在任何地方，所以很難和他對看。不過，妮莉亞對於坐在書桌上的男子連看都沒有看他一眼，就直接走向躺在長椅上的男子。

她搖一搖躺在長椅的男子，並且說：

「起來了，老爸！」

老爸？他是她的父親？我用驚訝的眼神，一下子看看妮莉亞，一下子看看那個男的。坐在桌子上的那個男的噗哧笑著說：

「他喝了三瓶酒，兩個小時之內是醒不來的！」

「要不要賭啊？我如果能讓他醒來，你要付多少？」

「十賽爾。」

「小氣鬼。好吧，十賽爾。」

接著，妮莉亞就把裹在那個男子身上的毛毯給拉了下來。隨即那個男的就骨碌碌地滾到地上，一眼看上去就知道是一個醉得不省人事的中年男子。下巴鬍鬚被酒沾濕之後就這樣凝固了，看起來亂七八糟的，而頭上幾乎已經禿到頭頂了。他滾落之後就直接停住，很用力地打呼。

「噗嚕嚕……呼嚕嚕！……噗嚕嚕……」

毛毯沒了，所以打呼的聲音聽起來更加大聲。我有些不知所措，只好先就以往的姿勢，倚靠在門邊。妮莉亞像是早就知道這樣是弄不醒他的，馬上開始下一個步驟。妮莉亞很是從容不迫地走過去，把掛在牆上的提燈拿了過來。坐在書桌上的男子睜大了眼睛。

「天啊，妳想做什麼？」

「我要叫醒他。」

妮莉亞從毛毯上稍微拉了一些毛線線團，脫了那個男的鞋子。啊，天啊！我知道她想做什麼了。妮莉亞好像打算用非常直接且殘忍的方法。妮莉亞把毛線團塞在那個男的腳趾之間，點火之後，就趕緊往後退。

不久，那個酒醉的男子用非常快的速度醒過來了。

「呃啊啊啊！水！水！」

他一邊喊著一邊拿起身旁的瓶子。不可以！那是酒瓶啊！根本沒有人來得及阻止，他就往腳上倒下去了。呼！幸好！酒瓶裡一滴酒也不剩。那個男的坐到椅子上，像是發瘋了似的跺著腳，眼淚還一點一點地滴下來。妮莉亞用呆傻的表情說：

「下次我應該要先把酒瓶全部拿開！」

被火燙醒的男子一聽到妮莉亞的聲音，看了看她。

「真是的！原來是妳！」
「好久不見了，老爸。」
「不要老爸老爸的一直叫！妳這樣會害我這個光棍娶不到老婆的！」
光、光棍？哦，天啊！妮莉亞聳聳肩，說道：
「對不起，老爸。」
那個男的用不安的眼神看著妮莉亞說：
「妳只要用鼻子哼一聲，我就會很不安。這次又想來剝我幾層皮啊？」
我差一點就脫口說出「沒錯」這兩個字。妮莉亞嘻嘻地笑著說：
「請不要把誠實的夜鷹說得好像是騙子。」
「像月舞者那種人才是騙子。妳先坐下來吧。」
剛才坐在書桌上的男子拿來了兩把椅子。妮莉亞對我做了手勢，於是我有些忐忑不安地和妮莉亞並肩坐下，與長椅上的男子對看著。那個男的一面看著我一面說：
「這個野人是誰呀？」
「他是我的同伴。」
「又不能拿他來當牛郎，他能做什麼？能在床上用嗎？」
這番話真是令人聽起來很不舒服。我冷冷地看了他一眼，隨即，那個男的就用訝異的表情回視我，好像一副「你看什麼看？」的表情。妮莉亞說：
「請不要亂來哦，老爸。」
「妳想要什麼？哦，等等，賈克！你去拿水來。咳嗯。」
那個中年男子的表情看起來像是口很渴，接著，一直在玩弄匕首的男子就把放在書桌上的水壺的水倒在杯子裡，遞了過來。這個青年的名字也是賈克嗎？青年賈克遞完杯子要走回去的時候，妮莉亞拉住賈克的手。

賈克嘆了一口氣，說道：

「真不愧是精打細算的妮莉亞！」

那個青年男子搖搖頭，從口袋裡翻找出一枚十賽爾銀幣，拿給妮莉亞。她嘻嘻地笑著把銀幣丟到空中之後接起來，就放進褲子口袋了。

樓上的那個皮鞋匠老人也是叫賈克，這個男的也是叫賈克。我想了一下，看一眼我面前的中年男子。難道這個中年男子也叫賈克？

妮莉亞說道：

「我有個請求，賈克　」

我猜得沒錯耶！中年賈克搔了搔下巴鬍鬚，想了一會兒，說道：

「什麼請求？」

「幫我尋找一個人。你向那些夜鳥探聽看看，可以嗎？」

「找誰呀？」

「一個紅髮的少女。」

「我現在當場就可以找到一個了。」

「除了我以外。」

「幹嘛找她？」

「不要問這麼多。」

中年賈克這一次開始捻他的下巴鬍鬚，一下子就把鬍鬚弄得亂成一團。

「商人和冒險家他們在流傳，說有人在探聽這個。」
妮莉亞微微笑了笑。
「是嗎？」
「所以有幾個夜鳥跟蹤他們，跟到了獨角獸旅店。」
我嚇了一大跳。什麼呀？這傢伙早就知道我們一行人了？妮莉亞咧嘴笑著說：
「嘿。老爸什麼都知道嘛！」
這一回，中年賈克也嘻嘻笑了出來。
「因為外面都有風聲了。想必這是大件的嘍？」
「是非常非常大件的。」
「嘻嘻。我早就猜到了。聽說月舞者他們那些傢伙也在找那樣的女孩。」
「真不愧是老爸！」
「我剛才說過，妳不要一直叫我老爸老爸的。」
「嘿。」
我開始覺得氣氛不大對勁了。
妮莉亞外表看來像是心情非常好的樣子，嘻嘻哈哈地在笑著，而中年賈克也是，像是一個老好人似的在笑著。但是我可以感覺得到某種緊張的氣氛。我往後瞥視了一下，青年賈克仍然還是坐在書桌上，面無表情地把匕首刺進書桌，又拔起來，如此重複這個動作。拍子一點也不紊亂，非常機械式地做動作。
妮莉亞仍然還是微笑著，說道：
「怎麼樣啊？」

「有多大件？妳說來聽聽。」

「我要是告訴你，你的心臟可能會受不了哦。因為實在是太大件了。」

「那麼，輕輕地告訴我吧。」

「這件事大到會讓整個拜索斯都被毀掉。」

中年賈克嘻嘻地笑了笑。而青年賈克則是不為所動，照樣在刺書桌。這些人怎麼一點也不驚訝呢？

「整個拜索斯都會被毀掉？這讓我很感興趣哦！」

「什麼，老爸？」

「嗯？」

雖然妮莉亞繼續在笑，但是我仔細一看，她的手正在慢慢地往腰部方向移動。我緊張了起來，在腳掌上出力。準備一看不妙就從椅子跳起來。

「真奇怪，賈克，你在隱瞞什麼？」

連妮莉亞的說話語氣都變了。中年賈克咯咯地笑著。

「我的意思是，這沒什麼了不起的，最近拜索斯會被毀掉的這種話我已經聽太多了。」

「什麼意思？」

妮莉亞現在像是氣喘吁吁似的在說話。我是不是該站起來了？是現在嗎？中年賈克說：「我想介紹一個人給妳認識。」

嘎吱開門聲。一旁牆壁的門被打開了。我一聽到那個開門聲，就立刻從椅子跳了起來。那一瞬間，有一道快速的光芒從我眼前飛過去。咻！

是匕首。一直坐在書桌上的那個青年賈克擲出了匕首。幸好我從椅子跳起來，他才會射歪。

而在此刻，妮莉亞一下子跳了起來。

「快逃，修奇！」

妮莉亞飛跳了起來，直接跳到青年賈克那裡，但是青年賈克輕輕地避開了。妮莉亞踩到書桌上，踢了他一下。青年賈克的臉猛地轉過去的那一瞬間，我看到進來的人了。

原來是涅克斯・修利哲。

「呀啊啊啊！」

有人緊抱著我不放。好像是中年賈克從背後緊抓住我的樣子。很好，這是好機會。我假裝是在掙脫似的往後衝去。

「咦？什、什麼……」

砰！我應該是毀了長椅、中年賈克或牆壁這其中的兩樣吧。但沒想到竟然全部都倒了！我直接拔出巨劍，在我身旁的妮莉亞拔出了匕首，她和青年賈克對峙著。

涅克斯・修利哲看了一下妮莉亞，又看了看我。他看到我拔出巨劍，露出不怎麼在意的表情，也拔出了一把長劍，說道：

「我們都互相認識！何必如此，把巨劍放下吧！」

我冷冷地笑著用身體回答他。我的右腳舉起，用力往下踩。

「呃啊啊啊啊！」

中年賈克被我踩了一腳，發出快氣絕的慘叫聲。涅克斯搖了搖頭，說道：

「幼稚的傢伙……這樣不行哦。」

在那瞬間，涅克斯右腳一個大邁步，劈了過來。我用直覺全身彈了出去，使出了我的招式。

「一字無識！」

「呃啊！」

涅克斯的表情看起來像是手腕被折斷了。他的長劍沒有被折斷是因為我的手腕柔軟，沒有使上力，才會如此。等一下就會有人讚賞我的招式了。可惡，被我搶到先機的時候你就完了。我還只是個新手，所以即使犯規也該原諒我！

「吃我這一招！」

我用力踢了滾落在地的酒瓶。酒瓶一碎之後，陶瓷碎片就往四方噴濺。砰砰，啪！涅克斯表情慌張地收回他的手腕，往後退了幾步。往後退？誰敢！我用攪拌蠟油的招式走上前去。

「哇啊啊啊啊！」

什麼呀？涅克斯竟然微笑著把長劍往前刺過來。他是想試著擋住我的招式嗎？不過，就在我發覺涅克斯的長劍移動得就像杉森的長劍一樣快速的瞬間，很奇怪地，我的手腕突然無力，巨劍則是朝著完全不對的方向彈跳出去。我感覺腰都快斷了，於是趕緊往後跳。涅克斯正好把劍刺到我原本站著的地方。哇啊！我差點就沒命了！

「呃啊！」

突然間，青年賈克倒在我和涅克斯之間，我們兩個人都驚訝地往後退，妮莉亞很快地跑到我旁邊。我一看，青年賈克的大腿上插了一把匕首。青年賈克緊抓住一直不斷湧出血的大腿，慘叫個不停。

「呃、呃啊！」

妮莉亞用凶悍的眼神看了看涅克斯之後，朝我這邊伸出手來。我的巨劍突然被搶走了。
「妮、妮莉亞？」
「你這傢伙！我不是叫你趕快逃了？」
「妳是要我逃跑才帶我來的嗎？」
「你以為你很厲害呀！」
妮莉亞一邊胡言亂語一邊不斷轉著巨劍。哇啊！這招是我在故鄉時，特克和海利他們使過的招式啊！妮莉亞柔軟地轉著腰身，把巨劍突然冷不防地調轉方向，涅克斯看了噗哧地笑出來。
「小姐，妳的技術還是半生不熟的喲。」
「什麼？」
「倒不如把劍還給那個少年。」
「知道了。」
妮莉亞一聽到那句話就轉過身子，把巨劍遞還給我。我怎麼覺得她好像是笨蛋？我糊裡糊塗地接過巨劍，妮莉亞又再度轉身看著涅克斯。突然間，她的手快速地一動。
涅克斯嚇得往旁邊移，射歪了的匕首撞擊到牆壁，發出尖銳的聲音。噹！涅克斯一面咬牙切齒，一面把長劍直立在前面。
「真是個性情火爆的小姐啊！」
「沒射中你，該跟我說聲謝謝吧？」
「謝謝了。」
妮莉亞原本是背向著我的，這時咻地一跳，就落到我的旁邊站著。真是身手敏捷！她從懷裡又拿出一把匕首，用溫和的語氣對我說：

「我要往後退，你來攻擊。我只要看到這傢伙露出空隙，就會射過去，所以你儘管攻擊，讓他無法集中精神。只要看到他的背，我就丟擲出去。」

「那個……妳未免也講得太坦白了。」

「這就是我的魅力呀！」

涅克斯露出一副頭痛的表情。

「喂，我可不喜歡暴力。」

「自己會輸的可能性越高，就會越不喜歡暴力。」

妮莉亞大聲地回了他這一句，涅克斯的鼻子抽搐了幾下。真是的，妮莉亞。妳說話也太衝了吧？涅克斯把兩手舉起，整個長劍都收回劍鞘。

「好，我輸了。」

「好了！修奇，那傢伙現在是空手，快打！」

「妳在開玩笑吧？」

「這樣不是很好玩嗎？」

涅克斯用荒唐的表情看了看我們之後，乾脆拉一把椅子坐了下來。

「我們來談一下。」

「先等一等。修奇，你監視那個貴族青年。他就算是要擤鼻涕也得經過我的允許。」

「聽到了吧？」

「聽到了。」

涅克斯說完之後，仍然坐在椅子上，雙手交叉放在胸前。我拔出巨劍，站在他的身後。這場出乎意料的武打戲實在是太快結束了。

妮莉亞立刻用很熟練的動作，跑到放滿亂七八糟東西的書櫃裡，拿出繃帶和一些藥瓶子。她扶起青年賈克和中年賈克，讓他們兩人坐到椅子上。妮莉亞在青年賈克的大腿上纏上了繃帶，並且說：

「你還不成氣候，不要太草率行事。你看，都受傷了。人不是那麼容易就可以成名的呀！」

「我輸了。真是的。如果能刺中姊姊妳，我應該會得意洋洋地搖旗吶喊一下吧。」

「再等個五年、十年吧。」

妮莉亞溫和地說完之後，在繃帶上面輕輕地打了一下，青年賈克立刻發出刺耳淒厲的慘叫聲。

中年賈克就比較嚴重一點了。被我踩過去的那條腿好像已經斷了的樣子。中年賈克臉色發青地躺在那裡，氣喘吁吁地說道：

「真是的，我這個年紀要是骨、頭斷了，是沒辦法癒合的。」

「那你知道我為什麼要帶這個小伙子來了吧？活該。」

妮莉亞伸出舌頭，對中年賈克做了個鬼臉，讓中年賈克氣個半死。中年賈克發出很淒厲的呻吟聲。連青年賈克也出力幫忙，從書櫃那堆雜七雜八的東西裡，拿出可以當成固定板的東西，夾在中年賈克的腿上，綁好固定起來。

「看來你明天一整天都得耗在神殿嘍！」

妮莉亞繼續招惹中年賈克生氣。中年賈克用憔悴的臉孔說道：

「呃，媽的。我只要去神殿一次就會一整個月手氣不好。」

「如果腿不治好，可能一整個月都會動不了哦！」

「呃呃呃呃！」

中年賈克如此長吁了一口氣之後，像是要把我抓來吃了似的瞪著我。嘿，這樣瞪我是想拿我怎麼樣啊？我嘻嘻笑著迎視他的目光，隨即中年賈克露出了啼笑皆非的表情。

「真是的。妳帶著這個小伙子帶對了。」

「因為我的眼光是很高的。」

妮莉亞說完之後看了看涅克斯。他一直不發一語看著妮莉亞的治療過程。他說道：

「妳和賈克是很熟的朋友嗎？」

「當然很熟啦！至少比認識你的時間來得久吧。」

「是嗎？哼嗯。賈克非常讚賞妳呢！」

「他是說我容貌出眾，還是說我能力優秀？」

「他說妳很精打細算。」

我想用咳嗽聲把笑聲給掩飾過去，但是我的咳嗽聲聽起來卻很像笑聲。妮莉亞的臉氣鼓鼓地，一直瞪著賈克。涅克斯舉起手來，說道：

「我是艾德布洛伊的在家修行祭司。我想幫他治療一下。」

「是嗎？不過，現在不行。等一下我們走了之後再治療。」

「可是越早治療越好。」

「反正又不是我在痛，而且我已經做了應急的措施了，他不會當場就暈倒。你是想做給誰看呀？我可是三叉戟的妮莉亞！」

我實在是忍不住了，所以又加了一句。

「精打細算的妮莉亞……」

「你住嘴！」

涅克斯嘻嘻笑了出來，說道：

「那麼，可以跟妳談了嗎？」

「你說，我在聽。」

「我要說的是這個。進來。」

這是什麼意思啊？就在這時候——

砰！一聲巨響傳來，好像是我們剛才進來的那扇門被摧毀的聲音。接著，我根本就來不及回頭看，後腦杓就被狠狠地一擊。

「嗚呃……」

怎麼一回事？我開始覺得精神很恍惚。我一邊倒下，一邊看到奪門進來襲擊我的人，現在正在攻擊妮莉亞。那是誰？啊，不可以。不要碰妮莉亞。真、真是……

我的眼前漸漸變得昏暗。

「呃啊啊！」

砰！我看到星星了。

「啊啊啊啊！」

呃！什麼呀？啪！哦，天啊，我的肚子！

「拜託妳把腳拿開！」

剛才妮莉亞跳起來在空中翻轉一圈之後，保持了平衡，然後就直接在我的肚子上用一個完美的動作著地。妮莉亞趕緊把腳移開，我躺著按住自己的肚子，看了看上方。

天花板是白色方形的，從那裡可以看到賈克和涅克斯的臉孔。而最旁邊的那個男的，也就是從後面襲擊我們的臉孔——真沒想到，原來是那個跟在涅克斯身邊的馬夫。

那個身材魁梧的馬夫好像是一聽到涅克斯的命令，就立刻破門而入，在我來不及回頭時，他往我的後腦杓揮了一拳。接著，大概妮莉亞也被他們抓了起來的樣子。那個馬夫的身手好像很不錯。我們就這樣被丟進了這個地方。這裡是我們剛才待著的房間底下的另一個房間，似乎滿大間的樣子。妮莉亞憤怒地說：

「混蛋！我沒想到你們會分兩次進來。」

從上方傳來中年賈克的咯咯笑聲。他說道：

「妳說的一切藉口，我會幫妳刻到墓碑上。」

妮莉亞她再也忍耐不住，爆出了一堆話。

「喂，你……」

妮莉亞在喂之後所說的都是很凶狠的話。我很想塞住耳朵不聽。都是那種聽了之後一定會壽命短少好幾年的髒話。還有的是天外奇想級，我連聽都沒聽過的，不禁想拍手讚賞她的才氣。有的髒話令人懷疑她怎麼有辦法睜著眼睛說出口。中年賈克嘻嘻哈哈地笑著，把天花板上的出入口給關了起來。

「妳先冷靜一下吧。」

妮莉亞根本不管出入口是不是關著，仍一直不斷罵人罵了好一陣子，然後在我快嚇破膽的時候停住了。

「罵完了嗎？」

突然一片黑漆漆的，什麼也看不到。妮莉亞好像開始在摸索四周的樣子。

「修奇？你在哪兒？」

「我在這裡。」

隨即，妮莉亞的手就摸到我了。她摸了一下，就立刻再開始摸索四周圍。

「妳在找什麼？在找燈嗎？」

「嗯。」

「監獄裡怎麼可能會有照明設備？」

在一片漆黑的地方說話，我感覺非常奇怪，甚至覺得有種快窒息的感覺。妮莉亞並沒有回答我，一直發出沙沙的聲音。怎麼會有沙沙的聲音？也就是說地上有些什麼東西嘍？我彎腰摸了一下地板。妮莉亞說：「說話聲音不會很大聲，可見這裡的空間一定非常大。」

哼嗯，真的耶！我把手按著牆壁移動。雖然有摸到一些東西，但是無法確知是什麼。我總覺得可能是稻草之類的東西吧。

「有稻草，太好了。等一下。」

妮莉亞沙沙作響。她在做什麼呢？不久之後，有火花從黑暗之中突然濺了出來。同時還聽到嚓嚓的摩擦聲音。過了一會兒，周圍明亮起來，我看到妮莉亞把稻草搓成像是棍子的東西。她像舉火把似的拿著那根稻草棒。我笑著問她：

「妳有帶打火石？」

「嗯。這個匕首的柄可以拿來起火。我看看……我們先再拿一些稻草。」

周圍一亮起來，我便看清楚我們所在之處。地上鋪了許多稻草，四周非常地寬敞，好像是倉庫之類的地方。我趕緊收集一些稻草，搓成非常粗大的棍棒。妮莉亞把火移到那上面之後，說道：「這裡好像是倉庫？對了，我記得皮鞋店旁邊有乾草商！」

「啊，那麼這裡是乾草商的地下倉庫嗎？」

「應該是吧，可能兩個建築物共用。唉，真是的！如果不小心點著乾草堆，我們就會被活活燒死！」

「沒有多少稻草啊！沒關係的。」

妮莉亞嘀嘀咕咕地檢查著周圍的牆壁。我也檢查了周邊。不久，我們發現原本應該有一道門，但是那裡的門板被拆下來，用磚塊整個堵了起來。除此之外，就只剩下一個出口了。妮莉亞說道：

「那麼，可以出得去的地方就只有上面那個門了！」

我決定輕鬆面對這一切。

「好了，我們先把火熄了吧。因為該看的我們都看了。」

妮莉亞怔怔地看著我，說道：

「你很泰然自若哦！」

「這樣不是很好嗎？這算是一個契機吧。我們才開始找那個紅髮少女，沒想到這麼快就有一些徵兆出現了。」

「嘿，說得也是哦！」

妮莉亞用力揮了一下燃燒著的稻草棍棒，熄了火。嗯，可是，實在是太暗了！我聽到妮莉亞移動的聲音，接著她就握住了我的手。我也握住她的手。我和妮莉亞肩靠著肩，倚著牆壁坐了下來。妮莉亞乾脆就把頭靠在我的肩膀上，說道：「涅克斯為什麼要抓我們呢？」

「不是賈克要抓我們嗎？」

「賈克是個糊塗蟲。他可能是受了涅克斯的委託才這麼做的吧。」

「可是他不是妳爸嗎？」

「什麼呀，我只是隨口叫叫的而已。」

「我還以為你們真的是父女呢！」
「不過，涅克斯為什麼要抓我們呢？」
「妳是想聽我的想法嗎？」
「嗯。」
「那我就說嘍。我覺得……我不知道。」
「為什麼會不知道？」
妮莉亞的語氣聽起來像是不怎麼好奇的樣子，只是一直不斷問問題而已。我也是，被關在黑暗之中，就會變得很想說些話。好，來整理一下到目前為止的狀況吧。畢竟在這樣奇怪的場所出現了奇怪的契機。
「嗯，好。首先，涅克斯・修利哲的叔叔卡穆・修利哲，曾經是克拉德美索的龍魂使。可是他因羞愧之事致死之後，克拉德美索開始發狂作亂。這應該就是他們家族的一大恥辱吧。」
「很好，繼續說。」
「啊！對了，現在我知道了。為什麼他都已經是伯爵了，還會被派遣到我們領地的原因。」
「什麼意思啊？」
「涅克斯・修利哲的父親他，叫什麼名字呢？啊，羅內・修利哲。沒錯。那個人被派到我們的領地去，護衛阿姆塔特征討軍成員裡的卡賽普萊。一定是這樣！可能他是為了重拾家族的名譽，才會到遙遠的西部林地執行派遣的任務。」
「雖然有點像是你單方面的論斷，不過，你繼續說吧。令人很感興趣耶！」
「嗯，涅克斯那天早上的問話，『父親光榮地戰死了嗎？』妳還記得吧？」
「哼嗯，這和你的想法正好相符。就是為了所謂的家族名譽，是吧？」

「然後，因為他是艾德布洛伊的在家修行祭司，所以可能從大暴風神殿那裡得到了情報：哈修泰爾侯爵正在找克拉德美索的龍魂使，也就是那個紅髮少女。」

「可能是這樣吧。」

「不，這是我可以確定的事。妳還記得月舞者所說的話吧？涅克斯・修利哲正在覬覦哈修泰爾家族的某一本書，所以要叫人偽裝成那個紅髮少女，到侯爵宅邸去偷出那本書。」

「哼嗯。沒有錯。」

「所以，很明顯地，涅克斯知道哈修泰爾家族正在找紅髮少女的事。」

「對呀，對呀，說得好！所以呢？」

「所以呀……我依然還是不知道。」

可能是因為太過黑暗　什麼東西都看不到的關係，妮莉亞的嘆息聲聽得特別清楚。

「唉，那麼等一下再問他們吧。他們可能會拷問我們呢！」

「應該會吧。」

「好了，睡一下吧！」

妮莉亞說完之後就立刻往另一邊倒了下去。不久之後，傳來沙沙的聲音。可能妮莉亞鑽進稻草堆裡了。我把頭靠在冷冷的石壁，沉思細想著。

涅克斯・修利哲。突然間插進了這麼一個奇怪的人。

還有，更令人傷腦筋的是，我們要來盜賊公會時，並沒有向卡爾他們明確地說出地點。他們如果發現我們沒有回去，一定會擔心，但是又沒辦法來找我們。我們終究還是得靠自己逃離這個地方。

不過，慢慢再去想逃離的事吧。我總覺得可以從涅克斯・修利哲那裡得到許多情報。正如同我剛才所說的，雖然剛才我是想要妮莉亞安心才這麼說，可是這的的確確是個機會啊！
我就這樣把頭靠在牆上，漸漸入睡。四周黑漆漆的，這時候睡覺是最好不過的事了。

「不要在我背後說話！」
什麼意思啊？真是的，我不知道自己到底有沒有睜開眼睛。我完全都沒有上下的方向感了，更別說是區分左右邊。一開始我無法平衡身體，雖然是坐著，但還是差點就這麼往前倒下去，好不容易才用手撐著地板。
「不要在我背後說話！不要罵我！」
「什、什麼呀？妮莉亞？」
我提起精神之後，看了看四周，仍然是一片漆黑，什麼也看不到。
「我會殺了你……我會把你殺掉！」
「妮莉亞！」
妮莉亞所在的方向到底在哪裡？真是的，我現在完全沒有方向感！我只好先向聲音傳出的方向踉蹌地爬行。可能是坐在冰冷的地下室的關係，膝蓋一碰觸到地上就開始覺得十分疼痛。哇，看到光線了！呃，原來是眼冒金星。真糟糕！我往牆壁方向匍匐前進。我一面噙著眼淚，一面踉蹌地轉移方向之後繼續匍匐前進，不久，我摸到了稻草堆。我看看，妮莉亞不是鑽進稻草堆去睡覺了嗎？
「我要殺了你！」

我差點以為我的耳朵會被震掉。哇啊，震得我精神恍惚。妮莉亞的大吼聲突然間從我耳邊傳來，我嚇了一大跳，不管二七二十一地，把手伸了出去。我好像摸到什麼柔軟的東西。可能是妮莉亞的肩膀吧。

我用力搖了搖她的肩膀。

「妮莉亞、妮莉亞！」

耳邊傳來妮莉亞的嘶喊聲。

「走開！不可以，你不要過來！走開！不可以！」

妮莉亞的手隨便胡亂揮動著，我有好幾次被打到胸口、下巴、臉頰。幸好這麼暗，才沒有打得很準。我大聲喊叫了一聲。

「妮莉亞啊！」

「你是誰……千萬……不要侵犯我……嗚嗚。」

這是什麼跟什麼呀？她是在哭嗎？妮莉亞的手下垂，不再對我揮拳了。

「妮莉亞，是我！我是修奇！」

「不可以……千萬……嗚嗚。」

有好一陣子都沒有聽到任何聲音，只有哽咽的聲音傳來。那是忍住眼淚的聲音。這到底是怎麼一回事？我稍微伸出手來，朝著大約是妮莉亞的手臂位置伸去。可是我摸到的是很柔軟而且濕漉漉的地方。是妮莉亞的嘴唇嗎？

「……修奇嗎？」

呃。沒錯。說話的時候會感覺到一股熱氣衝到手指頭。突然間有東西伸出來，把我的手往旁邊移開。好像是妮莉亞的手。

「妮莉亞，妳沒事吧？嗯？是我。」
「原來是你……這裡是哪裡？」
我看她說完之後一定會突然跳起來。
「妳想這裡是哪裡？當然是盜賊公會的地下監獄啊！」
「我不是指這個。這裡是哪裡？」
這話是什麼意思？不是指這個？如果不是指這個，那麼還有別的什麼東西嗎？妮莉亞又再像哭泣嗚咽似的問道：
「這裡有人嗎？」
「有兩個人啊。」
妮莉亞突然用發怒的語氣說道：
「我是說人！人！什麼人也看不到！黑漆漆的！只聽得到聲音！不要在我後面說話！我看不到你呀！」
我不知道該怎麼說才好。真是的。
「我在妳前面。」
「我看不到你……看不到啊！」
「妳把手伸給我。」
可是妮莉亞一動也不動。所以我摸索著大約是妮莉亞的手的位置。不久之後，我摸到一隻小手。我舉起那隻手，拉到我的臉頰。我把妮莉亞的手貼著我的臉頰，然後說：
「摸到了吧？」
「……嗯。」

「我又沒死。我的身體是溫熱的，脈搏也在跳動，是吧？」

「……嗯。」

「我說話的時候臉頰有在動，妳感覺得到吧？」

「……嗯。」

「我是在妳前面吧？」

「……嗯。」

我放開妮莉亞的手，但是妮莉亞沒有把手放下。她舉起雙手撫摸我的臉。我就任由她去摸了。過了不久，她似乎一邊把手放下一邊坐起身。

「看來我雖然年紀大了一些，卻還是不夠沉穩。謝謝你，修奇。」

「妳好像做惡夢了。可能是太餓了才會這樣吧？呃……我實在是不該提到餓的事！我們好像已經挨餓很久了耶！」

「好像是吧。咯嗯！」

妮莉亞抽吸著鼻涕。接著，她的說話聲音整個轉換回來，有力地吼叫著。

「喂！你們這些傢伙！你們是想把人活活餓死啊？」

嗯？當然不可以就這樣活活餓死！

「你們一個賈克伸頭下來！給我們吃點東西！」

我們氣勢凶悍地對著天花板亂喊。過了一會兒，天花板出現了一個四角形的光，並且傳來說話聲。

「你們上來吧。可是，不准耍花招。一次上來一個人。」

是涅克斯的說話聲。隨即立刻從上面掉下來一條繩梯。

「咦？怎麼這麼簡單？上去之後安靜地待一陣子，再把他們全都打死，妳覺得如何？」

妮莉亞嘻嘻笑著說：「恐怕沒有這麼簡單！他們當然是已經做好準備了吧。」

「女士優先。」

妮莉亞微笑了一下，爬上繩梯。接著我也跟著她後面爬上去。他們很笨耶！繩梯當然只能一次上去一個人，不是嗎？

我上去一看，確實是戒備森嚴。拔出刀劍的男子，連同賈克，共五個人包圍著我們。其中兩個是剛才的那兩個賈克，一個是打倒我們兩人的那個馬夫。其餘兩個是剛才沒看過的人。

妮莉亞早已被兩個賈克各抓住一隻手臂，但還是在對我微笑。賈克他們手上都拿著匕首，看來一定是妮莉亞已經被解除武裝了。有一個男的對我伸出手來。

我像是沒想到要去反抗的樣子，就把巨劍遞出去了。涅克斯搖搖頭說：

「喂，我不是叫你不要耍花招了？把手套脫下來。」

「哼。你知道的還真不少。」

「我剛才用劍領教過了。只要用劍碰一次，就能掌握對方的技術和力量，才是真正的劍士！」

「當然當然。我還以為你不知道呢！」

砰！在我旁邊的傢伙用刀柄戳了我的腹部一下。混蛋傢伙！我痛喊一聲，準備要衝上前去，但是面對五把閃閃發亮的刀刃，我要是猛衝上去，豈不就死定了？

「哼，打一個空手的人，算什麼劍士呀？」

「這樣不是很好玩嗎？」

涅克斯厚顏無恥地說。現在他那張臉和先前那天早上簡直判若兩人。那天早上，在卡爾的問話之下紅著臉的模樣，難道是假裝的？他那副憂心忡忡的表情全都是裝的嘍？

我脫下OPG交給他們。

涅克斯指著桌子，要我們坐下。妮莉亞和我注視周圍每個人之後，就一屁股坐了下來。涅克斯坐在我們對面，其餘五個人圍在我們後面站著。我故意搗亂審問，對著站在我後面的一個男的彈了手指，說道：

「我要煎餅、牛排七分熟，然後飯後用啤酒清清嘴巴！」

妮莉亞咯咯地笑了出來，那個男的一副不知所措的表情看了看我，隨即做出要再用刀柄戳我的動作。呃啊！不要再戳了啦！涅克斯舉起手來阻止他。

「有什麼喝的都拿過來！」

他們之中的一個，就是剛才那個馬夫，往外走了出去。我真的沒聽過那傢伙講過一句話。然後，涅克斯一面彎著手指頭，一面看我們。妮莉亞表情不耐煩地問道：

「你到底是何方神聖？」

「我呀，我只是個精通許多事的人。」

妮莉亞長長吁了一口氣之後，對我說：

「修奇，你來跟他說話，有時候我覺得你和我心有靈犀。」

我動了動我的頭，對涅克斯說：

「你精通很多事？最厲害的是什麼事？是不是無法打贏對方時，就叫部下來揍那個人？是不是叫一些嘍囉來助你一臂之力？」

涅克斯噗哧笑了出來。哼嗯，他不像是那種可以用話激他的人！和杉森不一樣耶？此時，剛才走到外面去的馬夫拿著啤酒杯走了進來。他在我和妮莉亞面前各放一杯，我們兩人則是互相望了一下。這啤酒可以喝嗎？涅克斯看到我們的模樣，微笑著說：「沒有毒。」

妮莉亞噘著嘴，說道：

「如果有毒，你會告訴我們嗎？」

「嗯。」

「修奇，你等等。」

妮莉亞說完之後很小心地把嘴靠在杯緣喝。她先伸出舌頭嚐了味道，再一點一點地讓啤酒流到嘴裡，像是在觀察她自己的狀態似的等了一會兒。她突然皺起眉頭看著我。

「你不要喝。」

「什麼？那麼……」

「因為都沒有氣泡。」

涅克斯立刻發出一陣爆笑。

「噗哈哈哈哈！」

他像是覺得可笑到了極點似的，按著額頭把頭往後仰。他就這樣仰望天花板，笑了好一陣子，然後說：

「我真的是第一次看到這種人！哈哈哈！好，真有膽量。」

「謝謝。我們已經受到一番招待了，現在我們可以走了吧？」

「走去哪？走到天堂嗎？」

涅克斯微笑著回答出這一句話，我不禁覺得他很齷齪卑鄙。這傢伙到底想要我們怎麼樣？明明是他有事才會找我們在這裡問話。

「我們不想和你攀上什麼關係，你要什麼就快說吧！」

真令人驚訝！不愧是妮莉亞，竟然說出了我想說的話！涅克斯嘻嘻笑著說：

「妳既然都這樣說了……不過我還是紳士一點。應該要互相自我介紹一下吧。那天早上雖然是有見到你們，但是沒有正式聽你們介紹自己。」

「是嗎？我是淑女妮莉亞。三叉戟的妮莉亞。」

「這我剛才好像也有聽到。而且聽說妳的綽號好像叫『精打細算的妮莉亞』。」

妮莉亞哼了一聲之後，涅克斯把頭轉向我這邊。

「妳好像不想再說什麼了。好，那你呢？」

「我叫修奇・尼德法。綽號怪物蠟燭匠。半獸人的剋星，假男爵希里坎的剋星，煎餅的發揚光大者，食人魔幻覺的殺手，卡拉爾的救援者，高貴仕女傑米妮的騎士。還有，賀坦特的蠟燭匠候補人……」

涅克斯先生已經靜靜地舉起手了，要不然我還可以再多亂編幾句的。涅克斯高興地笑著說：

「我呢，名叫涅克斯・修利哲。修利哲家族的長子，艾德布洛伊的在家修行祭司，拜索斯恩佩的盜賊公會會長。」

一直在嗤之以鼻、哼個不停的淑女一聽到最後那句話，瞪大了眼睛。

「公會會長？」

妮莉亞轉身看了看中年賈克，中年賈克則只是一直微笑著。妮莉亞搖了搖頭，說道：

「這到底是怎麼一回事？」

中年賈克嘻嘻笑著說：

「就跟妳聽到的一樣。」

「媽的，夜之紳士居然已經走到這步田地！什麼呀，竟然是貴族在當公會會長？真可笑！」

在我們旁邊的那些傢伙都用凶悍的表情瞪著妮莉亞，這時她才稍微收斂一下說話的聲音。真是令人不敢置信！涅克斯竟是公會會長！不是盜賊也能成為盜賊公會的會長？

涅克斯像是知道我在想什麼似的說道：

「沒有什麼好覺得奇怪的。這只是傳統組織學的應用而已呀。」

妮莉亞緊皺眉頭，說道：

「傀儡？」

「沒錯。」

「天啊！拜索斯恩佩的公會會長竟然從以前就是傀儡，像話嗎？」

「當然像話呀！這是時間和努力的問題。」

「你的意思是，這已經不是一天兩天的事了？」

「沒錯。」

妮莉亞以為涅克斯會再說些什麼，可是他沒有再說任何話。所以我問道：

「你到底想要什麼？」

「單純的服從。」

「如果拒絕呢？」

「微不足道的死亡。」

如果不照他所說的去做，就是死路一條。嗯，真是令人頭痛的事啊！我開始喝起那杯沒有氣泡的啤酒。幸好味道還不算壞。但是我的腦子裡卻越來越喪氣。

妮莉亞彈著手指頭，說道：

「很好，我們不想死。你說吧！要我們服從什麼？」

「紅髮少女。你們知道吧？高階祭司應該已經跟你們說了吧？」

原來這傢伙真的知道那個少女的事！妮莉亞表情憂鬱地看了看涅克斯，氣鼓鼓地說：「哼，我不喜歡紅色，因為我是紅髮。你說說藍皮書的事，如何啊？」

一開始，涅克斯的臉上浮現出緊張感。涅克斯用銳利的日光看了看妮莉亞。但是妮莉亞仍然還是一副慵懶的樣子，用沒有焦點的眼神回視他。

「你要的是在哈修泰爾宅邸裡的那本藍皮書，沒錯吧？你是要我偽裝成哈修泰爾家族正在尋找的紅髮少女，潛入之後再把那本書偷出來。不是嗎？」

「妳對那本書知道多少？」

「我只知道書皮是藍色的。」

涅克斯把雙手放到胸前，手指尖合著之後又打開來，一面不斷重複這個動作一面看著妮莉亞。

「原來月舞者這傢伙都說了。」

妮莉亞沒有說什麼，只是聳聳肩。涅克斯點點頭，說道：

「一開始我並沒有要把這事交給他去辦。但是沒人可用了，只好叫他去做。可是我看他是成事不足敗事有餘。我得送他個禮物才對。」

什麼禮物？他這句話代表什麼意思呢？不過，涅克斯繼續說道：

「既然妳都知道，事情就好辦了。嗯，高階祭司已經跟你們說了，你們都知道了吧。克拉德美索進入了甦醒期，所以哈修泰爾家族要去尋找以前失散的一個小孩。因為只有那個女孩最有可能成為克拉德美索的龍魂使。」

我和妮莉亞同時點點頭。涅克斯看到我們的反應，微笑著說：

「所以妳偽裝成那個紅髮少女，進入到哈修泰爾家裡吧。然後把我要的那本書拿來，這樣就可以了。」

「我拒絕你的委託。不行！」

「不行？」

妮莉亞說：

「我已經見過那個侯爵，而且還跟他說過我不是十幾歲。要是我再去找他，跟他說『我其實是十幾歲』，這樣行得通嗎？」

涅克斯皺起眉頭，說道：

「妳說他已經見過妳了？」

「嗯。」

「真是他媽的……」

涅克斯嘟囔著，然後像是在自言自語似的，說道：

「那麼妳已經沒用了。我知道了。」

什麼？啊，他這是什麼意思？涅克斯突然向我背後使了眼色。我一看後面，就看到那個馬夫拔出了長劍。真是混帳東西！這時候，妮莉亞說：「你要的是那本藍皮書吧？」

涅克斯又使了眼色，隨即馬夫把長劍收回劍鞘。嗚，嗚哇！我的壽命已經少了十年了。涅克斯看了看妮莉亞，而妮莉亞則是面帶憂鬱神情，說道：「那麼不管怎麼樣，反正只要把那本書拿來就行了，不是嗎？」

涅克斯歪著頭看了看妮莉亞。

「如果妳想用偷的，那是行不通的。要是可以的話，我老早就叫人去偷了。盜賊公會裡能力強的人多得是。可是沒有人可以侵入哈修泰爾宅邸去拿出那本書的。」

「不管怎麼樣，反正把書拿來給你就可以了，是吧？」

「沒錯。」

「既然會拿書來給你，就饒了我們吧。」

「我看妳只是不想死才這樣說的吧？」

妮莉亞用凶狠的眼神看著涅克斯，說道：

「那你留一個當人質。反正我們有兩個人啊，所以一個人出去把書拿來交換人質，這樣總行了吧？」

涅克斯看起來像是在考慮起來。

「好是好，可是妳覺得有可能辦得到嗎？」

「你沒有必要擔心啊！我們把你要的東西交到你手中，不就行了？」

「妳說得是沒錯。」

「你總算聽懂啦。那麼我就當人質，你放了那個小鬼。那個小鬼會把書拿來的。」

我驚訝地看著妮莉亞。可是妮莉亞只是一直看著涅克斯。涅克斯面帶訝異的表情，說道：

「這太奇怪了吧？妳不是小偷嗎？可是怎麼叫那個小鬼去？」

「這是急著想活命的人所說出來的話，不要問為什麼，你只管相信就好。」

「那我相信就是了。」

我再也忍不住了，喊著：

「等、等一下！妮莉亞，妳現在是在做什麼……」

「閉嘴！」

妮莉亞打斷我的話。然後突然附在我耳邊悄悄地說：

「笨蛋。逃得出去的人應該要留下才對。」

「妮、妮莉亞？」

「閉上你的嘴巴，出去。我自己可以脫身啦。」

然後她稍微停了一下，突然間改變語氣，說道：

「自從遇到你們之後，三叉戟的妮莉亞就被你們搞得亂七八糟的了。唉！」

接著妮莉亞就這麼離我遠遠的，我不知所措地看了她一眼，又看了一眼涅克斯。然而妮莉亞用冷漠的態度對涅克斯說：

「請你仔細向這個小鬼說清楚，和你要的那樣東西相關的事。」

05

我無精打采地走在回去的路上。混蛋！

我的懷裡有一張涅克斯大致畫給我的哈修泰爾侯爵宅邸的地圖。那麼，我現在一定得照著地圖侵入宅邸去拿出那本書了嘍？真是的。這未免也太誇張了！我來首都竟然還得做這種小偷行為！

我連走路都感覺好怪。我的腳有這麼重嗎？實在太說不過去了。過去十七年來走路的感覺，現在一下子都忘光了嗎？混帳東西！我一向戴在手上的ＯＰＧ沒了，感覺什麼都不對勁。

讓我這種步伐更加沉重的原因是，該死，妮莉亞被當成人質留在那裡了。

可惡的傢伙！為什麼偏偏要叫我們去啊？

真是的，不過，那其實是妮莉亞提出來的。

真無力。真的好無力。真的……

「呃啊！」

真倒楣。我竟然被我自己的腳給絆倒了。地面用力打了我的臉頰一下，那面臉頰就這樣被刮了一層皮。混蛋！混蛋！

「混蛋東西！」

「你被自己的腳絆倒，還想怪誰呀？」

路過的一個行人對我丟了這一句話。媽的。我現在才發現很多人都在看著我跌倒在地的模樣。有什麼好看的？你們幹嘛一直看呀？我站起來拍了拍身上的灰塵。

拍著身上灰塵的那雙手實在是太沒有力氣了。真是的，我的力氣才只有這麼一點點嗎？我用盡全力打了自己身體一下，可是一點也不痛。反而是只有手掌發紅而已。我火冒三丈地用力狠打自己的身體。

「啪，啪，啪啪！」

四周的人都在看著我，彷彿像是在想怎麼有個瘋子對自己跌倒在地感到羞恥，而開始殘害自己的身體。我才不管你們有沒有在看我。

……不過，這好像不是旁人沒有在看就能忽視的問題。我咬緊牙關繼續走，但是邁出的步伐實在是太短了。就算是傀儡玩偶來走也一定走得比我快。

傀儡？

突然間，我想起了剛剛不久前聽到的這個字眼，那個時候因為一時驚愕，所以也沒有去細想是什麼意思。

「天啊……拜索斯恩佩的公會會長竟然從以前就是傀儡！這像話嗎？」

這句話是妮莉亞說的。是什麼意思呢？

「我名叫涅克斯・修利哲。修利哲家族的長子，艾德布洛伊的在家修行祭司，拜索斯恩佩的盜賊公會會長。」

涅克斯是這麼說的。所以他確實是拜索斯恩佩的盜賊公會會長。即使公會會長賈克在場他也這麼說，賈克聽了好像也沒有任何不滿的樣子。如此說來，實際的會長是涅克斯，賈克到現在為止都只是個傀儡會長。

我突然陷入了沉思，臉色沉重地走在路上。我這副模樣一定很有看頭。一個臉頰到處是擦傷痕跡且身體滿是泥土的少年，正以沉重的表情走在路上。

「沒有什麼好覺得奇怪的。這只是傳統組織學的應用而已呀。」

這是涅克斯說的。傳統組織學。這是什麼呢？我只要聽到後面有「學」字的名詞，就會暫時進入森嚴的警戒狀態，我這可真是個大問題。可惡，雖然我很討厭後面有個「學」字，不過，先讓我來想想看。傳統組織學，這到底是什麼意思？如果和剛才的狀況連貫起來之後想一想看的話。

對了！

因為涅克斯是貴族，無法帶領盜賊公會！於是以賈克為代理人，來運轉整個盜賊公會，是這個意思吧？原來這就是涅克斯所說的傳統組織學的應用！

「你的意思是，這已經不是一天兩天的事了？」

這句話是妮莉亞說的　涅克斯・修利哲已經花了很長的一段時間……

「當然像話呀！這是時間和努力的問題。」

涅克斯說的這句話，意思應該是他傾注非常多的時間和非常大的努力，才成就了一個盜賊公會。即使他是身為一個貴族。

他是為了什麼？

問題出現了！他這樣做是為了什麼？為了錢？這話聽起來像是笨蛋。不管他有多愛錢，也不會冒著如此極大的危險，去發展一個盜賊公會。所以，這實在是很可笑的一句話。還是因為他喜歡當盜賊？真是的，不要再猜了，修奇·尼德法！你怎麼只做一些莫名其妙的猜測啊？

回去的路程可真的不是開玩笑地長！我開始加快步伐。一定得和卡爾討論一下才可以。不對，如果要搭救妮莉亞，就一定得和我們一行人討論，我所探知得到的事實說不定會是件意想不到、了不起的事。我很急！但是我的步伐怎麼會是這副模樣？

把我的ＯＰＧ還來！混蛋。

「你帶我去，然後我把他們全都打得落花流水。」

這是杉森說的。接著我對吉西恩伸出手，說道：

「拿來吧，五賽爾。」

「真是的，這樣不公平！」

吉西恩一面嘟囔著，一面還是很有王子風度地拿出五個銅板，杉森則是變為一副糊裡糊塗的表情。於是，和吉西恩一起先來這裡的亞夫奈德解釋說道：

「修奇認為杉森你一定會這麼說，而吉西恩認為你不會，所以兩人就賭了起來。」

所以杉森終究還是成了激動到那種程度的傢伙。然而，他卻用不介意的表情說：

「是嗎？喂，那麼也該分給我兩賽爾。」

跟杉森一起回來的艾賽韓德和卡爾一聽到杉森的話，臉色都變得很怪異。

「費西佛老弟……」

「我開玩笑的。真是的，現在到底該怎麼辦？」

所有人現在全都聚集在我們的大房間裡。我一到獨角獸旅店，就焦急地等一行人回來，結果先是口吐白沫的吉西恩，還有咯咯笑著的亞夫奈德回來了。接著不久之後，杉森、卡爾和艾賽韓德也回來了。然後我把他們全都拉到我們房間，講出事情的始末。

卡爾表情沉重地敲著桌子，說道：

「所以，我們一定得去把書拿出來，才救得了妮莉亞小姐，是不是啊？」

「是的。」

「我們捲入了一樁相當怪異的事情裡！唉，真是的。」

艾賽韓德嘟囔著說：

「那個夜鷹小姐說她可以自己脫身，所以讓你先出來，不是嗎？」

「她雖然是這樣說……」

「但我們不能放手不管地等待。好，我們一起想出個好方法吧！」

隨即，大家的眼睛同時都落在卡爾身上。哎呀！卡爾真是厲害！結果卡爾用他那嚴肅的語調開始說道：

「真令人訝異啊！涅克斯・修利哲竟然是拜索斯恩佩的盜賊公會會長。他為什麼要這麼做？是因為沒有錢？不可能。沒有人會因為沒錢就去做這種危險事。那麼是為了什麼呢？」

「這真的是很不尋常！」

亞夫奈德回了這一句話。卡爾點點頭，說道：

「我很好奇那本書的內容。看了這個人所要的藍皮書，一定就可以知道他的目的了。」

「您是想把那本書偷出來嗎？」

卡爾聽到吉西恩這麼說之後，點了點頭。

「透過那本書的內容，可能會比較確知涅克斯的真面目。而且為了要救妮莉亞小姐，我們一定要有那本書。『現在不是考慮道義的時候了。』這句話是我最討厭聽到的話，但是已經沒別的辦法了。」

吉西恩點點頭，說道：

「我願意幫忙。雖然我知道各位智慧非凡。」

杉森則是說願意照卡爾的意思去做，艾賽韓德則說他對偷東西不感興趣，但既然是同伴的事，他只好去偷了。亞夫奈德表示自己也很好奇書的內容，也贊同去偷。隨即，吉西恩問我：

「修奇，對於那本藍皮書，把你聽到的全都仔細說給我們聽。」

雖然涅克斯是拜索斯恩佩的盜賊公會會長，但是他的公會裡沒人有辦法侵入哈修泰爾宅邸，於是計畫找人偽裝成哈修泰爾家族正在尋找的紅髮少女，說不定就能拿到那本書了。

而涅克斯對於書的內容完全隻字不提。

他只說那本書是放在哈修泰爾侯爵的書房書櫃裡，是本藍色的書，很容易就能和其他的帳本或文件區分開來。杉森說道：

「什麼呀？悄悄地進到侯爵的宅邸之後，從那裡的書櫃拿出那本書就可以了，就這樣？」

可是，哈修泰爾侯爵宅邸的那棟建築物堪稱是個傑作。至少拜索斯恩佩的盜賊公會裡，沒有人可以動它的腦筋。

我把涅克斯給我的紙張攤開來給大家看，所有人都低頭望向桌子上的那張紙。不對，除了一個人，那就是艾賽韓德。他用憤怒的聲音嘟囔了一下之後，乾脆整個人都坐在桌子上。

「請各位看這張紙。不管是從哪裡翻越侯爵家的牆，都要橫穿過好長一段庭院才能到達主建築物。各位知道我的意思了嗎？整個建築物沒有一處是可以直接從外面就看得到的。而且，聽說每天晚上庭院裡都會召喚出『忠誠犬』。不知道我有沒有記錯這個名詞。」

亞夫奈德一面發出呻吟聲一面點點頭。

「嗯，沒有錯。這真是個不好的消息啊！」

卡爾看了看亞夫奈德，於是亞夫奈德咬了咬嘴唇，繼續說道：

「那是級數四以上的魔法。雖然我不會使用，但是大略知道是什麼。忠誠犬是巫師從另一個次元召喚出來的狗群，用我們這個次元的武器是打不到牠們的。可是忠誠犬卻可以任意攻擊我們次元的生物。而且這些狗不管多黑暗都能看得到對方，甚至是有人使用透明魔法，牠們也能感覺得到魔法氣息並且狂吠。」

「沒有辦法攻擊牠們嗎？」

杉森用很鬱卒的語氣問道。亞夫奈德則是點了點頭。杉森一邊指著自己的劍一邊又問道：

「我的劍鍍了一層銀。用銀製成的武器，大都能攻擊那種幽靈之類的東西！」

「如果是不死生物類型的敵人，就可以給予攻擊，但是忠誠犬並不是不死生物。正如同我剛才所說的，牠們是異次元的生物。相較之下，不死生物則是我們次元的生物。」

杉森露出了惋惜的表情，亞夫奈德則是用訝異的表情問我：

「如果說那裡有如此高級的魔法，一定是有巫師在那裡，對方有沒有提到這個？」

「那裡沒有巫師。在那個宅邸裡的所有魔法，都是龍所施展的。」

亞夫奈德嘆了一口氣

「啊，是龍……原來如此。」

「是。那個家族是三百年來龍魂使輩出的家族。在這段期間，那些龍對宅邸施以過無數的魔法。所以那間宅邸在這個都市裡，可以說是除了光之塔之外，最為神祕的地方。」

「呼。好。你繼續說吧。不，等一下，我們應該一面記錄一面進行才對。」

亞夫奈德拿出了墨水、筆等東西，他在涅克斯給的那張地圖的庭院位置寫上了F和H兩個字。我繼續往下說明。

「總而言之，如果這些狗一狂吠，立刻就會招來警備兵。他們會從副建築物這裡出動。嗯，這些警備兵的數量總共三十名，聽說全都是些老練的戰士。而且聽說他們是哈修泰爾家族三百年來代代忠誠的戰士後裔，所以絕對不可能被收買。」

亞夫奈德表情苦澀地寫了F－30。應該是代表三十名戰士的意思吧？杉森咬牙切齒地說：

「越來越……還有嗎？」

「現在還不算開始呢！」

「哎喲我的天哪！」

「主建築物一共有三層，聽說三樓是侯爵的房間和其他重要房間所在的地方。連接各層的是中央的一個大樓梯，嗯，沒錯。很大的一個樓梯！主建築物裡都一直有傭人走來走去，所以，想要偷偷地走上這個大樓梯，是連想都別想的事。而且侯爵家的傭人是一天三班制地交替。」

「一天三班制。呵！」

艾賽韓德露出了不可思議的表情。

「是的。每八個小時就換班一次。所以聽說時時刻刻都有傭人在走動。而侯爵的房間，聽說是在三樓，但是這又是個大傑作。這棟建築物雖然有樓梯連接一樓和二樓，但是沒有樓梯連接二樓和三樓。」

「什麼呀？那麼侯爵是怎麼上去的？」

「在這裡，二樓中央的房間裡施有魔法。好像是有一個空間傳送術永久存在著，可以連接到三樓中央的房間。嗯，就是這裡的這個房間。因此，進到二樓這個房間之後背出起動密語，就會咻地往三樓的房間移動。實在是酷斃了！當然，只有侯爵一個人知道啟動空間傳送術的咒語。聽說三樓是只有侯爵一個人使用的樓層。」

「哎喲，真不得了！那麼三樓該不會都沒有任何一扇窗戶？」

我聽了艾賽韓德的問題，搖了搖頭。

「不，聽說因為考慮換氣的問題，所以有很多大窗戶。窗戶大到幾乎像落地窗一樣大。可是這些窗戶也是不簡單的東西，要抵達這些窗戶，一定得爬牆上去，可是就連盜賊公會所認識的一個攀爬專家，也無法爬上去。因為牆上施有永久的油膩術。」

杉森歪著頭想一下之後，彈了手指頭。

「這法術我聽過！伊露莉曾經用過，就是那個會使東西滑溜的魔法？」

「嗯。」

亞夫奈德嘆了一口氣，說道：

「要是用飛的飛進去呢？」

「那些窗戶看起來很平常，但是聽說全部都施有警報術。」

亞夫奈德又再嘆了一人口氣之後，為大家解釋說道：

「警報術是一種只要有任何人經過，就會發出響鳴聲，是用來警戒的法術。」

「有沒有辦法不被發覺呢？」

「不是幽靈的話，誰都沒辦法不被發覺。即使是用隱形術大概也會被發現。」

杉森大聲叫著：

「還有沒有別的？」

「到此為止是盜賊公會他們所知道的。沒有人進得去三樓內部，所以根本不知道裡面有什麼魔法。」

大家全都露出不知所措的表情。卡爾面色凝重地看著亞夫奈德所記錄的那張紙，其他人也都用虛脫無力的表情看著那張紙。杉森說：

「哎呀，乾脆去襲擊盜賊公會，不是比較好？」

卡爾搖搖頭，說道：

「不行，說不定妮莉亞小姐會因此變得很危險。而且，我想那本書應該是存有非常大的祕密。」

「為什麼呢？」

「涅克斯的行為看起來像是那本書比紅髮少女更重要。那麼說來，可以推測的是，那本書藏著的祕密一定非常大。」

杉森把手往兩邊攤開，無奈地說：

「可是又進不去侯爵家！」

「進不去……可真是傷腦筋。我想想。亞夫奈德先生，可以使這些魔法無效嗎？」

亞夫奈德搖了搖頭。

「我沒有親眼看到，無法確定是不是可以使魔法無效，但如果是龍所施展的魔法，應該是非比尋常強大的法力。像我這麼遜的巫師恐怕拿它們沒辦法。」

卡爾又再努力地盯著那張紙。隨即，其他人也全都以不知如何是好的表情再次盯著那張紙。過了不久，卡爾說：

「雖然會對哈修泰爾侯爵很抱歉，但我們實在是需要那本書。」

杉森看了看卡爾。

「既然需要那本書的話？」

「那當然就得偷出來……要不然怎麼辦？」

「怎麼偷出來？」

「要竭盡所能。」

對呀！當然要竭盡所能才可以偷得到！

天空沉重地蒙著暗灰色的雲層，像是在嚴重警告冬季即將來臨的事實。搞不好過幾天就會下雪也說不一定。

哈修泰爾宅邸的宏偉模樣在我眼前出現了。真壯觀！現在我們站在大門前面，但是主建築物實在是太遠了，簡直遠到快看不清楚的程度。暗灰色的天空低矮地壓迫著大地，哈修泰爾宅邸的建築物正好像是貫穿了天空的模樣，聳立在前方。

卡爾以一個精力充沛的動作下了馬。

他的樣子可真夠瞧的。卡爾的衣服在個性比較直爽的人看來，都會直接稱這是破爛衣服。為了要做成這件衣服，今天早上買了一件舊衣之後，杉森就把它拿來當球玩，先揉成一團之後，又是踢又是踩的。然後艾賽韓德還擤了一把鼻涕，吉西恩則是拿著衣服去了一趟廁所。可以想見那件衣服是什麼模樣了吧？卡爾用一副受不了的表情穿上了那件衣服。再加上卡爾的臉上輕輕地抹了一層炭灰，做了一番化妝，整個腰都彎著，看起來像是當場就要從嘴裡流出口水似的。

接著，杉森也下了馬。

杉森看起來好多了。今天早上杉森跑去旅館的馬廄，跟在他身旁的吉西恩則是努力地幫他打氣說著「你可以做得到！提起精神，杉森！哦！我們的希望杉森！展現賀坦特男人的真氣概吧！男人不是用容貌，而是用行動來表現自己！」等等沒啥意義的話。杉森就這樣勇敢地把頭塞進馬飼料的桶子裡，直接洗了一遍頭髮。在一旁看著的馬僮，眼睛差點跳出一肘之遠。杉森以這種狀態一進到旅館，獨角獸旅店的老闆黎特德就一副想殺了杉森的模樣，所以杉森只好在外面吃早餐。雖然沒有糟蹋到衣服（杉森很寶貝衣服，因為很難買到符合他尺寸的衣服），但取而代之的，他採取打破常規的穿法。褲子的一邊塞在靴子裡，另一邊露在外面，並且解開了皮帶，改用繩子繫著褲子。他的一條斗篷則是慷慨地用艾賽韓德的斧頭弄得破破爛爛的，然後圍在身上。

可是，哦！該死的！再怎麼樣，他們兩個人也比我好。我還無法下馬。呃！我的屁股快痛死了！我以前還不曾側坐在馬鞍上。

杉森看到我的表情，像是要爆笑出來，可是又勉強忍住了。我瞪著杉森，簡直像是要把他吃下去似的。杉森則是用過分鄭重的動作低頭看，對我說：

「這趟遙遠路途，您辛苦了，修琪莉亞小姐。已經抵達目的地了。」

哦……天哪！修琪莉亞！他也太會取名字了吧！

沒錯。我在胸部塞了兩大團的棉花，用繃帶綁緊之後，還戴了一個非常妖豔的胸罩。腰上則是穿了一件束腹，在束腹下面還用吊襪帶固定絲襪。媽的，我在刮掉腳毛的時候還不小心刮傷，到現在都還在隱隱作痛。而且我還穿了一件樸素但很漂亮的白色洋裝。洋裝！我的天啊！我老爸要是看到現在的我，一定絕對會不認我這個兒子了。這就是卡爾所說的「竭盡所能」嗎？

我，天哪，男扮女裝了！

真想一頭撞死！

卡爾一站到大門前，立刻就有一個門房跑了過來。那個門房從紗窗般的鐵門縫裡看了看我們，說道：

「請問你們是……」

那個門房還沒有把話說完，就一直失神地看著我。哦，不行。雖然太有魅力是我應該承擔的宿命，但是也請不要用這種噁心的目光看我！真是的，那個門房可能是看到我的一頭紅髮才會如此驚訝。很漂亮吧？這可是亞夫奈德千辛萬苦才做出來的傑作喲！一頭的紅髮！如火花般妖豔無雙且突兀的顏色，煞是迷人吧？

我的天哪！我原本就有這種傾向嗎？我低頭不語，像是看到門房的目光而感到害羞似的，低頭看著下方。卡爾說：

「喂，聽說這個家族在找紅髮的丫頭，是吧？」

卡爾的說話聲音很粗暴，而且完全都沙啞了。真酷的語氣啊……卡爾可以說簡直就像是在某條後巷混了很久之後，剛才不久前才出來的語氣。那個門房呆愣地看著卡爾，隨即，卡爾又再說道：

「是吧？不是嗎？我從北方林地把她帶到這裡，不是要來聽你說不是的。嗯？」

「是、是的。請等，等一下。」

那個門房立刻跑到裡面，不久之後又再跑出來，打開了鐵門。

「請進來。」

卡爾立刻抓著曳足的馬韁走了進去，杉森則是一手抓著流星的馬韁，另一手抓著傑米妮的馬韁，跟在卡爾的後面。至於我呢？當然是低頭不語，窈窕淑女般高高在上地側坐在傑米妮上面。我完蛋了！

我們橫穿過長長庭院的時候，周圍的模樣盡是秋天的景致，寂靜且莊嚴。

庭院兩邊有兩座非常大的噴水池，可能是季節所致，裡頭都沒有水。可是庭院裡有許多大樹，落葉漂亮地覆蓋著地面，鋪著石頭的路上卻不見任何落葉。在落葉之間立有各式各樣的雕像，整體的擺置非常地精巧。銅像大多是龍的模樣。雖然不如實際的龍那般巨大，但是那股壓迫感，好像當場就要吼叫著朝我奔來，然後對我喊著「你根本不是女的！」。哇啊，不要掐我的脖子！

我們沿著那條路一直走，接著就看到了主建築物。

一到達主建築物前面，立刻有馬僮和其他傭人跑出來。杉森看到馬僮跑過來，先是對我投以猙獰的視線，然後到我的馬鞍旁邊，跪下之後伸出手來。他可真是周到啊！媽的！我小心地踩著杉森的手走下去。那些馬僮隨即就將我們的馬帶離開了。他們的速度好快，我想原因應該是卡爾和杉森發出的味道所致吧。

那些傭人引領我們進到裡面去。這建築物真是金碧輝煌！可能是因為建築物的牆上施了油膩法術，所以建築物的牆上一塵不染，閃閃發亮著。主建築物正門上方有一個巨龍臉孔模樣的浮雕。

我試著盡量低頭走路（這不是件容易的事。真是的，皮鞋太小了啦！）。我一進到裡面，就看到大廳寬敞的模樣。大廳的地板鋪著磁磚，正前方是通往二樓的大樓梯，而兩旁則有一些門。我看到天花板的那一瞬間，嚇了一大跳。

天花板上有巨龍的頭骨所做成的吊燈掛在上面。哇啊！巨龍的頭骨！真不愧是三百年間與龍同甘共苦一路走來的家族才有的氣勢。我費了好大的工夫才勉強讓自己的嘴巴不要張開，可是杉森卻一直張大著嘴巴。

有一個看起來可能是執事的人物走了出來，看著我們。他是一個中年的男子，半白的頭髮全都往後梳去。他雖然對於我們散發出來的那股噁心味道皺起了眉頭，但還是很沉著地說：

「我是負責哈修泰爾家族事務的魁海倫。請跟我來。」

卡爾很鄭重地說：

「啊，真是榮幸。我叫卡爾。」

執事魁海倫露出稍微不悅的表情之後，又再嚴肅地說：

「不過，您們是從哪兒聽到我們家族在找紅髮少女？」

「什麼？啊，是喬告訴我的。」

魁海倫一聽到卡爾亂七八糟的答話，顯得有些失去冷靜的模樣。

「喬……他是誰呢？」

「啊，是我的朋友。喬，帥哥喬。那傢伙是這麼說的，說有一個哈修泰爾家族在找紅髮丫頭的呀！」

「那位名叫喬的人是從哪裡聽到的呢？」

「叫什麼來著？啊，對了，他說他是從瑪莉那裡聽到的呀！」

「……瑪莉是誰呢？」

「我只知道，她是喬這傢伙不知在哪兒交到的酒女，還跟她一起睡過。那傢伙，實在是很會拐騙女人，功夫好得不得了！不管是哪一個女人，只要是他看上眼的，那天就得解開裙帶了。要說到這傢伙的功夫……」

魁海倫執事鄭重地舉起手，阻止卡爾繼續唸個不停。天哪，卡爾。你真的好厲害呀！執事說道：

「請各位先進來這裡。」

他引導我們進去的地方，是位在大廳旁邊的一個會客室。這不太好耶！如果能到二樓去，豈不是很好，可是偏偏卻在一樓。不過，卡爾面不改色，用力邁步跟著執事走了進去。

那是一個滿是美麗裝飾的華麗會客室，卡爾很是用力地坐到沙發上，隨即，杉森更是用力地像是會壓壞沙發似的坐了下來。卡爾還在沙發上用屁股一直咚咚地跳著。

「呵！這東西好軟耶！」

卡爾……哦，拜託。連杉森也無法跟著他這麼做。可是卡爾肆無忌憚地對執事魁海倫不停地嘮叨：

「在牆上的那個東西是真的金器嗎？哇啊，這幅肖像畫得真好看。應該很貴吧？這窗簾很白耶！比丫頭的內衣還要白吧！咦？妳的內衣是不是也是白色的？」

執事魁海倫以超人的自制力忍了下來。就連他看到卡爾把剛才和茶一起端進來的銀茶匙藏到袖子裡之後又掉出來的模樣，他也依舊保持溫和的態度。坦白說，我真想拍手稱讚他呢！卡爾表情尷尬地把茶匙放到桌子上。

「請問這少女的來歷是？」

魁海倫如此鄭重的問話，卻得到全然不鄭重的解答。

「噗哈！來歷？問來歷幹嘛這麼鄭重？嗯，那是什麼時候的事呢？是我在做牛隻生意的時候。喂，杉森！你還記得吧？唉，那時候是我意氣風發的時候呀！我趕著牛，如果經過北部林地，每家酒店的酒女都會為我癡迷！個個都翻開裙子歡呼不已！你剛才是問什麼來著？啊，對了。是在我從北部林地的妥拉姆特村趕牛上來首都的時候，那是多久前的事呢？反正來這裡之後就撿到這丫頭了。幼小的她在市場的地上哭哭啼啼，叫人看了覺得實在是太可憐了。所以我就把她帶回我們家，給她吃給她穿的，把她養大。」

卡爾的這番謊話，好像讓執事魁海倫極受感動的樣子。雖然魁海倫因為那股臭味不敢接近卡爾，但他還是用很真誠的態度問道：

「那正確的時間是在什麼時候呢？」

「我不知道！喂！修琪莉亞！妳幾歲了？」

我很文靜地回答：

「我今年十七歲。」

執事魁海倫對於我的答案好像非常滿意的樣子。十五到二十歲、紅髮、孤兒出身，條件全部都符合，哈哈哈。

「請各位稍微等一下。」

魁海倫帶著十分擔心茶匙的表情走了出去。卡爾一等到他走出去，就立刻露出嚴肅的表情，說道：

「費西佛老弟，沒有時間了，立即行動。」

杉森不發一語地點了點頭之後，立即站起來。他打開會客室的門，走了出去，隨即在外面大聲喊著：

「喂！喂！我尿急，要撒在哪裡好？」

天哪，他可真敢講！

杉森一走出去，我們就很輕鬆地看看天花板和四周牆上的裝飾，鑑賞一下掛毯。掛毯的花紋大多是龍的模樣。如果可以讓我幫這個宅邸取名的話，我會取名為「龍之神殿」。

不久之後，門被打開了。我以為可能是杉森，結果一看不是杉森，而是執事魁海倫。在他後面站著另一個人。我在那一瞬間趕忙把頭低下來，可是怕對方起了疑心，所以我眼睛往上睜著，頭往下低垂，用這個姿勢偷看他。

那個人正是哈修泰爾侯爵。雖然他還是像上一次看到時的凌厲臉孔，但是現在是偽裝之後見到他的，所以我一看到他的目光之後，不禁開始想拉肚子。我今天早上吃了什麼呢？他可真令人害怕！

卡爾以呆愣的目光看著侯爵。執事魁海倫雖然用眼神示意請卡爾站起來，但是卡爾還是一點也沒察覺到的樣子，很輕鬆地說：

「我的名字叫卡爾，請問您是？」

侯爵用冰冷的臉孔盯著卡爾，執事魁海倫趕緊跟我們說：

「這位是哈修泰爾侯爵。請起立吧！」

然後，卡爾便緩慢地起身。侯爵打量了一下卡爾，隨即皺著眉頭，然後轉向我這邊。卡爾像是有些不滿似的嘀咕著說道：

「嘿，小姐的香味好像比較合你的意哦？」

天哪，卡爾。你真的……你真的酷斃了！魁海倫聽到這句唐突的話，臉色都變了，可是侯爵並不理會卡爾，他看了看我。

「就是這個女孩嗎？」

魁海倫趕緊點點頭。接著侯爵大步向我走來。哇啊，瞬間感受到天大的危機！我試著努力讓臉變紅，可是我的臉色卻變成蒼白的樣子。侯爵凝視了我一下，說道：

「把頭抬起來！」

死、死定了！我稍微抬起頭，看了一下侯爵之後，又趕緊低下頭。侯爵正在看著我，像是要把我看穿了似的盯著我看。突然間侯爵伸出手來，抓了我的手！

不，不行！糟糕。如果摸我的手……哇，哇，幸好。因為我有一陣子都戴著ＯＰＧ，我的手很少照到太陽光，所以變得很白。不過比起少女的手，還是太粗糙了。然而如果我把手抽回去，恐怕會被懷疑少女的力氣太大，所以我不敢太用力做出想把手抽回去的動作。

侯爵握著我的手站了一會兒之後，把手放下。接著，他突然拿出手巾，開始擦拭他自己的手。這是什麼意思？我覺得很不高興！我看著侯爵的腳，咬牙切齒。侯爵冷淡地對魁海倫說：

「把我屋子裡這些發臭的東西清掉！」

「咦？」

「還要我說第二遍嗎？」

接著，侯爵就轉身走出去了。卡爾的臉色變得一副迷茫的樣子，看著發出砰一聲的門。接著，魁海倫說道：

「好了，各位請出去吧。還有一個人到哪裡去了？」

「喂、喂！你們這是在幹嘛？我們從那麼遙遠的北部林地來到這裡，你們居然這樣就要把人趕走？」

「有誰邀請你們來嗎？請趕快出去吧。」

「他媽的！你們簡直是在玩弄人嘛！不行！我們不能這樣就出去。至少要給我們旅費才對！我從那麼遠的地方來這裡耶！」

「請不要開玩笑，請出去吧！」

卡爾開始在那裡耍賴，隨即，魁海倫就開始提高嗓門。卡爾開始凶狠地胡亂說一些下流的話。隨即，魁海倫生氣地叫進來一些傭人。

那些傭人緊抓著我們往外拉出去。卡爾不斷大聲高喊並且尖叫，這其中的百分之九十以上摻雜著罵人的話。大約被拉到大廳中間時，杉森跑了過來。

「咦？怎麼了，這是在幹嘛？」

杉森用糊裡糊塗的表情說著，想叫住那些傭人。可是傭人們一看到杉森，就開始連他也抓著拖出去。杉森開始不斷破口大罵了起來。

「你們是在開什麼玩笑！把人叫到這裡又趕人走！」

「誰叫你們來？是你們自己找上門來的！」

「你們不是說在找紅髮少女！我們快累死了才把她帶來的！為什麼這樣趕我們走？媽的，像那種貨色就算只是放在床上看也不錯，不是嗎？」

「你這傢伙嘴巴怎麼這麼不乾淨！」

「那個丫頭已經長得不錯了！該翹的翹，該凸的凸！而且又是你們要的紅色頭髮，不是嗎？你們侯爵到底還想要什麼呀！」

杉——森——你、你死定了呀……！傭人們個個都覺得很荒唐似的喊著：

「這個傢伙！你以為我們侯爵大人是在尋找隨便跟人上床的丫頭啊！」

「是你們大人喜歡，才叫我們來的！所以我們才把她帶來的呀！」

杉森和卡爾兩人很露骨地把事情說成是以為侯爵喜歡女孩子，才會去尋人。你們可真愛鬧。可能也有在戲弄我的成分吧！然而知道侯爵是在找女兒的那些傭人，則聽了是啼笑皆非。他們只差還沒有出拳頭而已，就在雙方幾乎快打起來的時候，我們被趕了出來。我們的馬也被一起趕到外面，卡爾和杉森兩人還搖著鐵門破口大罵了好一陣子，我則是離他們遠一點，只是低頭站在那裡。

卡爾和杉森兩人一邊大罵一邊後退去騎馬，連我看了都覺得很誇張。我乘機悄悄地靠近杉森，小聲地耳語說：

「回去之後……杉森，你給我小心！」

杉森卻只是一直在微笑。走著瞧！我很文雅地上馬側坐之後，低著頭，雙手緊握在一起。我簡直快要忍受不住心裡頭的那股怨氣了！可是卡爾好像不怎麼關心我的慘痛遭遇，對杉森投以詢問的目光。隨即，杉森稍微點了頭。很好，也就是說順利放好了嘍？

我們回到了獨角獸旅店。

「嗯，尼德法老弟。不要再掐費西佛老弟的脖子了……」

「那我勒腳好了！」

「嗚呃！」

卡爾看見我坐到趴在床上的杉森背上、勒他的腳，嘆了一口氣。杉森一面慘叫著，一面用力捶著房間地板。

「不要裝模作樣了！我現在又沒ＯＰＧ，我能勒得多痛呢？」

「那換你躺！我來勒你的腳！看看會不會痛……」

「誰會笨到把腳交給食人魔！」

卡爾用很費力的表情對我們說：

「兩位，你們繼續吵鬧的話，亞夫奈德先生就無法開始了。」

我不甘心地把杉森的腳放下，杉森咯咯地笑了幾聲。他確實是不怎麼痛的樣子。

「對了，什麼時候可以再看到那副模樣啊？嗯，修琪莉亞小姐。回故鄉後再打扮成那副模樣遊街的計畫……」

我立刻衝向杉森，我們兩個同時失去平衡，跌落到床鋪後面。砰！隨即艾賽韓德大聲喊道：

「你們兩個真吵，給我稍微安靜一下！」

我們嘟囔著上到床鋪，呆滯地坐著。亞夫奈德嘆了一聲，然後準備好施法的事前準備。他表情焦躁地看了看吉西恩，隨即吉西恩點了點頭。

「如果是貴族家，一個小時後應該就是用餐時間了。」

「呼……很好。那麼我要開始了。大概會花一個小時的時間，可是我不曾試過，所以不知道是不是正確。」

「你沒有試過？」

「伊露莉小姐曾經好心地教過我，之後我成功地召喚過我的巫師隨從。但是還沒有試著和牠心靈同調感應過。」

卡爾笑著鼓勵說道：

「既然你曾經成功召喚過，那麼這次也一定可以感應成功的。」

「那麼我要開始了。」

亞夫奈德看起來神情很緊張，但他還是用巫師那種沉著並且熟練的動作開始準備。首先，他從背包裡拿出一些鐵棍，組合了起來，在我們房間中央立起一個像是大三腳架的東西。他把旅館老闆借給他的鍋子放在三腳架上面。嗯，確實是三腳架沒錯！

杉森從一旁準備好的桶子裡把木炭倒到鍋裡。裝滿木炭之後，亞夫奈德用虔敬的動作在木炭上面覆蓋一層香，然後點了火。

木炭一面發出微弱的火光，一面燒了起來。緊接著，亞夫奈德命令把房裡的蠟燭全都熄滅掉。滅了燭光之後，房裡只剩下從炭火之中發出的微弱紅光。

所有人的臉孔全都變成淡紅色的。亞夫奈德舉起形狀奇怪的鐵棍，開始橫向攪動在炭火上面冒著香氣的煙霧。他嘴裡唸著我所聽不懂的奇異的起動語。

他唸了很長的一段咒語。偶爾傳來像是要結束了似的喃喃自語聲，但是卻又一直不結束。鐵棍隨著說話聲的高低節奏，奇異地被移動著，有時候亞夫奈德用激烈的動作捏起一把香，像是用扔的動作，撒在炭火上。每次都會濺出火花，煙霧瀰漫。

艾賽韓德他那張矮人的臉孔，在暗紅色的火光之中看起來更像矮人。昏暗模糊的火光裡，他那雙又小又圓的眼睛正閃閃發光著。卡爾的臉就好像是堆著深沉苦惱的人類模樣。微光在他臉上弄出一些很是暗沉的陰影　杉森正張著嘴巴，吉西恩則是緊閉著嘴。他並沒有按住端雅劍的劍柄，但是端雅劍也沒有在吵嚷。

不知不覺間，喃喃自語聲已經停止。

聲音已經停了嗎？我看了看亞夫奈德的臉。在那一瞬間，我倒吸了一口氣。

他的眼睛往上翻，正在凝視上方。其他人都不安地看著他，可是沒有一個人懂魔法，所以不知道他到底是處在什麼樣的狀態。施法失敗了嗎？有沒有危險性？

突然間，他的嘴角往上輕輕地移動。

「看到了！」

卡爾的臉色一下子亮了起來。所有人都安心地吁了一口氣的時候，亞夫奈德像是在嗚咽似的繼續喃喃自語。

「天花板冷冰冰的……下去吧。對。往門那裡……悄悄地推開……不要發出太大的嘎吱聲……注意腳趾甲。看看四周圍……確實是用餐時間沒有錯……」

那是吉西恩所建議的。他說不管平常傭人如何來來往往，在用餐時間是絕對不會走來走去的。他並且說，貴族家裡在用餐時間不會去製造吵雜的腳步聲，當然，一方面也是因為傭人也要吃東西，所以才不會走來走去。因此，吉西恩主張用餐時間探查，以免引人注意。當然啦，如果是像人那麼大的東西在移動，一定會引人注意，可是現在我們的情報員並不是人類。

「這是樓梯啊……很好。輕輕地……做得好。」

亞夫奈德像是要飛上去似的把腰身往上抬。可能現在他已經和宅邸裡的巫師隨從完全合為一體了。他彷彿又下到了地上，彎著身體。

「很好……沒有人……好，去中央的房間……對……」

亞夫奈德像是在悄悄走路似的做出要往前走的動作。吉西恩緊張地抓住他，他才沒有發生踢到炭火。被吉西恩這麼一抓，亞夫奈德搖了搖頭，然後又再低聲說道：

「差點就錯過了。沒錯。對……不要慌……就是那一間。對……感覺到一股刺痛的氣息。確實施有魔法……這是永久魔法的力量……推開。嗯？真是的……好。掛在天花板。」

亞夫奈德做出往上飛、掛在天花板的姿勢，這又再一次讓吉西恩嚇了一跳。被吉西恩扶著的亞夫奈德搖了搖頭。他的眼睛轉為正常的眼神，亞夫奈德深深吸了一口氣之後，擦乾額頭上的汗珠。他環視了一下四周，開心地微笑，並且簡短地說：「感應過程很順利。」

「太好了！我就知道你可以做得到！」

卡爾大聲地拍了拍手。其他人也跟著拍手，隨即，亞夫奈德不好意思地說：

「現在那隻蝙蝠掛在那個房間前面的天花板，應該可以清楚聽到房間裡面的說話聲。蝙蝠的聽覺是很不錯的。」

卡爾嘻嘻地笑著。一副很滿意的表情。

這是伊露莉在雷諾斯市教亞夫奈德的法術：尋找巫師隨從。亞夫奈德拜伊露莉所賜，把那個法術變成了自己的東西。他所選擇的巫師隨從則是蝙蝠。

現在，亞夫奈德已經跟我們今天白天藏在侯爵宅邸的蝙蝠成功地做了完美的感應。我們高興地互相看了看，艾賽韓德甚至還豎著大拇指，表示他很滿意。

「他真不愧是個巫師！哈哈哈！我一直都相信他這次一定會成功！」

「謝謝，可是還沒有結束。我還不確定侯爵吃完飯是不是會上三樓。」

「那麼，需要一直和那隻蝙蝠做感應嗎？」

「是的。不過，既然成功過一次，現在就可以自由自在地做感應了。可以拜託伊露莉聯絡……」

亞夫奈德說到一半怔了一下。我驚訝地圓睜著眼睛，問道：

「蝙蝠的名字是伊露莉？」

亞夫奈德的臉都漲紅了。他一面猶豫著一面說：

「啊，因為是有感激的含義……才取那個名字。」

杉森驚訝地張大嘴巴，馬上又閉上嘴巴，然後噗哧笑了出來。

「把蝙蝠取名叫伊露莉，好像有點奇怪。」

「噗哈哈哈哈！哦，真是，對不起啊，亞夫奈德，可是你竟然把蝙蝠取名為伊露莉……噗！」

艾賽韓德開始抓著肚子爆笑了起來，亞夫奈德的臉也就因此漲得更加紅了。

我們一直處在緊張的狀態下，而且非常地飢餓。可是，我們又不知道侯爵到底什麼時候才會進那個房間，所以我們慌忙地吃完晚餐之後，趕緊再回到房間裡。老闆黎特德對於我們的吃飯速度好像相當地感動。

亞夫奈德躺在床上閉著眼睛，用這種姿勢繼續不斷和他的巫師隨從，也就是蝙蝠伊露莉，一直在做感應。我們怕會妨礙到他，連呼吸都沒辦法正常，但還是得無聊地等待下去。

杉森低聲地說：

「好長的一夜！」

所有人都點了點頭。接著吉西恩就拿著酒瓶和杯子，要大家喝酒，艾賽韓德則是拿出菸斗銜著。所有的人都以靜悄悄的動作，或者喝酒，或者吸菸斗，或者像杉森那樣，單調地嚼著從廚房要來的麵包。

我們因為安靜等待而無聊透頂，可是亞夫奈德才辛苦呢！他必須持續不斷和蝙蝠做感應，也就是說，必須一直施法。所以他才會那樣躺在床上等待！

杉森把麵包全都吃完了，還喝了好幾杯酒，最後無聊到擰我的鼻子，然後被我咬手背後，無聲地慘叫了一聲。他在卡爾的瞪視下做出尷尬的表情，還想從桌子底下踢我的腳，結果踢到艾賽韓德的膝蓋之後被用斧頭柄打了一下。就在他無聲地慘叫第二聲的時候——

「有人上來了……」

亞夫奈德說道。如果是在平常時候，他說得這麼小聲大概不會有人聽到。但因為我們全屏息靜待著，所以都聽到他這句話了。大家表情緊張地看了看躺著的他。

「好像是侯爵……栗了色的頭髮，有些斑白，對嗎？」

「沒錯。」

卡爾答道。

「好……他從樓梯走上來了。嘿嘿。人們通常都不知道自己家的天花板掛著什麼東西……嗯。嗯。好。原來門是鎖著的。轉動鑰匙……嗯，進去。全部安靜！現在要說起動密語……」

我們一聽到「全部安靜」，緊張得幾乎要停止呼吸了。亞夫奈德好像也非常緊張，他甚至以躺著的姿勢，上半身稍微抬了起來。他閉著眼睛，咬緊牙齒。

他以上半身稍微抬起的姿勢緊握拳頭，整個人繃在那裡。過了一會兒，他整個身體攤在床上。此時，四名男子和一名矮人的大口呼吸聲簡直要把天花板給掀開來。

亞夫奈德用緩慢而無力的聲音命令著：

「很好……從窗戶飛出去吧。對。直接飛出去。去休息。你辛苦了。」

亞夫奈德睜開眼睛並且坐起身。我們個個都望著他的臉。亞夫奈德說：

「我聽到了。」

「起動密語是什麼？」

亞夫奈德搖著頭說：

「唉，我太過虛脫，連話都快講不出來了……起動密語是『移動吧』。」

大家都用呆愣的表情，像在合唱似的說道：

「移動吧？」

「是。那些施法的龍可能相信，越平凡的東西越難想被想到，所以才用這個起動密語吧。」

「是嗎？哈哈。很好。那麼，我們知道起動密語了！」

卡爾微笑著把那句簡單的密語寫在紙上。咦？有可能會忘記那句密語嗎？不管怎樣，涅克斯給的那張地圖的二樓上面，被寫了「移動吧」這幾個字。

「咦？各位要在深夜裡開會？」

卡爾表情溫和地說：

「是的。可能會花費不少的時間吧。」

大暴風神殿的那名祭司露出了驚訝的表情。可是，我們是已經接受高階祭司託付任務的人物，並且高階祭司也答應提供開會所需的房間，所以他沒有拒絕我們的要求。

「好的。」

06

今晚是一個夜空籠罩著雲層，而且沒有月光的漆黑夜晚。一連好幾天都是厚雲密布。亞夫奈德點點頭，伸長脖子往圍牆裡面看。我對他說：「你還好吧？」

「嗯？哦，我很好。別擔心。」

亞夫奈德雖然是這樣回答，但是他的肩膀卻正在抖個不停。他並不是因為冷才在發抖的。是因為他現在非常緊張的關係。他撫摸著他騎的那匹移動監獄的脖子。原本不知該怎麼處置溫柴騎的那匹移動監獄，今天晚上的這次行動，剛好讓亞夫奈德騎著牠。

圍牆並不是很高，而且加上是這種暗夜，所以不會引人注目就能翻牆過去。然而問題是，那面牆的後方有從異次元來的忠誠犬正在監視著。哼。那些傢伙連透明的東西都看得到，所以黑暗根本一點用處也沒有。

亞夫奈德做了一個深呼吸之後，看著艾賽韓德，說道：

「艾賽韓德先生，請您小心。」

我也回頭看了艾賽韓德，差點沒爆笑出來。

艾賽韓德現在正騎著伊露莉的馬，理選。哇哈哈！艾賽韓德說他絕對不能騎馬，但是今天的計畫卻不得不讓他騎在馬匹上面。艾賽韓德一邊抱怨、嘀咕和咒罵自己很倒楣之後，就騎到了理選的背上。我們會選擇理選給他騎的理由是因為那匹馬最為溫馴，而且曾經是精靈的坐騎，所以可能具有不讓騎士落馬的智慧與關懷的心……這是我們毫無根據的想法。可是艾賽韓德根本不信這種說法，反而想出一個維護自身安全的裝置。那就是把自己的身體綁在馬鞍上。

他以這種綁在馬匹上的姿勢，昂然地說：

「不要擔心！你自己才要小心。巫師一向都是因為緩慢行動而屁股挨一刀，你可不要變成那副模樣哦！」

亞夫奈德聽到之後噗哧笑出來。他好像不再那麼緊張了。

艾賽韓德一說完話，就開始雄赳赳地沿著牆壁走去。當然啦，雄赳赳是指理選，而他則是在緊緊捆綁之下，身體還是稍微在打顫著。接著吉西恩和杉森也開始動作了。兩人向我們做出很有信心的手勢，便各自走遠了。

艾賽韓德是負責建築物的東邊，杉森負責西邊，吉西恩則是負責北邊。大門所在的南邊剩下我、卡爾和亞夫奈德。站在我旁邊的卡爾點了點頭，說道：

「小心，亞夫奈德。還有尼德法老弟，你也小心。你要謹記你已經沒有ＯＰＧ了，所以連一個平凡的戰士都打不過。我很擔心你負責的那個任務……」

「請不要擔心。再怎麼說也是我最會跑，不是嗎？而且我已經想好了要怎麼個死法，不要為我擔心。」

「死法？你是想到哪裡去了？」

「我會一面死，一面想著大陸上最美的一百個大美女雲集，爭相要摸我的衣角，而我就在這極度的混亂之中，充滿幸福地死去。」

「……那你可能永遠都死不了哦！」

卡爾這樣回答我之後，開始站好位置。我和亞夫奈德則各自站在大門的兩旁，準備隨時行動。亞夫奈德一直在不停地深呼吸，好像很害怕的樣了。其實我也是緊張得要命，甚至覺得肩膀有被壓痛的感覺。我把手放在肩膀上，握著首次覺得沉重的巨劍劍柄。雖然沒有ＯＰＧ，我也不會因此就丟棄自己的劍。好，我一定可以做得到。

我們的計畫是從艾賽韓德那邊開始。

「呀喝！」

從建築物的東邊爆出了一聲大吼。隨即宅邸裡就有狗吠的聲音震耳欲聾地傳出來。這狗叫聲簡直是到了天地為之震動的程度（這句話好像有點奇怪）。

艾賽韓德用他宏亮的聲音，開始吟唱悲傷的矮人歌謠。

我當然記得，
晝夜最初交替的時候，
低頭望看湖水之中你的倒影，
你是天空最深邃的露天礦場裡，
星星點點鑲嵌著的寶石。
星星啊，美麗的你，神祕的你，
在我眼前閃爍吧！
我開鑿大地，
堅硬的岩石當床鋪，

我揮動錘子，用鑿子挖掘，
仔細察看，細心探尋。
在大地的懷抱裡，尋找我的星星。
寶石啊，降落到地上的星星啊！
在我眼前閃爍吧！

可能是因為這首歌充滿著矮人他們無限的欲望，所以艾賽韓德的歌帶有沉重強烈的節奏，但同時也有著無限的淒涼。然而這歌對哈修泰爾宅邸那些忠誠犬而言，可以說像是一堆胡言亂語。艾賽韓德每次唱到「在我眼前閃爍吧！」這一句，牠們就更加大聲地狂吠。汪汪汪！

嘈雜的腳步聲傳來，同時，庭院裡開始有提燈的燈光閃動，可能是那三十名戰士已經開始出動了。燈光往宅邸的東邊圍牆方向移動之後，我立刻聽到一些戰士大聲叫道：

「你這個矮胖的礦工混蛋！你把這裡當什麼地方了？在亂叫什麼呀！」

「三更半夜的，這是什麼行為呀！你以為這裡是你們的地洞啊！」

這一類叫罵的話不斷傳到我們的耳邊，真是可怕，但是艾賽韓德卻因此更加提高他的歌聲。他可真厲害！隨即，那些戰士們就更大聲喊叫。就在這一刻——

「呃啊啊！是忠誠犬啊！」

一聲淒慘的叫聲從遠遠的地方傳來。是從宅邸的西邊傳來的。隨即，戰士們立刻驚愕地喊道：

「有人擅自闖入！」

哼嗯。杉森真的很會叫耶！杉森他並沒有進到裡面去，而是在外面喊叫。可是戰士們以為有人闖進去被忠誠犬攻擊了，所以驚嚇地往他那個方向跑去。我還聽到杉森仍不斷喊著：

「呃啊！救命啊！是忠誠犬啊！真是的！呃啊！」

「在我眼前閃爍吧！」

宅邸的東邊和西邊都有非常大的喊叫聲，此起彼落。忠誠犬好像對於一直喊著要寶石來照亮自己的艾賽韓德相當不滿。另一方面，那些戰士以為忠誠犬全都在東邊，但是西邊卻有入侵者被忠誠犬追趕，他們就以絕對不是要去救人的那種步伐跑去西邊。那一瞬間，在遠遠的北邊，吉西恩開始行動了。

「小偷啊！」

戰士們一聽非常慌亂。

「什麼呀！天啊，連宅邸後面也有人闖進來！不對，這是聲東擊西的手法！」

就在這一刻，亞夫奈德和我很快地開始爬上鐵門。

可能是因為爬上去的速度太快，我聽到褲子被刮破的聲音。嘶！我們幾乎像是用滾下去似的，跳落在鐵門後面，然後翻滾了一圈，再往前跑去。呀啊！戰士們未免也太快就察覺到我們聲東擊西的手法了吧！我們必須在很短的時間內，從大門跑到主建築物那裡。

亞夫奈德和我可說是拚死拚活地跑了過去。左邊有狗群的吠聲，右邊則有戰士們的大喊聲，而在這中間，我們像是快把腿給跑斷了似的狂奔，好不容易才跑近主建築物的入口。好，現在輪到我了！

我一到那裡就立刻回轉身體，然後稍微深吸一口氣之後，奮力地喊道：

「哎呀，該死！門打不開！」

「呃啊啊！在主建築物！」

從我的左邊傳來戰士們慌亂的大喊聲。我想也不想，就立刻開始往前跑出去。我開始在心裡喃喃自語：「我疲憊靈魂的安息地啊！」

「你是誰？給我站住！」

你們叫我站住我就站住嗎？我又不是瘋了！連狗群也開始對我狂吠起來。媽的！「在我眼前閃爍吧！」雖然艾賽韓德的歌聲聽起來幾乎是在拚命地高亢，可是那些狗現在都不理艾賽韓德了。狗群的叫聲漸漸越來越大。我死命地全力奔跑。

「我現在要奔向妳了！」

「給我站住！該死的，馬上停下來！」

你們應該鄭重一點請我停下來，這樣或許我還會想停！

「汪汪汪汪！」

媽的，我可不想被你們的牙齒碰到！

「我美麗的高貴仕女！」

我終於看到大門了。可是戰士們的腳步聲實在是近得恐怖。真該死！忠誠犬怎麼都沒有腳步聲，可是叫聲卻近在咫尺。是因為牠們是忠誠犬，所以才沒有腳步聲嗎？我聽到從我左後方傳來了大叫聲。

「他在那裡！抓起來……呃啊！」

接著，我就聽到戰士們的慌亂喊叫聲。

「這、這是什麼東西？」

「是弓箭，呃，有人在射弓箭！我的手臂被箭射中了！」

那好像是卡爾射了一箭的樣子。很好，那麼戰士這邊就會暫時先落後一點，可是忠誠犬呢？

這時候，我聽到我的右後方有咆哮聲。

「呃啊啊啊！」

這是什麼呀？可惡，我被咬了一口！眼前就是鐵欄杆，我拚了！

「傑米妮！」

我的身體整個飛跳上去，可以說是很勉強地成功攀住鐵欄杆。我幾乎是沒有踏鐵欄杆就爬到門上面了。從我後面跑來的忠誠犬撲了個空，結果還來不及減低速度，就這麼撞上了鐵門。砰！哎喲，忠誠犬好像什麼事都做得出來哦！我非常快速地越過鐵門，接著滾落到地上。在地上滾動的我耳邊聽到馬鳴聲。咿嘻嘻嘻！

卡爾他騎著曳足，而且還拉著傑米妮來到我身邊。我翻滾一圈之後，立即跳起來抓住傑米妮的馬鞍，連氣也沒喘一下，就騎上馬了。隨即，卡爾向宅邸裡面用力喊道：

「失敗了！趕快逃吧！呀啊！」

「他媽的！竟然失敗了！怎麼會失敗？為什麼會失敗？太不甘心了！」

我非常強調「失敗」這兩個字之後，還加了幾句髒話，就用飛快的速度跑掉了。在我後面的宅邸那裡，有些戰士破口大罵著，說抓到我們一定要痛打我們一頓之類的話。可是我們根本沒有往後看，只是一直努力地逃。因為我們企圖闖入的這件事，必須用這種失敗來落幕才可以。

我跑到小巷道的時候，就和卡爾以及吉西恩會合了。過了不久，驚惶失色的艾賽韓德也出現了。我們全都稱讚艾賽韓德的騎馬技術很好。因為他嚇得沒辦法好好奔馳，卻仍能正確地和我們會合，真是不簡單。不過，艾賽韓德精神尚未鎮定，沒有餘裕接受我們的稱讚。不管怎麼樣，我們跑了很遠一段路之後，確定沒有人追過來，然後卡爾鬆了一口氣之後，說道：「很好。各位都沒事吧？」

「是的。應該是沒有人追過來。」

「好，那麼現在就靠亞夫奈德一個人了！」

呼、呼。我簡直快喘不過氣了，臉頰燙得辣呼呼的。不管怎麼樣，現在才要真正地開始呢！

警備兵們如果要報告有關入侵者的事，主建築物的門就會被打開來。至少裡面的人也會想知道是發生了什麼事，而把門打開。然後呢，就在報告和調查引起一陣騷亂的時候，使用了隱形術的亞夫奈德就可以通過開著的門，悄悄地上去二樓。我們用的策略其實是另一種聲東擊西的手法呀！亞夫奈德已經知道起動密語了，所以當然也就可以悄悄地上去三樓。

到此為止是不會有什麼問題的。會有問題的是，亞夫奈德對三樓的情況全然不知！艾賽韓德雖然綁在馬上，但還是緊抓著理選的馬鞍，回頭去看後面。

「唉，亞夫奈德他的本領並不是非常強。」

卡爾像是要讓他心安似的，用很溫和的語氣說道：

「他說他有自信。您就相信他吧。」

「哼嗯，說得也是，我們就是因為相信他才開始進行這個計畫的。也只能這樣了。對了，這真的太高了！現在可不可以下馬啊？」

卡爾搖了搖頭。

「我們還不能確定是不是沒有人追上來。我們知道您這樣很不方便，但是請您再等一下吧。」

艾賽韓德嘟囔著，把頭抬得高高的，以免看到下面。呵，走路走到首都的矮人敲打者，竟然在首都騎馬！我喘完氣之後看到他的模樣，想要爆笑出來，結果居然開始打嗝。嗝！嗝！

「時間好像差不多了。」

一直望著天空的杉森說完這句話之後，卡爾表情詫異地說：

「雲層厚成這副樣子，你看得到星星嗎？」

「我不是用看星星來判斷時間。我是從剛才一直在心裡唱歌。唱五遍了，應該時候也到了。」

「是嗎？真是有意思的方法。很好，那麼走吧！」

藏在黑暗巷道裡觀察動靜的我們，悄然地走了出去。哈修泰爾宅邸那裡可以說是熱鬧滾滾。宅邸全都亮著燈，庭院裡也到處有人拿著火把走來走去。遠遠地就看到這個場景的卡爾，詫異地說道：

「呵，他們好像不認為我們已經失敗逃跑了的樣子哦！」

那麼我們的計畫失敗了嗎？可惡，我們那樣拚死逃跑的理由，就是要讓他們覺得我們已經失敗了，可是這些人居然到現在都還在騷動著。有一些人走出門外，到處跑來跑去。他們是在做什麼呢？

就在這時候──

「噹噹噹噹噹……！」

突然間，建築物的三樓上面傳來了很大的鐘聲。宅邸裡面則是傳出嚇人的慘叫聲。這是怎麼一回事呀？

「三樓有人闖進去了！在正面窗戶！」

「在哪裡？在哪個地方呀？」

我們驚訝地互相望了望。哎呀，一定是亞夫奈德！吉西恩大聲喊道：

「是警報術！那麼說來，他是想從窗戶出去？」

難道他是想打開三樓窗戶跳下去嗎？真是的，現在庭院裡有很多人。從三樓跳下來，就算還活著也逃不掉啊！杉森做好了突擊的準備，隨即，綁在理選上面的艾賽韓德露出像是把自己的靈魂交給卡里斯·紐曼的表情。杉森喊道：

「我們衝上去！一定要救他……」

「從後面過去！」

「呀啊，呀啊！」

卡爾的喊叫聲更是大聲。我們驚訝地看了看卡爾，不過，卡爾早就開始騎馬往前衝了。

卡爾奔馳的方向是往宅邸後面。我們不知道是怎麼一回事，只是跟著跑。宅邸雖說是很大，但是騎馬跑的話，一瞬間就到了。我們在瞬息間來到宅邸後面，卡爾很快地說：

「吉西恩、杉森！快越過圍牆，這是在做掩護！」卡爾一面說一面把馬靠在圍牆旁邊，站在馬鞍上面，然後站上圍牆。動作竟然如此敏捷！吉西恩和杉森雖然不知道是怎麼一回事，但還是糊裡糊塗地暫時先越過圍牆再說。這時候。

「Rope Trick!」（繩索戲法！）

是亞夫奈德的聲音！接著從宅邸三樓的後方窗戶落下了一條繩索，直立在空中。噹噹噹噹噹！那是我在雷諾斯市看過的法術。繩子像是被綁在空中似的，直挺挺地立著。接著，我又看到從三樓窗戶跳出來一個黑黑的東西。

跳到空中的正是亞夫奈德。他拚命緊抓著繩索，而那條繩子已經用魔法直立住了，所以一動也不動。他緊抓住繩子之後，往下骨碌碌地滑下去。他的袍子整個都鼓蓬了起來。

遠遠地，主建築物前面方向傳來了喊叫聲。

「我們被騙了！他們在後面！」

「到後面！到後面去！」

吉西恩和杉森用很快的速度跑去做掩護，亞夫奈德則幾乎是用垂直落地的速度下到了地面。

他立刻跑向我們這一邊。

就在這時候，他們可能已經在包圍宅邸了，從宅邸的兩邊拐角開始出現火把的火光。吉西恩和杉森跟在亞夫奈德的後面跑了過來。卡爾開始拉起弓箭。咻咻咻！

「呃啊！是弓箭！」

卡爾正在瞄準宅邸的牆壁，用很快的速度集中射擊那棟人建築物。咻！咻，咻！他就這樣把那麼大的建築物當作是靶子，隨便射了起來。我們還聽到玻璃破掉的聲音。匡噹！每破一扇窗戶就引發一次警報術，傳來騷亂的鐘聲。噹噹噹噹噹！

火光突然間變低了。可能是戰士們怕在黑暗之中被飛去的箭給射中，所以他們或者彎下腰或者趴在地上。而亞夫奈德、吉西恩和杉森他們繼續一直在跑著。艾賽韓德很緊張，但是也沒有辦法，終於他們越過圍牆了。卡爾則是剛好把箭筒裡的箭給射光。一轉眼間，他大概射了有三十箭之多的樣子。

所有人一越過圍牆，就各自騎馬，開始拚命奔馳。這一次肯定會有人追上來了吧？吉西恩大聲地喊道：

「請跟我來！」

吉西恩開始帶著我們在拜索斯恩佩的複雜小巷道裡穿梭。一會兒彎這邊，一會兒拐那裡，就這樣繞了好一陣子，我們都已經搞不清楚哪裡是哪裡了。可是突然間，吉西恩從公牛身上下來，低聲地對我們喊道：

「請各位都下馬。」

我們就先下了馬。艾賽韓德因為被綁在馬上，所以沒辦法很快下來。不管怎麼樣，其他人都下馬之後，吉西恩開始慢慢地牽著公牛走。他用彷彿在散步的步伐，慢慢地走。

「沒有必要發出馬蹄聲。」

我們像這樣安靜地走了一會兒之後，走進了很偏僻的巷道。那裡連一盞路燈也沒有。吉西恩乾脆停了下來，靠在牆上站著。

「請各位安靜在這裡等待。」

「是。」

然後艾賽韓德開始解開身上的繩子，在杉森的幫忙之下，好不容易才以保持體面的方式下了馬。他隨即拿出菸斗啣著。亞夫奈德靠在牆上氣喘吁吁著，但也是一副不打算再走的姿勢。我不知所措地問道：

「我們不知道有沒有人追過來，可以就這樣在這裡等待嗎？」

「嗯。我們在這裡等待，宅邸的那些傭人和戰士們應該會一直追到城門去。」

追到城門？啊哈。原來如此。他們以為我們會逃到城外去，所以會追到城門，因此我們只要在這裡靜靜等待就可以了。同樣也已經下馬的卡爾看了看亞夫奈德，問道：

「你沒事吧，亞夫奈德？手有沒有怎麼樣？抓著繩子溜下來一定受傷了。」

「我沒事。呼，呼。我是手拿手帕溜下來的。」

「啊，沒事就好。」

亞夫奈德等到不那麼喘之後，冷靜地把手伸到袍子的衣角之間。他再把手伸出來的時候，手上拿著像書的東西。太暗了，實在看不清楚，不過我可以肯定那本書的表皮是什麼顏色。

「是藍色表皮的書。」

「成功了！」

杉森很高興地拍了拍亞夫奈德的肩膀。艾賽韓德因為手搆不到，無法像他那樣做，所以他握著亞夫奈德的手高興地搖著。亞夫奈德不好意思地笑著說：

「啊，對了，我很好奇一件事。各位怎麼知道我會從後面出去呢？雖然我一直祈求各位能猜得到，但是沒想到吉西恩先生和杉森先生真的就跑來了，那時我簡直是不敢相信我的眼睛。」

聽到他的問題，我們都看著卡爾，露出讚嘆的表情。卡爾微笑著說：

「因為你是巫師啊！」

卡爾說完之後，艾賽韓德放聲笑了出來。杉森嚇得趕緊用手把艾賽韓德的嘴巴堵起來，他才停住笑聲。

「喀喀喀！沒錯！他是個巫師！可是卡爾你呢？呵呵，你是可以輕鬆猜出巫師謀略的怪物哦！喀喀喀！」

亞夫奈德也點了點頭。他把書交給卡爾。卡爾無法在黑暗的巷道裡看內容，所以直接就放進了馬鞍上的袋子裡。

哈修泰爾宅邸的人向城門警備兵詢問之後，就會知道我們並沒有出城。那麼他們鐵定會立刻去每一間旅館找我們，所以我們早就帶著行李出來了。我們大概走了一個小時的巷子，而且全都分散開來走。我們就這樣每組一個人或兩個人地，走到了大暴風神殿。

因為白天已經跟他們祭司說好，所以修煉士們並沒有說什麼就讓我們進來了。我們一進到高階祭司配給我們的房間，才感到一股很深的疲憊感。

然而還沒有人要睡。所有人都揉著眼睛，圍坐在桌子周圍。卡爾拿出亞夫奈德所偷出來的那本書，開始用疲倦的聲音唸書皮上的字。

「書名是《拜索斯恩佩旅客值得一遊的酒店》……」

大家都露出啼笑皆非的表情。杉森用呆愣的聲音說：

「這是不是涅克斯想喝酒的時候會需要用到的書啊？」

可是亞夫奈德看起來並不怎麼驚訝。卡爾也是，他只是平淡地笑著說：

「有祕密在裡面的書，通常書皮是假的。我看看。」

卡爾翻開書本。他的臉上浮現出困惑，開始快速地翻著書頁。他一下子就翻到了最後一頁，然後又再從後面翻到最前面的一頁。

「咦？怎麼全部都是酒店的名字？」

我們嚇了一大跳，全都看了一遍那本書的內容。是真的。每一頁的最上面寫著酒店的名字，那家酒店的老闆名字，還有引以為豪的酒名這一類的內容。我甚至還找到一頁有寫著純天堂的名字，而且寫說在那裡可以嚐得到拜索斯恩佩最好吃的酥皮濃湯。我們全都愣住了。

可是那本書最後拿到亞夫奈德的手裡時，亞夫奈德微笑著說：

「這裡有祕密書頁，沒有什麼好驚訝的。」

「咦？」

「有幾頁插放了幾個文件，而且用魔法讓文件內容看起來和其他書頁一模一樣，這就是祕密書頁。」

「是嗎？那麼必須用魔法來解開嘍？」

「不。只要知道哪裡有祕密書頁，接下來要找內容就簡單多了。可以仔細讀內容之後去找出前後不一致的書頁，但是這樣太花時間了。嗯，艾賽韓德先生？」

「嗯？」

「在這裡，應該是艾賽韓德先生的手最靈巧吧？」

艾賽韓德用自豪的表情點了點頭。說得也是，矮人的手當然是最靈巧的。亞夫奈德把書拿給艾賽韓德，並且說道：

「請您閉上眼睛摸書頁。如果用讀的，會被騙。所以請您閉上眼睛，用感覺來尋找是不是有不一樣的書頁。」

「是嗎？知道了。」

艾賽韓德一接到書，就閉上眼睛一頁一頁地翻，用手撫摸書頁。任誰看到了都會懷疑矮人的手上是不是長了眼睛。艾賽韓德好像對自己的感覺很有自信似的，可以說是大致掠過去似的很快地翻過每一頁。我們有點擔心他未免也摸得太輕了。可是過了不久，艾賽韓德把其中一頁折了起來。是那一頁嗎？

艾賽韓德繼續翻頁，有時偶爾會折一頁起來。他以很快的速度摸到最後一頁，然後睜開眼睛，說道：

「亞夫奈德你說得沒錯。我折起來的就是感覺不一樣的書頁。」

亞夫奈德嘻嘻笑著說：

「您真不愧是矮人。」

然後，杉森拿出小刀，把書本上的細繩割開，將折起來的書頁抽出來。真是令人驚訝的一幕！書本原來一頁頁的都是密密麻麻列著酒店名字，可是把書頁拆開之後，文字完全都變了。令我們看了都個個讚嘆不已。

在文件都還沒有湊齊之前，卡爾就已迫不及待地看起第一頁的內容。除了在抽書頁的杉森以外，大家全都專心地看著卡爾。

卡爾的臉上浮現出驚愕的表情。他用呆滯的表情說道：

「這是……有關拜索斯的軍團編制與軍長的調查報告書啊！」

「咦？」

所有人都睜大了眼睛。吉西恩慌張地伸出手，卡爾把文件遞給他看。吉西恩很認真地看文件的內容。

「天哪……這是軍方的機密！」

卡爾等到杉森把書頁都抽出來之後，趕緊把那些紙張都看過一遍。他面帶難以置信的表情，說道：

「哎呀，這是軍隊的補給計畫表！補給線以及中間集結地都標示得一清二楚！」

我們完全不知道該怎麼辦。所有人都爭相去看文件。內容全都是屬於軍事機密。拜索斯軍隊補給計畫表、人事表、配置圖、基本戰術與應用、作戰短期計畫、長期計畫！吉西恩實在是覺得太不可思議了，虛脫地笑著說道：

「天啊，傑彭軍隊為了這個東西，一定可以不惜一切。」

除了艾賽韓德，其餘的人都呆愣住了。艾賽韓德好像對拜索斯的軍事機密不怎麼感興趣，可是我們卻都屏息專心地看文件。

這時候突然間，卡爾大聲喊了出來，並且整個身體都往桌上靠過去，把文件收起來。

「各位！不要看了！」

卡爾很凶悍地喊了出來，我們都被嚇得身體一震。卡爾毫不猶豫地，像是要用搶的似的把我們手中的文件拿走，而且急促到差點就撕破文件。卡爾趕緊一邊收文件一邊說：

「這些——這些是絕對不可以外流出去的文件！」

我們全都嚇了一大跳，把文件丟了出去，所以卡爾得以一下子就把文件都收齊。他一面收著文件，還努力做出自己也不看的動作。他像是在對自己說話似的，喃喃自語著。

「以防萬一我們有可能會說漏嘴，所以，我們絕對不可以看內容。」

大家都贊同他這句話。杉森表情呆滯地說：

「那麼，我需不需要按原本的樣子再放回去？」

卡爾大口深呼吸之後說：

「不，不可以。這份文件為什麼會在哈修泰爾宅邸，還有為什麼涅克斯要偷這份文件，在知道這些事之前，我都不能給任何人了！」

卡爾低頭看了看手中的文件，嘆了一大口氣，做出一副不知如何是好的樣子。隨即，吉西恩說：

「把它給燒了吧！」

「咦？」

「這份文件不可以流入任何人手中。所以把它給燒了吧！」

卡爾看起來像是在考慮這樣做適不適當。可是吉西恩不等他考慮，就把自己面前的蠟燭拿起來，向卡爾伸出手要拿文件。卡爾一時不知所措，用慌亂的語氣，說道：

「這樣會不會太過性急了？」

吉西恩搖了搖頭。

「軍隊裡沒有所謂的性急。行動一定要即刻去做才可以。」

「不，不可以。這份文件應該交給國王陛下。」

「交給國王陛下？」

「是的。然後由國王陛下召見哈修泰爾侯爵追究這件事情，查出為什麼哈修泰爾侯爵會有這個東西。」

吉西恩的臉看起來像是很苦惱的樣子。他說道：

「那麼，明天即刻去進行吧。一定要在天亮前到達皇宮。這份文件在我們手中越久就越危險。」

「您說得很對。」

「先救妮莉亞。」

卡爾一說完，我就說了這句話，接著吉西恩露出了驚訝的表情。我連忙說道：「請先救妮莉亞。涅克斯如果真的是盜賊公會會長，一定很容易就知道我們去皇宮的事。因為首都布滿了他們的情報網。那他大概也會猜出我們已經搶到了文件。這樣一來，妮莉亞就危險了！」

我一說完，吉西恩就皺起了眉頭。他突然很凶悍地說：

「媽的！這份文件關係到拜索斯的安危……」

吉西恩並沒有把話說完。我們全都一副很不安的表情。過了不久，吉西恩嘆了一口氣，說道：

「修奇，你的意思是要把這份文件交給涅克斯嗎？」

「不，我並沒有這個意思。當然不可以把這份文件交給他。可是，我們應該先救出妮莉亞。救出妮莉亞之後再把這份文件呈給國王陛下。」

「要怎麼救妮莉亞？」

怎麼救？那份文件一定要交給陛下，可是在救出妮莉亞之前不可以交出去。但如果要救妮莉亞，就得把文件交給涅克斯。然而如果給涅克斯就無法給陛下。怎麼辦呢？

卡爾搔了搔下巴，然後就把這複雜的情況給簡單化了。

「涅克斯要的是藍皮書，所以只要把書拿給他就行了。讓他在想喝酒的時候可以用得到，就可以了。」

哇啊，卡爾說得可真是簡單耶！連吉西恩聽了也點點頭。可是亞夫奈德露出不贊同的表情。

「如果他知道文件有漏失的地方，一定不會善罷甘休的。」

「他又不是巫師。」

「是，但是我們並不確定他知不知道書的內容。他應該是知道書的內容才會覬覦這本書，不是嗎？所以，他應該是有辦法確定這是不是他要的那本書。」

「應該是的。嗯，現在我們要苦惱的就是這個了。亞夫奈德，你會用『祕密書頁』，嗯，你會用這個法術嗎？」

「我是會用，但是今天我沒有做記憶這個法術的動作。」
「那麼，明天早晨做記憶咒語就可以了，是嗎？」
「是，是的。」
「好。那麼你現在去好好睡一覺吧。明天早晨再記憶這個法術。」
「那麼真的要做一份假文件嗎？」
「是。我現在開始來製作一份假文件。雖然無法騙得很久，但是至少可以拿來救妮莉亞。」
「啊，那這樣應該就可以了。」
亞夫奈德也贊同這個方法。接著，吉西恩從位子上猛然站起身，說道：
「好。那麼您來做假文件，我來守夜。這文件在我們手中的時候，即使此處是大暴風神殿，還是不能太過安心。」
隨即，杉森也點點頭說：
「是，我們輪流守夜吧。」
於是我們開始做後續的動作。
首先，把有關酒店內容的書頁按原樣湊好，然後那份文件另外收在一處。可是要交給誰保管好呢？我們苦惱了一會兒。亞夫奈德說他可以將自己的背包全部清空之後，把文件放進去再施以魔法。他花了一些時間把背包裡的所有東西都掏出來，又搖又甩，而且還喃喃自語了一下，然後亞夫奈德擦了額頭上的汗水，說道：
「除非是很厲害的巫師，要不然任何人沒有我的允許，是無法打開這個背包的。」
吉西恩沉重地點了點頭，然後把亞夫奈德的背包用途轉變成坐墊。他就這樣把背包墊在下面，表情凶悍地把端雅劍當作手杖拄在那裡，以昂然的姿勢坐著。看起來彷彿像是在喊著「在我死之前，誰都不可以動我屁股下面的東西！」的表情。卡爾說道：

「尼德法老弟？拿出紙、墨水、筆。」

「好的。」

卡爾立刻坐在桌子前　吉西恩仍然還是一副凶悍的眼神，盯著沒有任何人走進來的房門，亞夫奈德則是走向床鋪。卡爾對我還有杉森說道：

「你們會不會想去睡覺？」

杉森呵呵笑了出來，然後說：

「沒關係。可是，我們要寫些什麼呢？」

「我們寫一些乍看之下像是軍事機密的東西。這樣你們會寫吧？」

「這個嘛。要寫些像軍事機密的東西不是一件簡單的事……」

「不，不用寫得很正確。只要乍看之下像就可以了。如果沒有自信，那寫什麼都好，但至少要看起來像是什麼文件之類的東西。只要不是亂寫的都行！」

「我們知道了。試試看吧！」

我和杉森立刻一起參與偽造文書的作業。艾賽韓德說他對寫字沒興趣，但是他又不想去睡覺，就索性在一旁看我們工作。而吉西恩仍然還是一副怕世人關心那份重要文件的樣子，臉上帶著像是要用他堅硬的屁股來守護文件的堅決表情，坐定在那裡。呵，在這種天氣裡坐在地上一定很辛苦吧！

可是，我們也差不到哪裡，我們的頭開始痛了起來。媽的，到底該寫些什麼好呢？

我偷看了一下杉森，可是他像是不讓我看似的，用手臂圍起來寫字。哼，算了！我不看，我不看！那麼我想想。我偷偷看了一眼卡爾。

卡爾正在快筆疾書著。

「從上述的例子可以推測出的結論如下：各個軍長對於戰力配置的差異，大致如同賀滋里的著書所提及的，是根據此軍長早餐食用的食物的不同而有變異。此乃無庸置疑之真理。然而，軍長攝取早餐飲食時所使用的湯匙、筷子的型態的多元性，以及是否伴隨有深奧的考察的結論，如果稍微不慎就會……」

我不由自主地笑了出來，然後也拿起筆來沾了墨水。好，如果是用那種方式寫的話就好辦了。我一句一字地用心寫，而且是用充滿正式文件的口吻寫出來。

「因此，主張戰略的最優先堡壘是位在賀坦特領地內的沙凡山，此為理所當然不需懷疑之主張。倘若分散於沙凡溪谷的薄荷型態與其配置為最優先考量的先決條件，則其後可能會伴隨出現的條件，是對暗號為巴亞賀洛薄荷採集團的祕密部隊賀坦特警備隊的完美調查。賀坦特警備隊，是由以容易被錯認為人類的外貌、飲食型態及對飲食的恐怖貪欲推測得知，無庸置疑地分明是個食人魔的戰士杉森・費西佛所領導指揮的恐怖部隊……」

「噗哈哈哈哈！」

艾賽韓德捧腹大笑出來，於是杉森看了看我寫的文章，不久之後，我們兩人就在地上翻滾，互相不惜攻擊對方的身體，彎折對方的關節。然後在卡爾的乾咳聲之中，我和杉森才以尷尬的表情一面拍打身上的灰塵一面站起身，又再恢復冷靜地去寫文章。

過了不久，艾賽韓德看了杉森寫的文章之後，瘋狂發笑，於是我看了看杉森寫的內容，我不禁慘叫了一聲。「那天晚上修奇・尼德法將純真少女傑米妮灌醉之後，拉她至樹林間，此等卑鄙下流的……」

「杉──森──！」

接著，我們又再滾落到地上，在這種奇怪的氣氛之中，獨自努力堅守森嚴氣場的吉西恩，真是令人覺得有點遺憾。

「各位沒事吧？」

亞夫奈德表情擔憂地看了看我們。杉森和我全都累得趴在桌上，卡爾則是用非常紅腫的眼睛慎重地在檢查我們寫的假文件。我的手指頭剛才一直握著筆，現在像是要掉下來似的疼痛著。哇！在暮秋夜晚的寒冷之中，那樣無精打采地寫文章，當然會從頭頂到腳底都在疼痛。

「呃、呃呃呃呃……」

杉森稍微移動手臂，發出累壞了的聲音。我連移動的力氣也沒有，以臉頰趴在桌上的姿勢看著吉西恩。

吉西恩雖然努力忍著，但是因為我們熬夜寫文章而沒有和他換班造成了後遺症，他現在是一副很難受的表情。他在亞夫奈德的扶持之下，好不容易從地上起身。他以驚人的自制力，沒有發出任何呻吟聲，而且依然那副謹嚴認真的表情，他的腳則是難看地抖動著。他看起來像是快要昏倒了，一走到床上就整個人倒了下去。

可是卡爾還是面不改色地在檢查文件，還挑了其中幾個錯的地方。

「嗯，好了。」

卡爾把那份假文件交給艾賽韓德，艾賽韓德則是用手細心地分解書本，把假的那份文件插進去之後，用小刀把外圍多餘的邊正確地剪掉。他那既粗又短的手指頭怎麼能如此巧妙地移動呢？

真令人想不透。艾賽韓德緊抓著書本，手再慢慢移動了之後，現在任誰看來都無法區分原來的紙張和插進去的紙張。

卡爾把那本書遞給亞夫奈德。

「現在輪到你了。」

「是。」

亞夫奈德把原本放在背包裡的其中幾個袋子和幾罐藥瓶子拿了出來，就開始在書上撒一些粉末，把一些東西往上擲、往下丟，打碎之後弄得亂七八糟的。他的臉上一直不斷流汗，嘴巴一刻也不停歇地唸著咒語。

「Secret Page!」（祕密書頁！）

他用很激烈的動作指了書本一下。他哆嗦的手指尖雖然指著書本，但是什麼事也沒發生。哎呀？怎麼了？失敗了嗎？真是無可奈何！可是亞夫奈德立刻放下手，用平穩的動作翻書。在他的臉上透露出滿意的笑容。他把書遞給卡爾。

「請您找看看吧。」

卡爾開始翻書，隨即露出了微笑。紅腫著眼睛露出微笑，看起來真的不怎麼好看啊！

「你真是太厲害了！」

卡爾說完之後，也把書拿給我們看。我們一直翻來翻去，怎麼看都和昨天一樣，看起來只是一本介紹酒店的書。卡爾一面起身一面說：

「好了！那麼我們出發去盜賊公會……等一等！」

卡爾彎著腰，一副無法伸直的樣子，站在那裡。他那個姿勢既不是站也不是坐，很痛苦的模樣。躺在床上的吉西恩說道：

「現在……真的沒辦法去啊！」

「我們先休息一下再去吧！」

接著，我們就全都各自倒下。五個小偷在艾德布洛伊的加護之下睡著了。亞夫奈德已經睡飽了，所以他守著我們，還有那份文件。

我躺在床上看到他正在微笑看著那本藍皮書。嘿嘿。

「你對你的本事很感到自豪吧？」

「嗯？哦，你還不睡嗎？」

「好像太累了反而會睡不著覺耶！」

「啊，是嗎？」

亞夫奈德有些不好意思地把書放回桌子上。我把臉貼在枕頭上，有些發音模糊地說：

「亞夫奈德，你真的很厲害。」

「嗯，這並不是什麼了不起的魔法。像祕密書頁這種法術是很初級的魔法。」

「不管是初級還是高級，需要的時候派得上用場就是最厲害的魔法。」

「是嗎？謝謝你，修奇。」

「哼嗯，你真的越來越厲害了。對了，等你厲害到可以取個別號的時候，叫做最頂尖的巫師，你覺得怎麼樣？說實在的，如果叫大法師，實在是太多人用了。」

「你這小子，真是的。好了，不要再開玩笑了。那是我那時年輕的愚蠢，不要再開我玩笑了。」

「我不是在開玩笑，怎麼樣？就叫做『頂尖魔法師』亞夫奈德。不錯吧？」

「頂尖魔法師？這樣太令人啼笑皆非了。」

雖然他對我說的別號嘟囔個不停，但是看起來不像是討厭的表情。我看著他的微笑入睡了。

唉，沒有了OPG，我感覺好像更加疲倦不已。

（下集待續）

龍族名詞解說

◆武器

匕首（Dagger）：此武器由來已久，甚至摔破石頭就可以製作，由於製作極度簡單，可以說只要有人類的地方就一定有這種東西。匕首攜帶方便，容易隱藏，所以即使在火炮發達之後，仍然還是軍人無法離手的原始武器，因而型態也是千差萬別。一般說來它的長度是介於小刀（knife）與短劍（short sword）之間，但其實很難明確地區分。由於長度短，幾乎只能對近身的敵人使用，但危急時可以作投擲攻擊也是很具有魅力的特點。

長劍（Long sword）：與斧頭同為使用於肉搏戰中流傳最久的武器之一。在人類學習運用金屬的過程中，劍也漸漸顯露出大型化的趨勢，依據戰鬥時有利型態的要求，有人在匕首上加上了長柄，走上了轉變為槍的另一條道路，而在度過漫長歷史之後，長劍終於在十世紀左右真正登上了歷史的舞臺。長劍可以說是站在劍類武器的歷史巔峰，劍身長約三～四呎，寬度約一時，直而具有兩刃，但不像東方的劍上有血槽的設計。從劍的型態上就可以知道，它的機動性高，適合施展各種劍術。所以它是在金屬的冶煉技術進步到能製造出輕而強韌的金屬之後才出現的。

左手短劍（Main-gauche）：火砲發達之後，劍術與其說是戰鬥技術，不如說已經轉變為仕紳的一種教養，於是現代的西洋擊劍術也隨之登場。在擊劍術中，盔甲跟盾牌消失，劍的重量也大幅減少，具有驚人的機動性。此時的仕紳們為了保護自己的生命，左手會拿帽子、墊子或這種左手短劍，來阻擋對方的劍。由於它著重防禦的特性，所以劍的護手既大又圓。因為它是拿在左手的防禦性武器，所以就從法語中代「左手」的Main-gauche得名。

短劍（Short sword）：這是流傳已久的武器。在原始的氏族社會裡，比匕首長的劍更能顯示出酋長的權威，同時也被用來作為祭司長行儀式的道具。這種長度二～三英呎左右的劍即為短劍。羅馬士兵們所使用的劍就是短劍。羅馬用這種短劍和方陣來征服全世界。當然，也可以一手拿短劍，另一手拿盾牌。在刀劍相交的白刃戰時，這種劍在可攻擊的距離上以及破壞力上都是十分充足有利的。

巨劍（Bastard sword）：劍的大型化→甲冑大型化→劍的大型化形成了惡性循環，最後出現的就是這種巨劍。這種劍的特徵是，可以像長劍一樣用單手握，也可以像雙手劍一樣用兩手握，所以它在四呎長的劍身上加上了一呎左右的劍柄。馬上的騎士可以一手握住韁繩，另一手揮動此劍；如果下了馬，則可以兩手握劍，對敵人施以強力的攻擊。同樣地，使用此武器時，可以一手拿盾牌戰鬥，或是丟下盾牌，用雙手給予對手一擊必殺的猛攻招式。

三叉戟（Trident）：本來是抓魚的工具。魚叉可以說是它的祖先，為了能夠在水中使用，所以特意做成阻力很低、頭部有三叉，一旦插中物體就不會掉落的型態。人魚跟其他的水中怪物都很喜歡用這種武器，就像閃電是宙斯的象徵一樣，三叉戟則是海神波賽頓的象徵。波賽頓想要折磨奧德賽的時候，就是揮動著三叉戟來引起暴風。

半月刀（Falchion）：刀身是彎是直，與所使用的刀法有直接的關係。如果要刺或割，那麼應該會採取直刀身的型態。但如果是要揮砍，則彎曲的獨刃刀更為理想。代表性的彎刀有回教徒用的彎刀以及日本刀。半月刀的彎度一方面適度保持了適合揮砍的特性，另一方面也給人重量感。刀的寬度非常寬，過度沉重，讓人有不適合戰鬥的感覺。韓國人在森林中開路時所用的刀就是這種半月刀，東方的游牧民族所用的寬月刀也是屬於這一類（雖然也會讓人聯想到《三國演義》中關羽的青龍偃月刀，但那是屬於大刀類，不像這個是屬於劍類）。

戟（Halberd）：這是配合槍頭的大型化趨勢出現的新武器，在文藝復興時期於歐洲全境都十分惡名昭彰的武器。型態非常適合殺戮，在大型槍頭上，邊加上了斧鋒，另一邊則是加上鉤或尖刺。因此它可以用於刺擊、揮砍、鉤刺，不管敵人在馬上或地上，都可以不分青紅皂白加以攻擊。因為是非常大型的武器，所以機動性極為低，但因為此武器出現的時期盔甲也已十分發達，所以它的低機動性變得不成問題。因為十分有用，所以在火炮發達之後，仍然在王室的儀仗中維持住其原有的地位。

◆衣物／防具

鐵手套（Gauntlet）：指整套甲冑中保護手的手套部分。如果是連身鎧甲的鐵手套，甚至會用鐵皮一直包到手指的關節部分為止。最誇張的情況則是將拇指以及其外的四隻手指分別包住，幾乎不太能動。

袍子（Robe）：寬鬆的連身長衣。中世紀的修道士常作此打扮。

食人魔力量手套（Ogre power gauntlet）：簡稱ＯＰＧ。戴上此手套，就會有食人魔般的力量。

硬皮甲（Hard leather）：大致做出人形的骨架後，將鞣皮處理後的皮革貼上去，再塗上油，即可固定。因為材料具有柔軟的特性，所以能夠穿在衣服裡面，但防禦力不怎麼強。通常硬皮甲會有強化特定的部位，重量在皮甲中算是較重的。

半身鎧甲（Half plate）：只留有胸甲部分的鐵鎧（Plate mail），能增加活動性。現在的騎兵儀仗中仍然可以看得到。在普魯士國王的肖像畫中常看到的鐵皮鎧甲就是這種。

◆怪物／種族

地精（Goblin）：是很具代表性的人形怪物，有時狗頭人、豺狼人也會被解釋成地精中的一種。體型比人類小，面貌凶惡。由於體型的關係，所以也只能用小型武器。

龍（Dragon）：歷史最久遠、結合兩種原型而產生的最強大怪物。這兩種原型是鳥跟蛇。鳥極度自由，甚至可以飛向眾神，帶有向天的性質；蛇藏在地底，行動敏捷，帶有向地的性質。結合了這兩種特性的龍不管在古今中外，都是最有名的怪物。例如伊斯蘭神話的巴哈姆特、中東地區的提爾梅特、北歐神話的米德加爾德蛇、亞瑟王傳說中出現的凱爾特紅龍與白龍、《尼布龍根之歌》中出現的吉克夫里特之龍、猶太神話中（最後也進入了基督教）出現的古蛇（撒旦）、中國的龍……牠們是寶物的看守者以及掠奪者，擁有強大的力量、無限的知識，是處女的掠奪者（跟獨角獸屈服於純潔成相反，龍則會抓純潔的少女來吃。這是很值得詳細考察的差異點），又同時是英雄的試煉與救援。

白龍（White Dragon）：常被描寫為在龍當中特別暴躁貪心和愚蠢的一種，但因為畢竟是龍，智慧還是比人類高出許多。主要住在極地，會吐出讓任何東西都凍結的冰氣息。

獨角獸（Unicorn）：一般都被畫成白馬的樣子，以額頭中間有一根角而為人所知。那根角上附有強大的魔法，也能當作珍貴的藥材。英國王室的家徽上面就畫了獅子跟獨角獸，據說這兩種動物是宿敵（從這一點上看來，獨角獸應該是源於非洲，很清楚是犀牛的形象以訛傳訛傳到歐洲的結果）。牠們擁有如疾風般奔跑的能力，那根角強大到可以撞獅子來互相戰鬥，但弱點是會屈服於純潔的東西，所以讓一個少女坐到有獨角獸存在的樹林中，獨角獸就會自己前來，將自己的自由奉獻給少女。因此獨角獸代表了對處女地的渴求，也是逐夢之心的象徵。

矮人（Dwarf）：起源雖在北歐神話之中，但我們目前所熟知的矮人面貌卻是透過J・R・R・托爾金（J. R. R. Tolkien）確立的。在北歐神話中，諸神透過巨人伊米爾的身體創造大地之時，這個種族就鑽到了地裡。他們是手藝極佳的鐵匠，擁有無盡的黃金與寶石，用其做出連諸神看了都訝異不止的寶物與武器。例如擲出必定命中的袞尼爾的槍、索爾所持有擊中目標後會回到手上的神鎚穆勒尼爾、會自動複製自己的德勞普尼爾的戒指、可以上天下海的金豬格林布爾斯提、西芙的黃金假髮、折起來以後可以放進口袋的船「斯基德布拉德尼爾」等等，全都是矮人的作品（北歐神話中，如果把矮人製作之物拿掉，那麼諸神簡直就是一無所有）。若依照托爾金所描寫的矮人來看，這一族是由偉大的鐵匠奧勒所創造出的，他們是天生的鐵匠、建築師與石工，能製作很精細的工藝品，也是礦工，善於一切需要靈敏手藝的工作。他們對寶石擁有跟龍一樣的貪欲，個性絕對不願受人支配。他們的象徵標誌就是小個子與濃密的鬍子。

紅龍（Red Dragon）：會吐火，只相信貪欲及暴力的價值觀。是非常強大並且粗暴的龍。

蛇髮女怪（Medusa）：即梅杜莎，此怪物起源於希臘神話。蛇髮女怪原本是位頭髮非常美麗的處女，但是海神波賽頓將她帶往雅典娜的神殿與她性愛。於是希臘神話的兩位處女女神（希臘神話之中一直保有處女之身的女神只有兩位：智慧女神雅典娜與月亮女神阿特密斯）中的雅典娜因為認為自己眼睜睜地遭受到很大的侮辱，所以降罪下來把她的頭髮全都變成蛇。蛇髮女怪醜陋到連看到她的人都會變成石頭。到後來，英雄珀爾修斯以盾牌映照出她的身影來看，才砍下她的頭，雅典娜則將她的脖子掛在自己的盾牌上。

炎魔（Balrog）：此怪物起源於J・R・R・托爾金的《魔戒》（*The Lord of the Rings*）一書。書中這可怕無比的惡魔甚至還逼使頑強的矮人們拋棄故鄉去避難，牠的象徵就是右手所拿的鞭子。因為智力很高，所以對魔法也得心應手。牠甚至恐怖到連龍都能輕蔑地攻擊，幸而牠的性格比較喜歡地底下的環境，所以不常在地上出現。

吸血鬼（Vampire）：因為血是生命的象徵，所以無論是東方還是西方的吸血鬼，我們可發現大都是高等動物。《龍族》裡的吸血鬼則是比較接近於布蘭姆・史鐸克所描寫的人物形象，而非安・萊絲所描繪的樣子　吸血鬼一到滿月的時候就會感受到吸血的欲望，會受到銀製武器或魔法武器的傷害。他們能夠變身為蝙蝠、野狼、霧的樣子，而且在鏡子前面會照不出形影。要是暴露在太陽光底下的話，他們的身體會燒起來，而且也無法涉水。因為擁有強大魅力，所以甚至可以使異性進入被催眠的狀態。被吸血鬼咬到的人就會變成吸血鬼。

黑龍（Black Dragon　：以個性邪惡暴躁為人所知，會吐出強酸。

瞬間移動狗（Blink dog）：長得和狗很像，但是不一樣的是牠會一種很獨特的魔法，牠天生就具有可以瞬間移動的能力，擅長以忽閃忽滅的方式做出瞬間的移動。牠的個性和狗一樣，不怎麼凶暴。

史萊姆（Slime）：型態像是果凍的一種不定型怪物。因為身體不固定，所以可以黏附在洞頂上，等敵人經過時落下把對方罩住，然後分泌消化液將其溶解。只要有一個小縫，它就可以鑽過去，但移動速度甚慢。

不死生物（Undead）：不是存活狀態的怪物的總稱。死後還在活動的所有怪物都屬於不死生物，所以幽靈也是不死生物。

精靈（Elf）：跟矮人一樣都是源自於北歐神話，但還是因為《魔戒》一書而廣為人知。在北歐神話中，他們跟矮人　樣是從巨人伊米爾的身體中出現的種族，但矮人鑽入地下時，精靈則是留在地面上。北歐話叫做Alfen。他們生活在紐爾德的兒子豐裕之神福雷的領地中，擁有美麗的故鄉「精靈之鄉」（Alfheim）。甚至有人說福雷本身也屬於精靈之一。身高跟大拇指差不多，個性善良而愛開玩笑。但是在《魔戒》一書中，精靈的性格卻有了很大的轉變，身為最早誕生的生物，精靈可說本來是大地與世界的主人。身形瘦高，長得都很好看，追求無限的知識與品格、勇氣、善良等等。基本上精靈是不會死亡的（在《魔戒》一書故事發生的舞臺『中土』上，精靈是可以被殺害的。但是被殺的精靈能夠帶著原有的記憶復活）。他們是中土其他生命有限者無法理解的高尚生命體，會因世界的混亂和敗壞而痛苦。他們喜愛詩歌，但也不忌諱拿起劍來對抗敵人。從《魔戒》一書（正確說來應該是《精靈寶鑽》一書）出現之後，精靈與矮人間的仇恨變得眾所周知。他們的特徵是讓人驚豔的容貌與尖尖的耳朵。

食人魔（Ogre）：凶暴的食人怪物。身材高大，力量非常強。長得比巨人更像是怪物，智力薄弱，但是很會使用武器，戰鬥技巧很好。主食是迷路的旅行者，如果突然想吃宵夜，就會到村莊裡抓熟睡的人來吃。

半獸人（Orc）：是一種人形怪物，因為J・R・R・托爾金而變得有名。一般人的印象中，牠的頭是豬頭。地精這個概念是從地底的妖怪而來，相反地，半獸人的概念則既是怪物又是一種種族，跟人非常近似，甚至有一種說法說牠們可以跟人混血（在《魔戒》一書中，有一段暗示到白袍巫師薩魯曼想要做出人與半獸人混血的混種半獸人）。

深赤龍（Crimson Dragon）：這種龍會將維持均衡與中庸當作自己生存的目的。牠的身體是深赤色，很容易跟紅龍搞混，但是因為身上有黑色的條紋，所以近看的時候就可以區別出來（不過先決條件是，你要大膽到敢走近龍的身邊）。牠的興趣是在自己的住處欣賞自己，性格上會努力跟善與惡都保持距離。所以牠不喜歡戰鬥，到了牠判斷只能用暴力手段來解決事情的時候（雖然牠的判斷常失之於武斷），牠就會凶暴到連紅龍都相形失色。在龍當中，牠可以飛得最高，很喜歡俯衝攻擊。

巨魔（Troll）：起源於北歐神話的食人怪物，智能比食人魔還低。最有名的巨魔是跟惡神洛基結婚，生下了三個孩子：趁著諸神黃昏之時將主神奧丁咬死的狼芬利爾，圍繞地球的大蛇裘孟干達，代表地獄的海爾）的女巨魔安格波達。因為皮膚很堅硬，所以防禦力非常高，就算受傷，也能夠在短時間內再生而恢復（據說可以用巨魔的血加工做成治療藥水）。雖然也會用棍棒等簡單的武器，但是更會利用自己的身體進行肉搏戰。

妖精（Fairy）：他們的個子很小，有翅膀，心情好的時候，會在蘑菇附近盤旋飛舞，因為喜歡開玩笑，所以常常搞得人類很困窘。特別他們不是跟事物有直接關聯的妖精，而是身為單獨客體的存在物。在《龍族》當中的設定是，由於他們不隸屬於任何東西，也不隸屬於任何次元，對於神與人的差異，也不太感到困惑，對他人的區別力很模糊，因而是自我概念比人類優越的高等存在物。

忠誠犬（Faithful Hound）：屬於異次元的生物，藉由巫師的召喚而得以存在於現實的次元。雖然牠也是一種忠誠犬，但因為是異次元的生物，所以並不是不死生物。幽靈不是活著的生物，因而無法用武器攻擊；而忠誠犬是屬於異次元的生物，所以無法用現實次元的武器攻擊。牠只受限於讓忠誠犬存在的力量——魔法，因此只能用魔法攻擊牠。

半身人（Hobbit）：即哈比人，這是J・R・R・托爾金在《哈比人》一書裡所創造出來的種族，身高不到一公尺，而個性則是開朗而且樂觀。喜歡貪食好吃的食物，在腳背上長有濃密的毛，並且不穿鞋。

◆魔法

偵測寶石（Detect Jewel）：用來探測寶石的魔法。例如，藏在假髮下的寶石也能被找到。

油膩術（Grease）：巫師所指定的場所的摩擦力會被降到非常低。如果沒有相當的平衡感，就會摔得很難看。

繩索戲法（Rope Trick）：巫師使用繩索所施展出來的魔法。此法是源於印度與東洋的魔術師丟擲繩索爬上天空的法術，巫師則是讓丟擲出去的繩索能夠垂直堅固地直立，然後巫師就可以爬上繩索暫時藏到異次元。在緊急躲避敵人時，如果找不到適當的避難所，這會是個很有用的魔法，但是在《龍族》裡，亞夫奈德則是擅長利用繩索硬邦邦直立的特點，來勒緊他人的脖子，或者從高處抓著繩子溜下來。

瑪那（Mana）：在整個世界裡均勻分布的一種能量。基本上常常因為自然力而重新配置，所以如果達到能量均衡的狀態，也就是某種熱平衡的狀態，這種能量就不會移動（也就代表著不會發生任何事情）。但是巫師重新配置瑪那時，自然力為了讓瑪那恢復到均衡狀態，所以在一定時間與一定範圍中，就會造成移動。簡單來說，全體溫度都相等的水是不會移動的。但是將水裝到水壺中去煮，因為水中各處產生了溫度差，所以就會開始對流。也就是說在短暫的時間當中發生了猶如擺脫重力影響的現象。這雖然是自然的現象，但是猛一看會以為它忽視重力的存在，如果不知道水是如何發生溫度差異，換句話說，如果不知道下面點著火，看起來就會像是魔法一樣。魔法就只是這種原理的擴大。

瑪那金屬（Mana metal）：對於世界上洋溢的瑪那能量，能夠明顯反應出來的金屬。精金、祕銀，還有黃金等便是屬於瑪那金屬。此外，鉛因為對瑪那能量的反應異常地激烈，所以也算是瑪那金屬，用鉛做成的屏障可以很有效地抵擋透視魔法。

沉默術（Silence）：在一定的範圍中使音波消失的魔法。會讓此處變得安靜。

卷軸（Scroll）：含有魔法力量的魔法書。就算不是巫師也可以使用。因為必須影響時常改變的瑪那配置，所以要製作卷軸是非常困難的。

願望術（Wish）：能夠達成願望的魔法。雖是屬於最高級的法術，但是須謹防副作用。例如「我希望有非常多的錢」，結果非常多的黃金掉落到頭上，巫師可能會被壓死也說不一定。或者也有可能會出現非常多的貝殼。因為貝殼在古代曾被使用作為錢的用途。又例如「我希望變成世界上最美麗的女人」，有可能會變成長了濃密美麗鬍鬚的矮人美女，或者也有可能變成很有男性美的女人。

永久魔法光（Continual Light）：施法成功的話，可以產生光源，永遠發出光芒。在巫師的地下室裡，想要節省蠟燭錢的時候就會使用這種魔法。或者想將這種魔法附到敵人的眼睛使對方失明的時候，也會使用這種魔法。

記憶咒語（Memorize）：巫師在早晨是以記憶咒語作為一天的開始。巫師一面看魔法書，一面記憶自己能力允許範圍內的魔法。沒有記憶過的魔法是無法拿來使用的。遍布在整個世界的超自然力量「瑪那」會因巫師的力量而被重新配置，這時候，瑪那在與自然力的衝突及協調之下會產生魔法效果（就如同技術在與自然力的衝突及協調之下能轉動風車）。如果是正常狀態，瑪那會處在一種平衡狀態，不會與自然力相衝突。但是在瑪那平衡分布的狀態下，卻又很容易就製造出最初的一點點不平衡，而巫師所引發出的這一點點脫離平衡的行為，就能帶來全面性脫離平衡的結果，並且造成瑪那整個都重新配置。這種原理和混沌理論很相像。總而言之，重新配置過的瑪那會干涉自然力，並且扭曲自然力，這就成了魔法。巫師即使無法理解引起這種重新配置的最初的那一點點破壞是什麼東西，但是卻可以「感受」得到。所以每天早晨一邊做記憶咒語，一邊會感受到最初的啟動語。隨著時間的經過，瑪那的配置就會有所不同，所以也必須去感受不同的啟動語，因此巫師每天早晨都需做記憶咒語。

咒語（Spell）：施法時所唸的咒語。

祕密書頁（Secret Page）：將書裡的某幾頁做成用肉眼看不出來的文件。也就是說，此法會讓人不管怎麼翻書去找想看的那一部分，都無法找得出來。如果完全靜下心境，極度冷靜地閱讀，或許可以找到想看的那一部分的內容。

警報術（Alarm）：在一定的區域裡，一有異物進入的時候就大聲響起警戒用的鐘聲。

隱形術（Invisibility）：能夠透明化的魔法。任何人都會暫時看不到被施法的對象。

空間傳送術（Teleport）：施法者可以瞬間移動到想去的地方。

傳訊術（Message）：巫師將自己的話用風傳給希望被聽到的人。

尋找巫師隨從（Find Familiar）：如果能成功地使用這種咒語，巫師就可以叫出某一群動物之中最聰明的。也就是說，如果要讓蝙蝠成為巫師隨從的話，在附近的蝙蝠之中最聰明的蝙蝠就會自動地飛來巫師這裡。巫師和巫師隨從的關係結合非常緊密，巫師隨從的死亡有可能會帶給這個巫師很嚴重的損傷。

巫師隨從（Familiar）：巫師的朋友。在西歐的民間傳說裡，在巫婆的身旁會有阿諛拍馬屁的黑貓或烏鴉，牠們就相當於巫師隨從。巫師與巫師隨從的感覺是共通的，所以也可以將巫師隨從用來做偵探。

友好術（Friend）：被施法者會對巫師示以友好，並且對於巫師說的話都認為很合理且聽得很愉快。想在商店裡殺價　或者想要通過警備隊員的時候，這是個很有用的魔法，但是很難將敵人變得像朋友。這只是要讓傷害減低到最小的方法。例如：如果遇到要殺巫師的半獸人，對其施法，可以讓牠們覺得活捉這個巫師可能比較好。

◆其他用語

公會（Guild）：通常都是指中世紀歐洲的同業者團體。但是也可以廣義地指為了共同祭祀、共同酒宴、共同扶助等所組成的古公會，或者以政治目的所組成的政治公會等，都算是公會。像古公會這種組織，可以想成是現代的聯誼會，就可以明白古公會的含義。然而，最為人所知的還是中世紀歐洲的同業公會，也就是指相同行業的製造業者的組織。同業公會的由來，是因為中世紀都市文明的發達。隨著發展過程有一些工匠流浪尋找需要他們的人，後來他們停留在村落或首都圈附近，形成一個可以作為援助商圈的組織。在初期，公會成員死亡時會關照其遺族，或者成員倒閉時會給予援助，相互援助的意味非常濃厚，演變到後來，則是強調商業獨占性。也就是說，公會都只採用公會成員的商品，在一個商圈裡強制不採用非公會成員的商品。而在奇幻的世界裡，比較特別的是有一種叫做盜賊公會的組織。這是利用治安的弱點，以及魔力和神力等個人所擁有的武力過分高漲的社會裡所出現的現象。盜賊公會同樣也有公會的基本特性。也就是說，公會成員遭遇困難的時候（例如被逮捕的情況）會給予援助（幫助逃獄，或者幫忙請辯護律師，或者在意志薄弱的公會成員供出情報之前，會很好心地先把他殺死）等活動，而且同樣地，在同一個「商圈」裡面規定非公會成員是不能營業（偷竊）的。

公會會長（Guild master）：公會成員們的代表。依照公會的特徵，會長的權限會有差異，但是大部分的公會會長是鄉村士紳，握有非常大的權力（盜賊公會的會長甚至還握有生殺大權）。

夜鷹（Nighthawk）：指稱夜盜的暗語。

敲打者（Knocker）：第一個敲打卡里斯・紐曼的鐵砧的矮人。

聖徽（Divine mark）：神的標誌，也就是象徵神的東西（就像基督教的十字架）。

神力（Divine power）：神的力量。嚴格地說，就是祭司的力量。透過祭司所展現的神力，會依照這個祭司的能力的不同而受到限制或增強。

巢穴（Lair）：比較高智能的怪物才會建造巢穴。大都是用來指稱龍的窩巢。而且眾所周知的是，龍的巢穴裡會有龍所收集的大批寶物，為了守住寶物，龍還會在眼睛上點火（在希臘神話裡，還出現龍為了守護金羊皮絕對不睡覺的故事）。

騎警（Ranger）：指偵察兵、游擊兵、特攻部隊等等特種兵。因為是要執行在非正規戰裡以特殊技能滲透到敵人的後方、擾亂敵人的後方、偷襲據點、暗殺重要人物等的任務，所以會接受生存技能、暗殺技能、格鬥技能、各種武器技能等特殊訓練。在奇幻的世界裡，也是具有與上述相似的含義。也就是說，他們是在無法運用大部隊的森林或山嶽等地形，做快速移動及游擊戰的部隊。所以擅長使用弓箭和空氣槍等武器，熟悉陷阱，並且有很強的近戰技術和生存能力。

噴吐攻擊（Breath）：龍以及某些怪物所使用的特殊攻擊方法。簡單來說，想成是吐火就行了。從以前開始，為了表現出怪物的恐怖，常會將破壞力強的火跟怪物連結在一起。使用噴吐攻擊的怪物中，最有名的還是龍，所以噴吐攻擊通常都是指龍吐出火焰。一般來說，最有名的是紅龍會吐火，白龍會吐冰氣，藍龍吐電，黑龍吐酸，綠龍吐毒氣。據說像中東神話中提爾梅特那種七頭龍，甚至可以同時使用各種的噴吐攻擊（還真可怕……）。

長步伐行走者（Long strider）：大步走（Stide）是大大地闊步走的步伐。所以長步伐行走者是指用非常大步距離的步伐行走的東西（用來形容人或馬都可以）。

祕銀（Mithril）：這是一種想像的金屬。像黃金一樣漂亮，但是價格卻比黃金還要貴上好幾倍。延展性比黃金更高，但是比鋼鐵還要更不易斷裂。輕而且韌性強，所以可以說是製造武器時最好的金屬。而且祕銀對魔法的反應很好，很受鐵匠和巫師們的青睞。在《魔戒》裡，也有矮人為了要開採祕銀，到很深的地底下去，把正在睡覺的炎魔吵醒的故事。

精金（Adamantite）：這是一種想像的金屬。這是地表上最堅硬的物質。一般的鐵匠是無法琢磨的，與其說它是金屬，倒不如說它是寶石。這個字是由adamant（堅固的，堅定的）轉變而來的，如果去掉a，再加以變化，就變成是diamond，由此可知精金原本是有類似金剛石的意思。

甦醒聲（Wakening sound）：原本處在睡眠期的龍醒來的時候，會發出的一種獨特的聲音。在龍的血管裡，睡眠期的時候會形成一種臨時瓣膜。這是因為龍的巨大身軀一動也不動的時候，為了要防止血都流到身體下半部分而形成的，一旦龍要再進入活動期的時候，這些瓣膜就會碎掉，並且發出很獨特的聲音。

祭司（Priest）：是指得到神的許可，能夠行使神的能力的聖職者（修煉士是無法行使的）。

女祭司（Priestess）：女性的祭司。

治療藥水（Healing potion）：恢復傷口的藥。

作者簡介

李榮道（이영도）

一九七二年生，兩歲起在韓國馬山市土生土長，畢業於慶南大學國語文學系。一九九三年正式開始撰寫小說，一九九七年秋在 Hite 網站連載長篇奇幻小說《龍族》，得到讀者爆發性的迴響，奠定了韓國奇幻小說復興的契機。後陸續出版了《未來行者》、《北極星狂想曲》、《喝眼淚的鳥》、《喝血的鳥》等多部小說，每部銷量數十萬冊，被譽為韓國第一流派小說家，尤其是《喝眼淚的鳥》被稱為韓國的《魔戒》，因為作品中的設定、語言、構圖都是全新創作，適合韓國人的情感，即使在奇幻出版市場的二〇〇三年進入低迷期，仍銷量二十萬冊。《龍族》更是全球銷量破二百五十萬冊的暢銷作品，以其無限的想像、深入的世界觀、出色的製作工藝，成為韓國奇幻文學的代表作，入選韓國國立高中教材，為韓國奇幻文學史開創時代，成為韓國奇幻小說之王。

譯者簡介

王中寧

文化大學韓語系畢業，馬山慶南大學交換學生。從十歲開始沉迷ＲＰＧ，從而對奇幻文學產生了興趣。曾參與《龍族》小說、遊戲，以及《冰風之谷》、《柏德之門》、《AD&D第三版地下城主手冊》、《混亂冒險》、《無盡的任務》等小說、遊戲翻譯。

邱敏文

政治大學東方語文學系畢業，韓國漢陽大學教育系碩士學位。留學期間，數度擔任貿易即時翻譯及旅遊翻譯。畢業後在電腦軟體公司任職，負責中文化企劃，並曾擔任許多遊戲軟體的中文化翻譯工作，且開始對奇幻文學產生濃厚興趣。曾執筆翻譯《龍族》長篇小說與其他書籍六十餘冊。

幻想藏書閣 122

龍族 3：復仇的黑手

（全球暢銷250萬冊奇幻經典史詩鉅作25周年紀念典藏版）

作　　者／李榮道
譯　　者／王中寧、邱敏文
企畫選書人／張世國
責任編輯／張世國、高雅婷

發 行 人／何飛鵬
總 編 輯／王雪莉
業務協理／范光杰
行銷企劃主任／陳姿億
資深版權專員／許儀盈
版權行政暨數位業務專員／陳玉鈴
法律顧問／元禾法律事務所　王子文律師
出版／奇幻基地出版
115台北市南港區昆陽街16號4樓
電話：(02)2500-7008　傳眞：(02)2502-7676
網址：www.ffoundation.com.tw
email：ffoundation@cite.com.tw
發行／英屬蓋曼群島商家庭傳媒股份有限公司城邦分公司
115台北市南港區昆陽街16號8樓
書虫客服服務專線：02-25007718・02-25007719
24小時傳眞服務：02-25170999・02-25001991
服務時間：週一至週五09:30-12:00・13:30-17:00
郵撥帳號：19863813　戶名：書虫股份有限公司
讀者服務信箱E-mail：service@readingclub.com.tw
歡迎光臨城邦讀書花園 網址：www.cite.com.tw
香港發行所／城邦（香港）出版集團有限公司
香港灣仔駱克道193號1東超商業中心1樓
電話：(852)25086231　傳眞：(852)25789337
馬新發行所／城邦（馬新）出版集團
【Cite (M) Sdn. Bhd.(458372U)】
11, Jalan 30D/146, Desa Tasik,
Sungai Besi, 57000 Kuala Lumpur, Malaysia.
電話：603-9056-3833　傳眞：603-9057-6622

Cover Illustration／李受妍
Book Design／金炯均
Design Alteration／Snow Vega
文字校對／謝佳容、劉瑄
排　　版／菩薩蠻電腦科技有限公司
印　　刷／高典印刷有限公司
■2025年1月20日初版一刷

售價／550元

國家圖書館出版品預行編目資料

龍族3：復仇的黑手 / 李榮道著；王中寧、邱敏文譯　一初版一台北市：奇幻基地出版；家庭傳媒城邦分公司發行；2025.1
面：公分. –（幻想藏書閣：122）
譯自：드래곤 라자. 3, 복수의 검은 손길
ISBN 978-626-7436-53-0（平裝）

862.57　　113014861

ISBN 978-626-7436-53-0

Printed in Taiwan.

城邦讀書花園
www.cite.com.tw

廣　告　回　函	
北區郵政管理登記證	
台北廣字第000791號	
郵資已付，免貼郵票	

115台北市南港區昆陽街16號8樓

英屬蓋曼群島商家庭傳媒股份有限公司城邦分公司 收

請沿虛線對摺，謝謝

奇幻基地

每個人都有一本奇幻文學的啓蒙書

奇幻基地粉絲團：http://www.facebook.com/ffoundation

書號：1HI122　　書名：龍族 3：復仇的黑手
（全球暢銷250萬冊奇幻經典史詩鉅作25周年紀念典藏版）

| 奇幻基地・2025 年回函卡贈獎活動 |

購買 2025 年奇幻基地作品（不限年份）五本以上，即可獲得限量隱藏版「山德森之年」燙金藏書票！

電子版活動連結：https://www.surveycake.com/s/ZmGx

注：布蘭登・山德森新書《白沙》首刷版本、《祕密計畫》系列首刷精裝版（共七本），皆附贈限量燙金「山德森之年」藏書票一張！（《祕密計畫》系列平裝版無此贈品）

「山德森之年」限量燙金隱藏版藏書票領取辦法

活動時間：即日起至 2025 年 12 月 31 日前（以郵戳為憑）

參加辦法與集點兌換說明：

1. 2025 年度購買奇幻基地出版任一紙書作品（不限出版年份及創作者，限 2025 年購入）。
2. 於活動期間將回函卡右下角點數寄回本公司，或於指定連結上傳 2025 年購買作品之紙本發票照片／載具證明／雲端發票／網路書店購買明細（以上擇一，前述證明需顯示購買時間，**連結請見下方**）
3. 寄回五點或五份證明可獲限量隱藏版「山德森之年」燙金藏書票，藏書票數量有限送完為止。
4. 每月 25 號前填寫表單或收到回函即可於次月收到掛號寄出之隱藏版藏書票。藏書票寄出前將以電子郵件通知。若填寫或資料提供有任何問題負責同仁將以電子郵件方式與您聯繫確認資料。若聯繫未果視同棄權。
5. 若所提供之憑證無法確認出版社、書名，請以實體書照片輔助證明。

特別說明

1. 活動限台澎金馬。本活動有不可抗力原因無法執行時，主辦單位有權決定取消、中止、修改或暫停本活動。
2. 請以正楷書寫回函卡資料，若字跡潦草無法辨識，視同棄權。
3. 單次填寫系統僅可上傳一份檔案，請將憑證統一拍照或截圖成一份圖片或文件。
4. 隱藏版「山德森之年」燙金藏書票一人限索取一次
5. **本活動限定購買紙書參與，懇請多多支持。**

當您同意報名本活動時，您同意【奇幻基地】（城邦文化事業股份有限公司）及城邦媒體出版集團（包括英屬蓋曼群島商家庭傳媒股份有限公司城邦分公司、書虫股份有限公司、墨刻出版股份有限公司、城邦原創股份有限公司），於營運期間及地區內，為提供訂購、行銷、客戶管理或其他合於營業登記項目或章程所定業務需要之目的，以電郵、傳真、電話、簡訊或其他通知公告方式利用您所提供之資料（資料類別 C001、C011 等各項類別相關資料）。利用對象亦可能包括相關服務的協力機構。如您有依個資法第三條或其他需要協助之處，得致電本公司（(02) 2500-7718）。

個人資料：

姓名：____________ 性別：________ 年齡：________ 職業：__________ 電話：____________

地址：________________________ Email：______________

想對奇幻基地說的話或是建議：________________________________

限量燙金藏書票

電子回函表單 QRCODE

請剪下上方點數，集滿五點寄回奇幻基地即可獲得限量燙金藏書票，影印無效。

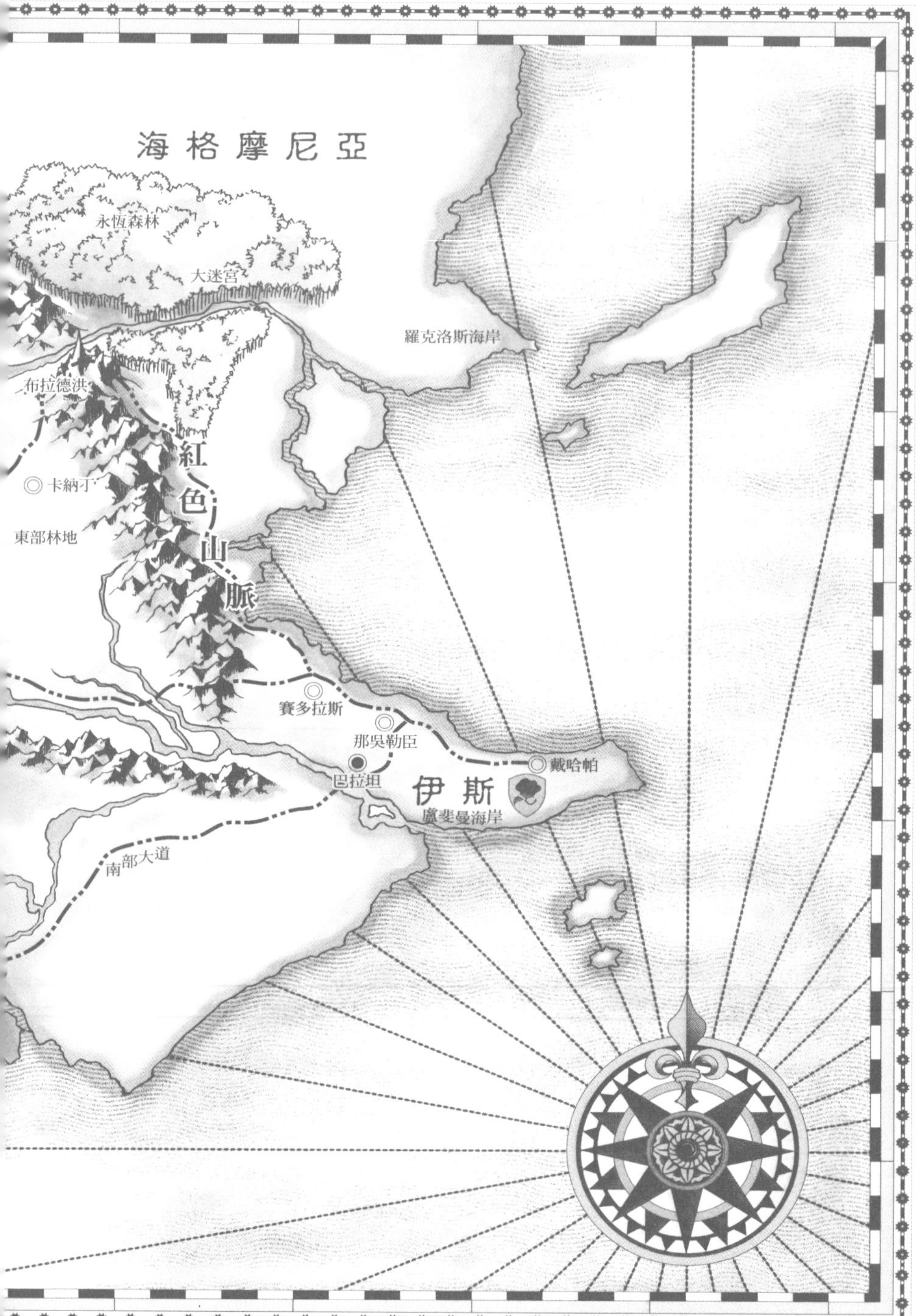

海格摩尼亞
永恆森林
大迷宮
羅克洛斯海岸
布拉德洪
紅色山脈
卡納丁
東部林地
賽多拉斯
那吳勒臣
戴哈帕
巴拉坦
伊斯
盧斐曼海岸
南部大道

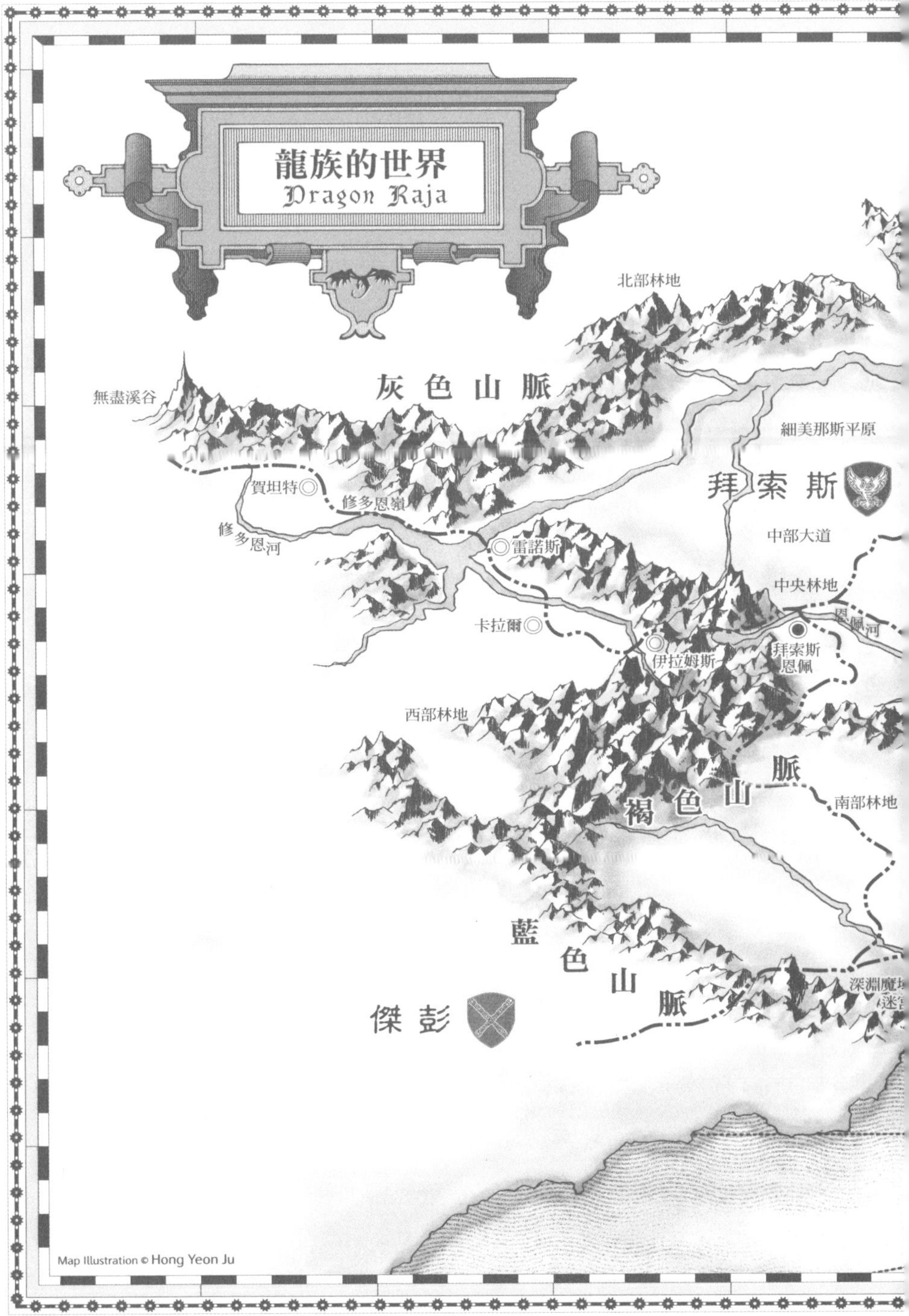
龍族的世界
Dragon Raja
北部林地
無盡溪谷
灰色山脈
細美那斯平原
賀坦特
修多恩嶺
拜索斯
修多恩河
雷諾斯
中部大道
中央林地
恩佩河
卡拉爾
伊拉姆斯
拜索斯恩佩
西部林地
褐色山脈
南部林地
藍色山脈
傑彭
Map Illustration © Hong Yeon Ju